흑치마사다코

은미희 장편소설

흑치마 사다코

차례

작가의 말 _6
1부 _11
2부 _153

작가의 말

사람마다 욕망하는 바가 다르다. 그 욕망이 크면 클수록 사람은 그만큼 강인해지거나 그 욕망으로 인해 망가지기도 한다. 더구나 그 욕망이 트라우마로부터 비롯되었다면 그 욕망의 강도는 더 커지게 마련이다.

배정자. 그런 점에서 그녀는 괴물이었다. 아니, 정말 그녀가 괴물이었을까? 가장 정직하게 자신의 본능대로 살다 간 여자가 아니었을까? 그렇다면 어떠한 역경과 고난 속에서도 올곧게 자신을 지키고, 정의를 실천하며 살다 간 사람들은 누구일까. 철저히 배정자가 자신만의 영화를 위해 살다 갔다면, 살신성인, 대의를 위해 기꺼이 자신을 희생한 사람들은 뭐란 말인가. 그 극명한 대비가 있기에 후자의 인물들이 더 애틋하게 다가온다.

배정자, 아니 그녀의 잃어버린 이름은 배분남이었다. 어린 나이에 아버지를 잃고 눈이 먼 어머니와 함께 세상을 떠돌며 어렵사리 목숨을 부지해야 했던 그녀에게 풍요로운 삶과 권력은 떨쳐버릴 수 없는 악마의 유혹이었을 것이다.

어쨌거나, 처음에는 김옥균을 쓰려고 했다. 조선의 청년, 조선의 로맨티시스트, 조선의 혁명가, 그 일대기를 쓰려 했다. 봐라, 우리에게도 이런 인물이 있다,라고 보여주고 싶었다. 그렇게 김옥균을 좇아가다가 배정자를 알게 됐다.

그녀는 이중 스파이였다. 아니, 철저히 일본에 헌신한 인물이었다. 이토 히로부미의 애첩이었던 그녀는 자신과, 이토 히로부미와, 일본을 위해 살았다. 저를 위해서라면 그 어떤 것도 마다하지 않았고, 충실히 본능이 시키는 삶을 살았다.

나는 생각했다. 왜 이 여자의 이야기를 쓰는가? 그냥 묻어두고 숨겨두어도 좋을 인물을 굳이 들춰내 왜 우리의 아픈 상처를 다시 들여다보려 하는가. 나에게 묻고 또 물었다. 위기에서 나라를 구한 영웅들의 이야기도 많은데, 달콤하고 애절한 사랑 이야기도 많은데, 왜 하필 나라를 위태롭게 만든 스파이 이야기인지, 나는 묻고 또 물었다.

친일파 청산만 제대로 되었더라도 나는 배정자에 관해 쓰지 않았을 것이다. 하지만 배정자를 비롯해 친일 인사들은 광복이 된 뒤 반민특위에 의해 체포되었지만 얼마가지 못해 슬그머니 풀려나버리고 말았다.

　청산하지 못한 우리의 과거가 아직 우리를 짓누르고 있는 것이다.

　쓰는 동안 나는 그녀가 되려고 노력했다. 그녀가 돼 생각하고, 그녀가 돼 말하려 했다. 참으로 위험천만한 도박이었지만 그렇게 하지 않을 수 없었다. 쓰면서도 생각이 많았다. 이 인물을 어떻게 풀어낼 것인가. 허구라는 소설적 장치들을 덧대 새로운 인물로 탄생시킬 것인가, 아니면 있는 그대로 쓸 것인가. 고민에 고민을 거듭했다.

　시간이 지날수록 답은 하나였다. 소설적 완성도라는 그 장치에 기대어, 새로운 인물 해석이라는 소설의 역할에 충실하려, 그녀에게 면죄부를 주어서는 안 된다는 것이었다. 그녀가 나라와 동족을 배신하면서 얻은 이득으로 한 세월을 기름지게 살았던 그 사실들을 자의적으로 해석해 인간적 고뇌 운운하며 그럴싸하게 그녀를 두둔하고 옹호해주고 싶지 않았다. 그렇게 그녀에게 나름의 동정의 여지를 주고 싶지는 않았다.

　사실 배정자는 이 책에 씌여진 사실보다 더 잔혹하고도 그악스러웠다. 하지만 그 전부를 쓸 수 없었다. 바닥까지 내려가는 동안 먼저 내 마음이 아팠고, 우리가 그녀로부터 받을 상처가 염려스러웠기 때문이다.

　출판사 역시 적잖이 부담을 느꼈다. 우리의 대일 정서를 생각해볼 때 분명 곱지 않은 시선들이 이 책에 쏟아질 것이 분명했기 때문이었다.

　하지만 나는 굽히지 않았다. 아픈 역사고 부끄러운 역사이지만,

제대로 알고자 했다. 숨긴다고 해서 없어지는 것이 아니라면 정직하게 우리를 다시 들여다볼 필요가 있다고 여겼다. 좋고 자랑스러운 역사만 본다면 그것 역시 위험한 일이 아니던가. 솔직하게 우리를 들여다볼 때 가야 할 길도 보이는 법이다. 게다가 배정자가 정신대를 주도했다는 사실을 아는 이는 얼마 없다. 애통하게도 현재 그분들은 억울함을 보상받지 못한 채 한 분 한 분 유명을 달리하고 계시지 않은가. 그분들의 한을 풀어드리기 위해서라도 이를 세상에 알리고 싶었다.

아무튼 이 책이 나오기까지 참 마음고생이 많았다. 그 마음고생을 어떻게 다 표현할 수가 있을까. 중언부언 변명이 긴 것이 나 역시 이 글을 쓰면서 적잖이 걱정이 되었던 모양이다. 이렇게,『흑치마 사다코』가 나오게 됐다. 그만큼 많이 아팠고, 힘들었다. 하나 덧붙인다면, 이 책을 통해 숨 가빴던 구한말의 정세와 세상 돌아가는 형편을 어느 정도 알게 될 거라 믿는다.

이 책이 나오기까지 나와 함께 어떻게 쓸 것인지 고민해준 많은 이들에게 감사를 드린다.

지금, 그녀를 역사 속에서 다시 불러내 심판대에 세운다.

1부

1. 관아에 잡히다

쿵쿵, 뛰는 가슴 때문에 숨쉬기도 버거웠다. 들숨과 날숨이 교차할 때마다 가슴속에서 일어나는 그악스러운 통증이 분남의 불안을 더욱 부채질했다. 아니야. 아닐 거야. 이건 현실이 아니야. 분남은 저도 모르게 고개를 저으며 현실을 부정했다. 오수 속에 꾼 악몽임에 틀림없어. 분남은 아금받게 두 손을 옴켜쥐며 주변을 둘러보았다. 사물들보다 먼저 사방에 퍼져 있는 한낮의 햇빛이 창날처럼 날아와 눈을 찔러댔다.

분남은 저도 모르게 눈을 감아버렸다. 빛살은 감은 눈 안으로까지 따라 들어와 자잘한 세침으로 떠돌아다녔다. 그 세침들이 눈을 찔러댔다. 얼마나 지났을까. 감긴 눈 안에서 흰 세침으로 떠다니던 빛살들이 스러지자 분남은 다시 가늘게 눈을 뜨고 세상을 바라보왔다. 실눈으로 빛살을 걸러내긴 했지만 쨍쨍하게 튀어 오르는 햇빛은 기다렸다는 듯 용용하게 눈 안으로 파고들었다. 분남의 단단하고도 하얀 이마가 일순 움찔거리는가 싶더니 미간에 자잘한 주름들이 생겨났다.

한낮의 햇빛이 오지게도 사방에 퍼져 있었다. 그 햇빛에 사물들은 색을 잃은 채 희끄무레한 덩어리로 흔들렸다. 그 탈색된 색들에 세상이 환영인 듯싶었다.

조만간 닥쳐올 일들에 분남은 입안이 타들어갔다. 방심했다. 방심해도 너무 방심했다. 늘 조심하고 경계해야 했거늘 어쩌자고 그리 태평한 마음으로 마을을 돌았을까. 그저 배가 고파, 주린 배 채울 생각에 염렵하게 다른 생각을 하지 못했다.

우담아, 우담아. 어디선가 큰스님의 음성이 우렁우렁 들려왔다. 허허. 네 업장을 어이할 거나. 네 업장이 너를 집어삼키고, 네 번뇌가 절을 태우는구나. 큰스님의 지청구가 미늘처럼 제 뒷목을 꿰었다. 화들짝 놀라 앞을 바라보니, 타닥타닥, 불길이 혀를 날름거리며 아궁이 속에서 빠져나와 마른 콩대로 옮겨 붙고 있었다. 놀라 불을 끄려는데, 순식간에 불길은 사라지고 너른 마당에 홀로 무릎 꿇고 앉아 있었다.

그랬다. 제가 지금 있는 곳은 통도사, 산중의 그 적막한 절간도 아니었고, 밥 빌어먹던 누추한 고샅도 아니었다. 배가 고파 자꾸만 헛것이 보이는 모양이었다. 도망쳐야 했다. 비루하고 추레한 목숨이나마 부지하려면 예서 도망쳐야 했다. 하지만 여기가 어디 도망치고 싶다고 해서 도망칠 수 있는 곳이던가. 제 목숨이지만 제 마음대로 하지 못하고, 제 삶이지만 제 임의대로 할 수 없는 곳이 이곳이고, 또 제 운명이었다.

호랑이한테 잡혀가도 정신만 차리면 산다 했으니 정신을 차릴 것이다. 흡, 분남은 깊이 숨을 들이마셨다. 그리고는 정면을 주시했다. 바로 보이는 앞에 동헌의 마루가 있었고, 그 밑으로 나졸들이 창을 들고 서 있었다. 숱이 성긴 수염이 지저분해 보이는 저 나졸들은 조금 전 우악스럽게 저를 잡아온 나졸들은 아니었다. 먼지투성이인 후줄근한 옷은 같았으되, 얼굴은 같은 얼굴이 아니었다.

두어 식경 전, 분남은 두 명의 나졸에게 팔이 엇질려 끌려왔었다. 얼굴을 덮는 커다란 삿갓에 누더기가 다 된 승복 차림의 행색은 어디서나 사람들의 눈길을 끌었고, 아이들의 놀림감이 되기 일쑤였다. 배가 고파 빈 바가지 내밀어 밥을 얻으러 다니는데, 아이들이 질기게도 따라붙었다. 중중 때깔 중, 중중 때깔 중. 놀려대며 돌팔매질해대는 아이들을 향해 눈을 부라린 채 종주먹 세워 쫓아내는데 수상쩍다는 이유로 나졸들이 머리에 쓴 삿갓을 벗기고 끌고 왔다.

마당에는 언제 쓸었는지 비질의 흔적이 사선으로 선명하게 남아 있었다. 그 비질의 흔적이 완고하게 현실임을 깨우쳐주고 있었다. 어디로 도망갈 수도 없고, 어디로 숨을 수도 없었다. 지난날, 구차하게 목숨을 이어갔던 길 위의 나날들이 동헌의 용마루 위로 아슴아슴하게 흘러갔다.

지지리 복도 없는 년이었다. 제 또래의 다른 여자아이들은 집안

살림 배워 연지곤지 찍고 초례청에 서서 여인으로 대물림받는데, 저는 어릴 때부터 길에서 길로 떠돌며 살아야 했다. 저를 키운 것은 길이었고, 저를 여물게 한 것도 길이었고, 저를 상심케 하고 위태롭게 만든 것도 길이었다. 그 길 위의 삶에 애틋하게 눈 마주치고 살갑게 살 맞댈 가족은 없었다.

가족을 버린 아버지가 원망스럽고 저를 내친 어머니가 미웠다. 어찌하여 한 가족, 무릎을 맞추고 앉아 오순도순 말 섞고 살아가지 못하고 이리저리 검불처럼 흩어져 모진 목숨을 살아야 하는지. 당장이라도 혀 깨물고 고꾸라지고 싶었지만 분남에겐 그럴 만한 용기도 없었다. 그럴 깜냥이라면 애당초 통도사 그 적막한 절에서 이리 뛰쳐나오지도 않았을 터이다.

어디선가 불어온 바람 한 줄기, 서늘하게 민머리를 훑고 지나갔다. 그 바람이 주는 청량감보다 가슴에 이는 두려움과 한기가 들어 분남은 자꾸만 가라앉았다. 마치 수렁 위에 앉은 듯, 늪 위에 앉은 듯, 암암한 세상 속으로 빠져드는 듯했다. 저를 끌어올려줄 사람은 어디에도 없었다. 죽음의 골짜기에서 손 내밀어 저를 산 자들의 세상으로 이끌어줄 사람은 어디에도 없었다. 그저, 이 무력한 삶이, 비루하고 누추한 삶이 애통하고 허망할 뿐이었다.

죄인 아닌, 죄인의 몸으로 동헌 마당에 앉아 있으려니 새삼 지난 날들이 무참하게 떠올랐다. 한겨울 어머니와 떠돌던 그 춥디추운 날들이 어제 일인 양 싶었고, 폭풍우 치던 날 다리 밑에서 비를 피하다 하마터면 사나운 물살에 휘감겨 떠내려갈 뻔했던 일이 조금 전 일인 양 싶었다.
 하지만 지금처럼 두렵지는 않았다. 다기지게 마음먹고 살다 보면 다시 살길이 열리곤 했다. 하지만 지금은 아니었다. 당장에 내일의 삶이 어떻게 변할지 알 수 없었다. 알 수 없기에 더욱 초조하고 두려웠다.
 "마을 어귀에서 얼쩡거리고 있기에 잡아왔습니다. 어느 절에 있느냐고 물었지만 도통 대답을 하지 않습니다."
 나졸 한 명이 동헌 마루에 모습을 드러낸 현감에게 일의 경위를 설명했다. 그의 장딴지를 감싸고 있는 경의는 흙먼지가 들러붙어 누렇게 변해 있었다.
 분남을 훑는 현감의 눈초리가 매서웠다.
 "승복으로 몸태를 감추었다만 보아하니 여인네가 틀림없는 터. 그래, 네 이름이 무어냐?"
 현감이 물었다. 그가 말할 때마다 턱 아래로 길게 늘어진 노란 호박 갓끈이 출렁였다. 현감의 신분치고 꽤나 값나가는 사치품이었다.
 분남은 섣불리 입을 뗄 수가 없었다. 단내가 풍기는 밭은 입안에서 혀는 엉그름진 논처럼 뻣뻣하게 말라 들어가고 있었다.
 "네 이름이 뭐냐고 묻지 않느냐?"
 마루 밑, 대들보 옆에 서 있던 이방이 현감의 말을 다시 전했다. 이방의 물음 속으로 어머니의 은밀한 당부가 섞여들었다. 행여 누가 네 아버지가 누구냐고 묻거든 모른다고 하여라. 네가 태어날 때 돌아가셨다고 해. 너는 절대 모른다. 네 아버지는 세상에 없다.

세 살 무렵, 어머니는 분남의 입을 단속하고 또 단속했다. 그리 주의를 주지 않았어도 세 살 어린아이가 무얼 알까마는 어머니는 두려운 표정으로, 낮고 은밀한 소리로 분남에게 일렀다.

분남은 어렴풋이 아버지의 죽음을 기억하고 있었다.

세 살 적, 그 단단하지 못한 기억 속에 아버지의 마지막 모습이 들어 있었다. 두두두. 싸리문 너머로 발소리가 요란하다 싶더니만 일단의 군졸들이 집 안에 들이닥쳤다. 그들은 다짜고짜 신발을 신은 채 마루로 올라서더니 안방 문을 열고 아버지를 끌고 나왔다. 그들의 사나운 기세에 방문 경첩은 뜯겨져 나가고 구멍 숭숭 뚫린 문짝은 기우뚱, 기울어서는 부르르 몸을 떨었다. 신발조차 신지 못한 채 버선발로 끌려 나온 아버지의 상투에서 머리카락이 가닥가닥으로 흘러내려 얼굴을 가렸다.

"역적 배지홍은 네 죄를 알렸다. 아전으로서 상전을 올바르게 모시고, 아래로는 백성들의 생활과 안위를 보살펴야 하거늘, 네 직분을 망각한 채 왕을 어지럽히고 나라를 혼란에 빠트린 죄, 죽어 마땅하느니 순순히 오라를 받아라."

대장인 듯한 사내의 음성이 카랑카랑했다. 그 소리에 이웃들의 겁먹은 시선이 싸리울 너머로 날아왔다.

아버지는 닭이었다. 날갯죽지가 비틀려 도륙을 당하는 닭처럼, 아버지는 그렇게 군졸들에게 팔을 엇질려 끌려갔다. 오라진 아버지의 몸이 멀리서도 무참해 보였다

"아버지!"

분남이 아버지를 부르며 뛰쳐나가려 할 때 어머니의 투박한 손이 먼저 그녀의 입을 덮치고 뒷덜미를 잡아챘다.

"조용해라."

어머니의 소리는 낮고도 은밀했다. 아니, 소리는 나지 않았다. 입만 달싹였을 뿐. 분남은 아버지가 끌려가는 것을 숨어 지켜보았다. 곧 목이 동강 날 닭처럼, 아버지는 그렇게 끌려갔다. 입을 막은 어머니의 손 때문에 분남은 숨이 막혔다. 숨이 막혀 아버지보다 먼저 숨이 끊어질 것만 같았다. 버둥거리다 겨우 어머니의 손에서 놓여난 분남은 길게 날숨을 내쉬며 막힌 숨을 가다듬었다. 하지만 숨이 돌고 호흡이 제대로 자리 잡기도 전에 어머니는 분남을 우악스럽게 끌고 자리를 떴다. 행여 아버지를 잡아간 군졸들이 잡으러 올까 봐 뒤도 돌아보지 않고 잰걸음으로 집에서 멀어졌다. 오빠와 남동생은 이미 며칠 전에 몸을 숨긴 터라 어머니와 분남, 둘이서 단출했다.

하늘은 유난히 푸르렀다. 아버지가 잡혀가는 날, 하늘은 무심하게도 눈이 부셨다. 눈이 부셔 저절로 눈이 감겼다. 까까가깍. 까치의 울음도 들렸다. 오동나무에 둥지를 짓고 부등깃으로 복실복실한 새끼를 낳아 기르던 까치들이 다급하게 울어댔다. 그 소리가 불길했다.

집에서 멀리 떨어진 산마루에 이르렀을 때 어머니는 분남을 내려놓고 단장의 울음을 울었다. 그 눈에서 피눈물이 흘렀다. 분남도 따라 울었다. 그 붉은 눈물이 무서워서, 어머니의 눈물이 하도 서러워서, 아버지가 눈에 밟혀서, 그 아버지가 마음에 걸려서 울고 또 울었다. 어머니가 흘리는 피눈물이 그녀의 옷고름을 적시고 흰 무명 저고리에 얼룩을 만들었다. 눈물 떨어진 자리에 붉은 얼룩이 섬뜩했다.

그 통에도 하늘은 한없이 맑고 푸르렀다. 분남은 그 하늘이 야속했다.

"허허. 네 이름을 묻지 않느냐?"

분남을 훑어내리는 현감의 눈초리가 날카로웠다. 그 눈초리가 금방이라도 저의 과거를 들추어내고 망나니의 칼 아래 목을 내놓게 만들 것만 같았다. 혀를 깨물까. 그리하여 가슴에 옹이로 응어리진 한들을 선혈로 토해낼까. 말보다 선혈이라니. 그리하면 저 현감은 어떤 표정을 지을까.

"얼굴은 곱다니 생겼구나. 어느 절에서 도망쳤느냐?"

그 어떤 물음에도 분남은 고집스럽게 입을 다물고만 있었다.

"입을 열지 않겠다면 강제로라도 여는 수밖에 없구나. 어떡하겠느냐? 묻는 말에 그냥 고분고분 대답하겠느냐? 아니면 맞아봐야 정신을 차리겠느냐?"

다그쳐 묻는 현감의 음성에 날이 서 있었다. 그가 말할 때마다 붉은색 답호 자락이 흔들렸다. 현감의 음성이 높아지면 높아질수록 들숨과 날숨도 깊어져 답호 자락의 흔들림도 더 커졌다. 최근 들어 나라 안팎이 뒤숭숭하니 돌아가는 모양새가 심상치 않았고, 적과 내통하는 자들도 심심치 않게 출몰하는 세상이었으니, 조금이라도 수상타 싶으면 붙잡아다 지나온 이력들을 캐고 앞길을 물었다. 그 길에 분남이 있었다.

"허허. 고집이 대단하구나. 그래, 네가 정녕 입을 열지 않겠다면 하는 수 없지. 여봐라. 여기 이년이 사실을 고할 때까지 물볼기를 치거라."

그가 수하를 부르자 분남은 마지못해 자신의 이름을 댔다. 말하지 않고는 무사하지 않으리라는 사실을 저 또한 알고 있었다.

"우담이라고 합니다. 통도사에서 나왔습니다."

분남의 말에 현감의 날이 선 표정이 얼마간 누그러졌다.

"통도사라…… 법명 말고 네 속명을 대거라. 네 이름이 무엇이냐?"

"…… 분남입니다."

"성은 무엇이냐? 성이 있을 거 아니더냐? 네가 하늘에서 뚝 떨어지지는 않았을 터. 네 아비의 이름이 무엇이더냐?"

분남은 아버지의 이름을 묻는 소리에 저도 모르게 어깨가 움츠러들었다. 절대, 네 아버지의 이름을 말해서는 안 된다. 너에게 아버지는 없다. 처음에도 없었고, 지금도 없고, 앞으로도 없다. 알겠느냐? 어머니의 당부가 울연하게 떠올랐다.

분남은 대답 대신 고개를 푹 꺾었다. 그 바람에 이때까지 자신의 시선이 닿아 있던 그의 옷자락이 사라지고 대신 그의 신발코가 보였다. 한 땀 한 땀 바느질이 고운 푸른색 갓신이었다.

"또다시 꿀 먹은 벙어리가 되기로 한 게냐? 네 애비의 이름이 무엇이냐?"

현감의 음성이 쩌렁하니, 동헌 마당을 울렸다. 그 소리가 작은 파동을 만들며 분남의 몸속으로 파고들었다.

"배가이옵니다."

현감의 날선 기세에 분남은 우물거리듯 대답했다. 하지만 소리는 자꾸만 안으로 감겨들었다.

"배가라 하였느냐? 그래, 네 애비의 이름이 무엇이냐?"

또다시 그가 물었다. 어머니의 당부가, 피울음을 우는 어머니의 말이 핏빛으로 선명했지만 분남은 어쩌지 못하고 아버지의 이름을 입에 담았다. 아버지의 이름이 올가미처럼 제 목에 씌어서는 단단히 잡아당겨지는 기분이었다.

"배······지홍입니다."

분남은 푹, 고개를 떨어뜨렸다. 체념이었다. 다시 시선에서 그의 신발코가 사라졌다. 역적의 딸. 화인처럼 따라다니는 단어, 역적. 분남은 심장이 무두질 당하는 것처럼 쓰리고 아팠다. 끊을 수만 있다면 성을 바꾸고 이름을 바꾸고 아버지와의 인연을 끊어내고 싶었지만 그 무엇으로 천륜을 끊어낼 수 있을까.

"그래. 어린 계집이 이유 없이 승복을 입지는 않았을 터. 필경 곡절이 있었을 테지. 말해보아라."

분남은 주저하며 입을 열었다.

"세 살 때 아비가 중죄를 짓고 관청에 끌려가 죽임을 당했습니다. 제가 어렸기에 아비가 잡혀간 연유를 세세히 알지는 못합니다."

삶에 대한 체념은 비밀스럽게 봉인돼 있던 기억을 끄집어내게 만들었다. 분남의 말에 현감은 말없이 그녀를 내려다보더니 이내 수하에게 죄인 명부를 가져오도록 시켰다. 그리고는 이름과 사연들이 빼곡하게 기록된 명부를 찬찬히 뒤지기 시작했다.

그 말없는 시간 속으로 어머니의 살똥스러운 음성이 살아났다.

"우리 죽자. 차라리 우리 같이 죽자. 그래, 이리 살 바에는 차라리 죽는 게 낫겠지. 네 아버지가 죽을 때 같이 죽었어야 했는데, 참말로 그때 못 죽은 게 한이 된다."

저가 배가 고프다고 투정을 부릴 때, 춥다고 개정을 부릴 때, 어머니는 살천스럽게 쏘아보며 같이 죽자고 덤벼들었다. 어머니의 그 새된 소리에 분남은 입안에 고이던 투정을 꿀꺽 삼켰다. 그때는 정말, 어머니의 손이 제 목을 누를 것만 같았다. 죽자고, 이를 악물며 내뱉는 말이 그저 빈소리가 아님을 분남은 본능으로 느꼈다. 어머니의 손이, 불그죽죽하게 얼음 든 찬 손이 언제든 제 명을 끊어놓을 수도 있겠구나 싶어 분남은 얼른 찜부럭 같은 잔 울음을 삼키고 투정도 삼켰다.

그때 같이 죽었어야 했다. 어머니의 말처럼 차라리 그때 죽었어야 했다. 난분분히 날리는 흰 눈발 속에서, 그렇게 비감하게 죽음을 맞이해야 했다. 그랬더라면 누군가는 불쌍타, 눈물 한 방울 부조했거나 쯧쯧, 가련하게 여겨 주검이라도 치워주었을는지 모른다.

분남은 빨리 끝나기만 바랐다. 옥살이든, 죽음이든, 아니면 노비의 삶이든, 빨리 이 동헌 마당에서 벗어나기만을 바랐다. 살면 살고,

죽으면 죽으리라. 삶과 죽음, 두 가지 패 중에서 어느 하나를 선택하라면 저는 사는 패를 집고 싶었다. 아버지처럼 죽고 싶지는 않았다. 아버지처럼 허망하고, 참혹하게 죽고 싶지는 않았다. 비루해도 좋았다. 누추해도 좋았다. 비겁해도 좋았다. 살 수만 있다면, 남들의 놀림과 조롱을 양분 삼아 연명할 수만 있다면, 살아 다른 날을 기약하리라. 저를 농락하고, 저를 업신여기며, 저를 웃음거리로 삼은 자들을 되새기며 그 이름들을 뼈에 새기고, 살아갈 힘을 얻으리라. 하지만 과연, 그런 날이 예비돼 있을까? 제 삶에 그런 날이 올까?

한참 동안 죄인 명부를 뒤적이던 현감이 이윽고 입을 열었다.

"배지홍…… 배지홍…… 옳거니. 여기 올라 있구나. 배지홍의 여식, 배분남. 배지홍이라…… 계유년에 대원군의 졸당들과 함께 대구 감영에 수감되었다가 사형을 당했구나. 역적의 딸은 어떻게 된다는 것을 너 또한 알고 있을 것이다. 그간에 용케도 도망 다녔지만 이제는 네 신분에 맞게 살아야 할 것이다. 여봐라. 저 아이를 행수에게 보내 애비의 죄를 묻고 기적에 이름을 올리도록 해라."

그의 말이 떨어지자마자 수하가 득달같이 달려와 분남의 겨드랑이에 팔을 찔러 넣고 관아 마당에서 끌어냈다. 버둥거려봐야 소용없었다.

분남은 차라리 홀가분했다. 아등바등 놓치지 않으려 손에 쥐고 있던 것을 놓아버린 사람처럼 차라리 마음이 편했다.

분남은 갇혔다. 그리고 며칠 후 밀양으로 보내져 관기에 이름을 올렸다.

2. 꽃, 분남이

 살쩍에 희끗희끗 흰머리가 돋아 있는 행수가 분남을 아래위로 훑어 내렸다. 그리고 뒷모습도 보고, 옆모습도 보고, 치마도 걷어 올려보라 하더니 손도 내놓아보라 했다. 분남은 행수가 시키는 대로 뒤도 보여주고, 옆도 보여주고 치마도 걷어 올리고, 손도 내놓았다. 고개를 뒤로 뺀 채 분남을 실눈으로 요모조모 가늠해보거나 꼼꼼히 들여다보던 행수는 만족스러운 표정을 지었다.
 "그래, 인물은 곱다니 쓸 만하구나. 인물은 좋아. 널 안으면 설레긴 하겠구나. 그래. 여기 오기 전까지 무엇 하며 살았더냐?"
 하관이 빨아 기름한 얼굴에 머리카락은 동백기름을 발라 차분히 뒤로 넘겨 쪽찐 행수기생이 이번에는 분남이 지나온 삶의 이력을 물었다. 그 물음에 분남은 눈을 내리깔고 혼잣말처럼 대답했다.

"중으로 살았습니다."

민머리로 기방의 행수기생 앞에 앉아 있는 분남의 뇌리 속으로 지난 시간들이 가파르게 흘러갔다.

"중으로 살았다……."

행수는 분남의 말을 혼잣말로 곱씹었다. 노란 비단 저고리에 남색 곁마기를 대고 홍색 치마를 입은 행수는 가늘게 뜬 눈으로 분남을 빠르게 훑어 내렸다. 그렇게 한동안 말없이 분남을 이리저리 살피던 행수기생이 다시 물었다.

"헌데 어찌하여 이리로 오게 되었느냐?"

"절 생활이 싫어 도망쳐 나왔다 잡혔습니다."

통도사에서 우담이란 법명으로 저를 버리고 살 때, 분남의 마음은 한 번도 절 안에 머문 적이 없었다. 몸은 절 안에 있으되, 마음은 저 산문 밖, 저잣거리에 가 있었다. 한 번도, 단 한 번도, 거기에 머문 적이 없었다. 운판, 목어, 법고 소리도 싫었고, 스님들의 불경 외는 소리도 싫었고, 딱따그르르, 딱따그르르, 목탁 소리도 싫었다. 새소리도 싫었다. 쏴쏴, 바람결에 나뭇잎 스치는 소리도 싫었다. 다 싫었다. 모든 게 싫었다. 산속의 것이 다 싫었다. 저 혼자 푸르러 있는 나무들도 싫었고, 산그늘도 싫었고, 저 혼자 뜨고 지는 해도 싫었고, 달도 싫었고, 별들도 싫었다. 살별도 싫었고, 산속에서 보는 모든 것들은 죄다 싫었다. 장난삼아 앞서거니 뒤서거니 나무를 타 넘는 청솔모들도 싫었고, 한가로이 흘러가는 구름도 싫었고, 빼죽이 돋아나 있는 풀꽃들도 싫었다. 자신을 여기다 버려두고 간 어미도 싫었고, 자신에게 주어진 우담이라는 법명은 더더욱 싫었다. 어떻게 하면 짙은 녹음을 철갑처럼 두르고 있는 이 절에서 도망칠까, 그 생각밖에 없었다.

그날도 그랬다. 큰스님으로부터 지청구를 듣고 백팔 번의 절을 벌로 받았을 때, 불상은 없고 제단만 화려한 법당에서 분남은 홀로 움직였다. 무릎을 꿇고 두 팔을 죽 뻗어 바닥에 붙이고는 이 절로부터 도망칠 궁리를 했다. 이마가 바닥에 닿게 절을 하다가 문득 고개를 들었을 때, 오후의 햇빛이 법당 안으로 아지랑이처럼 밀려들어와 있었다. 그 빛 속에서 개미들이 나란히 줄을 지어 움직이고 있었다. 좁쌀만 한 하얀 먹잇감을 이고 가는 놈도 있었고, 맨몸으로 가는 놈들도 있었다. 앞에 가는 놈들을 따라 개미들은 흐트러짐 없이 이동하고 있었다.

분남은 먹잇감을 이고 가는 놈을 골라 손톱으로 짓이겼다. 법당 안에서. 부처님 진신 사리를 모셨다는 제단 앞에서 분남은 거리낌 없이 개미를 눌러 죽였다. 잠시 대열이 흩어지는가 싶더니 이내 개미들은 앞서 가는 놈의 꽁무니를 따라 움직였다.

분남은 결연히 일어나 밖으로 나왔다. 그리고는 도망치듯 산문을 벗어났다. 뒤에서 우렁우렁 큰스님의 호통이 들리는 듯했지만 뒤돌아보지 않았다. 뒤돌아보면 금방이라도 스님의 커다란 손이 뒷덜미를 낚아챌 것만 같아 재게 발걸음을 놀렸고, 다급한 마음에 돌밭을 지날 때에는 넘어져 무릎까지 깼다. 그 상처에서 피가 흘렀다. 하지만 분남은 절룩절룩, 멈추지 않고 앞으로 나아갔다.

그렇게 나온 절이었고, 그렇게 벗어난 산이었다.

"할 줄 아는 게 있느냐? 악기나 소리 같은 거 말이다."
행수의 물음에 분남은 머리를 가로저었다.
"그럼, 글을 배웠느냐?"
"아닙니다."
"붓은 잡을 줄은 아느냐?"
"한 번도 잡아보지 않았습니다."
어느 것 하나 할 줄 아는 게 없었다. 거듭되는 도리질에 행수는 난감한 표정을 지었다.
"벌써 네 나이 열세 살, 적지 않은 나이인데 어느 세월에 다 배우고 익힐까."
행수는 낮게 한숨을 내쉬더니 마뜩찮은 표정으로 분남을 쳐다보았다. 나이가 들어 퇴기의 신세이지만 그래도 엽렵하게 묶어놓은 저고리 고름이 수절 기생의 정조를 엿보이게 했다. 헌들 무얼 할까. 이래도 기생, 저래도 기생인 것을. 홍색 비단 치마에 노란색 저고리를 입은 자태는 그래도 고와 보였다.
"그나마 다행스러운 것이 곱다니 생긴 얼굴이구나. 그게 너를 살렸구나. 해어화. 말을 하는 꽃이 우리다. 말을 할 줄 알지만 말을 아껴야 하는 것도 우리다. 들은 것도 못 들은 척, 본 것도 못 본 척 해야 그나마 명줄을 이어갈 수 있다. 함부로 나서거나 설 자리 앉을 자리 구분 못하는 것은 명을 재촉하는 일. 명심하여라. 기생은 사람이 아니다. 그저 꽃이다. 탐관오리를 나무라고 적장을 끌어안은 채 물로 뛰어들어 나라를 구한 의기도 있었다만 그래도 기생의 본분은 남자들의 근심을 풀어주는 일이다. 그러니 명심하고, 명심하고, 또 명심하여라. 남자들이 찾지 않는 기생은 기생이 아니야. 팔천 중의 하나로, 사람대접 받지 못하는 일도 서러운데 그마저도 되지 못한다면 얼마나 슬플 일이더냐? 늦었다만 다른 동무들보다 더 열심히 해야 할 게야. 알았느냐?"

굽혀 세운 한쪽 무릎에 한쪽 팔을 괸 행수가 절도 있는 음성으로 기생살이를 일렀다. 그녀의 손가락에 은가락지가 묵직하게 걸려 있었다. 그게 행수기생의 팔자를 묶어놓은 단단한 고리처럼 보였다. 부잣집 마나님들이야 쌍으로 낀 두툼하고 묵직한 은가락지에 박쥐를 새겨 넣고 다산을 기원하겠지만, 행수의 가락지에는 이름을 알 수 없는 꽃잎들만 겹겹의 음각으로 검게 무늬져 있었다.

분남은 대답 없이 행수의 타이름을 들었다.

"이리저리 보자니 잠자리 수청으로나 제격이구나. 허나 잠자리 수청도 함부로 들었다가는 몸을 상하는 법. 잠자리 수청에도 예절과 법도가 있느니라. 사내의 진기를 흩트리지 않고 빼앗지 않으면서 사내가 피로를 풀고 막혔던 운기를 잘 돌도록 해야 할 거야. 그러기 위해서는 무엇보다 마음가짐을 바로 하고, 욕심을 버리며, 삿된 생각을 하지 말고, 운기를 조절하는 법을 익혀야 할 것이야. 우선 호흡법부터 익히고 나머지들을 익히도록 하여라. 그렇다고 가무와 시, 서화 또한 놓쳐서는 안 될 게야. 네 머리가 자랄 때까지 부지런히 배우고 익혀라. 알았느냐? 네 머리가 다 자랄 때까지 익히지 못한다면 내 너를 단단히 벌줄 터이니 그리 알아라."

행수는 말끝에 힘을 주어 말했다. 오랜 세월을 사람이 아닌, 꽃으로 살아온 여인답게 자태가 은근하고 고왔다. 분남은 낮게 한숨을 내쉬었다.

행수의 방에서 나오는데 건넌 채 너른 방에서 저보다 더 어린 계집이 치마를 올리고는 종아리에 회초리를 맞는 모습이 보였다. 어느 방에서는 둥기당 둥당, 가야금 소리도 새 나왔다. 관절을 꺾으며 어르고 푸는 춤사위도 언뜻언뜻 보였다. 예뻤다. 예뻐도 참으로 예뻤다. 작은 몸에 휘둘러 여민 치맛자락도 예뻤고, 희게 분칠한 얼굴도 예뻤고, 동백기름 발라 곱게 빗어 넘긴 머리도 예뻤고, 꽃수 놓인 외씨버선도 예뻤다. 장구 둘러메고 둥기당 둥당 까치걸음으로 돌 때면 더 예뻤고, 몽두리를 걸치고 머리에는 화관을 얹은 채 손에 낀 한삼을 나비처럼 흩뿌리면 더 예뻤다.

"잊었느냐? 춤은 호흡과 손발 동작이 맞아야 하느니라. 따로 겉돌아서는 안 된단 말이다. 땅과, 춤을 추는 이와, 하늘은 따로가 아니다. 세 가지가 하나로 연결이 돼 있는 게다. 천지인. 우리 춤의 본질이 그것이야. 땅의 기운을 몸으로 끌어내 하늘로 풀어내야 한다. 알았느냐? 그리고 호흡은 단전으로 해야 한다."

어린 기생을 가르치는 선배 기생의 엄한 소리도 새 나왔다. 그 선배 기생의 나무람에 어린 기생의 얼굴이 시무룩하게 죽었다.

이제 자신 또한 저 여인들처럼 꽃으로 살아야 했다. 하나의 꽃이

어야 했다. 남정네들의 손 아래서 울고 웃는 꽃이어야 했다. 이왕이면 더 예쁘고, 더 화려하고, 더 독한 꽃이 돼야 했다. 제가 가진 독으로 사내들을 홀리고, 그 독으로 제 살길을 마련해야 했다. 그 길만이 사는 길이었다. 나이 들어 쓸쓸히 빈방에서 잊혀져가는 퇴기는 되지 않으리라. 결기도 장했다.

분남은 손바닥으로 제 머리를 쓸어내렸다. 그새 자라난 머리카락이 손바닥을 간지럽게 찔러대며 중으로 살았던 시절을 새삼스레 일깨워주었다. 머리카락이 흑단처럼 자라 쪽을 찔 수 있을 때까지 춤사위도 배우고 소리도 배우고, 사내 홀리는 법도 배워야 했다.

거기에 제 살길이 있었다.

분남은 열심히 배웠다. 초승달처럼 눈썹도 그리고, 녹두로 세수도 했다. 입술연지도 바르고 살풋이 걸음걸이도 다시 배웠다. 사내를 품고 요분질하는 것도 배웠다. 허리를 돌리고 사내의 하초를 받아들여서는 꼭꼭 무는 법도 배웠다. 사내가 쏟아놓은 체액을 처리하는 법도 배웠다. 술 따르는 법도 배웠고, 술 마시는 법도 배웠다. 화관무, 승무, 수건 춤도 배웠다. 맺고 어르고 푸는 춤사위에 지나온 세월들을 풀어놓았다. 펄럭펄럭, 분남의 신산한 시절들이 그 희디흰 한삼 끝에서 풀려나갔다. 풀어놓고 살풋이, 고개 틀면 기다란 눈썹이 저 혼자 파르르 떨렸다.

그사이에 머리카락은 자라 쪽을 찌기에도 넉넉했다.

3. 행수기생의 나무람

연두색 갑사 저고리에 덧댄 자주색 고름을 다시 고쳐 매고 있는데 행수기생이 저를 부른다는 전언을 듣고 분남은 행수의 방으로 갔다. 심부름 온 동무 기생의 표정에 걱정스러운 기색이 묻어 있는 것을 보고 짐작은 했지만, 아니나 다를까, 행수기생의 얼굴에 노기가 역력했다.

"네가 누구더냐?"

쟁치마를 입고 머리카락 한 올 흘러내리지 않게 정성껏 기름 먹여 쪽을 찐 행수기생은 분남이 앉기도 전에 날선 소리로 물었다. 물음의 의미를 잡을 수 없어 분남은 아무 대답도 할 수 없었다.

"네가 누구냐고 물었다."

행수의 물음은 같았다. 하지만 행수가 화난 까닭을 알 수 없어 분남은 난감한 얼굴로 행수를 바라보고만 있었다.

"내 말이 들리지 않느냐? 네가 누구냐?"

행수의 소리가 카랑하게 처마를 울렸다. 그 소리에 맴맴, 아침부터 요란하게 울어대던 매미가 주춤, 소리를 멈췄다.

"분남이옵니다."

"너는 누구냐?"

행수기생의 기색을 살피며 마지못해 대답하는 분남에게 행수기생이 다시 물었다.

"분남이입니다."

"너는 누구냐?"

"…… 모르겠습니다."

"너는 누구냐?"

행수기생의 음성이 엄하고 무거워질수록 분남의 소리는 안으로 잦아들었다.

"꽃이옵니다. 해어화입니다."

"그래. 너는 기생이다. 너는 없다. 분남은 없단 말이다. 한데 내가 했던 말을 잊었더냐? 밤마다 어찌하여 교성 소리가 방문을 넘어오느냐? 네가 먼저 사내의 품으로 파고든다는 소리를 들었다. 어쩌자고 네가 스스로 천한 기생이 되려고 하느냐? 화무십일홍이라고 했다. 예쁜 꽃도 기껏해야 십 일을 넘기지 못한다 했어. 여자도 그와 같으니. 네가 곱다니 생긴 탓에 지금이야 사내들이 너를 찾는다만 머잖아 너 또한 자색을 잃으면 누가 너를 찾을까. 네 스스로 배우고 익히기를 힘쓰고, 너 스스로 절제할 줄 안다면 그만큼 오래오래 너를 아끼고 곁에 두려 할 텐데 어찌 배우기를 마다하고 사내의 품부터 찾는 게냐. 사내들이란 본디 가지고 나면 금세 심드렁해하는 법. 정리도 마찬가지다. 없으면 죽고 못 살 것처럼 굴다가도 자기 것이 다 싶으면 금방 싫증이 난단 말이다. 그러니 네 스스로 네 가치를 높여야 할 게 아니냐? 일패 기생, 이패 기생, 삼패 기생이 본디부터 정해져 있더냐?"

행수기생이 작정한 듯 나무랐다. 분남은 명치끝에서 무언가 불온한 기운이 뭉쳐지는 것을 느꼈다.

왜 살기 위해 제가 먼저 다가가면 안 된단 말인가. 왜 꽃으로만 살아야 한단 말인가. 저는 살고 싶었다. 저는 세상을 제 치마폭 안에 담고 싶었다. 거지로 떠돌 때는 몰랐다. 저 산속 풍경 소리 낭랑한 절집에 머물 때는 몰랐었다. 하지만 이제 알았다. 권력을 쥐고 있는 사내들을 제 치마폭에 감싸고 있을 때 저에게도 그런 힘이 생긴다는 사실을, 그 힘으로 무엇이든 필요한 것을 얻을 수 있다는 사실도 알았다. 그러니 이제부터라도 그 힘을 제 치마폭에 감싸 안고 살 것이다. 그리 살 것이다. 사내들을 제 발밑에 두고, 한 계단 한 계단 저 높은 곳으로 올라갈 것이다. 행수기생 따위가 자신의 내일을 꺾을 수는 없다. 행수 역시 한 명의 여자일 뿐, 그 여자가 자신을 투기하고 있는 것이다. 보란 듯이 모든 것을 누리고 살 것이다. 화무십일홍, 꽃이 지기 전에 모든 것을 제 치마폭 안에 담을 것이다. 벌릴 수 있을 만큼 벌려 힘 있는 수컷들을 제 아랫도리로 묶어놓을 것이다.

분남은 행수 앞에서 눈을 내리깐 채 입 다물고 있었지만 입안에서는 뱉고 싶은 대거리들이 가시처럼 돋아났다.

"또 한 번 네 소리가 방문을 넘어올 적에는 내 단단히 벌을 줄게야. 알겠느냐?"

분남은 행수기생의 소리를 흘려들었다. 눈을 내리깐 채 고집스럽게 입 다물고 앉아 있는 분남이 마뜩잖았는지 행수기생의 음성이 사뭇 쳇소리 같았다. 분남은 외려 행수기생이 서운했다.

"왜 대답이 없느냐? 앞으로도 그리하겠다는 게냐? 허허. 거 고약한 계집이로구나. 감히 나를 이겨먹으려 들다니."

굽혀 세운 한쪽 무릎 위에 올려놓은 행수의 주먹이 파르르, 떨렸다.

"네 잘못을 알 때까지 오늘부터 너는 밥이 없다."

"잘못했습니다."

분남은 마지못해 대답했다. 대답하면서도 제 안의 마뜩잖음에 못 이겨 어투가 불퉁스러웠다. 행수는 미간을 구기며 분남을 건너다보았다.

"참으로 큰일 낼 계집이로구나. 예로부터 여자가 욕심이 사나우면 집안이 편치 않거늘, 하물며 기생 팔자에 그리하면 어찌할꼬. 삿된 게 따로 있는 게 아닌 것을. 쯧쯧!"

곱게 풀을 먹인 치맛자락 끝으로 버선코가 살짝 고개를 내밀고 있었다. 미끈하고도 작은 발이 앙증맞아 보였다. 하지만 어쩌랴. 이미 퇴기의 신세인 것을. 밤마다 어린 기생들의 뜨거운 숨소리에 몸만 달아 어지러운 밤을 보내는 것을.

분남은 행수기생의 방에서 나왔다. 마당가에 푸르게 서 있는 매화나무가 제 발밑에 그늘을 드리우고 있었다. 오동나무는 천년을 늙어도 아름다운 소리를 잃지 않고 매화는 아무리 추워도 일생 향기를 팔지 않는다고 했지만, 저는 팔 수만 있다면 다 내다 팔고 싶었다. 저도 팔고, 제 영혼도 팔고, 제 미래도 다 내어주고 싶었다. 그렇게라도 해서 저 매화처럼 스스로 그늘을 만들어야 할 것이다.

분남은 살소매에서 명주 손수건을 꺼내 이마에 흐르는 땀을 눌렀다.

4. 사랑에 빠지다

 분남은 이런 느낌은 처음이었다. 기분 좋은 미열처럼 온몸이 달떠오르면서 가슴이 두근거렸다. 가슴이 살랑거렸다. 그 가슴에 바람이 넘나들었다.
 잘생긴 그의 얼굴이 눈앞에서 아른거렸다. 눈을 감으면 감은 눈꺼풀 안으로 그의 모습이 따라 들어왔고, 한밤에 불을 끄고 누우면 그도 따라 누웠다. 예쁘다, 예쁘다, 참으로 예쁘다. 그의 음성도 우렁우렁 들렸다. 손등을 쓰다듬던 그의 손길도 따뜻한 온기로 남아 있었다. 그도 분명 자신을 은애하고 있었다. 아니다, 아니다. 아닐 것이다. 어찌 기생인 나를 사랑할 수 있을까. 도리질을 치고 흡, 길게 숨을 들이마셔도 그의 모습은 지워지지 않았다. 그이 생각만 하면 발그레 얼굴에 물이 들었다. 복사꽃처럼, 연분홍빛이 되었다.

"무슨 생각을 그리하는 게냐?"

저보다 두 살 더 적은 매란이 속삭이듯 물었다. 장구 장단을 놓친 분남은 그 물음에 잠에서 깨어난 사람처럼 화들짝 놀라 주변을 둘러보았다. 다행히 행수는 다른 아이의 춤사위를 보느라 분남이 놓친 장구 장단을 흘려듣고 있었다.

"무슨 일 있어?"

다시 매란이 분남의 귀에 입을 바짝 가져다 대고 물었다. 훅 하니, 그녀의 입김이 귓바퀴를 간질였다.

분남은 얼른 표정을 단속하고 장구채를 고쳐 쥐고는 덩기덩 쿵덕, 장단을 맞췄다. 그러나 그의 얼굴은 진득하니 분남의 뇌리 속에서 떠나지 않았다.

기어이, 장구를 가르치던 기생 언니가 탁탁탁, 신경질적으로 장구를 두드리더니 분남을 향해 말했다.

"다들 가만히 있고 분남이 혼자만 방금 했던 장단을 쳐보아라."

함께 공부를 하던 기생들의 시선이 분남에게로 모아졌다. 분남은 얼굴이 붉어져서는 덩기덕 쿵덕 장단을 치기 시작했다. 하지만 자꾸만 장단이 흐트러졌다.

"아무래도 안 되겠다. 치마 걷어라."

일벌백계였다. 한 사람을 다스림으로 해서 여러 사람에게 경계심을 갖도록 하는 것. 기생 언니는 굳은 얼굴로 분남에게 치마를 걷어 올리도록 했다.

분남이 치마를 걷어 올렸다. 딱. 딱. 희고 가느다란 종아리에 감기는 회초리에 기생 언니의 강단진 힘이 실려 있었다. 싸리로 만든 회초리가 지나갈 때마다 살이 찢어지는 듯한 통증이 일었지만 분남은 신음 한 번 빼물지 않았다. 그렇게 매가 지나간 자리에 붉은 자국이 도드라졌다.

그 매질이, 통증이, 가슴에 박힌 그의 얼굴을 지워내지는 못했다. 그를 내보내려 하면 할수록 그는 분남의 가슴속에 더 단단히 똬리를 틀고 앉아서는 분남을 설레게 했다. 매질에 새겨진 붉은 자국처럼, 그의 얼굴은 분남의 가슴에 화인으로 찍혀 있었다.

그날 밤, 분남은 쉬 잠을 이룰 수 없었다. 자려고 누웠지만 잠보다 먼저 재식의 얼굴이 떠올랐고, 낮의 일이 떠올랐다. 맞은 자리에서 동통이 욱대기며 파고들었다. 분했다. 속상했다. 한 사람을 은애하는 일도 죄가 될 수 있다니. 아무리 기생 신분이라지만 왜 사람을 사랑해서는 안 된단 말인가?
"이년아, 아무래도 너 수상쩍다. 마음에 둔 사람이 생긴 거지? 그렇지? 기생 팔자에 은애라니."
동갑인 금향이 안쓰러운 표정으로 분남에게 말했다.
기생도 얼마든지 은애할 수 있다. 팔자도 고칠 수 있다. 제아무리 팔자가 기구하여 기생이 되었지만 저 할 요량에 따라 얼마든지 대갓집 처마 밑으로 들어가 남의 괄시를 피할 수 있고, 남정네 사랑을 독차지하면서 권세도 부릴 수 있다. 기생으로 살다 왕의 사랑을 독차지한 여자도 있으니 저라고 되지 말란 법이 어디 있을까. 그럴 것이다. 나도 그럴 것이다. 하지만 분남은 한숨부터 내쉬었다. 관기인 처지라 그와 혼인을 맺는 것은 불가능했다. 게다가 그는 아직 장가도 들지 않은 몸이라 첩실로 가기도 어려웠다. 꿈이었다. 그저 꿈일 뿐이었다. 행수의 모진 나무람에도 눈물 한 방울 나오지 않았는데, 꿈이라고 생각하니 명치께가 먹먹해지면서 이내 그렁그렁 눈물이 맺혔다.

"오라. 네년 눈가가 젖어드는 양이 정말 은애하는 사람이 생긴 모양이로구나. 온 지 얼마나 됐다고 그새 연애질은 연애질이냐. 누구냐?"

금향이 눈을 반짝이며 물었다. 그를 가슴으로 품었으니 그를 지키리라. 그의 이름을 말하는 순간 사랑이 빛을 바랠지니 온전히 그 사랑을 자신만의 사랑으로 지키리라. 분남은 완강히 고개를 가로저었다.

"그래, 말하기 싫으면 관둬라. 우리 같은 팔자에 사랑은 무슨……. 관기는 관물과 같은 것. 우리는 사람이 아니지. 그저 관청의 재산일 뿐이다. 숨 쉬고 잠자고 먹는다 하여 우리가 사람인 줄 알았냐?"

말을 마친 금향이 길게 한숨을 내쉬었다. 살짝 얼굴이 얽은 금향의 한숨이 그 어느 때보다도 흥감스러웠다. 금향은 엽전 몇 푼에 팔려온 아이였다. 그 돈으로 얼마나 더 잘 살겠다고, 제 아버지가 딸의 손을 끌고 와 돈과 바꿔간 애잔한 인생이었다.

"왜 사랑하면 안 되는데? 이렇게 목숨이 시퍼렇게 살아 있는데, 이렇게 숨통이 펄쩍펄쩍 뛰는데 어떻게 죽어 있는 것처럼 지낼 수 있단 말이냐? 나는 할 거야. 이 가슴이 시키는 대로 할 거란 말이다. 이 앙가슴에 꽃불로 사랑하는 사람을 지킬 거야."

분남의 말에 금향이 눈을 동그랗게 뜨고 쳐다보았다.

"행수 엄마의 귀에 네가 은애하는 사람이 있다는 말이 들어가면 야단맞을걸?"

"왜? 그녀도 사람이야. 그리고 행수가 내 인생을 살아줄 것도 아니잖아? 두고 봐. 나는 내 하고 싶은 대로 하고 살 거야. 나는 세상을 가질 거야. 세상을 내 마음대로 움직이며 살 거야."

분남이 샐쭉한 표정으로 입을 비틀며 결기를 세웠다.

"그래, 그런 꿈이라도 있어야지 이 세월을 견디지, 어떻게 견디겠니?"

"아니야. 난 꿈만 꾸지 않을 거야. 기필코 이뤄낼 거야. 두고 봐."

금향이 빤히 분남의 얼굴을 쳐다보다 입을 뗐다.

"지난번 왔던 전재식이 맞지? 대구 중군 전두후의 아들 말이야."

전재식. 그의 이름에 분남은 흠칫 놀랐다. 이름만으로도 분남은 가슴이 설렜다.

"맞구나. 그이구나. 그래, 그럴 만하지. 그이처럼 잘생긴 남자를 보고 가슴이 설레지 않는다고 하면 거짓부렁이겠지."

분남은 전재식이 아니라고 우기지 못했다. 우김질을 한다고 해서, 그를 부정한다고 해서 그가 마음속에서 사라지거나 사실 자체가 없어지는 것은 아니었다. 아니, 어쩌면 분남은 그가 자신의 사랑임을 사람들에게 알리고 싶었다. 분남의 사람이니 다른 사람은 마음에 품지 말라고 경고를 하고 싶었다. 전재식은 분남이 거다, 나발 불고 낙인찍어두고 싶었다.

"그래. 어쩌겠니? 우리도 사람인데, 왜 은애하는 사람이 안 생기겠니? 그게 마음먹는다고 마음먹은 대로 되는 것도 아니고. 어쩔끄나. 네가 불쌍해서. 불쌍해도 참으로 불쌍하구나."

금향이 한숨처럼 내뱉었다.

"너는? 너는 은애하는 사람이 없니?"

분남이 속삭이듯 물었다.

"나는 그런 거 안 해. 우리 팔자에 그런 사람 가슴에 들여봤자 아프기만 더 하겠니?"

"그래도 자세깨나 하는 대감의 후실 자리도 괜찮지 않겠니? 우리 팔자야 정실부인 자리는 무리겠고 말이야."

"누가 나를 앉혀주겠니?"

"왜? 네가 얼마나 예쁜데. 네가 소리할 때 보면 세상에 너만 한 여자도 또 없더라."

분남의 말에 금향은 낮고 길게 한숨을 내쉬었다. 열다섯 살 여자아이의 한숨이 흥감스럽고도 신산하게 느껴졌다.

"그만 자라. 내일 늦게 일어난다고 또 행수 엄마가 난리칠라."

분남은 반듯이 누었다. 그 움직임에 재식의 얼굴도 따라 움직였다.

훅. 금향이 촛불을 끄고 분남의 옆에 누웠다. 그 어둠 속에서 어머니를 따라 유랑하던 방랑의 시간들이 떠올랐다 사라져갔다. 어머니는 지금쯤 어디에 있을까? 어디서 또 무슨 일로 하루를 마감하고 있을까. 앞 못 보는 여자가 할 수 있는 일이란 저고리 고름을 푸는 일밖에 없을 것이다. 그 여인의 삶이 안됐다.

자신은, 그렇게, 살지, 않을 것이다. 자신이 시대를 우롱하고 사내를 제 발아래 두고 살 것이다. 할 수만 있다면 아버지를 역적으로 몰아 죽음으로 내몬 자들을 더한 고통으로 응징할 것이다.

분남은 어둠 속에서 지난 세월을 떠올리고 마음을 닦아세웠다. 눈보라 치던 날, 살품 사이로 파고들던 눈발에 시퍼렇게 얼굴색이 죽어서는 이제, 죽는구나, 애면글면 쥐고 있던 삶의 끈을 놓으려 할 때, 그때도 살았는데, 어찌 잘살 수 없을까. 등 따숩고, 배곯지 않는 지금이야 그때 비하면 대갓집 안방도 부럽지 않은 호사였다. 아니, 이것도 부족하다. 저 할 나위에 따라 대갓집 안방마님들보다 더 큰 위세를 부릴 수도 있을 터. 그럴 것이다. 저도 그럴 것이다.

소리가락과 춤사위에 하루하루가 저물어갈 때 기방 너머 세상은 하 수상했다. 들려오는 소리들은 하나같이 끔찍했고, 아무도 내일의 안녕을 자신 있게 말하지 못했다.

지난해 임오년에는 군란이 일어나 군졸들이 서로 죽이고, 죽임을 당하더니 이번에는 정변이었다. 우정국 낙성식 축하연을 이용해 개화 인사들이 변을 일으킨 것이다.

임금과 왕비는 갇혀 있다가 청국에 도움을 요청하면서 정변은 진압되었으나 작은 땅 조선에서 청군이 주인 행세를 했다. 일본은 이를 못마땅하게 여겼고, 호시탐탐 조선을 엿보았다.

 민심이 흉흉했다. 사람을 죽고 죽이는 일이 흔했다. 일군이 청군을 죽이고, 청군이 일군을 죽이고, 조정에서 역적들을 처단하고, 청군이 조선인을 죽이고, 일군이 조선인을 죽였다. 서로가 서로를 죽였다. 사람 목숨이 별거 아니었다. 아버지도 죽고, 뭇 사내들도 죽고, 어머니와 자식들도 따라 죽었다. 일인들이 모여 사는 왜관에는 새로 들어온 일인들이 많았다. 그들은 야차처럼 조선인을 괴롭혔다.

 행수는 새끼 기생들에게 그럴수록 더 입조심, 몸조심, 눈조심 하라고 일렀다. 보았어도 보지 않은 듯하라고 일렀고, 들었어도 듣지 않은 듯하라고 주의를 주었다. 하지만 어찌 본 것을 보지 않은 듯하고, 들은 것을 듣지 않은 듯할 수 있을까? 말이 말을 낳고, 불안은 불안을 새끼 치고, 무서움은 무서움을 증식시켰다. 그 말들이, 그 불안들이, 그 무서움들이 편한 잠을 방해하고, 여유를 앗아갔다.
 곳곳에서 못살겠다, 민란이 일어나고, 첩자들이 들끓었다. 성성하던 사람들이 하루아침에 변을 당하고, 사람들은 삶의 의지를 상실한 채 마지못해 살았다.

 어느 날 분남은 매죽당으로 불려갔다. 악공들과 다른 기녀를 부르지 않고 단독으로 분남을 부른 것이 잠자리 수청을 들라는 뜻일 터였다. 정성껏 목욕을 한 분남은 몸매가 드러나도록 한껏 치마폭을 돌려 감쳐 잡고는 치켜든 턱으로 매죽당으로 갔다. 저를 대하는 부사의 눈빛이 예사롭지 않음을 처음 보았을 때부터 느끼고 있던 터였다. 헌데 이제 와 부르다니. 늦어도 한참 늦었다. 부사가 저를 마음에 두고 염두에 두는 것만으로도 분남은 벌써 도도해졌다. 동무들도 부사의 부름을 받고 나가는 분남을 부러워했다. 휴. 질투와 시기와 부러움이 섞인 동무들의 한숨과 시선을 뒤꼭지에 매달고 분남은 기방을 나섰다. 동무들의 부러운 시선에 발걸음이 춤을 추듯 사뿐거렸다.

부사가 들어 있는 매죽당 지붕 너머 야트막한 동산에는 대나무들이 서로 몸 비비며 쏴쏴, 울고 있었고, 마당가 한쪽에는 뿌리를 내리고 있는 매화나무가 잎을 무성히 매달고 서 있었다. 매죽의 절개와 기개도 어수선한 나라 사정 앞에서는 그저 처량할 뿐이었다.

분남은 방으로 들어가기 전에 동백기름 발라 쪽을 찐 머리를 양손으로 쓸어 넘기며 가지런히 모았다. 어쩌면 이것이 기회일는지도 몰랐다. 부사의 마음에만 들면 부사의 그늘 아래서 그렇게 남은 생을 부유하고 안온하게 살 수 있을지도 몰랐다. 기생 팔자에 단심으로 홀로 붉은들 무슨 소용이 있으며, 기생의 절개가 청죽처럼 곧고 푸른들 무슨 소용이 있을까.

새로운 사람 앞에서 재식에 대한 사랑이 위태롭게 흔들렸다.

분남의 기척에 들어오라는 부사의 음성이 격자살문 너머에서 날아왔다.

"부름 받고 왔습니다. 분남이라 합니다."

고개 숙여 나부시 절을 하는 분남의 어조에 교태가 들어 있었다.

"그래, 네 이름이 분남이라 하였느냐?"

절을 마치기를 기다렸다 묻는 부사의 어조가 어딘지 생급스러웠다.

"분남이…… 분남이라……. 그래, 네 아비의 이름이 무엇이더냐? 무슨 죄를 지었기에 기적에 이름을 올렸더냐?"

술상 대신 서안을 앞에 두고 앉은 밀양 부사 정병화는 분남을 향해 꼬치꼬치 캐물었다. 어디에도 술상은 없었다.

분남은 슬쩍 부사의 얼굴을 훔쳐보았다. 각진 얼굴에 눈썹 또한 진하고 굵어 강한 인상이었다.

"네 아비의 이름이 무엇이냐고 묻지 않았느냐? 기적에 오른 네 이름이 네 아비가 지어준 이름이더냐? 짐작 가는 게 있어서 내 물어보느니라. 네 아비의 이름이 무엇이냐?"

짐작이라니? 부사의 말에 분남은 목덜미가 뜨거워졌다.

"…… 배지홍이라 합니다. 지난 계유년에 역적으로 몰려 참수되셨지요. 제가 세 살 때 일입니다. 그런 연유로 저는 죄인의 후손으로 기적에 이름을 올리게 되었습니다."

분남은 머뭇거리다 대답했다. 언제나 그렇지만 아버지의 일을 입에 담을 때마다 달구어진 쇠솥 위에 올라앉은 것처럼 밑자리가 불편했다. 아버지의 이름을 입에 올리지 말라는 어머니의 당부가 아니더라도 저 스스로도 아버지로부터 도망치고 싶었다.

부사는 입을 꾹 다물고는 한참 동안 분남을 지켜보았다. 그 말 없는 시간이, 침묵의 시간이 분남은 불편하고도 서름했다. 행여 수청 들라 싶어 동백기름 발라 머리 쪽 찌고 왔는데, 수청은 들라 아니하고 지나간 일들을 새삼 들춰내고 따져 묻는 것이 이상하고 두렵기만 했다. 무언가 일이 잘못되어 저까지 변을 당하는 것은 아닌지, 적이 두려웠다. 일가를 멸하라고 했는데 아버지만 죽임을 당한 것은 아닌지. 이제 와서 아버지의 죄가 저한테까지 미치는 것은 아닌지. 제 아버지의 목이 달아났던 것처럼 제 목 또한 달아나는 것이 아닌지. 머릿속은 어지러웠고, 내리깐 눈에서는 춤추는 망나니가 아른거렸다.

 조금 전까지 분남의 몸놀림에 달착지근하게 배어 있던 교태는 어느 틈에 사라지고 없었다.

 "고개를 들어보아라. 네 얼굴을 다시 한 번 보자."

 부사가 입을 뗐다. 무거웠지만 어딘지 다정한 음성이었다. 분남은 천천히 고개를 들었다. 하지만 시선은 부사를 비껴 부사 뒤에 놓여 있는 기명절지도의 병풍에 눈을 두었다. 병풍 속, 둥근 화병에 담긴 꽃가지는 매화였다.

 "그렇구나. 네 아비의 얼굴이 네 얼굴 속에 들어 있구나."

 아버지의 얼굴이라니? 분남은 병풍에 던져두고 있던 시선을 부사에게로 가져갔다. 그런 그녀의 눈이 둥그레 벌어졌다.

 "네 아버지 배지홍과 나는 오랜 친구이다. 한때 네 아버지의 도움을 받기도 했었지. 그럴 줄 알았다. 내, 처음부터 배지홍의 여식

일 줄 알았다. 네 얼굴에 네 아버지의 얼굴이 들어 있더구나. 그래, 긴가민가했다. 물어봐야지, 물어봐야지 하면서도 이제까지 못 물어봤구나. 이제라도 알아서 다행이다. 헌데, 네 어머니는 어찌 되었느냐? 그리고 네 오라버니들은? 내가 알기로는 아들도 있었다고 들었다."

관복을 벗고 두루마기 차림으로 앉아 있는 부사의 음성 속에 회한과 반가움이 서로 갈마들었다.

분남은 고개를 푹 숙였다. 아버지의 얼굴을 알 수 없었다. 아버지의 코가 어떻게 생겼는지, 아버지의 눈이 어찌 생겼는지, 아버지의 음성은 또 어땠는지 분남은 알 수 없었다. 어머니는 아예 아버지의 이야기를 금했고, 아버지 이야기를 입에 담지 않았다. 기억 속에 아버지의 얼굴은 없었다. 아버지는 다만 풍경으로만 들어 있었을 뿐. 헌데 아버지의 얼굴이 자신의 얼굴 속에 들어 있다니. 분남은 저도 모르게 코끝이 매워왔다.

"오빠와 남동생은 먼 일가붙이에게로 몸을 피했고, 어미는 아비가 참수되던 날 피눈물을 흘린 탓에 눈이 멀었습니다. 그 눈으로 죽지 못해 연명했지요. 차라리 죽는 것보다 더 못한 삶이었습니다. 거지라고 놀림도 받았지요. 마방이나 주막에서는……."

분남은 차마 뒷말을 잇지 못했다. 치욕의 삶이, 참으로 고단했던 삶이 울연하게 머릿속에서 흘러갔다.

"그래, 아비 없는 삶이 오죽했겠느냐. 내 세세히 듣지 않아도 그 지난했을 나날을 짐작할 터. 네 어미가 참으로 안됐구나. 눈이라도 말짱해야 어디 가서 밥이라도 빌어먹을 것을. 쯧쯧."

말을 마친 부사는 한동안 눈을 감은 채 입을 꾹 다물고 있었다. 그 말이 없는 자리에 격자 살 장지문을 투과해 들어온 빛의 그림자가 사방에 얼룩을 만들며 수선스러웠다.

"내 말 잘 들어라. 너 말이다."

너 말이다, 까지 마친 부사는 불쑥 자리에서 일어나더니 장지문 앞으로 갔다. 그리고는 조심스럽게 문을 열고 밖을 확인하더니 제자리로 돌아왔다.

"일본으로 갈 테냐?"

부사의 음성이 더욱 낮아져 있었다. 일본이라니?

"어쩔 테냐? 네가 조선에 있다면 평생 관기의 몸으로 늙어가야 한다. 설령 너를 어여삐 여기는 사람을 만나 그 사람의 처마 밑으로 들어가 남은 세월을 의탁할 수도 있겠지. 하지만 그 또한 어찌 살아 있다 하겠느냐? 내 너의 아비에게 도움을 받은 일이 있다. 하니, 그 신세진 일을 갚기 위해서도 너를 돕고 싶구나. 잘 생각해보아라. 결심만 한다면 네가 일본으로 갈 수 있는 방도를 찾아보겠다."

부사는 장지문과 분남을 번갈아 바라보며 낮은 소리로 이야기했다. 분을 곱게 먹인 분남의 이마 한쪽에 푸르게 도드라진 핏줄이 파르르 떨렸다. 전재식이 생각났다. 연모하는 임을 두고 어찌 갈 수 있을까? 그가 과연 자신의 처마일 수 있을까? 그가 자신의 그늘이 돼줄 수 있을까? 그것도 평생 말이다.

망설이는 분남의 기색을 목도한 부사는 그녀의 결심을 재촉하지 않고 강제하지도 않았다.

"일본으로 가면 살길이 생길 거다. 너한테는 그 편이 훨씬 나을 거야. 그래, 예서 너를 버리고 꽃으로 사는 것보다 일본으로 가서 당당히 사는 게 더 나을 거다. 며칠 말미를 줄 테니 잘 생각해보거라."

어머니처럼 살지 않으려면 조선을 벗어나는 길밖에 없었다. 그 길 위의 삶에 어찌 자존감이 있을 수 있을까. 한여름 복날까지, 시한부 삶을 살아야 하는 누옥의 똥개 신세만도 못한 게 비럭질하는 모녀였다. 바가지 내밀면 쉰밥, 찬밥보다도 더 푸짐하게 날아오는 게 욕설이었고, 비럭질에 박대와 설움이 누더기로 쌓여가는 게 길 위의 삶이었다. 어머니는 어느 부잣집 헛간에서 그 집 마름에게 능욕을 당하기도 했고, 분남 역시 제 몸뚱어리가 제 것이 아니었다. 그런 연유로 지난 세월에 어찌 미련이 있고, 앞날에 무슨 희망이 있을까?

"가겠습니다. 가겠으니 보내주십시오."

분남은 결연히 대답했다.

"오냐. 잘 생각했다. 그럼 네가 갈 길을 알아보겠으니 이 일은 너와 나만의 비밀이다. 누구에게든 발설하면 안 된다. 알았느냐?"

고개를 숙이고 있는 분남의 이마가 단단하니 아름다웠다.

"가보아라."

분남은 뒷걸음으로 부사의 방에서 물러났다. 뒷걸음질 칠 때마다 사각사각 연화만초문이 무늬 져 들어 있는 옥색 비단 치맛자락이 댓잎 스치는 소리를 냈다. 탁. 문을 닫고서 고개 들고 허리를 펴

하늘을 바라보니 유난히 푸른빛이 쪽물처럼 풀어져 있었다. 그 푸른빛이 서러웠다.

"잘 모셨느냐?"
 행수가 불려간 지 얼마 되지 않아 돌아오는 분남을 보고 염려스러운 표정으로 물었다.
"네."
"헌데 왜 이리 금방 오느냐?"
"그냥 물러가라 했습니다."
"네가 부사의 기분을 상하게 만든 것은 아니냐?"
"아닙니다."
"그래?"
 행수는 아무래도 미심쩍다는 표정을 지었다.
 둥기당 둥당. 별채에선 가무를 눈 안주 삼아 질펀한 술자리가 이어지고 있었다. 낮부터 얼근히 취해 측간을 오가는 사내도 보였다. 곳곳에서 민란이 발생하고 정변이 일어나도 저들에겐 그저 다른 사람의 이야기일 뿐이었다.

 세상은 그런 거였다. 가진 자는 살아남고, 못 가진 자는 짐승보다 못한 삶을 사는 것.
 일본으로 갈 테냐? 부사의 말이 간지럽게 귀를 갉작였다.

어느 순간 분남의 몸 위에서 힘차게 움직여대던 재식이 움직임을 멈추더니 축 늘어졌다.

"오늘따라 유난히 더 조르는구나."

재식이 가쁜 숨을 몰아쉬며 말을 했다.

"이년 몸 구석구석에 은애하는 임을 새기고 싶었습니다. 어디 몸뿐이겠습니까? 서방님의 체취와 음성과 터럭 하나하나까지 모조리 다 새기고 싶었습니다."

"허허. 음기가 너무 세면 남자의 몸이 망친다고 했는데 너무 센 거 아니냐?"

"그래서 싫습니까?"

"싫기는. 오히려 그래서 좋다. 내숭 떨지 않아서 좋다. 어디 세상 여자가 너 같더냐?"

"저 말고도 또 다른 년이랑 몸을 섞으셨습니까?"

"어찌 이리도 이쁘냐?"

샐쭉, 토라지는 분남을 안으며 재식이 웃었다. 땀으로 뒤발한 두 사람의 몸이 미끌거렸다.

"이리 이렇게 해보아라. 나도 너 한번 보자."

다리를 벌리고 재식은 분남의 꽃을 들여다보았다. 부끄러운 듯 분남은 슬쩍 엉덩이를 틀어 꽃을 가렸다.

"이년더러 너무 세다 하시더니 또이옵니까?"

"네가 나를 가만두지 않는다. 그러니 너는 요화인 모양이다. 요물에 요화, 너랑 일 년을 살면 아마도 색병이 들어 죽을 거다."

"그래서 걱정됩니까?"

"걱정이 되다니. 그래도 좋으니 너랑 살아보고 싶다."

"그러합니까? 저도 그렇습니다. 서방님이랑 그렇게 아무 근심 없이, 아무 생각 없이 한 몸으로 뒤엉켜 그렇게 살고 싶습니다."

"오냐. 안 될 게 뭐 있겠느냐? 그렇게 한번 살아보자."

"어떻게 살 수 있는데요? 여기는 서방님보다 더 높은 사람들이 많은데요. 그들이 저를 안고 싶다고 하면 저는 가야 하는걸요. 그들이 저한테 죽으라 하면 죽을 수밖에 없는데요. 그런 마당에 서방님이 어떻게 저를 지킬 수 있겠어요?"

"그렇게 안 되도록 내가 노력하마."

"세상에는 노력해도 되는 일이 있고 안 되는 일이 있어요. 어디 요즘 세상이 사람이 살 만한 세상이던가요? 그저 우리 같은 천한 것들은 말의 종, 몸의 종으로 살 수밖에요."

"그래서 네가 지금 앙탈을 부리는 게냐?"

"그래요. 서방님이 저를 데리고 도망갔으면 좋겠어요. 사람들이 찾지 못하는 곳으로 가 꽁꽁 숨어 살았으면 좋겠어요."

분남이 투정 부리듯 말했다.

"오냐, 그러마. 너를 데리고 멀리멀리 가마. 기왕에 말 나왔으니 지금 당장 떠나자."

"어디로요?"

분남이 발딱 고개를 쳐들어 재식을 바라보았다.

"어디로 갈까? 극락으로 갈까? 지옥으로 갈까? 그래, 극락보다 더 좋은 곳이 어디 있겠느냐?

　재식은 다시 힘차게 분남의 몸속으로 밀고 들어왔다. 아랫도리로부터 올라오는 묵직한 쾌감에 분남은 저도 모르게 아으, 신음을 내질렀다.

　"가자는 곳이…… 가자는 곳이 이곳이……에요?"

　"그래, 싫더냐? 싫으면 말하여라."

　"아니에요. 아니에요."

　분남은 흥감스러운 신음을 내질렀다. 얼마 전에 뜨듯한 체액을 쏟아내며 수그러들었으면서도 한창때인 사내의 몸은 다시 단단해져서는 분남의 몸속을 거침없이 헤집어놓았다.

　분남은 어느 순간에는 자지러졌다가 어느 순간에는 몸을 꼬며 우는 소리를 해댔다. 그러다가도 어느 순간에는 재식의 등에 붉은 선을 그어놓았다. 입술을 빨고 혀를 빨고 귓바퀴를 잘근잘근 깨물다가 어느 순간에는 재식을 밀치고 일어나서는 그를 타고 앉아 말을 타듯 요분질을 해댔다. 걸터앉은 분남의 몸이 자신의 사타구니를 비벼댈 때마다 재식은 뜨거운 숨과 함께 탄성을 토해냈다.

　별채 밖으로 사람들의 기척이 들렸다. 하지만 분남은 신경 쓰지 않았다. 비음 섞인 교성이 방문을 넘어가 사람들의 발길을 붙잡았지만 개의치 않았다. 환한 햇살에 서로의 몸을 비춰보다가 탄식을 내뱉고, 서로의 은밀한 부위에 얼굴을 부비며 한 몸이 되었다가 어느 순간에는 떨어져 나왔다.

　세상의 영화가 그 안에 있었다.

그 순간 분남은 모든 걸 잊을 수 있었다. 몸의 쾌락 안에, 몸의 환희 안에, 그 순간만큼은 모든 시름을 잊을 수 있었다.

그제야 낯선 사내들 품에서 뜨거운 숨을 토해내던 어머니를 이해할 수 있었다. 어머니가 살 수 있는 길은 그 길밖에 없었을 것이다. 삶의 터전과 지아비를 잃은 여자가 살 수 있는 길은 그것밖에 없었을 것이다.

몸뚱이 하나, 죽으면 썩어 없어질 몸뚱이 하나. 그 몸뚱이로 무엇이든 못할까. 가진 거라고는 몸뚱이 하나밖에 없는데, 그 몸뚱이를 밑천 삼아 세상을 가질 수만 있다면 저는 어머니보다 더한 것도 감당하리라. 더한 모욕도 인내하리라.

5. 마쓰오

　정지간 찬모들도, 분단장하는 기생들도 한껏 들떠 있었다. 사향 냄새, 분 냄새가 기방 안에 진동을 했다. 악기를 다루는 기생들도, 춤을 추는 기생들도, 소리를 하는 기생들도 거울을 끌어당겨놓고 행여 눈썹이 짝짝이가 되고 입술이 비뚤어질세라 이리저리 고개 틀며 정성껏 그려나갔다. 마늘각시들처럼 다들 예뻤다.
　"오늘 손님은 일본 상인들이다. 내 그들을 생각하면 안 한다, 못 한다, 문 닫아걸고 싶지만 어쩌겠느냐. 이 팔자를 한탄해야지. 하지만 한편으로는 우리가 할 요량에 따라 그들이 주머니를 더 풀 테고, 그럼으로 우리에게 이득이 될 것이니 이 또한 조선을 위하는 길이 아니겠느냐? 그러니 싫어도 하는 수 없지. 다들 정신 바짝 차려야 할 게야."

행수가 문을 열고 분단장에 정신이 없는 기생들을 향해 잡도리를 했다. 흥이 난 듯 어떤 기생은 아아, 목청을 다듬고, 어떤 기생은 연지 바른 입술이 마음에 들지 않는 듯 자꾸만 경대를 들여다보며 입술에 손을 가져갔다.

"치마 좀 올려줘."

분남은 등을 보이며 돌아서는 금향의 치마를 한껏 올려주었다. 금향은 흘러내릴세라 분남이 올려준 치마끈을 야무지게 동여맸다. 노리개도 잊지 않고 정성껏 매달았다. 대갓집 마나님의 그것처럼 호박과 비취를 주렁주렁 금실로 엮은 삼작노리개는 아니었지만 그래도 사향을 넣은 노리개였다. 어떤 기생은 하룻밤 꽃값으로 받은 비취 비녀를 꽂고 어떤 기생은 두툼한 은가락지를 끼며 자랑을 했다.

사내의 사랑도 받지 못하고 그런 귀한 몸붙이도 없는 기생들은 시새운 표정으로 입술을 씰룩거리며 눈썹을 그리고, 머리단장을 했다.

오늘은 일본 상인들이 오기로 돼 있었다. 조선과 청나라를 오가며 장사를 하는 그들은 조선의 기생들을 좋아했고, 큰돈을 쓰고 가는 그들이 기생들에게는 큰손님이었다.

기생 팔자에 하룻밤 봉사로 주머니 두둑해진다는데 치마끈 풀지 않고 저고리 고름 풀지 않을 수 있을까. 나라를 걱정하는 정의로운 기생들도 있고, 절개를 지키려 제 얼굴에 스스로 흠집을 내는 수절 기생도 있다지만 기왕에 꽃으로 살 팔자라면 보다 더 화려하고 예쁜 꽃으로 살고자 할 것이다.

분남도 정성껏 얼굴에 색을 입혀나갔다. 희게 분칠을 한 얼굴에 반달 모양으로 눈썹을 그리고 입술도 빨갛게 덧칠했다. 머리카락 한 올 빠짐없이 참빗으로 빗고 빗어, 뒤로 모두어 쪽을 찌고 동백꽃 기름 발라 차분히 가라앉혔다.

그리고 거울을 보니 제가 보기에도 예뻤다.

없는 것이 없었다. 술에 산적, 인절미에 오색 과일까지. 임금에게나 진상되었을 법한 생선까지. 넉넉하게 켜둔 초도 너울너울 타들어갔고, 촛불이 흔들릴 때마다 웃음도 따라 흔들렸다. 술도 흔전만전 푸졌고, 웃음도 헤프게 푸졌고, 말도 넘쳐나게 푸졌다.

여러 개 잇대 펴놓은 교자상에 줄지어 앉은 일본 무역상들은 단신이었다.

"자, 많이들 드십시오. 많이들 드시고 먼 길에 쌓인 여독일랑은 깨끗이 푸십시오."

부사는 불콰해진 얼굴로 좌중을 돌아보며 호기 있게 말했다. 저마다 기생을 한 명씩 옆에 차고앉은 왜인들은 벌써부터 혀와 눈이 풀려서는 방종의 밤을 보내고 있었다. 어떤 이는 제 짝으로 맺어준 기생의 허리를 안고 술을 들이켜고, 어떤 이는 치마 속에 터럭손을 집어넣고 킬킬거렸다.

그들의 조심성 없는 손길에 나이 어린 기생의 옷고름은 풀려 앞이 열렸고, 술에 취한 왜인의 손은 함부로 덜 여문 젖을 더듬다가 아랫도리로 내려갔다. 신음이 교차했다. 웃음소리가 섞여 자리가 난잡했다. 상 너머에서 훨훨 손을 흩뿌리며 춤을 추는 무기의 춤사위가 술기운에 요사스럽게 풀어지고, 자리는 황음으로 어지러웠다. 한 기생의 속적삼에 술이 부어졌다. 찰싹 달라붙은 적삼 속으로 어린 기생의 차진 살이 밀랍처럼 도드라졌다.

"조선의 기생이 최고야. 자, 나를 감동시켜봐 나를 감동시키면 이걸 주겠다."

한 왜인은 술에 취해 게슴츠레해진 눈으로 허리춤에 꿰차고 있던 주머니에서 은덩이를 꺼내 흔들어 보였다. 그 은을 차지하기 위해 기생들이 달려들었다. 왜인은 얼른 그 은을 엉덩이에 깔고 앉았다. 그 왜인을 밀치고 이리저리 은을 찾는 기생들의 태도가 황잡했다. 서로 말이 통하지는 않았지만 몸을 섞는 데는 아무런 장애가 되지 않았다.

"이름이 무어냐?"

헌데 분남이 술시중을 들던 왜인이 더듬더듬 조선말로 물었다.

"분남입니다."

"네가 분남이더냐?"

"일전에 내가 말했던 아이가 이 아이입니다."

술잔을 입으로 가져가 털어 넣던 부사가 나지막한 소리로 말했다. 왜인의 진득한 시선이 분남을 빠르게 훑어 내렸다.

"자, 따르거라."

그가 잔을 내밀고, 분남은 술이 들어 있는 잔에 첨잔으로 술을 채웠다. 하얀 술잔에 차오르는 연둣빛 술이 맑았다.

그는 말없이 술잔을 입으로 가져갔다.

"저도 한 잔 주십시오. 술은 향으로도 마신다지만 그래도 취하자면 마셔야 하지 않겠습니까?"

분남이 당돌하게 빈 술잔을 내밀었다. 일렁이는 촛불이 분남의 얼굴에 그림자를 만들었다. 촛불의 그림자가 앉아 있는 분남의 얼굴에서 이목구비가 고혹적으로 드러났다.

"어? 어, 그래. 오냐, 오냐. 그렇지, 그래. 허허허."

왜인은 얼굴 가득 웃음을 담으며 분남이 내민 잔에 넘치듯 술을 따랐다. 찰랑찰랑, 술은 술잔의 시울을 타고 흘러내렸다. 흘러내린 술이 가느다란 분남의 손가락을 적셨다.

분남은 왜인의 눈을 바라보며 술잔을 입으로 가져갔다.

전라도 쪽 기생들은 기생 팔자에 자존심을 지키느라 함부로 소리도 하지 않는다고 들었지만 어쩌랴, 기생은 기생인 것을. 기생이 아무리 나라를 걱정하고 한탄한들 힘 가진 자들 앞에서는 무력하기 짝이 없는 것을. 하긴 그런 기생들이라도 있기에 기생 팔자로 살아도 부끄러움이 덜했다. 그러나 저는 그런 의기는 되지 않을 것이다. 나라에 아버지를 바친 것만으로도 넘쳤나니, 저는 저 혼자의 부귀를 좇아 살 것이다. 술기운에 분남은 제 각오를 다졌다.

밤이 이슥해지자 왜인들은 술 취한 몸으로 하나 둘, 초롱을 밝혀 든 기생들을 앞세우고 별실로 사라졌다. 일본의 상인들은 어린 기생을 안은 채 고단하고 길었던 먼 항해의 길을 달랬다. 그들의 밤은 또 어지러울 터였다. 출렁이는 바다 위에서 보냈던 밤들처럼 어린 기생의 비릿한 몸 위에서 출렁이며 보낼 것이다. 하여 육지 멀미, 살 멀미를 할 것이다.

분남은 들고 있던 초롱을 한껏 내려뜨려 일인이 돌부리를 피하게 만들었다. 술에 취한 일인의 발걸음은 반듯하지 못하고 자꾸만 몸의 중심이 흐트러지면서 기우뚱기우뚱 넘어질 뻔했다. 그때마다 분남은 제가 버팀목이 돼 일인이 넘어지지 않게 지탱했다. 그 바람에 불이 너울거리며 그림자가 흔들렸다.

"분남이렷다? 네가 분남이렷다?"

"네, 제가 분남이옵니다."

방 안에 든 분남은 나비 등잔에 초를 꽂고 불을 밝혔다. 그리고 정성껏 자리를 깔고 일인의 옷을 벗겼다.

불이 춤을 추었다. 일인의 몸 아래서 분남은 조등처럼 흔들렸다. 은애하는 임이 사방에서 저를 보고 있었다. 분남은 질끈 눈을 감았다. 하지만 재식은 감은 눈 안으로까지 따라와 있었다.

어느 순간 분남은 저도 모르게 뜨거운 숨을 토해내고 있었다. 일인의 뿌리가 자신의 뿌리를 건들 때마다 격랑이 온몸을 휩쓸고 지나갔다. 온몸을 돌던 피톨들이 저마다 아우성을 쳐대며 몸 안에서 큰 너울로 함께 휩쓸려 다녔다. 세상 물정에 밝은 일인의 애첩으로 들어앉는 것도 우리 신세로서는 복 받은 일이야. 금향의 말이 떠올랐다.

분남의 몸에 짱짱하게 자신의 하초를 박아놓고 있던 왜인이 어느 순간 기진하듯 넉장거리로 누웠다.

"어떠냐? 나를 따라 일본으로 가겠느냐? 조금 전 부사가 너를 부탁하더구나."

일인의 말에 분남은 작지만 단호하게 말했다.

"네, 갈 것입니다. 일본으로 갈 것입니다. 저를 거두어주시면 따라가겠습니다."

땀에 젖은 분남의 몸에 불빛이 미끄러져 흘렀다.

"오냐, 알았다. 일주일 후에 떠날 것이야. 그러니 일주일 후에 내가 묵고 있는 객사로 오너라. 잊지 말아라. 일주일 후다. 그리고 나는 마쓰오다. 기억해두어라."

"일주일 후, 마쓰오. 명심하겠습니다."

마쓰오를 훑는 분남의 얼굴에서 교태가 촛농처럼 흘렀다.

"예쁘구나. 내 조선의 기생들을 많이 봤다만 너처럼 예쁜 애는 처음이로구나."

"예쁘게 보아주시니 감사할 따름입니다."

"아니야. 정말 예쁘다. 이뻐서 사내들 애간장깨나 녹였겠구나."

분남이 소리 없이 웃었다. 웃음이 환한 그 얼굴이 모란꽃보다도 예뻤다.

황음의 밤은 그렇게 지나가고 있었다.

며칠 후 분남은 부사의 부름을 받았다. 안내되어 간 곳은 매죽당이 아닌 관아의 별실이었다. 마당귀 한쪽에 소나무가 푸른 세침으로 꼿꼿하게 서 있었다. 참으로 나무보다 못한 목숨이었다. 저 소나무는 보굿이 들뜬 몸으로 저리 한곳에 붙박여 푸르게 서 있는데 분남의 팔자에는 뿌리가 없었다. 너겁처럼, 부유물처럼, 검불처럼 그렇게 세월을 살고 시간을 흘려보냈다.

"나리, 분남이 왔습니다."

부사의 수하가 완강히 가로지르고 있는 방문을 향해 나직이 일렀다.

"들어오너라."

장지문 너머에서 진중한 음성이 넘어왔다. 분남은 방 안으로 들어서서는 큰절부터 올렸다. 나부시 절을 하는 분남을 부사는 애잔한 눈으로 쳐다보았다.

"그래, 어쩌기로 했느냐? 가기로 했느냐?"

이번에도 부사의 음성은 낮고 은밀했다.

"네, 떠나는 날 객사에서 만나기로 했습니다."

"잘했다, 잘했어. 예서 기생으로 사느니 차라리 일본으로 가 마쓰오의 후실로 사는 게 더 나을 거다. 그 사람은 장사로 큰 재물을 모은 사람이다. 그러니 마쓰오의 밑으로 들어가면 네 일신이야 편하지 않겠느냐?"

분남은 눈을 내리깐 채 입을 다물고 있었다. 잠깐 말을 멈춘 부사는 서안 밑에서 붉은 비단보로 싼 작은 보따리 하나를 꺼내 분남의 앞으로 밀어놓았다. 보따리 안의 물건은 부피는 작았지만 제법 묵직해 보였다.

분남은 의아한 눈으로 부사를 보았다.

"얼마 안 되는 은이다. 조선 돈은 일본에서는 필요 없을 터이니 은으로 마련했다. 네 필요한 것도 있을 텐데, 누구에게 도움을 청하겠느냐? 당장에 자고 먹고 입는 거야 마쓰오가 마련해줄 테지만 그래도 소소하게 필요한 것들도 있을 게 아니더냐? 그러니 이걸로 마련하도록 하여라."

생각지도 않은 부사의 배려에 분남은 명치끝이 먹먹했다.

"고맙습니다, 고맙습니다."

"그래. 시대가 이렇게 혼란스럽지만 않았더라도 너 역시 아비의 귀여움을 받고 살 아이가 아니더냐? 누구를 원망하겠느냐? 그저 네 운명이다 생각하고 잘 살아라."

기어이 눈물이 방울져 떨어져 내렸다. 그 눈물이 남색 치맛자락에 검은 얼룩을 만들었다.

"가보아라. 가는 날까지 아무도 눈치채지 못해야 할 거야. 네가 가고 나면 마쓰오가 너를 데리고 갔다고 말해둘 터이니 그리 알아라."

"알았습니다."

대답하는 분남의 음성에 희미하게 울음이 묻어 있었다.

관아에서 나온 분남은 나귀를 물리치고 걸었다. 언제 다시 한가로이 이 조선 땅을 걷는단 말인가. 회한과 미래에 대한 불안함이 이제까지 늘 보아왔던 것들을 낯설게 만들었다. 이제 얼마 후면 이 모든 것들과 이별해야 했다. 생이별인 것이다. 은애하는 임과도, 동무들과도, 엄하고 무섭기만 하던 행수 엄마와도 이별이다.

지나온 세월이 참으로 가팔랐다. 집집마다 돌며 밥을 얻어먹었던 일도, 통도사에서의 억지 수행의 시간도, 기생이 된 후로 동무들과 왈짜들과의 부대낌도, 참으로 꿈인 듯싶었다.

어느 집 담장 곁에 우뚝 서 있는 오동나무의 꽃이 참으로 예뻤다. 저리 키 큰 나무도 꽃을 맺나니, 사람이란, 인생이란 저리해야 할 것이다. 딸을 낳으면 오동나무를 심는다 했으니 저 집은 딸이 있는 모양이었다. 그것도 오래전에 태어난 딸인 모양이었다. 그 딸, 장성해 시집갈 때 그이 부모는 대문간에 심어둔 오동나무를 베어다가 장롱을 만들어 나귀에 실어 보낼 것이다.

오동 꽃이 예쁘다. 보라색의 오동 꽃이 작은 종을 닮았다. 분남은 땅에 떨어진 오동 꽃잎을 주어 가만히 코끝으로 가져갔다. 생 꽃잎의 향이 비릿했다.

기방으로 돌아오니 숙정이 홀로 훌쩍이고 있었다.

"왜 울어?"

분남이 그녀의 곁에 가서 물었다. 그 아이 또한 아버지의 죄로 기생이 된 목숨이었다. 사연인즉, 이번 잔치에서 그 아이만 아무것도 받지 못한 모양이었다. 분남은 그 아이가 안쓰러웠지만 선뜻 제 것을 나누어 주고 싶지는 않았다. 그렇게 빈말로 숙정을 달래고 있는데 행수 엄마가 분남을 불렀다.

"그래, 뭐라 그러시더냐?"

분남을 살피는 행수의 눈초리가 날카로웠다.

"그냥 아무 말씀도 없으셨습니다."

분남은 스스럼없이 거짓을 일렀다. 어딘가 마음 한구석 켕기거나, 얼굴이 홧홧하게 달아오르는 불편함은 없었다. 마치 사실인 듯 그렇게 담담하게 이야기했다.

"너를 따로 자주 부르는 양이 아무래도 부사가 너를 마음에 두고 있는 것 같구나. 그럴 만도 하지. 너처럼 얼굴 반반한 아이가 눈에 들어오지 않는다면 사내가 아니지."

굽혀 세운 한쪽 무릎에 굽힌 팔을 올려놓은 행수의 허리가 꼿꼿했다.

"부사의 마음을 잡아두기 위해서는 더 열심히 공부하고 노력해야 할 게야. 알았느냐?"

그러고는 행수는 보료 밑에서 주머니 하나를 꺼내 분남 앞으로 내주었다.

"무엇입니까?"

"사향이다. 꽤 값이 나가는 물건이다."

"이걸 왜 저에게?"

"부사가 널 마음에 두었다면 앞으로도 자주 부를 터. 이걸 메고 있어라. 그래야 네 몸에도 자연스레 사향의 향내가 밸 것 아니냐? 부사가 좋아할 게야."

행수의 얼굴에서 세월의 흔적이 완연했다. 이제 마흔두 살. 한때 알아주는 소리 기생이었지만 나이 들고 소리를 잃은 뒤로 행수는 뒷방에서 홀로 적적하게 밤을 보냈다.

어떤 날은 저녁 느지막하게 홀로 뜯는 행수의 가야금 소리가 귀곡성처럼 무섭기도 하고, 청승맞기도 하고, 구슬프기도 했다. 아직 행수의 가야금 소리는 쓸 만했다. 슬기둥 둥당. 슬기둥. 시냇물 소리 같기도 하고 폭풍우가 몰아치는 것 같기도 하고, 버림받은 여인의 흐느낌 소리 같기도 한 행수의 가야금 소리는 듣는 이의 마음 한 구석을 무너져 내리게 만들었다.

아마 행수의 지나온 나날이 그랬을 것이다. 때론 격정적으로, 때론 상심으로 마음이 물크러지기도 하고, 때론 마음을 다잡아 살아 보기도 하고, 때론 체념하며 살아왔을 것이다. 그러다 한두 사람 가슴에 은애하는 사람을 품었다가도 매어 있는 관기의 몸이라 피눈물 흘리며 이별했을 것이다.

엄하기만 하던 행수 엄마가 애잔했다. 박정하고 비정하고 무섭게 새끼 기생들을 잡도리했지만 그녀도 어쩔 수 없는 여자였다.

6. 일본으로 가다

　사위는 아직 어두웠다. 금향은 낮게 코를 골며 곤한 잠을 자고 있었다. 분남은 행여 제 옷자락이 금향의 잠을 건드리고, 제 기척이 그녀의 잠을 깨울세라 조용히 기방을 빠져나왔다. 웡웡. 분남의 기척을 감지한 개들이 요란하게 짖어댔다. 적막하게 가라앉아 있는 마을에 개 짖는 소리가 긴 공명음을 끌며 퍼져갔다. 그 소리에 다른 살아 있는 것들도 부스럭거리며 깨어났다.

　분남은 걸음을 재촉했다. 묘시까지 왜인들이 머물고 있는 객사로 가야 했다. 게다가 살아 있는 다른 것들이 더 깨기 전에 서둘러 가야 했다.

　멀리서 불빛이 깜박거렸다. 그 불빛을 배경으로 분주히 오가는 사람들의 모습이 보였다. 분남은 서둘렀다.

"왔느냐?"

객사에 도착한 분남은 마쓰오를 찾아 인사를 했다. 늘어선 수레마다 짐들이 가득 실려 있었고 타오르는 불빛에 수레를 끌 말들의 눈이 불안하게 흔들리고 있었다.

"다 실었으면 빨리 출발하자. 지금 가도 부산에 도착하려면 한낮이 될 터."

마쓰오의 말이 떨어지자마자 선두에 섰던 수레가 횃불이 밝혀주는 길을 따라 삐걱거리며 움직이기 시작했다. 고즈넉한 사방에 수레바퀴 소리가 요란스러웠다. 수레에 다 싣지 못한 짐들은 초립을 쓴 짐꾼들이 등짐으로 지어 날랐다.

분남은 코끝이 찡했다. 은애하는 임하고 그렇게 천년만년 살고 싶었는데, 가족들과 그렇게 오순도순 살고 싶었는데, 그리 살지 못하고 말도 통하지 않는 머나먼 이역으로 간다고 생각하니 설움이 치받쳐 올라왔다. 하지만 가슴에 괸 것이 설움이 다가 아니었다. 내심으로는 새로운 세상에 대한 흥분도 있었고, 그 흥분이 야릇한 두려움과 조바심으로 아랫도리에 괴었다. 집안 좋은 선비들이야 유학을 빌미로 현해탄 건너 일본도 가고 서양도 가는데, 저 역시 그 길을 가고 있는 중이지 않은가? 저 역시 유학 간다 생각할 터이다. 눈물은 잠깐이었지만 설렘은 오래갔다. 그 설렘에 조바심도 생겼다. 그 조바심에 요의도 느껴졌다.

분남은 배에 올라탔다. 배에 올라타자 잠깐 발밑이 밀리는 듯 출렁거렸다. 그 움직임이 금세 멀미를 일으켰다. 이제 정말 가는 거다. 물설고 낯선 곳으로. 분남은 사방을 둘러보았다. 그새 세상은 푸른 박명 속에서 창백하게 깨어나고 있었다. 야트막한 산과 들. 이제 정말 이별이다. 이제 두 번 다시 못 볼지도 모를 산하이다. 저 낮은 초가들, 저 불쌍한 인생들, 지지리 궁상인 저 삶들을 두고 나는 간다. 잘 있으라. 부디 잘 있으라. 분남은 작별을 고했다.

배는 바다 위로 미끄러져 나왔다. 살아생전 다시 돌아올 수 있을까? 한 맺힌 고향 땅으로. 못 오면 혼으로라도 올지니 잘 있으라. 분남은 멀어져가는 부산을, 조선을 바라보았다.

그때 분남의 나이 열다섯 살이었다. 1885년, 을유년이었다.

7. 일본, 오사카

뼛속으로 파고드는 한기에 분남은 눈을 떴다. 박명에 사위가 푸른빛으로 물들어 있었다. 왜 푸른빛을 대할 때마다 알 수 없는 소름이 돋을까. 슬픔의 빛깔 같기도 하고, 혼불 같기도 한, 푸른빛. 새벽녘, 빛과 어둠이 섞이는 자리엔 늘 푸른색이 감돌았다. 살아 있음을 감사해야 하거늘, 목숨을 부지하고 있음을 다행이라 여겨야 하거늘, 늘 근원을 알 수 없는 향수를 자극하는 새로운 새벽 앞에서 분남은 막막해지곤 했다.

분남은 가느스름하게 실눈을 뜨고 사위를 둘러보았다. 예가 어딘가? 어디란 말인가? 늙은 주모가 죽음 같은 꽃잠을 자고 있는 주막집 방인 듯, 풍경 소리 요요한 통도사의 요사채인 듯, 기방의 분내 나는 별실인 듯, 출렁이는 배 위의 옹색한 선실인 듯 종잡을 수 없었다.

하지만 그것들과는 무언가가 달랐다. 이제까지와는 다른 그 무엇. 코끝에 와 닿는 공기도 달랐고 새벽의 푸른 기운도 왠지 낯설었다.

어딜까?

분남은 목까지 끌어 덮고 있던 이불을 걷고 자리에서 일어나 앉았다. 졸음이 채 가시지 않은 눈으로 방 안의 사물들이 흐릿하게 밟혔다. 처음엔 건성으로 훑어 내리다가 이내 눈이 둥그렇게 벌어졌다. 이제까지와는 다른 사물들이 가시처럼 눈 안에 박혀들었다. 이게 다 뭐란 말인가.

미닫이문 옆, 구석진 자리에 화로가 놓여 있고 한쪽 벽에는 길게 내려뜨린 그림이 걸려 있었다. 그리고 보니 방문도 격자살 장지문이 아니라, 미닫이 쇼지문이었다. 그 쇼지문으로 푸르스름한 박명이 스며들어와 있었다.

게다가 옆에는 합죽 꺼진 입이 구멍처럼 보이고, 그 어두운 구멍으로 숨이 들락거리는 한 노인이 누워 자고 있었다. 유난히 주름이 많은 얼굴에 흰 머리카락은 베개로 흘러내려 영락없는 귀신의 형용이었다. 잿빛 유카타를 입은 노인의 몸피가 작은 볏단 같았다.

예가 어딜까? 방 안을 더듬던 분남의 눈길이 다다미에 닿았을 때 그녀는 마쓰오를 떠올렸고, 거친 파도를 미끄럽게 타 넘던 상선을 떠올렸다. 그제야 분남은 자신이 일본에 와 있다는 사실을 떠올렸다. 조선이 아닌, 이역의 땅, 일본이었다.

한번 달아난 잠은 더 이상 찾아오지 않았다. 분남은 행여 노파가 깰세라 기척을 줄이며 아침이 밝아오는 것을 지켜보았다. 그 새벽에 살이 아팠다. 마음도 아팠고, 뼈도 아팠다. 손톱 밑도 아팠고, 머리카락도 아팠고, 묵은 각질이 올라 있는 발뒤꿈치도 아팠다. 혼자 뚝 떨어져 나와 홀로 잠 깨어 있는 이 시간이 너무나 아팠다. 생소한 풍경들이 주는 설움이 뾰죽한 세침들처럼 온몸을 아프게 찔러댔다.

하지만 분남은 아프다, 슬프다, 가슴이 미어진다, 말할 수 없었다.
"잘 잤어요?"
잠에서 깨어난 노파가 분남을 향해 말했다. 말은 우물우물, 그 우물 같은 입안에 갇혀 뭉개졌다. 분남은 노인의 말을 알아들을 수 없었다. 이역의 땅이라는 그 물리적 거리보다 말을 알아들을 수 없다는 그 소통의 불능이 분남을 더 외롭게 만들고, 곤혹스럽게 만들었다.

분남은 그저 노파가 하는 말에 목례로 답하거나 웃는 걸로 대신할 뿐이었다. 노파는 자리에서 일어나 이부자리를 단속하고 옷을 갖춰 입고 밖으로 나갔다.

사람들은 조용히, 그리고 부지런히 움직이고 있었다. 그 자체로 사물이었고, 풍경이었다. 말도 통하지 않는 분남은 그저 막연한 심정으로 그들을 바라보고만 있었다.

헌데 노파가 종종걸음으로 다가오더니 분남에게 손짓으로 안채를 가리켜 보였다. 분남은 노파의 손짓이 향하는 곳으로 들어갔다. 미닫이문으로 칸칸이 나누어 만든 방들 가장 깊숙한 곳에 마쓰오가 앉아 있었다. 오쿠라 불리는 공간이었다. 그 방 너머에는 정원이 자리하고 있었다. 특별한 손님만이 들어올 수 있는 방이었고, 공간이었다.

방 안으로 들어가자 마쓰오가 일본 전통 옷차림으로 분재에서 웃자란 가지들을 잘라내고 있었다. 화분의 나무들을 손보는 마쓰오의 표정은 진중했고, 손길은 조심스러웠다.

"불렀습니까?"

분남은 마쓰오의 손길에 시선을 맞추며 물었다.

"잘 잤느냐?"

"…… 네."

주저하다 빼어 문 대답이었다. 잠을 설쳤다, 조선이 그립다, 두고 온 얼굴들이 보고 싶다, 그리 답하지 못한 말들이 가슴속에 옹이로 박혔다.

"다행이로구나."

그리고 다시 한동안 말없이 화분의 나무만 들여다보았다. 분남도 입을 다물고 마쓰오가 다시 무슨 말인가를 건네오기를 기다렸다. 얼마나 지났을까. 마쓰오가 다시 입을 열었다.

"분재에서는 균형이 중요하다. 자연 속에서 웅숭깊게 자라야 할 나무를 이렇듯 작은 분에 심어놓고 한눈에 완상하기 위해서는 무엇보다 균형이 맞아야 하지. 그렇지 않으면 아름다움을 상실하거나 분재 스스로 살아남기가 어렵다. 사람살이도 이와 같지 않겠느냐?"

마쓰오는 분남에게 시선을 돌리지도 않은 채 전지가위를 들고 나무의 이곳저곳을 살폈다. 뚝뚝. 가지를 끊어내는 소리가 거침없었다.

"일본 사람들은 꽃을 가꾸기를 좋아한단다. 아무리 비정한 무사들이라 할지라도 꽃을 가꾸고 감상한단다. 무사들일수록 정원을 더 가꾸지. 왜 그러는 줄 아느냐?"

"모릅니다."

분남이 나지막이 대답했다.

"일본은 무사의 나라다. 무사의 칼이 정의를 대변하고 무사의 칼이 곧 법이지. 무사 또한 정의롭고 엄정해야 하느니라. 헌데 무사의 칼은 냉혹하기도 하지. 언제 누가 자신의 목을 치고 들어올지도 모를 일. 하여 무사들은 꽃을 가꾸면서 살생으로 강퍅해진 마음을 달랜단다. 나야 무사가 아니니 마음에 살생의 기운이 없다 하지만, 상인 역시 자칫 과욕에 몸을 망치고 마음을 상하기 쉬우니 어찌 무사와 다르다고 할 수 있겠느냐?"

그리고 그는 한동안 말이 없었다. 그러다 뚝 하고 마쓰오의 가위가 제법 굵은 가지 하나를 잘라냈다.

"때에 따라서는 아까운 가지를 잘라주지 않으면 안 될 때도 있다."

방금까지도 달려 있던 가지가 잘려 나간 자리가 나무의 속 살빛으로 선명했다. 모체로부터 떨려 나와 버려진 가지가 분남은 마치 자신인 양 싶었다.

"균형이라 했다. 사람 사이에도 분재처럼 균형이 필요하다. 균형이 무너지면 스스로 다치게 된다."

"네."

분남은 희미하게 대답했다. 그녀는 딱히 다른 말을 찾을 수가 없었다. 분남의 눈에 그 분재는 균형이 아닌 손발이 잘린 불구처럼 보였다. 어찌하여 땅속 깊이 뿌리를 내리지 못하고 화분에 절지로 식재돼 저리 기형의 몸으로 서 있을까. 일본에서의 그가, 조선에서의 그인가 싶었다.

"너 또한 이곳에서 잘 어울려 살아야 할 게야. 그렇지 않으면 네가 힘들 터. 당분간 힘이 들 게다. 네가 여기서 살아남으려면 먼저 말문이 트여야 할 게야. 그러니 집안일 같은 거는 하지 않아도 된다. 대신 일본어나 열심히 익혀두어라. 나중에 네가 해야 할 일이 있을 거다. 그게 뭔지는 나도 몰라. 하여튼 이제부터 너는 일본 사람이다. 조선 여자가 아니야. 알아들었느냐? 가보아라. 필요한 거 있으면 할멈에게 부탁하여라."

마쓰오는 시종 분재에 시선을 붙박아두었다. 한 번쯤 애틋하고도 다정한 얼굴로 저를 돌아다봐줄 법도 한데 마쓰오는 그러지 않았다.

분남은 서운한 마음으로 마쓰오에게서 벗어났다.

일본에서의 생활은 모든 게 달랐고, 그 다름으로 인해 고달팠다. 말도 달랐고, 먹는 것도 달랐고, 생각하는 것도 달랐다. 그것을 모두 고쳐야 했다. 뼛속까지 일본 사람으로 거듭나야 했다. 일본 말을 하고, 일본 음식을 먹으며, 일본인의 생각을 하며 일본인으로 살아야 했다. 봄날, 개나리, 진달래꽃으로 환하던 고향이 암암하게 떠오르면 분남은 도리질로 털어내고, 손바닥에 손톱자국이 발갛게 패도록 주먹을 쥐었다.

한 번도 좋았던 적이 없던 고향이었다. 한 번도 행복한 적이 없던 조선이었다. 그러니 조선을 버릴 것이다. 저 역시 화분에 식재된 분재처럼 그렇게 이역의 땅에서 불구로 살아갈 것이다. 분남은 다짐하고 또 다짐했다.

어느덧 일본으로 온 지도 일 년의 시간이 지나가고 있었다. 이제는 가슴팍을 옥죄는 치마저고리보다는 양장이 더 익숙하고 간편했다. 김치 없이 매실장아찌만으로도 밥을 한 그릇 뚝딱 먹을 수 있었고, 발가락 아프지 않게 게다를 신고도 잘 걸을 수 있었다. 머리도 쪽을 풀고 서양식으로 비틀어 올렸다.

열여섯 살, 분남은 하루가 다르게 농염한 여인으로 피어나고 있었다. 피부는 윤이 났고, 체취는 어지러울 정도로 비릿했다.

분남은 저도 알고 있었다. 긴 눈썹과 기름하면서도 통통한 얼굴, 뚜렷하면서 단정한 이목구비는 사내들의 애간장을 태우고도 남는다는 사실을. 하여 시간이 그렇게 가는 것이 안타까웠다.

"오차입니다."

분남이 들어서자 마쓰오와 밀담을 나누던 손님들이 입을 다물었다. 돌연한 그 침묵이 머쓱하게 분남을 밀어냈다.

"놓고 나가거라."

마쓰오의 말에 분남은 받쳐 들고 간 오차를 사람들 앞에 내놓고 뒷걸음으로 물러 나왔다. 분남의 귀를 피해야 하는 내용이 궁금했지만 묻지 않았다. 굳이 묻지 않고 듣지 않아도 세상 돌아가는 형세를 분남은 어렴풋하게나마 눈치챌 수 있었다.

조선과 청국을 오가는 마쓰오는 일본의 위정자들에게 눈과 귀와 입이 돼주고 있었다. 물건을 사고팔기 위해 드나들면서 보고 들은 조선의 형편과 청국의 정세를 알고자 하는 일본의 관리들에게 소상히 알려주고, 알아다주고 있었다. 그게 마쓰오의 또 다른 일이자, 임무였고, 신분이었다. 그러니 주워들은 풍문만으로도 세상의 형편을 짐작할 수 있었다. 그 풍문 속에서 조선의 형편이 참으로 고약스러웠다.

사람들이 물러가고 오차 잔을 거두러 마쓰오 앞에 다가갔을 때 분남은 또박또박 말했다.

"이번에 다시 상단을 꾸려 청나라로 가신다고 들었습니다. 그때 저도 데려가주실 수 없습니까?"

분남의 청에 마쓰오가 짐짓 놀란 얼굴로 그녀를 건너다보았다.

"저도 마쓰오를 따라 청국을 오가며 장사를 배워보고 싶습니다. 그냥 집에서 이렇게 하릴없이 지내는 것도 갑갑하거니와 장차 앞으로 제 몫을 다하며 살아가기 위해서는 무언가 배워야 하지 않을까 싶습니다."

마쓰오는 한동안 아무 말 없이 분남을 바라보았다. 그녀는 마쓰오의 눈빛을 피하지 않고 꼿꼿하게 받아냈다. 먼저 시선을 피한 쪽은 마쓰오였다.

그는 뒤에 놓여 있던 분재를 향해 등을 돌리더니 수건을 집어 분재의 잎에 올라앉은 먼지를 닦아냈다. 너무 고요해 수건으로 분재의 잎을 쓸어내리는 소리가 들리는 듯했다.

그 침묵의 순간에 소란스러운 것은 햇빛이었다. 수천수만 갈래로 튀어 오르는 햇살만이 어수선했다. 분남은 산란하는 햇살을 바라보며 조용히 기다렸다.

한참 만에 마쓰오는 손에 들고 있던 천을 내려놓으며 물었다.

"그래, 장사를 배워보겠다고?"

"네."

"장사라…… 왜 장사가 배우고 싶으냐?"

"저 스스로의 힘을 갖고 싶습니다. 마쓰오를 보면서 느낀 게 많습니다. 제가 일본 옷을 입고, 일본 말을 하며, 일본 음식을 먹는다 한들 제가 일본인이 되겠습니까? 그러니 이곳에서 살아남기 위해서는 스스로가 힘을 길러야겠지요. 그러니 저에게 장사를 가르쳐 주십시오."

"왜? 이곳이 불편하더냐?"

"아닙니다. 너무 편해 오히려 무료하게 느껴질 정도입니다. 그러니 저에게 장사를 가르쳐주십시오."

분남의 간청에 마쓰오는 몸을 돌려 말없이 그녀를 바라보았다. 그 눈에서 뿜어 나오는 안광이 날카로웠다.

"네 할 일이 따로 있을 게다."

"무슨 일입니까?"

분남의 얼굴에서 실망의 기색이 역력했다.

"장사보다 더 큰 일이다."

"장사보다 더 큰 일이 무엇이옵니까?"

분남은 궁금하다는 듯 되물었다. 그런 그녀의 얼굴에도 햇빛이 번졌다.

"네가 하는 요량에 따라 세상을 구할 수도 있고 세상을 네 발 아래 둘 수도 있다. 세상이 네 것이 된다는 말이다."

"제가 어떻게 세상을 구한단 말입니까? 아직 제 한 몸도 구하지 못했습니다."

"네가 너를 구하지 못한 것은 아직 때가 되지 않았기 때문이지. 하지만 이제는 네가 세상을 구할 차례다."

"그것이 무슨 일입니까? 당장에 하겠습니다."

돌연히 맺히는 결기에 분남은 생급스럽게 이야기했다.

"기다려라. 기다리면 기회가 올 터. 그러니 마음 조급하게 먹지 말고 차분히 있어."

"조선 속담에 쇠뿔도 단김에 빼라는 말이 있습니다. 때를 기다리다 오히려 때를 놓치는 우를 범하지 말라는 뜻이지요. 지금까지 많이 기다렸습니다."

"지금 당장 네가 할 일은 일본 말을 익히는 게야. 그러니 나중에 내가 다시 부를 때까지 다른 생각 말고 일본 말을 배우거라."

실망한 표정으로 분남은 마쓰오 앞에서 물러났다. 조선 하늘에서 보던 하늘이 마쓰오의 집 마당 끝에 걸려 있었다.

일본 말을 배우는 일은 그리 어렵지 않았다. 무조건 외우고, 글자 모양을 익히면 됐다. 외우고, 외우고, 또 외웠다. 소리 내 따라해보고 옳게 썼는지 아무나 붙잡고 확인받았다. 조선말은 가슴속에서부터 묵직하게 몸에 파동을 울리며 나왔지만 일본 말은 목젖을 간질이며 발화되었다. 조선말이 뿌리 깊은 나무라면 일본 말은 벚꽃이었다. 세상을 내 발 아래 둘 수도 있다. 마음에 새겨놓은 마쓰오의 말이 자칫 게을러지려는 분남에게 채찍이 되었다.

모든 마음과 정신을 글자를 익히는 데 둔 탓도 있었지만 총명한 머리가 그 글자들을 빨리 깨우칠 수 있는 무기가 되었다. 분남의 변신은 놀라울 정도로 빨랐다.

그렇게 하루하루, 분남은 일본 사람이 돼갔다.

어느 날 분남은 마쓰오를 따라 집을 나섰다. 행선지를 물었지만 마쓰오는 미소만 띨 뿐, 목적지를 말하지 않았다. 햇빛 아래 드러난 마쓰오의 얼굴이 핼쑥하면서도 어딘지 검은빛을 띠었다. 하지만 분남의 얼굴은 복사꽃 빛으로 화색이 돌았다. 게다가 분남의 미색이 꽃을 앞질렀다. 꽃을 배경으로 서 있으면 분남이 꽃보다 먼저 눈에 밟혔고, 그런 분남에게서 향기가 나는 듯했다. 분남은 저 홀로 눈이 부셨다. 찡그리면 찡그린 대로 고혹적이었고, 무표정하면 무표정한 대로 매력적이었으며, 웃으면 웃는 대로 환했다. 햇빛이 분남의 이마에 닿았다 그대로 미끄러져 내렸다.

분남은 두어 걸음 뒤에서 마쓰오를 따랐다. 잿빛 무지의 하오리 차림에 게다를 신고 걸어가는 마쓰오의 발걸음이 가벼우면서도 어딘지 진중해 보였다. 마쓰오에게 물건을 받아 장사를 하는 상인들이 마쓰오에게 고개 숙여 인사를 했다.

메이지유신은 일본의 많은 것을 바꾸어놓았다. 조선의 반상처럼, 일본 역시 신분의 계급이 있었지만 유신을 거치면서 돈 많은 상인들은 돈의 위세로 말은 물론 마차도 부릴 수 있게 됐다. 마쓰오도 그 가운데 한 명이었다. 하지만 마쓰오는 말도, 마차도 타지 않았다. 그렇게 단출하게 나서서는 한참을 걸었다.

분남은 놀란 눈으로 오사카 거리를 바라보았다. 길가에 조붓하게 어깨를 맞대고 들어선 집들은 이층이었고, 번화가에는 서양식 건물들이 들어서 운치가 있었다. 바다에는 커다란 상선과 군함 들이 떠 있고, 그 바닷물을 사람 사는 거리로 끌어들여 물길을 만들었다. 그 물길로 물건을 가득 실은 배들이 드나들었다. 봄이면 그 물길을 따라 벚꽃들이 흐드러지게 피어나 마치 천계인 듯싶었고, 여름이면 짙푸른 녹음들로 눈이 시원했다. 한여름, 땡볕에 검은 몸으로 누워 있는 그 운하는 멀리서 보면 마치 용 같았다. 흑룡. 은성한 오사카는 흑룡의 여의주인 셈이었다. 용의 보호를 받는 사람들은 여유가 있었고, 물산은 풍부했다. 돈도 흔전만전 흔했다.

분남은 그 모든 게 시새웠다. 제 것이 아니어서 시새웠고, 앞으로 가질 수 없을지도 모른다는 그 상실감에 더 시새웠다.

마쓰오는 말없이 상점들로 번화한 거리를 지나고, 운하도 따라 걷고, 잘사는 일인들이 모여 사는 동네도 지나쳤다. 점점 오사카 중심부에서 멀어지고 있었다. 성으로부터 멀어지면 멀어질수록 집들이 허름했고, 구석구석 낡아가는 냄새들이 그늘로 고여 있었다.

그 길을 마쓰오는 익숙하다는 듯 한 번도 주저하는 일 없이 걸어갔고, 분남은 말없이 그의 뒤를 따라갔다. 앞서 걷는 마쓰오의 옷자락이 펄럭였다.

좁은 골목으로 들어서자 낡은 이층 목조 가옥들이 벽을 서로 맞댄 채 나란히 들어서 있었다. 어떤 가옥은 나무가 까맣게 썩어 손톱으로 긁으면 부서져 내릴 듯싶었다. 얼마나 많은 시간들과 풍상을 견뎌냈는지 짐작조차 할 수 없었다. 다만 고여 있는 시간들이 퇴락한 냄새로 분남의 후각을 자극했다.

"들어가자."

작은 땅에 재주 좋게 이층으로 올린 목조 주택은 한눈에도 지은 지 오래돼 보였다. 시간의 더께들이 고스란히 내려앉아 있는 그 집의 이층 창문은 숨 막히는 더위에도 불구하고 완강하게 닫혀 있었다.

마쓰오가 익숙하게 하천가에 위치한 집의 현관문을 열고 이층으로 올라갔다. 그를 따라 비좁은 계단을 올라가는데 발밑에서 삐걱거리는 소리가 비명처럼 들려왔다. 그 소리가 차라리 민망했다. 분남은 소리를 내지 않으려 발가락 끝으로 조심스레 디뎠지만 그녀의 체중을 받은 계단은 어김없이 소리를 내질렀다.

이층으로 올라서자 서로 마주하고 있는 두 개의 방문은 굳게 닫혀 있었다. 실내에 고여 있는 한낮의 정적과 어둠이 기이했다.

마쓰오는 하나의 문을 등진 채 다른 방문 앞에 서서는 흐흠, 헛기침으로 기척을 내고는 이내 누군가를 불렀다.

"안 선생 안에 있소? 안 선생!"

하지만 방 안에서는 아무런 반향이 없었다.

"안 선생 안에 있소?"

마쓰오의 음성이 조금 전보다 더 큰 울림으로 이층을 울렸지만 이층의 어둠과 정적은 완강히 마쓰오와 분남을 불청객으로 따돌렸다.

"어떡한다……."

그는 난감한 표정을 짓더니 잠시 주저했다. 그냥 돌아갈 것인지, 아니면 그대로 기다려야 하는지 분간이 서지 않은 모양이었다. 그때 다른 방문 하나가 열리더니 누렇게 뜬 여자의 얼굴이 나왔다 황급히 들어갔다. 그녀가 들어간 방 안에서 아이의 울음소리가 비명처럼 들려왔다. 마쓰오의 기척이 자고 있는 아이를 깨운 모양이었.

마쓰오가 미안한 표정으로 몸을 돌리려는데 조심스럽게 방문이 열렸다.

"누구시오?"

그 어둑한 방 안에서 경계심으로 무장한 강파리한 사내의 얼굴이 드러났다. 어딘지 병약해 보이는 사내였다.

"오, 있었소? 없는 줄 알고 돌아가려 했소."

"이게 누구시오? 마쓰오 선생이 아니오?"

마쓰오의 얼굴을 확인한 사내는 경계심을 버리고 반가워했다.

"그래요, 나 마쓰오요. 이렇게 기별도 없이 불쑥 찾아와서 미안해요."

"미안하다니요? 어서 들어오세요."

사내는 반색을 하며 마쓰오와 분남을 방 안으로 인도했다. 희미하게 먹물 냄새가 감도는 비좁은 방 안에는 어둠이 짙게 드리워져 있었다. 한낮의 어둠이 완고하고도 답답했다. 길과 면한 벽 쪽에 나 있는 창문 하나만 왈칵 열어젖히면 산란하는 빛들이 기세 좋게 쳐들어올 텐데, 사내는 고집스럽게 문을 꽁꽁 여닫은 채 어둠 속에서 또 하나의 그늘로 깃들어 있었다.

"그래, 여기까지 어인 일이십니까? 지난번 조선에 들어갔다 오셨다는 이야기는 들었습니다. 그렇지 않아도 일간 찾아뵙고 조선의 이야기를 듣고 싶었는데, 직접 예까지 오시다니 내가 다 감사합니다."

키가 작고 낯빛이 흰 사내는 분남을 슬쩍 옆눈질로 쳐다보고는 마쓰오에게 오랜 지기처럼 굴었다. 동그란 금속 테 안경을 걸친 사내는 조선말을 했다. 조선 사람이었다.

"그랬지요. 조선에 다녀왔습니다."

"조선 이야기 좀 해주세요. 요즘 조선은 어떻게 돌아가고 있나요?"

"여전히 어렵지요. 영국과 러시아가 조선에게 문을 열라고 계속해서 압력을 넣고 있다고 들었습니다. 게다가 지난 임오군란 이후 청으로 잡혀갔던 대원군이 청국에서 돌아왔다고 들었습니다. 그러니 다시 민비와의 싸움이 치열해지겠지요. 게다가 민비 측이 러시아에 대원군의 귀국을 막아달라고 밀서까지 보냈답니다."

"허허. 거참…… 유교의 예법을 그리 중시하면서 부자지간에 권력 다툼이라니요……. 문무가 나란히 가야 마땅하나 문의 기운만 왕성하니 어찌 나라를 지킬 수가 있을까……."

그는 혼잣말을 하며 안타까운 표정을 지었다.

"인사드려라. 안경수 선생이시다."

조선 사람이라는 사실에 분남은 저도 모르게 경계심이 생겼다. 그 경계심을 갑옷 삼으며 분남은 안경수란 사내에게 조선의 예법으로 절을 했다.

"분남이라 합니다. 배분남."

"배분남이라…… 헌데 이 아이는 누굽니까?"

안경수란 사내가 절을 하는 분남을 일별하고는 마쓰오에게 물었다.

"사실 오늘 이 아이 때문에 안 선생을 만나러 왔습니다."

"이 아이 때문이라니요?"

콧대 밑으로 처진 안경을 검지로 밀어 올리며 그는 의아한 표정을 지었다.

"이 아이를 맡아주십사 부탁하러 왔습니다."

"맡아주라니요? 제가 어떻게 이 아이를 맡을 수 있겠습니까? 한가한 처지도 아니고…… 그리고 보다시피 방도 이렇습니다. 가난한 형편에 더 나은 방으로 옮길 수도 없고 말입니다. 헌데 누굽니까?"

안경수가 난처한 표정으로 우물거렸다.

"조선에서 온 아이지요. 특별히 밀양 부사가 부탁해 예까지 데려왔습니다. 하지만 제가 다시 상단을 꾸려 청나라로 떠나게 돼서 이 아이를 데리고 있을 수가 없습니다. 옆에다 두고 말벗도 하고, 조선 음식도 만들어 먹고, 여러모로 안 선생에게 좋을 듯싶습니다. 영특한 아이이니 잘 가르친다면 분명 조선을 위해 큰 그릇으로 쓰일 수도 있을 것입니다. 안 선생께서 이 아이를 한번 만들어보십시오. 조선의 개화에 이 아이가 분명 소용이 있을 것입니다."

"만들어보라니요?"

마쓰오의 말에 안경수는 의아한 얼굴로 되물었다.

"안 선생의 바람이 조선이 일본과 같아지는 거 아닙니까? 조선 역시 개혁을 하고 근대화를 이루는 것 말입니다. 그 소망에 이렇듯 고단한 삶을 살고 있지 않습니까? 안 선생이 가는 그 길에 이 아이가 도움이 되고 보탬이 될 것입니다."

마쓰오의 거듭되는 말에 분남을 훑는 안경수의 시선이 날카로웠다.

"허허. 거참······."

안경수는 여전히 곤혹스러운 표정을 지었다. 분남은 둘 사이에 오가는 자신의 이야기를 마치 남의 이야기인 양 들었다. 당장에 하루하루 목숨을 부지해야 하는 절박함 앞에서 세상에 들이댈 기준으로 삼을 만한 자신만의 잣대나 신념 같은 것은 스스로 만들지 못했다. 그런 탓에 조선의 개화니, 근대화니 하는 말에도 그저 심드렁했고, 자신과는 상관없는 일이라 여겼다. 다만 배고프지 않고 등 따뜻한 것만이 최고라 생각했다. 앞으로도 자신에게 있어 최고의 가치는 그것뿐이었다. 조선의 부흥과, 조선의 안위와, 조선의 미래는 다른 사람들이 알아서 할 일이었다. 헌데 자신이 도움이 된다니.

분남은 내심 불편한 심기를 감춘 채 발회목을 감싸고 있는 치마 밑단을 검지로 갉작였다. 그렇게 한동안 둘 사이에 지나간 일들과, 앞으로의 일들에 대한 예단들이 잡담처럼 이어지고 난 뒤 마쓰오는 일을 핑계 삼아 자리를 정리했다.

"그럼 안 선생만 믿고 저는 가보겠습니다. 그리고 이것······ 이 아이를 맡아달라 부탁하면서 어찌 모른 체할 수 있겠습니까? 작지만 형편에 보탬이 된다면 저 또한 맡기는 짐을 덜 수 있을 것입니다."

마쓰오는 안경수의 앞으로 작은 봉투를 밀어놓았다.

"이거 번번이 신세를 집니다."

봉투를 내려다보는 안경수의 표정이 어두워졌다.

"신세라니요. 저 또한 조선과 무역을 하는 동안 알게 모르게 안 선생의 도움을 받고 있는 처지가 아닙니까? 게다가 안 선생은 앞으로 조선에서 큰일을 할 사람입니다. 그때도 지금처럼 저를 도와주시면 되지요."

"여부가 있겠습니까? 그때는 마쓰오가 말하지 않아도 내가 알아서 마쓰오를 도울 것입니다."

안경수는 쑥스러운 미소를 지었다. 그 미소에 화답하듯 마쓰오는 분남에게 일렀다.

"이제 안 선생이 네 길을 일러줄 것이다. 네 태도에 따라 네 앞길이 달라질 게야. 나보다는 안 선생 곁에 있는 것이 너한테도 좋을 것이다."

"장사를 배워보겠다고 했을 때 큰일을 할 거라더니, 이 일입니까?"

서운한 마음에 분남의 어투가 불퉁스러웠다.

"안 선생 밑에 있다 보면 분명 네가 해야 할 일이 생길 거다. 그러니 참고 기다려라."

분남의 작별 인사에 마쓰오는 사람 좋은 웃음을 지으며 대답했다.

"그럼 나는 이만 일어나보겠습니다. 필요한 것이 있거든 주저하지 말고 언제든지 저를 찾아주십시오. 힘이 되는 한 안 선생과 동지들을 돕겠습니다."

"감사합니다. 마쓰오 상은 언제나 우리들에게 힘이 됩니다."

안경수의 말에 마쓰오는 미소를 띠며 조금 전 그의 말을 회상시켰다.

"아까 한 약조나 잊지 마십시오. 나중에 조선으로 돌아가 중책을 맡게 되면 저를 돕겠다는 말씀 말입니다."

"여부가 있겠습니까? 잊지 않을 것입니다. 마쓰오 상의 고마움을 내 절대 잊지 않을 테니 염려하지 마십시오."

안경수와 마쓰오는 환하게 웃으며 방 안에서 작별 인사를 나누었다.

마쓰오가 나가고 방 안에는 둘만이 남았다. 그 둘 사이를 이상한 적요가 파고들었다. 그 적요를 먼저 깬 사람은 안경수였다.

"아까, 밀양 부사가 너를 부탁하여 데리고 들어왔다고 들었다. 어찌하여 밀양 부사가 너를 마쓰오에게 부탁하였더냐? 예까지 올 때는 분명 곡절이 있을 터. 있는 그대로 솔직하게 털어놓아보거라."

안경수의 물음에 분남은 담담하게 그간의 일을 입에 담고 한숨 섞인 소리로 말을 맺었다.

안경수는 눈을 감은 채 꼿꼿이 허리를 곧추세우고 앉아 분남의 이야기를 들었다.

"지난 세월을 다 말해 무얼 하겠습니까. 살아온 세월이 모두 상처요, 지나온 세월이 모두 한인 것을요."

분남의 말에 안경수는 그녀의 얼굴을 한동안 바라보았다. 그러다 입을 뗐다.

"그래도 용케 예까지 버텨온 것이 장하구나. 그래도 어쩌겠느냐?

좋아도 내 조국, 싫어도 내 조국인 것을. 하지만 너무 상심하지는 말자. 절치부심, 그 조국의 앞날을 위해 하루하루를 허투루 살지는 말자. 네 눈으로 보지 않았느냐? 일본이 얼마나 개화를 했는지, 개화한 세상이 얼마나 살기 편한지. 이곳 오사카만 해도 그렇다. 물산은 얼마나 풍부하며 사방으로 뻗은 운하와 하천과 철도는 얼마나 또 빠르더냐? 그저 아무것도 모른 채 살아가는 조선의 백성들만 불쌍하지 않느냐?"

분남은 안경수의 말에 고개를 끄덕였다. 자신의 눈으로도 일본은 별천지였기 때문이었다.

"조선만 생각하면 내 잠이 오지 않는다. 조선의 왕은 행여 왕권을 넘볼세라 신하들을 내치기에 바쁘고, 척신들과 나이 든 훈구대신들은 나라와 백성의 안위는 내팽긴 채 자신들의 곳간만 늘리기에 혈안이 돼 있으니 어찌 그게 제대로 된 나라라 하겠느냐? 반상의 그늘에 신음하고, 아전들의 횡포에 골수가 빠지는 백성들만 불쌍할 뿐이지."

안경수는 달뜬 표정으로 말하다가 어느 순간에는 침울한 표정이 돼 말소리가 낮아졌다.

분남은 아무 말도 할 수 없었다. 자신의 아버지 역시 역모의 죄를 뒤집어쓰고 불귀의 객이 된 지 오래였다. 아버지의 죄는 아버지의 대에서 끝나지 않았다. 아버지의 죄는 어머니의 삶을 절단 내고, 자식들의 삶을 분절시켰다. 어디에도 길은 없었다. 그 나라에 어찌 충성할 수 있겠는가. 그저 증오의 땅이었고, 미움의 땅이었고, 염오의 땅이었을 뿐이다.

"힘을 길러라. 힘을 길러야 그 폐해와 폐단을 고칠 수 있다. 힘이 없는 자는 그 폐해와 폐단의 희생자가 될 뿐이다. 힘이 있어야만 그 폐해와 폐단을 뜯어고칠 수 있느니라. 조선은 왕조 오백 년을 자랑하지만 그 유구한 세월과 빛나는 전통을 자랑삼아 영화를 누리기에는 이미 뿌리가 썩어버렸다. 유교의 덕목으로 무장했지만, 어찌 이념만으로 나라를 지킬 수가 있겠느냐? 오백 년 왕조를 그 유교가 지켜줬지만 나라를 위태롭게 만든 것도 그것이구나. 어쨌든 새 술은 새 부대에 담는다고 했다. 새롭게 시작하기 전에는 조선에 희망은 없다. 그러기 위해서는 제일 먼저 힘을 길러야 한다. 그러기에 앞서 너와 나는 먼저 새 술이 되어야 한다는 말이다. 알아들었느냐?"

분남은 힘을 길러야 한다는 안경수의 말에 무겁게 고개를 끄덕였다. 저 역시 힘을 기르고 싶었다. 헌데, 무엇을, 어떻게, 길러야 한다는 말인가? 분남은 묻고 싶었으나 물어보지 못했다. 그 힘이 무엇인지, 정체도 알 수 없었다.

그렇듯 무심하게 시간은 가고, 세월은 속절없이 흘렀다. 분남은 하루하루가 무료하고 지루했다. 차라리 몸으로 반응하고, 몸으로 살던 기생 시절이 그리웠다. 그 힘에 대한 실체는 여전히 모호했다. 숨을 쉬고 있어도 살아 있는 게 아니었다. 그저 하루하루를 속절없이 흘려보내고 있을 뿐 딱히 할 일이 없었다. 그 무료하고도 무력한 삶에 분남은 주니를 내기 시작했다.

오사카의 여름은 높은 습도 때문에 조선의 여름보다 더 무더웠다. 햇볕은 쨍쨍, 포악을 떨었고, 가만있어도 땀은 방울방울 흘러내렸다. 창문이라도 확확 열어젖혀 밖이라도 내다볼 수 있으면 좋으련만 도망자의 집에서는 문 여는 것조차 조심스러워했다.

분남은 살품 사이로 손부채를 부쳤다. 손끝에서 일어난 바람이 뜨뜻 미지근했다.

안경수가 그런 분남에게 물었다.

"글을 읽을 줄 아느냐?"

"아닙니다. 미처 글은 익히지 못했습니다."

"그랬구나. 사람이 사람다우려면 글을 알아야 하는 법. 학교를 보내주겠다."

"학교요?"

분남이 반짝 눈을 빛냈다.

"사람은 배워야 한다. 힘을 기르기 위해서도 배움은 필수다. 그래, 너를 학교에 보내야겠다."

상강여학교. 분남은 처음으로 학교라는 곳을 다니기 시작했다. 조선의 여인은 저 혼자였다. 상급 학교야 일찌감치 개화에 눈을 뜬 부잣집 여식들이 유학 와 방종과 치기 사이를 왔다 갔다 하며 다니긴 했지만 상강여학교에는 조선 여인으로는 분남, 저 혼자였다.

학생이라는 신분이 뿌듯했다. 선택받지 않고서야 어찌 학교를 다닐 수 있단 말인가. 조선의 내로라하는 양반집 여식들도 기껏해야 내훈으로 무장하고 여자의 덕목만 내세운 채 그림자처럼 삼종지도를 따를 뿐, 신학문은 언감생심, 꿈도 꿀 수 없는 일이었다. 지난날 팔천의 신분으로 떠돌던 나날들이 새삼스러웠다.

안경수는 그날그날 분남이 배운 것을 묻고 확인하였다. 그 물음 앞에서 분남은 게으름을 피울 수 없었다. 아니, 설령, 그가 묻지 않았어도 분남은 배우는 것이 즐겁고 재미났다. 하나하나 깨우칠 때마다 세상이 다시 열리는 기분이었고, 자신이 다른 사람이 된 것처럼 스스로가 대견했다.

"늦었구나. 어디 들렀다 오는 게냐?"
어느 날, 땀으로 뒤발한 채 돌아온 분남을 향해 안경수가 나무라듯 말했다. 그날은 학교가 파한 뒤 바닷가에 나가 멀리 떠 있는 서양 배들을 구경하고 오는 길이었다. 바다에 정박해 있는 서양 배들은 자신이 봤던 조선의 배들과는 사뭇 달랐다. 황포 돛대에 바람을 싣고 끼룩끼룩 노를 저어 가는 작은 돛단배가 아니라, 오사카 앞 바다에 떠 있는 배들은 커다란 철선들이었고, 항아리 같은 굴뚝이 쌍으로 들어앉아 있는 괴물 같은 배들이었다. 집보다도 더 큰 배들이 물 위에 떠 있다는 것이 분남은 그저 신기하기만 했다.

분남은 자신이 봤던 것들을 안경수에게 이야기했다. 어떻게 그 배들이 가라앉지 않고 떠 있는지 신기하기 짝이 없다고 했다.

안경수는 분남의 말에 눈을 감았다. 그리고 오래지 않은 지난 이야기를 들려줬다.

"허허. 그런 일이 있었다. 대원군도 너처럼 서양 배의 생김새와 빠르기를 듣고서는 놀라워했지. 하여, 똑같이 만들라고 명령했단다. 증기선이었다. 대동강을 거슬러 올라와 통상을 요구하며 행패를 부리던 미국 상선 제너럴셔먼호를 평양 백성들이 불을 질러버렸는데, 그 상선이 대동강에 가라앉았지. 대원군은 그걸 건져다가 한강에 옮겨놓고 똑같이 만들라고 했다. 그 배와 똑같이 만들기 위해서는 엄청난 철과 동이 필요했지. 하지만 대원군은 어떻게든 만들어내라고 했다. 대원군의 지엄한 분부를 누가 거스를 수 있었겠느냐? 나라에 있는 철과 동을 다 쓰면서까지 만들었어. 그 배를 만드는 데 들어간 경비 때문에 나라가 휘청할 지경이었지. 하지만 배는 만들었으되, 어떻게 움직일 도리가 없었다. 배를 움직이기 위해서는 연료가 필요한데, 마땅한 연료가 없었던 것이다. 사람들은 머리를 맞대고 고민한 끝에 목탄을 쓰기로 했지만 결과는 실망스러웠다. 모양은 똑같이 만들었지만 배는 움직이지 않았다. 그 많은 동과 철을 쏟아부어 만든 배가 무용지물이 되었으니 사람들의 실망은 이만저만이 아니었다. 헌데 미국은 자신들의 배에 불을 질렀다며 전쟁을 걸어왔다. 미국 역시 아시아로 진출하기 위해 기회만 엿보고 있었는데, 그걸 구실 삼아 강화도로 쳐들어왔던 것이다. 그게 신미양요고, 그게 조선의 현실이었다."

지난날을 들려주는 그의 음성이 쓸쓸했다. 참으로 쓸쓸했다.

분남은 그에게 묻고 싶었다. 조선은 그에게 무엇인지. 진정 조선을 사랑하는지. 하지만 묻지 않았다. 그런 분남에게 안경수는 조선 왕조는 역모로부터 시작되었다고 이야기했다. 우선 내 것을 알고 남의 것을 알아야 제대로 남을 이길 수 있다며 조선과 조선의 역사에 대해서 이야기했다.

그는 이성계가 고려 우왕의 명을 거스르고 위화도에서 군대를 돌려 되돌아와서는 권력을 잡은 뒤 새로운 나라를 세웠다고 했다. 그렇게 탄생한 왕조가 조선왕조이며 조선이라고 했다. 어느 왕조든 역모로부터 비롯되며, 권력은 피로써 탄생이 되고 피로써 지켜지며, 피로써 존재한다고 했다. 피를 보지 않는 권력은 역설적이게도 약해지기 마련이며, 부패한 왕조와 권력 집단은 백성들에게는 재앙이나 마찬가지라고 했다.

분남은 심드렁했다. 조선의 역사는 관심이 없었다. 심정적으로 조선과 결별한 지 오래, 이미 자신은 일본인이었고, 조선으로는 돌아가지 않을 것이라 작정하였었다. 하여 안경수의 말을 흘려들었다.

밤이 이슥해 분남은 자리에 누웠다. 방 가운데 담요를 걸어 만든 장막 너머 그의 기척이 느껴졌다. 그의 숨소리도, 그의 체취도 오롯이 느낄 수 있었다. 장막은 흔들림으로 그의 기척을 그대로 전해왔다. 저 얇은 담요 너머에 그가 있다고 생각하니, 몸이 간지러웠다. 아랫도리도 간지러웠다. 참을 수 없는 간지러움이 분남에게서 잠을 몰아냈다. 사내들의 몸이 생각났다. 주막에서 어미가 내지르던 탄성이 생각나고, 관기 시절에 제 몸을 거쳐 갔던 남자들의 몸도 생각났다. 몸이, 열여덟 살의 몸이, 사내를 원했다.

분남은 기어이 담요를 걷고 안경수의 품속으로 파고들었다.

"이게 무슨 짓이냐?"

"잠이 오지 않아서요. 진작부터 오고 싶었어요. 그러니 물리치지 말아요."

안경수는 분남을 밀어냈다. 그러나 그의 손이 분남의 탱탱한 유방을 스치고 지나갈 때 어쩔 수 없이 안경수도 한숨을 내쉬었다. 분남은 아무것도 걸치지 않은, 알몸이었다. 젊디젊은 몸은 단단한 탄성으로 육체의 굴곡을 지키고 있었다.

"더는 참을 수 없습니다. 속이지 마십시오. 선생님도 저를 원하고 계시지 않습니까? 낮에 선생님의 눈빛이 저를 더듬는 걸 보았습니다."

"허허. 발칙하구나."

분남을 밀쳐내면서도 안경수의 손길이 강단지지 못했다. 분남의 손에 닿는 그의 뼈 마디마디가 작지만 단단했다. 어느 숨결에선가 혹, 하니 그의 숨이 가빠지며 뜨거웠다.

분남은 뱀처럼 다리와 팔로 안경수를 감았다. 그러고는 안경수의 입을 찾아 혀를 밀어 넣었다. 그 안에서 안경수의 혀를 찾았다. 또 다른 생물처럼 혀는 다른 혀와 뒤엉키고, 분남은 그 혀를 빨았다. 안경수의 아랫도리에서 남근이 단단하게 살아났다. 분남은 어느 순간 안경수를 눕히고 말을 타듯 앉았다. 깊숙이, 분남의 몸 깊숙이 안경수의 하초가 파고들었다.

파도가 밀려오는 듯 온몸에서 격랑이 일었다. 오랜만이었다.

분남은 밤새 안경수의 몸을 탐했다. 금방 지쳐 쓰러져 누웠다가도 이내 분남은 안경수의 물건을 잡고 흔들고 빨고 제 몸속으로 집어넣었다.

"하고 싶었어요. 당신과 하고 싶었어요……. 당신을…… 처음 본 순간부터 당신과 한 몸이 되는 순간을 상상했어요. 말해봐요…… 당신도 나와 하고 싶었다고…… 당신도 나와 이렇게 한 몸이 되는 순간을 기다렸다고…….."

분남의 말이 중간 중간 가쁜 숨 때문에 잘렸다. 안경수는 덩굴처럼 자신을 친친 감는 그녀를 밀어내고 피하면서도 어느 순간에는 체념하듯 그녀를 받아들였다.

"너처럼 이쁜 아이와 한 몸이 되고 싶지 않았다면 사내가 아니겠지. 하지만, 하지만……."

분남은 자신의 입으로 안경수의 다음 말을 막았다. 사내의 몸에 굶주린 분남의 몸이 그 밤 내내 뜨겁고도 뜨거웠다.

밤마다 창문이 굳게 닫힌 도망자의 집은 두 사람의 은밀한 교접으로 들썩거렸다. 분남에게는 살아 있다는 확인이었고 안경수에게는 무언가 찜찜한 합일이었다.

어느 날 아침 안경수가 분남을 향해 말했다.

"짐을 싸라."

"짐이라니요?"

분남이 의아한 얼굴로 물었다.

"너에게 소개시켜줄 사람이 있다."

"그 사람이 누구입니까?"

"가보면 안다. 나는 며칠 후에 조선으로 돌아간다. 하니 너를 어떻게 할까 고민하다가 그 사람에게 보내기로 했다. 그 사람이라면 너를 더 잘 보살펴줄 수 있을 것이다. 짐은 빠트리지 말고 다 챙겨라."

분남은 안경수가 서운했다. 밤마다 뜨겁게 안으면서 어찌 보낼 생각을 할 수 있을까. 믿지 못하는 게 사내의 정리라더니 딱 맞는 말인 듯싶어 분남은 샐쭉 토라진 표정을 지었다.

"너도 알다시피 내 꿈은 조선이 부국강병을 이루는 것이다. 거기에 내 한 몸을 바치리라 각오했다. 하지만 너를 안은 뒤로 자꾸만 그 생각이 희미해진다. 그럴 수는 없지 않느냐? 그러니 서운타 생각하지 말아라."

"도대체 선생님에게 조선은 어떤 나라입니까? 선생님은 예서 편하게 살 수도 있습니다. 한데 왜 굳이 그 궁색하고도 어려운 나라에 들어가시려 합니까? 그런 나라에 무슨 애정이 있고, 왜 걱정을 하시는 겁니까?"

안경수의 말에 분남은 발끈해 음성을 높였다.

"그렇다고 예서 이렇게 살 수는 없지 않겠느냐? 나는 밤마다 조선의 신음을 듣는다. 그게 나를 가만히 두지 않아."

"그게 선생님하고 무슨 상관이 있습니까? 못 들어간다 하십시오.

그냥 예서 이렇게 산다 하십시오. 저와 함께 이렇게 살면 되는 것을 왜 꼭 조선으로 들어가시려 합니까?"

"개화하는 것은, 변화하기 위해서는, 먼저 움직이지 않으면 안 된다. 생각만으로는 할 수 없는 게 그 일이야. 게다가 누가 우리만큼 세상을 알고 있겠느냐? 다들 우물 안 개구리인 것을. 내가 이리 일본과 조선을 오가는 것도 다 조선을 위함에 있다. 그러니 너무 서운하게 생각하지 말아라."

"선생님이 아니어도 할 사람은 많이 있습니다."

"아니야. 그 생각은 옳지 않다. 내가 아니어도 다른 사람이 있다는 생각은 패배자들이나 갖는 위험한 생각이다. 나부터, 내가 하지 않으면 안 된다는 생각이 중요해."

"모르겠습니다. 저는 모르겠습니다. 단지 저를 버리고 가시는 선생님이 야속할 뿐입니다."

분남은 짐을 싸기 시작했다. 그 손길이 조심스럽지 못했다. 무슨 팔자가 이리 박복해 한곳에 붙박여 있지 못하고 자꾸만 드난살이를 할까, 한편으로는 서운하고 서러웠다.

짐을 싸는 분남을 지켜보는 안경수의 얼굴이 그 어느 때보다도 결연했다. 그만큼 의지가 굳은 탓일 거다. 이리저리 남의 집으로, 이 사람 저 사람 날개 밑으로 떠돌면서 분남이 얻은 것은 미립이었다. 굳이 말을 하지 않더라도 표정만 보아도, 그 사람의 속내를 금방 짚어낼 수 있었다. 분남은 그 표정에 대고 안 간다, 못 간다, 투정을 부릴 수는 없었다. 그렇게 천년만년 살자고 조를 수 없었다. 안경수의 표정 어느 한구석에 아쉬운 기색이라도 엿보인다면 그 틈에 대고 눈물 바람 하며 못 간다, 보내지 말라, 애원해볼 수도 있으련만 안경수는 그럴 빌미마저 주지 않았다.

분남은 길게 날숨을 내쉬며 짐을 꾸렸다. 날숨이 참으로 유장했다.

"언젠가는 너도 잘했다 할 것이다."

그 날숨에 대고 안경수가 달래듯 말했다. 그 말에 서운함이 가시처럼 돋았다.

"아닙니다. 전 지금이라도 선생님과 함께 살고 싶습니다. 어디로든 가고 싶지 않아요. 그저 이년의 바람은 이리저리 떠돌지 않고 한곳에 붙박여 사는 것입니다."

저도 모르게 눈물이 흘러내렸다. 헤어지는 것이 아쉽기도 했지만 그보다는 이리저리 옮겨 다니는 자신의 팔자가 참으로 비루해 보였기 때문이었다.

분남은 더 이상 대거리를 하지 않았다. 한다 한들 달라질 것은 없었다.

오사카에서 도쿄로 가는 길은 멀고도 멀었다. 조선의 땅이 넓은 줄 알았는데 일본의 땅은 조선보다 더 넓었다.

8. 도쿄, 김옥균

고치마치구 유라쿠조 1정목 5번지. 문패는 오래됐으나 정갈했다. 박락된 칠에 희미하게 드러난 나뭇결이 차라리 자연스러움을 더해 고풍스럽게 보였다.

안경수가 사람을 부르자 잿빛 기모노 차림의 여인이 나와 안경수와 분남을 맞았다. 몸피가 작고 얼굴이 갸름한 여인이었다.

"안에 계십니까?"

안경수가 낮은 소리로 묻자 여인은 다소곳한 몸짓으로 허리를 숙였다 펴며 따라 들어오라는 신호를 보냈다. 그 여인의 안내를 따라 들어가니 얼굴이 백옥처럼 흰 한 사내가 방 안에 앉아 책을 보고 있었다. 살집이 없는 얼굴에 눈빛은 날카로웠고, 콧대는 반듯했다.

"김 상, 손님이 오셨어요."

여인의 전언에 고개를 돌려 방문자를 확인한 사내는 반색을 하며 자리에서 일어났다.

"오, 안 선생. 어서 오시오. 먼 데서 예까지 어쩐 일이오?"

안경수와 분남을 맞아들이는 동안에도 그의 눈동자가 한곳에 오래 진득하게 향하지를 못했다. 주변을 경계하며 조심하는 그 모습이 지켜보는 사람마저도 불안하게 만들었다.

"인사드려라. 고균 김옥균 선생이시다."

안경수의 말에 분남은 목례로 인사를 대신했다.

"이 아이는 누굽니까?"

분남의 목례에 그가 안경수한테 물었다.

"마쓰오가 조선에 들어갔다가 밀양 부사가 부탁해 데리고 들어온 아이입니다."

분남은 자신을 빠르게 훑어 내리는 김옥균의 눈빛에서 가시 같은 것을 느꼈다. 자신을 경계하고 있음이었다.

"조선 사람이십니까?"

분남의 물음에 사내의 눈가에 희미하게 웃음이 깃들다 사라졌다. 웃음이 깃들어도 여전히 눈빛은 날카로웠다.

"김옥균, 네가 정녕 이 이름을 들어보지 못했느냐?"

대답한 쪽은 사내가 아니라 안경수였다.

김옥균…… 김옥균…… 머릿속에 가물가물하고 입에 맴맴, 걸리는 이름이었지만 선뜻 생각나지 않았다.

분남은 그를 쳐다보았다. 날카로우면서도 어딘지 그늘이 깃든 얼굴이었다. 입을 다물고 있을 때는 더 우울해 보였다. 김옥균……
김옥균이라…… 분남은 그제야 그를 기억해냈다. 갑신년의 정변
때 그 이름이 깃발처럼 드날렸었다. 그리고 안경수는 어쩌다 토로
하듯 조선의 현실과 지난날을 분남에게 들려줬다.

임오군란으로 위기에 처한 민비는 청나라의 마건충과 정여창에
게 난을 진압해달라 부탁을 했고, 그 일을 빌미로 청국은 조선에 자
신들의 군대를 보내 난을 진압하고는 왕실을 쥐락펴락했다. 국가
의 자존은 청국의 무례함 앞에서 위태롭게 흔들렸다. 자주 국가, 부
국강병을 꿈꾸는 조선의 젊은이들이 조선에서 청국을 몰아내고 진
정한 국권을 회복하며 조선이 조선의 주인이 되기 위해 일으킨 게
갑신정변이었고, 그 난리를 주도한 자 중의 한 명이었다.

분남은 기분이 이상했다. 마치 역사 속에 박제되어 있던 한 인물
이 문득 튀어나와 자신의 앞에 피가 돌고 숨을 타는 한 사람으로 앉
아 있는 듯했다. 어찌 그 인물을 이렇듯 만나볼 줄이야 알았을까.

당시 정변을 일으킨 그들은 조선의 희망이자 미래였다. 청나라를
불러들인 조선에 불만을 품고 사사건건 트집을 걸어오는 일본을 달
래기 위해 조정에서는 수신사라는 명분으로 조선의 젊은이들을 일
본에 파견해 일의 경위를 설명해야만 했다. 당당히, 그들은 조선을
상징하는 태극기를 달고 일본으로 갔다. 조선의 자존심을 지키러.
조선의 자존을 보장받으러. 조선의 기백을 보여주기 위해. 그렇게
도착한 일본은 조선의 열혈 청년들에게 깊은 인상을 남겨주었다.

메이지유신을 통해 무사가 군림하는 영지 중심의 반봉건체제를

황제 중심의 중앙집권으로 이룩해낸 일본은 서구 문물을 받아들여 새로운 세계를 만들어나가고 있었다. 더 이상 옛날의 미개한 나라, 왜국이 아니었다.

일본은 메이지유신 이후 갈 곳을 잃은 무사들의 불만을 잠재우기 위해 그들의 칼끝이 조선으로 향하도록 만들었다. 조선을 정복해야 한다는 정한론이 비등했다. 사이고 다카모리. 그 중심에 그가 있었다. 칼에서 나오는 지엄한 권위를 잃어버린 자. 그들은 끊임없이 조선을 공격하고 자신들의 이득을 취했다.

그런 일본이었다. 그런 원수의 나라였다. 부모와 누이, 형과 동생을 극악하게 해친 나라. 헌데 그런 일본이 조선이 나아갈 길을 보여주고 있었다.

일본을 다녀온 조선의 젊은 관리들은 몸살을 앓았다. 강력한 국가를 만드는 것. 구태를 벗고 새로운 세상을 열어가는 것, 그것이 그들의 꿈이었다. 승산도 있었다. 메이지유신으로 나라의 부강을 이룩한 일본처럼 자신들도 할 수 있다는 자신감에 굳은 얼굴로 의지를 모았다.

삼일천하의 주역, 고균 김옥균. 바로 그였다. 독립당을 조직하여 척족 중심의 수구당을 몰아내고 국정을 개혁하기 위해 우정국 낙성식을 이용해 정변을 꾀했지만 그의 꿈은 사흘로 끝나버렸다. 도와주겠다고 약속을 했다가 그 약속을 저버린 채 도망가버렸고, 조선 왕실은 이들의 진압을 위해 청군을 또다시 끌어들였었다. 김옥균은 창백한 얼굴로 분남의 앞에 앉아서는 옛날을 짐스러워했다.

"정녕, 그 김옥균 선생이십니까?"

분남의 물음이 채 끝나기도 전에 기모노를 입은 여자가 술상을 내왔다. 몸을 움직일 때마다 나긋나긋한 품새가 분남이 보기에도 아결해 보였다. 창백한 김옥균의 낯빛만큼이나 그녀의 얼굴 역시 생기라고는 찾아볼 수 없었다.

"그렇다. 김옥균 선생이시다."

대답한 쪽은 김옥균이 아니라 안경수였다.

"요즘 건강은 어떠십니까? 홋카이도에서 건강을 많이 잃은 걸로 아는데."

안경수가 근심 어린 표정으로 그의 기색을 살폈다.

그는 대답 대신 눈을 감았다. 지난 세월들이 아슴아슴 그 감은 눈 안으로 떠오르는 모양이었다.

둘 사이의 대화가 나직나직 오갔다. 목이 마르면 여자가 내온 술을 아껴가면서 마셨고, 말이 고프면 지난날을 안타까이 회상했으며, 오늘의 처지를 확인하고 내일을 미심쩍어했다.

그는 일본으로 들어와서 유배나 마찬가지인 삶을 살았다. 홋카이도와 본토에서 천 킬로미터나 떨어진 오가사와라를 떠돌며 실패한 혁명을 가슴에 묻고 그렇게 자학의 세월을 살았다.

일본은 그가 도쿄로 들어오는 것을 허락하지 않았다. 배편이라야 일 년에 고작 네 번, 돛단배로 스무하루나 걸리는 곳에 그를 가두어두고는 역사에서 그 이름을 지우려 했다. 그는 그곳에서 아이들에게 한자와 바둑을 가르치고 병아리를 얻어다 기르면서 시름을 달랬노라고 이야기했다. 차라리 그 절해고도의 시절이 신선의 삶이었노라 음울한 음성으로 회상했다.

"일본이 어떤 마음으로 선생이 다시 도쿄로 들어오는 것을 허락했는지 모르겠습니다. 조심하십시오. 조선에서 또 자객을 보냈다고 들었습니다. 이일직이라는 자가 여러 자객들과 함께 숨어 때를 보고 있다고 합니다."

안경수의 위로 같은 말에 김옥균은 쓸쓸히 웃었다. 입은 웃고 있었지만 눈은 울고 있었다.

"갑신년, 그날, 제 목숨은 조선에 두고 왔습니다. 하니, 살아 있어도 어디 살아 있는 목숨이겠소?"

"무슨 그런 말씀을요? 다시 좋은 세상을 만들어야지요. 고균이 그리 말씀하시면 우리들에게 무슨 희망이 있겠습니까? 선생이 다시 도쿄로 돌아오는 것을 일본이 허락했다면 선생이 어디엔가 쓸모가 있어서 허락한 거 아니겠습니까? 저들과 뜻이 같을 수는 없지만 그래도 저들이 선생을 이용할 때 선생도 저들을 이용해야 되지 않겠습니까? 그러니 부디 몸조심하십시오."

"과연 그런 날이 올까요? 조선이 바로 서고 당당히 홀로 설 수 있는 날이 올까요? 아직도 조선은 청나라를 구세주로 알고 있어요. 청나라를 물리치지 못하면 조선의 독립은 요원해요. 임오군란이 발생할 때 도와준 것이 청이요, 갑신정변 역시 청에서 도왔으니 어찌 청의 부탁을 물리칠 수 있겠소?"

그는 절레절레 고개를 흔들며 회의적인 음성으로 답했다.

"희망을 가져야지요. 꿈을 꾸면 이룰 수 있지만 꿈이라도 꾸지 않으면 영영 이룰 수 없지 않겠습니까? 조선도 이와 같지 않겠습니까? 진통이 크면 클수록 더 좋고 큰 게 나올 거라 믿어야지요."

"하지만…… 요즘 이런 생각이 듭니다. 일본이 그때 군대를 보내주었더라도 과연 성공할 수 있었을까라는 생각 말입니다. 모르겠어요. 청을 내치자고 일본을 끌어들여 개화를 한다…… 일본을 겪어보니 일본도 믿을 수가 없어요. 그때 우리가 간과한 게 있었어요. 일본보다는 조선 백성을 끌어들여 자주적으로 개화를 했어야 했는데, 우리는 그러지 않았어요. 그러니 어찌 내가 순진했다 자책하지 않을 수 있겠습니까. 일본으로 피신한 나는 구차하게 목숨은 건졌지만 아깝게 목숨을 잃은 홍영식을 생각하면……."

잠시 말을 끊은 그가 천장을 바라보았다. 김옥균의 안타까운 시선이 천장 어느 한 지점을 힘없이 응시하고 있었다. 그러다 다시 말을 이었다.

"살아 있는 것에 미련은 없습니다만 일본으로 와서 하루도, 단 하루도 편한 잠을 자보지 못했습니다. 금방이라도 저 창문을 통해 자객이 들어와 숨통을 끊어놓을 것만 같아서요. 헌데 말입니다. 내 목숨을 끊으러 온 자들이 일본에 와서 무슨 생각들을 할까요. 개화한 나라 일본을 보고 아무 생각도 하지 않는다면 그들은 진정한 애국자라고 할 수 없을 것입니다. 세계는 이렇게 빠르게 변화하고 있는데, 조선만 과거에 머물러 있지 않습니까? 외척들이 득세하고 백성들의 안위와 풍요로움은 안중에도 없이 권력투쟁에 이전투구만 계속하고 있으니 어찌 한스럽지 않을 수 있겠습니까? 답답합니다."

분남은 가만히 입 다물고 그의 말을 들었다. 안경수 역시 눈을 감은 채 그의 이야기를 들었다.

일본은 처음부터 조선이 개화하는 것을 원하지 않았다는 사실을 그는 뒤늦게 깨달았다고 자책했다. 그저 젊은 혈기에 조선의 개화에만 마음을 쏜 나머지 일본의 속셈을 미처 간파하지 못했다고 했다. 처음부터 조선을 자신들의 속국으로 만들고 싶어 했던 일본에게 조선의 개화를 이루려는 자들은 눈엣가시일 수밖에 없었다. 조선의 개화는 곧 독립이란 말과 이음동의어였고, 일본의 입장으로서는 절대 용납할 수 없는 일이었다.

대궁처럼 가는 김옥균의 목이 파르르 떨렸다.

"속셈이라……."

안경수가 혼잣말로 그의 말을 따라 했다.

서구 열강은 식민지를 통해 자국의 영토를 늘리려고 안달을 부리고 있는 것이 지금의 현실이었다. 일본 역시 서구의 나라들처럼 세력을 확장시키고 싶어 했다. 정한론이 힘을 얻어가고 있는 것도 그 이유 중의 하나였다. 일본은 그랬다. 서구 문물을 배우러 천황만 빼고 모두 서구로 나가는 통에 한때는 도성이 텅텅 빌 지경이었는데, 그 기간이 무려 이 년이었다.

"이대로 있다가는 조선은 일본의 속국이 되고 맙니다. 지금 이렇게 일본에 몸을 의탁하고 있지만 그것만큼은 막아야겠지요."

그렇게 말하는 김옥균의 눈이 한쪽이 일그러졌다. 작은 방에서는 희미하게 낡은 냄새들이 떠다녔다. 낡은 냄새의 정체가 무엇인지는 알 수 없었다. 목조 주택이 퇴락하고, 풍화해가는 냄새인지, 아니면 한 사내의 회한이 진득하게 고여 부패해가는 것인지, 그도 아니면 오래된 다다미 어느 구석에 장하게 슬어 있는 매기에서 포자가 떨어져 나와 방 안을 떠다니는 것인지, 알 수 없었다. 그 방 안에 오래 있으면 분남도 역시 낡아갈 것만 같았다.

"홍아회 사람들을 자주 만난다는 이야기를 들었습니다."

탄식처럼 내뱉는 김옥균의 말을 듣고 있던 안경수는 분위기를 바꾸듯 물었다.

"일본과 중국과 조선의 지식인들이 서로 만나 허심탄회하게 세상을 이야기하는 모임이지요. 그들이 있기에 오늘을 견딜 수 있습니다."

"그래도 몸조심하십시오. 조선에서 보낸 자객이 신분을 속이고 홍아회를 통해 고균에게 접근할 수도 있으니까요."

옥균의 못다 한 꿈이 긴 한숨으로 풀어졌다.

"예까지 오셨는데, 밥 한 끼 대접 못 해 미안하구료."

"괜찮습니다. 그래도 이렇게 술상은 받았지 않습니까? 오늘 이렇게 고균을 찾은 것은 부탁할 일이 있어서입니다."

그 말에 고균은 허탈한 웃음을 지었다.

"안 선생이 저에게 부탁할 일도 있습니까?"

"어쩌면 이 아이가 고균에게 힘이 될지도 모르겠습니다. 이 아이를 맡아주십사 데려왔습니다. 글자는 익혔습니다. 행여 고균이 다시 큰일을 도모하실 때 이 아이가 힘이 되어줄 수도 있을 것입니다."

"도망자 신세에 어찌 이 아이를 책임질 수가 있겠습니까? 게다가 형편이라는 것도 안 선생이 보다시피 누구를 맡아줄 만큼 넉넉지 못한 터인데……."

김옥균은 난감한 표정을 지었다. 그 순간 분남은 속으로 무참했다. 여기저기, 자신이 몽근짐 같다는 생각에 나부시 앉아 있기가 민망했다.

"압니다. 하지만 딱히 다른 사람이 떠오르지 않았습니다. 게다가 고균 같으면 이 아이를 받아줄 것 같기에 이리로 왔습니다."

"그리 말씀하시니 안 된다 거절할 수도 없겠습니다."

그가 웃었지만 그 웃음의 뒤끝이 쓸쓸했다.

"영특한 아이이니 분명 고균에게 도움이 될 것입니다."

"알았습니다. 알았어요. 허허."

고균의 흰 얼굴에 발그레 분홍빛이 감돌았다.

"그럼 저는 갈 길이 멀어 이만 일어나겠습니다."

안경수를 배웅하는 김옥균의 뒤에 서서 분남은 눈으로 안경수에게 작별 인사를 보냈다.

안경수가 돌아가고 분남은 홀로 옥균의 앞에 앉았다. 저를 훑어내리는 옥균의 눈빛이 날카롭고도 애틋했다.

"조선이 그리우냐?"

"네?"

"조선이 그리우냐고 물었다."

느닷없는 질문에 분남은 당혹스러운 표정으로 그를 바라보았다.

"왜 대답을 못 하느냐? 조선이 그리우냐?"

"아닙니다. 그립지 않습니다."

"그럼 조선이 밉더냐?"

"네, 밉습니다."

그 대답에 옥균은 아무 말도 하지 않았다. 다만 자신의 앞에 놓인 술잔을 들어 입으로 가져가더니 한입에 털어 넣었다. 분남은 그 빈 잔에 남아 있는 술을 따랐다. 김옥균은 마다하지 않았다. 형형하던 그의 눈빛이 술기운에 부드러워져 있었다.

"그래, 나도 밉다. 하지만 안타깝기도 하다. 그래도 어떻게 하겠느냐. 조선을 부정하면 너 또한 죽은 목숨이거늘. 조선을 미워하되 어찌 조선을 버리겠느냐?"

그 음성이 착잡했다. 분남에게 하는 소리였으되 곧 자신에게 하는 소리였다. 그는 조선과 일본이 자신을 버렸지만 이들을 원망하지 않았다고 담담하게 말했다. 다 자신이 힘이 없고 나라가 힘이 없어 당한 일인데 원망만 하고 있은들 무슨 소용이냐며, 그러니 원망을 거두고 내일을 기다린다고 했다. 그러나 그 내일이란 것 또한 스스로 힘을 기르지 않으면 없다고 이야기했다. 그러니 우리 스스로 힘을 길러, 자주, 스스로의 주인이 되고, 스스로 지키자고 했다.

"제가 무얼 할 수 있겠습니까? 마쓰오는 제게 그랬습니다. 제가 장차 큰일을 할 거라고. 헌데 큰일이라는 게 저는 무얼 의미하는지 알 수 없습니다. 미천한 제가 큰일을 할 수 있을지 그것도 의문입니다. 제가 가진 것은 이 몸뚱이 하나밖에 없습니다. 아버지는 역적으로 몰려 죽임을 당하고 어머니는 피눈물을 흘린 탓에 봉사가 되었지요. 차마 죽지 못해 지금까지 살아왔습니다. 그런 제가 무엇을 할 수 있을까요?"

설령 자신이 큰일을 할 수 있는 힘이 있다 하더라도 분남은 그냥 여자이고 싶었다. 한 남자의 사랑을 받다 그렇게 세상을 뜨고 싶은 여자가 되고 싶었다.

분남의 말을 옥균은 눈을 지그시 감고 들었다. 그러다 입을 열었다.

"내 어머니와 부인과 누나는 음독자살을 했고, 동생은 옥사를 했다. 어디 그뿐이겠느냐? 그날 나랑 뜻을 같이했던 박영효 역시 음독자살했다. 그의 동생 박영교는 청나라 군사에게 주륙을 당했고, 홍영식은 처자와 형과 그의 아버지가 음독자살을 했다. 당사자인 홍영식은 정변 중에 청나라 군사에게 주륙을 당했지. 어디 그뿐이겠냐? 서재필의 부모 역시 주륙을 당하고 아내는 음독자살했다. 불쌍하게도 두 살 난 아들은 돌봐주는 사람이 없이 굶어 죽었다. 내 어찌 그들을 잊을 수 있겠느냐? 그들을 죽음으로 몰아넣고 나만 살아 있는 것이 죄스럽고 미안하다. 하지만 이렇게 살아 있음은 나중을 도모하라는 하늘의 뜻이 아니겠느냐? 그들의 죽음을 헛되이 하지 않기 위해서라도 나는 예서 멈출 수 없다. 왜냐면 나는 조선 사람이니까. 너 또한 조선 사람이다. 네 아비의 죽음을 헛되이 하지 않기 위해서는 너 또한 조선 여인으로 깨어 있어야 할 것이야."

"조선 사람이면 다 무얼 합니까? 조선은 저를 버렸습니다. 게다가 저는 여기에 있습니다."

"그래, 그럼 너는 앞으로 무얼 하고 싶으냐?"

그의 눈빛이 창날이 되어 분남에게로 날아왔다. 하지만 분남은 입을 꾹 다물고 있었다. 다물린 입안에서 빠져나오지 못한 말들이 따글따글 돌아다녔다. 분남은 그랬다. 관기의 몸일 때는 천한 몸을 벗어나고 싶어 자세하는 벼슬아치의 애첩으로 들어가 그의 처마 아래서 호사를 누리며 살고 싶었지만 여기서는 더 이상 관기도 아니고 거지도 아니었다. 하여, 처음으로 마음의 안정을 찾은 곳이 이곳이었고, 여자의 행복이 무엇인지 깊이 생각해본 곳도 또 이곳이었다. 여자의 행복이 한 남자를 사랑하다 그렇게 가는 것이라면 저 역시 그러고 싶었다. 한 남자를 사랑하고, 그 남자를 위해 자신을 내놓으며 그렇게 그 남자와 늙어가고 싶었다. 하지만 분남은 자신의 생각을 발설하지 않았다.

"사람은 다 저마다 쓰임새가 있다. 범상치 않은 네 지난날의 이력이 오히려 너를 더 큰 그릇으로 만들었을 게다. 지금 너는 느끼지 못할 수도 있다만 너는 이미 지난날의 네가 아닐 것이야."

분남은 옥균의 말처럼 제 자신이 미처 의식하지 못한 사이 자신이 달라져 있다 하더라도 그냥 여자이고 싶었다. 옥균처럼 혁명을 할 것도 아니고, 세상을 바꿀 것도 아닌 바에야 그저 평범한 여자로 살다 가고 싶었다. 국권이란 말도 몰랐고, 정치도 몰랐다. 그저 배 곯지 않고, 하루하루 별 탈 없이 그렇게 지내다 이승을 떠나고 싶었다. 그런 까닭에 분남은 이곳 생활이 좋았다. 그냥 이곳에서 살고 싶었다. 아비를 앗아간 조선, 저를 멸시하고 천대한 조선으로는 다시 돌아가고 싶지 않았다.

옥균은 지그시 눈을 감고 잠시 적묵하게 앉아 있었다.

그때 안경수와 분남을 방으로 안내했던 여인이 아이를 업은 채 방으로 들어왔다. 그러고는 술상에 새로운 술병을 두고 나갔다.

"저 여인은 누구입니까?"

아이를 업은 여인을 눈으로 좇으며 분남이 물었다.

"마츠노 나카와. 게이샤다. 저 아이가 없었다면 나는 아마도 진작 굶어 죽었을 것이다. 내 목숨의 은인이나 마찬가지다."

기생. 그 말에 울림이 있었다. 분남은 기생 시절에 동무들로부터 명월이라는 기생 이야기를 들은 적이 있었다. 그 명월이의 이야기가 사실인지 분남은 물어보았다.

명월이라는 이야기에 김옥균은 감고 있던 눈을 뜨고 분남을 바라보았다.

"어떤 소리가 듣고 싶으냐?"

"사실인지 아닌지 확인하고 싶습니다."

"사실이면 어떻고 사실이 아니면 어떻겠느냐? 지난 시간은 다 꿈인 듯싶구나. 또 그렇기도 하고……."

그의 뒷말이 쓸쓸했다.

"저 또한 기생이었습니다. 기생들 사이에서 명월의 이야기가 전설처럼 떠돌았습니다. 그 명월이가 사랑한 사람이 앞에 계신 선생님입니까?"

"그게 무슨 소용이더냐?"

그가 술잔을 들어 입으로 가져갔다.

"명월이를 사랑하셨습니까?"

"나는 조선을 사랑한다."

분남은 더 묻지 않았다. 묻는 것이 무의미했다. 명월이. 한 혁명가를 사랑했지만 그를 놓아주기 위해, 다시 뜻을 품으라고 격려하며, 절벽 위에서 뛰어내려 생을 마감했다는 비장한 사랑 이야기가 기생들 사이에서 전설처럼 떠돌았다.

"나는 지쳤다. 삶에 지쳤고, 도피에 지쳤고, 조선의 개혁에 지쳤다. 하지만 예서 그만둘 수는 없지 않느냐? 망해가는 나라에 태어난 것도 분명 내가 그곳에서 해야 할 일이 있었기 때문이겠지. 게다가 네가 나에게 온 것도 그만한 뜻이 있을 게다.

지금도 저 문밖에는 조선에서 온 자객들이 기회를 엿보고 있을 것이다. 살아 있어도 죽은 목숨이 바로 나다. 네 뜻은 알겠다만 그래도 네가 아무쪼록 조선의 딸임을 잊지 말았으면 좋겠다."

"모르겠습니다. 저는 그냥 여자일 뿐입니다. 조선도 모르고, 일본도 모르고, 그냥 여자일 뿐입니다."

분남은 가만히 도리질을 했다. 당장에 도망자의 핍색한 환경이 가슴에 묵직하게 얹힐 뿐이었다. 조선이 부국강병을 이루는 것은 좋으나, 조선은 저에게 있어 그저 아픈 기억일 뿐이었다. 그 조선이 저를 내쳤고, 저를 위험 속으로 몰아넣었으니 조선에 대한 애틋한 애정은 없었다. 그저 저가 바라는 것은 자신의 안위였고, 제 일신의 안온함이었으며, 여자로서 누릴 수 있는 행복이었다. 그것만이 전부였다. 더는 아니었다. 아버지는 조선을 위하다 목숨을 잃었고, 눈앞에 있는 김옥균 역시 조선을 위하다 이리 고생을 하는데, 저 또한 그 험난한 길을 따라가고 싶지 않았다. 영악하게 살 것이다. 제 삶을 위해, 내일을 위해, 걸태질로 무엇이든 여투어둘 것이다.

그 도리질 속에 결기가 장하게 맺혔다.

9. 조우

바닥을 드러낸 쌀독에는 한 줌 정도의 쌀이 전부일 뿐, 당장에 아침을 지을 양식도 부족했다. 옥균은 일찌감치 자리에서 일어나 책을 읽고 있었고, 집 안은 조용했다. 시간까지도 제 속도를 잃은 채 정지해 있거나 느릿느릿 가는 것 같았다. 무거운 추를 매달고 조용히 물속으로 가라앉는 듯한 기이한 정적이 집 안을 짓누르고 있었다.

분남은 저도 덩달아 움직임을 줄이고 소리가 날까 조심했다. 때문에 조그만 기척에도 스스로 놀라고 민망했다.

아이를 품 안에 안은 여자는 배고픔에 익숙한 듯 바닥난 쌀통에 대해 옥균에게 이르거나 타박하지 않았다. 그저 조용히 견디어낼 뿐. 그 식물 같은 삶이, 그 순응의 삶이 분남에게 알 수 없는 분노를 가져다줬다. 여자의 삶이 답답했다. 저 역시 한 남자에게 순종하고 한 남자를 평생 지아비로 삼으며 그렇게 여자로 살고 싶었지만 이 모습은 아니었다. 배고픔을 청렴함의 결과로 삼고, 올곧음의 산물로 삼으며, 정절의 잣대로 삼기에는 지난날이 너무나 극악하고 지난했다.

이제는 그리 살고 싶지 않았다. 가난은, 배고픔은, 내면에 감춰진 비열한 동물을 일깨웠다.

분남은 조용히 자신의 짐을 뒤져 작은 덩어리 하나를 꺼내 들었다. 일본으로 건너올 때 밀양 부사가 준 은이었다. 분남은 그 은을 들고 상점으로 나왔다. 쌀을 사서 돌아오니 그때까지도 옥균은 책을 읽고 있었다.

분남은 구해온 쌀을 옥균의 여자에게 내밀었다.

"제가 가지고 있는 돈으로 팔아왔습니다. 쌀은 마련했지만 어떻게 찬거리는 준비할 수 없었습니다."

잠깐 여자는 분남을 말없이 바라보더니 역시 말없이 쌀을 받아 안쳤다. 정변에 실패하고 이역만리 도망쳐 나온 혁명가의 집에는 있는 것보다 없는 것이 더 많았다. 빈곤의 불편함을 옥균은 책으로 달랬고 여자는 침묵 속으로 그 불편함에서 도망쳤다.

그녀는 말이 없었다. 옥균 역시 평소에도 책을 즐겨 읽었을 뿐 밖으로 나가는 일도 없었다. 가끔 조선과 일본의 지식인들이 찾아와 이야기를 나누다 가긴 했지만 그들을 배웅하는 것도 조심스러워했다. 굳이 이층을 고집한 연유도 자객들이 쉽게 접근하지 못하게 함이고, 창문이 있는 방을 택한 이유는 탈주로를 확보하기 위함이었다. 그 고단한 삶은 잠마저도 귀잠으로 이끌지 못했다. 자면서도 늘 귀를 열어둔 탓에 깊은 잠을 자지 못했다. 고른 숨으로 잠이 들었나 싶으면 부스럭거리는 소리에 핏발 선 눈으로 주변을 살피곤 했다.

그 생활이 몹시 고단해 보였다. 어느 쪽에도 받아들여지지 못하는 사람, 이쪽 편도 저쪽 편도 아닌 채 하루하루를 마음 졸이며 보내는 삶이 참으로 팍팍해 보였다. 사람이야 누구든 죽음으로부터 자유로울 수 없겠으나 그는 죽음의 망토를 늘 곁에 두고 있었다.

그래도 그는 의연했다. 피폐하고, 강퍅하고, 누추한 삶을 부끄러워하지도 않았고, 힘들어하지도 않았다.

아침상을 물리고 무료하게 앉았는데 옥균이 불렀다.
"안 선생이 말하기를 오사카에 있을 때 학교에 다녔다지?"
"네, 그러했습니다."
"그래, 사람이란 무릇 공부를 해야 하느니라. 공부를 해야 사람이 무언지, 삶이 무언지 알 수 있느니라. 여자라고 해서 다르지 않다. 하지만 네가 보다시피 나는 형편이 썩 좋지 않다. 하여 너를 학교에 보낼 수가 없구나. 대신 오늘부터 서예와 한문을 가르쳐주겠다. 영특한 아이라니 부지런히 배운다면 금방 배울 수가 있을 게다. 어떠냐?"
"그걸 배워 무슨 소용이 있겠습니까마는 그래도 배우지 않는 것보다는 나을 테지요."

분남은 옥균이 시키는 대로 한문을 익혔다. 하지만 시간이 지날수록 의문이 들었다. 도대체 내가 할 수 있다는 큰일이란 무엇일까. 큰일을 하게 된다는 마쓰오의 말과 안경수의 말이 생각났지만 그 큰일이라는 것은 좀체 제 정체를 드러내지 않았다.

기약도 없는 날들이었다. 언제 이런 생활이 끝날지 알 수 없었다. 게다가 가지고 있는 돈도 바닥나기 시작했다. 그 궁핍함이, 곤궁함이 무서웠다. 다시 옛날로 돌아가는 것은 아닌지. 분남은 내일이 두려웠다.

"돈이 바닥나기 시작했습니다. 차라리 돈을 벌러 나가겠습니다."

어느 날 분남은 작정한 얼굴로 옥균에게 말했다.

"아서라. 네가 어디 가서 돈을 번단 말이냐. 그냥 하라는 공부나 하여라."

"당장에 끼니는 무얼로 해결하시려구요?"

분남은 볼멘소리로 말리는 옥균에게 따지듯 물었다.

"설마 살아 있는 입에 거미줄이야 치겠냐? 그래도 굶지는 않았지 않느냐?"

제가 아니었으면 선생님의 입은 진즉에 거미집이 되었을 것이라는 소리가 금방 튀어나오려 했지만 분남은 꿀꺽, 침과 함께 그 소리들을 삼켰다.

"이제 그런 희망도 없지 않습니까?"

옥균이 분남을 지그시 바라보았고, 분남은 그 시선을 꼿꼿이 받아냈다.

분남은 마뜩잖았다. 도대체 이게 무슨 소용이란 말인가. 어엿한 양반집 규수도 아니고, 부모 잘 만나 신식 학문을 배우고자 예까지 온 것도 아니고, 그저 도망쳐 온 신세이거늘. 그 신세에, 그 팔자에 무슨 공부란 말인가.

"조선의 음식을 잘 만드느냐?"

느닷없는 질문이었다.

"기생으로 있을 적에 산해진미를 맛보았습니다. 그대로는 하지 못하겠으나 흉내는 내겠지요."

"그럼 됐다."

그럼 됐다니. 뭐가 됐다는 말인가. 옥균에게서는 더 이상 말이 없었다. 조선 음식을 만들어달라는 부탁도 없었고, 앞으로 어떻게 하자는 말도 없었다. 수수께끼처럼 됐다라는 말만 내뱉고는 다시 책을 집어 들더니 혼자만의 시간 속으로 빠져들었다. 됐다는 말이 자꾸만 분남의 귀에서 맴돌았다. 됐다. 됐다. 됐다······.

분남은 집을 나왔다. 좁디좁은 집 안에서 나오니 비로소 막혔던 숨이 도는 듯했다. 자객의 침입을 막기 위해 꽁꽁 문을 여닫은 집은 바람 한 점 통하지 않았다. 삭풍이거나 미풍일 때도 바람은 창문만 흔들어대다 그대로 스러져버리거나 에돌아가곤 했다.

귓가를 간질이는 바람이 묵었던 체증을 내려가게 했다. 치맛속을 헤집고 들어온 바람이 오금을 간질였다. 그 바람에 저도 모르게 걸음이 사뿐거렸다.

조선 사람의 방문을 받은 옥균은 분남을 밖으로 내보냈다. 듣는 귀를 줄이기 위함이었을 텐데, 진작 나올걸, 하는 후회도 들었다. 분남은 나올 때 소곤거리는 그들의 대화가 귀에 걸렸다. 조선에서 자객을 보냈답니다……. 그리곤 이내 닫힌 문이 그들의 말을 잘랐다.

도쿄의 거리는 복잡했다. 일본 전통 옷을 입은 사람들과 양복을 입은 사람들이 뒤섞여 활보하는 거리는 활기차 보였다. 양장을 하고 양산을 쓴 멋쟁이 숙녀도 많았고, 길쭉한 모자에 코가 반짝이는 구두를 신은 신사들도 많았다.

도쿄에 온 지도 벌써 일 년이 지나가고 있었다. 가끔, 아주 가끔, 조선이 생각나기도 했다. 김해의 그 평평하고도 너른 들녘과, 통도사의 적막감이 가뭇하니 떠올랐고, 한겨울 폭설 속에서 꽁꽁 언 발로 동냥을 다니던 시절도 떠올랐다.

참으로 삶보다 죽음이 더 가까이 있던 지난한 날들이었다.

다시는 그 시절로 돌아가고 싶지 않았다. 굶주림과 추위는 물론이고, 다시는 사람들의 멸시와 천대 속에 저를 부려놓고 한숨과 원망으로 세월을 분탕질하고 싶지 않았다.

"너, 분남이 아니더냐?"

헌데 그때였다. 어디선가 귀에 익은 소리가 날아왔다. 숱한 소음 속에서도 저를 구별해내는 그 소리는 또렷하게 분남의 귀에 걸려들었다.

"분남이, 분남이 맞지?"

일본 말이 아닌, 조선말이었다. 생각지도 않는 곳에서 듣게 되는 조선말이 생경하면서도 반가웠다.

분남은 자신을 부르는 쪽을 향해 고개를 돌렸다. 그러다 순간, 눈을 감아버렸다. 돌아본 곳에는 쨍쨍한 햇빛이 눈부신 장막으로 사방에 걸려 있을 뿐이었다. 그악스러운 햇살 때문에 눈을 뜰 수가 없었다. 가늘게 실눈으로 햇살을 걸러내며 저를 부른 사람을 바라보았지만 쨍쨍한 햇빛을 후광처럼 두르고 있는 사람은 그 빛살 때문에 그저 까만 덩어리로 보였다.

"나다, 나야. 네가 여긴 웬일이냐?"

검은색 교복을 입은 사내의 음성이 달떠 있었다. 분남은 손차양을 만들어 햇빛을 가리고 금방이라도 자신을 안을 듯 다가드는 사내를 바라보았다.

"어머낫! 이게 누구야?"

분남도 놀랐다. 관기였던 시절에 속절없이 사랑에 빠져들었고, 하여, 가슴에 묻었던 첫사랑이었다. 행여 잘못 보았나 싶었지만 다시 봐도 전재식이었다. 온다 간다 말도 없이 떠나왔는데, 그를, 전재식을, 첫사랑을, 도쿄에서 만날 줄 어찌 알았을까.

"여기는 웬일이세요?"

"너야말로 여기는 웬일이냐?"

전재식은 믿기지 않는다는 듯이 분남의 위아래를 훑어 내렸다.

"밀양 부사 정병화가 아버지와 친구였던지라 저를 여기로 보내주었어요."

"그랬구나. 말없이 네가 떠나고 나서 참으로 원망을 했다. 그리 갈 거면 미리 언질이라도 주지 그랬느냐? 헌데 여기서 만나게 될 줄을 어찌 알았겠느냐. 우리 우연이라고 하지 말자. 아무래도 너와 나는 보통 인연이 아닌가 보구나. 그러지 않고서야 이역만리 이곳에서 어떻게 너를 만날 수가 있겠느냐? 헌데 지금은 어디서 묵고 있느냐?"

분남은 흥분으로 얼굴이 발갛게 상기되어서는 대답했다.

"고균 선생 집에서요."

"고균의 집에서? 고균은 여자를 좋아한다고 조선에서부터 소문이 났는데, 너 행여?"

그의 표정이 기이하게 일그러지더니 이내 의혹의 눈초리로 분남을 훑어 내렸다.

"아니에요, 아니에요. 고균 선생과 나는 그런 사이가 아니에요. 그 사람은 저를 돌을 보듯 해요."

재식의 미심쩍은 물음에 분남은 눈초리에 부챗살 같은 주름을 만들며 웃었다. 그리고 비음 섞인 소리로 물었다.

"그나저나 여기는 웬일이세요?"

"나? 여기 게이오 의숙에 다닌다."

"양의 공부를 하세요?"

"그래. 우리 여기서 이럴 게 아니라 내 하숙집에 가자. 가서 네 이야기를 찬찬히 들어보자꾸나."

"좋아요. 당신 집에 가요. 나도 당신 이야기를 듣고 싶어요. 당신

집도 보고 싶어요."

분남은 피붙이를 만난 기분이었다. 그를 따라 걷는데 저도 모르게 걸음이 춤을 추듯 덩실거렸다.

전재식의 집은 도쿄 번화가에서 그리 멀지 않은 곳에 있었다. 기다란 복도 맨 끝 방이 재식의 방이었다. 넓지도 좁지도 않은 방 안에는 책꽂이가 딸린 책상과 서랍장 하나가 전부였다.

집 안에 들어가자마자 그들은 포한이 들린 듯 서로를 탐했다. 서로에게 익숙한 몸이었지만 새삼스러웠다. 다족류의 연체동물처럼 그들은 서로를 꽁꽁 휘감았다. 사랑하는 남자의 몸을 더듬는 일은 세상을 다 가진 것처럼 가슴을 뻐근하게 만들었다.

합일. 가장 완벽한 우주의 합일 가운데 하나는 남녀의 교접이었다.

한낮의 햇빛이 분남의 몸을 슬금슬금 타 넘었고, 그 햇빛에 분남의 터럭들이 금빛으로 빛났다. 큼큼, 익숙한 체취도 그대로였다. 젊고 탄탄한 사내의 몸은 오랜만이었다. 분남은 그런 재식의 몸이 좋았다. 생기 있고, 활기가 넘치고, 단단한 근육 속에 미래에 대한 기대가 깃들어 있는 젊은 남자의 몸이 좋았다.

"참 어여쁘다."

재식이 손가락으로 분남의 유두를 건드렸다. 그 손길에 분남이 까르륵 웃었고, 그 웃음이 온몸에 잔잔한 파동을 만들었다.

"어쩌면 이렇게 고울 수가 있을까? 어디 뒤 한번 보자."

재식이 분남의 몸을 뒤집고 또 뒤집었다. 골이 진 미끈한 등이 나타났다 이내 거웃이 햇빛 속에 드러났다. 유난히 윤기 나는 검은빛의 거웃은 그녀의 은밀한 곳을 탐스럽게 감싸고 있었다.

재식이 그곳에 입을 가져갔다. 저도 모르게 분남은 다리를 꼬며 숨을 토해냈다.

"이제 여기가 내 소도다."

"소도라니요?"

"아무도 들어올 수 없는 곳이니 어찌 내 소도가 아니겠느냐? 내 신성한 소도가 여기야."

"그래요. 당신 소도예요. 나는 당신 거예요. 하지만 이렇듯 환한 대낮에 구석구석 살펴보시면 부끄러워요."

분남은 다리를 꼬며 몸을 모로 뒤집었다.

"가만있어봐. 네 몸을 더 보고 싶어. 아무래도 내 눈에 너를 담아두어야겠다."

재식이 두 손으로 분남의 손을 제지하고 제압했다. 그리고 오랫동안 분남의 하문을 애무했다. 그 애무에 분남은 자신의 전 생애가 출렁이는 듯했다. 신산하고 지난했던 지난날들이 다 보상받는 듯했다.

이제 아무도, 아무도 자신들을 방해하는 사람들이 없을지니, 이제 편히 은애하는 임을 마음에 품을 수 있었다. 뼈에 새길 수 있었다.

어느 순간 다시 재식이 밀고 들어왔다. 햇빛 속에서 둘은 완전히 하나였다.

시간이 가는 줄도 몰랐다. 살과 뼈가 타는 시간 동안 해가 이운 줄도 몰랐다. 언제 깔리기 시작했는지 어스름히 땅거미가 깔리고 있었다.

"그만 가봐야겠어요."

분남이 아쉬운 표정으로 사방을 둘러보며 상체를 일으켰다. 재식이 아이처럼 그녀의 손을 붙잡았다.

"가지 마라. 이 객지의 삶이 너무 외롭다. 눈을 뜨면 아무도 없어. 어떤 날은 말을 하고 싶어 혼잣말을 할 때도 있다. 그러니 가지 마라. 예서 너랑 지난날 못다 한 정분을 쌓아보자."

"안 돼요. 고균이 기다릴 거예요."

"왜? 왜 그가 너를 기다린단 말이냐? 돌을 보듯 한다면서?"

투정이란 것이 꼭 여자의 것만이 아니었다. 분남은 그 투정이, 남자가 부리는 투정이, 새삼스럽고, 싫지 않았다. 하지만 가야 할 터였다. 당장에 한 집에 살고 있는 이상 늦게 들어가면 걱정할 터, 그러니 가봐야 했다.

분남이 서둘러 옷을 입기 시작했다. 속옷을 입고 치맛단이 발회목까지 닿는 검정 치마를 끌어당겨 다리를 꿰었다. 그녀가 옷을 입는 모양을 재식은 팔짱을 낀 채 벽에 기대어 앉아 쳐다보고 있었다.

"내일 또 볼 수 있어?"

재식의 말에 하얀 블라우스의 단추를 잠그던 분남이 그의 얼굴을 건너다보았다. 알았어요, 하고 대답하려는데 무언가 분남의 시야에 밟혔다.

"에그머니나! 이게 다 뭐예요?"

"이게 뭐 같니? 해골이다, 해골. 사람 해골."

재식은 알뜰히 육탈이 돼 뼈만 남은 해골을 들어 보이며 웃는 얼굴로 대답했다.

"에구, 무서워라. 죽은 사람 해골을 왜 여기다 두는 거예요?"

"왜? 이 사람도 한때는 살아 있는 사람이었다. 너와 나처럼 사랑도 하고, 기뻐도 하고 슬퍼도 했겠지. 욕망도, 꿈도 있었겠지. 하지만 그것들이 다 무슨 소용이 있을까? 시간 앞에서, 죽음 앞에서 그것들이 다 무슨 소용이 있을까?"

재식이 해골을 들어 장난스럽게 분남의 앞으로 들이밀자 그녀는 손사래를 치며 뒤로 물러섰다.

"죽는다는 것은 허망한 일이야. 육탈된 이 해골을 봐라. 과연 이 사람이 여자였을까? 남자였을까? 골 크기가 작은 걸 보니 여자였던 것 같기도 한데."

"무슨 소리예요? 꿈을 못다 이룬 원혼은 원귀가 되어 구천을 떠돈다는데, 이 해골도 그럴지 어떻게 알아요? 냉산일혼. 이 해골의 주인 역시 영원한 잠을 방해받고 있으니 그럴지 어떻게 알아요? 저리 치워요."

"하하하. 이 해골에도 질투하는 게냐? 그래, 우리도 이처럼 다 없어지기 전에 사랑하자. 내일 아침 먹고 오는 거 잊지 말아라. 아니다. 아예 나랑 같이 살자. 아무래도 네가 고균의 집에 있다는 게 마음에 걸린다. 게다가 나 역시 타향살이가 적적하니 힘들기 그지없다. 그러니 아예 내일 짐 싸서 나와라."

재식은 너털거리며 웃다가 문득 웃음을 그치고 진지한 표정으로 이야기했다.

분남은 서둘러 집으로 돌아왔다. 그런 분남의 얼굴이 발갛게 상기가 돼 있었다.

"왔냐? 늦었다."

집에 돌아오자 얼굴이 불콰하게 달아오른 옥균의 음성이 언뜻 쓸쓸한 것 같기도 했다. 손님들은 가셨느냐는 물음으로 분남은 대답을 대신했다.

"그래. 갔다……."

그 말의 끝이 길었다. 무언가 회한이 남거나 아쉬움이 남는 듯 여운이 오래 남았다. 분남은 저를 좇는 옥균의 시선을 피해 제 방으로 서둘러 건너왔다. 아직 몸 곳곳에는 재식의 체취와 흔적이 기분 좋은 미열처럼 남아 있었다. 눈썰미가 날카로운 옥균은 분남의 몸에 남아 있는 사내의 흔적을 눈치챘겠지만 굳이 묻지는 않았다.

분남은 잠을 이룰 수 없었다. 자꾸만 전재식이 생각났다. 한번 남자를 안은 몸은 좀처럼 진정되지가 않았고, 그 밤에 분남의 꿈이 어지러웠다. 눈보라가 휘몰아치는 황량한 벌판에 허술한 옷차림으로 분남은 사위 분간 하지 못한 채 헤매고 있었다. 저를 이끌어줄 사람은 아무도 없었고, 몸을 숨길 만한 어떤 엄폐물도 없었다. 분남은 그저 얼음 인간으로 사방을 헤맬 뿐이었다. 가도 가도 제자리걸음을 하는 듯 그 자리였다.

그게 뭘까…….

아침에 일어나서도 분남은 꿈 생각에 기분이 썩 개운치 않았다.

다음 날 아침, 분남은 약속대로 아침상을 물리고 까치발로 나서는데 등 뒤에서 옥균의 음성이 날아왔다.

"아침부터 어디를 가느냐?"

분남은 어깨가 들썩일 정도로 놀라 뒤를 돌아보았다. 옥균이 뒷짐을 진 채 도둑 걸음으로 나가는 분남을 지켜보고 서 있었다. 그의 얼굴이 서늘하게 맑았다.

"나가고 들어오는 것은 네 자유다만 그래도 한집에 사는 이상, 묻지 않을 수 없구나."

분남은 지그시 아랫입술을 깨물었다. 그리고 무언가 잠시 생각하는 듯하더니 이내 옥균을 정면으로 바라보며 입을 뗐다.

"선생님께 드릴 말씀이 있습니다. 일단 안으로 들어가시지요."

분남을 훑어 내리는 옥균의 눈초리가 매서웠다. 분남은 옥균이 자리에 앉기를 기다렸다가 무릎을 꿇고 마주 앉았다. 그리고 잠시 말을 끊고 숨을 깊게 들이마셨다. 고균은 분남의 말을 채근하지 않고 곧은 자세로 앉아 그녀의 말을 기다렸다.

"은애하는 사람이 생겼습니다. 그 사람하고 같이 살고 싶습니다."

"은애하는 사람? 그 사람이 누구냐?"

깜짝 놀라며 묻는 옥균의 미간에 깊게 주름이 잡혔다 사라졌다.

"대구 중군 전도후의 아들 전재식이라 합니다."

"중군이라면 훈련도감 소속의 종이품 급료병이 아니냐? 중군의 아들이라…… 그래, 그 사람은 여기서 뭐 하냐? 여기서 만났냐?"

"게이오 의숙에 다니고 있습니다. 조선에서…… 만났습니다. 제가 밀양에서 관기로 있을 때 서로 정을 통하고 살았습니다. 그 정을 잊지 못하고 꿈에서도 그리워했는데, 뜻하지 않게 이곳에서 만났습니다. 하늘도 이년의 그리움을 안타까워했나 봅니다."

옥균의 표정이 다시 굳어지는 것을 분남은 놓치지 않고 읽었다. 그렇게 굳어진 얼굴로 눈을 감고 있던 그가 한참 만에 다시 입을 열었다.

"그래. 너도 성인이고 네 행동에 스스로 책임을 질 수 있는 나이이니, 내가 된다 안 된다 할 수 있겠느냐? 하지만 그 사람의 부모가 너를 받아줄지 걱정이로구나."

분남은 나중 일은 나중에 생각하고 싶었다. 지금 당장은 재식을 은애하는 것만으로 행복하였고, 그 행복을 무엇으로도 훼절시키고 싶지 않았다. 공연히 걱정을 앞당겨 불안해하고 그 행복을 반감시키고 싶지 않았다. 사랑은 짧나니, 그것만으로 당장에 살아갈 힘을 얻고, 내일을 꿈꾸고 싶었다. 지금의 사랑만으로 한평생을 살아갈 수도 있지 않을까.

"알았다. 내가 어떻게 못 간다 막을 수 있겠느냐. 다 제 운명대로 살고, 팔자대로 사는 것을. 알았으니 네가 하고자 하는 대로 해라."

"감사하고, 감사하고, 또 감사합니다. 은혜는 잊지 않겠습니다."

진정으로 분남은 옥균이 고마웠다. 하여, 저도 모르게 연거푸 감사하다는 말이 튀어나왔다. 거듭되는 감사의 말에 옥균은 가라앉은 음성으로 말했다. 그 어투에 서운함이 묻어 있었다.

"어떻게 은혜라고 하겠냐. 다만 너랑 큰일을 도모하려 했는데 이렇듯 일이 빗나가게 되어 안타깝다. 하지만 네가 의지가 있다면 나를 도울 수도 있을 것이다. 생각이 있다면 언제든지 나를 찾아오너라."

옥균의 앞에서 물러난 분남은 자신의 소지품들을 챙기기 시작했다. 드난살이 처지에 가져갈 것이라고는 많지 않았다. 애당초 연지곤지 찍고 초례청에 서서 사배로 서방 맞을 팔자가 아니라면 이리 짐이 단출해도 괜찮은 일이다.

분남을 배웅하는 옥균의 눈빛이 아쉬움으로 진득했지만 분남은 복사꽃으로 낯빛이 물들어서는 서둘러 길을 떠났다. 그 뒤태가 이번에도 춤을 추는 듯했다.

10. 사노라면

 분남은 이게 꿈인가 싶었다. 어찌 신산하기만 하던 지난 세월에 오늘이 있을 줄을 알았을까? 어찌 그 지난한 세월에 오늘 같은 날이 예비돼 있을 줄 짐작이나 할 수 있었을까?
 분남은 의혹에 찬 시선으로 방을 휘둘러보고 제 살을 꼬집어도 보았다. 꿈이면 얼마나 허망할까. 꿈이면 얼마나 아플까. 꿈이라면 차라리 깨지 말고, 꿈이 아니라면 이대로 영원히 시간이 멈추어버렸으면 좋겠다고 생각했다.
 "아야, 아프다. 뭐 하는 게냐?"
 분남에게 꼬집힌 팔을 문지르며 재식이 미간을 구겼다.
 "아프지요? 분명 아프지요?"
 "그래, 아프다."

"이게 현실인가 싶어서요. 그래서 살을 꼬집어보고 확인해봅니다."

"꿈이면 어찌하겠느냐?"

그제야 입가에 미소를 담으며 재식이 물었다.

"꿈이면 깨지 말아야지요. 깨지 말고 자야지요."

"허허. 그게 네 마음대로 되는 일이냐?"

"그래서 불안합니다. 행여 꿈이면 깰까 봐 걱정입니다. 그런데 자꾸만 불안해요."

"허허. 동티가 날 말은 그만해라."

"이 좋은 날에 동티라니요? 이 입방정을 어찌할까요?"

분남은 주먹 쥔 손으로 제 입을 쳤었다. 그러다 쑥 눈물 한 방울 뺐다.

"이번에는 또 왜 우느냐?"

"어머니가 보고 싶어서요."

분남은 어린 날 저를 데리고 이 집 저 집 동냥살이 하던 어머니가 보고 싶었다. 그 바람에 기어이 울음보가 터졌다. 분남은 그 어머니가 보고 싶었고 그 어미가 불쌍했다. 지아비를 잃고, 자식을 잃고, 눈을 잃고, 집을 잃은 그 어머니가 불쌍했다.

"허허. 좋아서 울고, 보고 싶어서 울고. 네가 타고난 배우로구나."

분남은 눈물 그렁그렁한 눈으로 웃었다. 지난일은 다 잊고 분남은 다시 출발하고 싶었다. 미움도, 증오도, 다 한때의 헛된 꿈이려니, 이제 오롯이 은애하는 임만 믿고 그렇게 살고 싶었다. 한곳에 뿌리내리고, 알콩달콩 사랑하는 임과 그렇게 늙어가고 싶었다. 그럴 것이다. 아들딸 낳고 한 여자로 그렇게 살아갈 것이다.

분남은 하루하루가 그런 바람 속에서 행복했다. 벚꽃 흐드러지게 피어 있던 날, 재식과 팔짱 끼고 밤 벚꽃 놀이도 갔다. 달빛에 무더기로 피어 있던 꽃들에 귀기 같은 흰빛이 서려 있었다. 행세깨나 하는 무사들은 가부키 화장을 한 게이샤를 데리고 나와 꽃그늘 아래를 거닐었고, 달빛에 사랑을 맹세하기도 했다. 그 맹세들에 어지러웠다. 바람이 불 때마다 우수수 꽃잎들이 흩날렸고, 꽃비 같은 그 꽃잎들에 세상이 다 환했다.
"꽃이 곱다. 헌데 네가 더 곱다."
"설마, 내가 더 곱겠어요?"
분남이 살짝 눈을 흘기며 웃었다.
"정말이다. 네가 더 곱다. 나무가 어찌 사람을 따라올 수 있겠느냐? 무정물의 나무는 제 아무리 이쁜 꽃을 피워도 사람보다 못하느니, 희로애락애오욕, 그대로 다 네 몸 안에서 복닥거리는 네가 더 환한 꽃이다."
"왜요? 꽃은 나무의 탄식이자 탄성이며 성기인걸요."
"성기라니? 이제 부끄러움도 없구나."
"그렇잖아요. 벌 나비가 날아와서 희롱하며 꿀을 빨고, 그 꿀 빤 자리에서 열매가 맺는데, 그게 성기이지 뭐예요?"
분남이 또다시 눈을 흘기며 웃었다.

"그래도 넌 꽃보다 즉각적이어서 더 이쁘다. 기쁘면 웃고 슬프면 울고. 그러니 어찌 네가 더 이쁘지 않을 수 있겠느냐? 게다가 너에게는 더 아름다운 꽃이 있다."

"무슨 꽃인데요?"

"숙제다. 곰곰이 생각해보아라."

재식이 벚꽃 한 송이 꺾어 분남의 머리에 꽂아주며 웃었다. 꽃보다 더 환하게 분남이 웃었다.

"예쁘다. 밀양에 있을 때 너의 자태에 내가 마음을 빼앗겼지 않았겠느냐?"

분남은 꽃보다 더 예쁘다는 말에, 자신의 자태에 마음을 빼앗겼다는 말에 우쭐해졌다. 더는 바랄 게 없었다. 더 바란다면 벌을 받을 것 같았다. 행복했으므로 지난날을 잊었다. 즐거웠으므로 지난날을 수긋하게 받아들일 수 있었다.

"당신, 사람 속도 다 알아요? 오장육부가 어디에 있는지, 어떤 모양인지 다 알아요?"

"그럼."

"실제로 봤어요?"

"그럼."

"무섭지 않아요?"

"무섭긴. 의사가 무서워해서야 어떻게 병든 자를 고칠 수 있겠냐? 사람의 몸속에 우주가 들어 있다면 너는 믿겠냐?"

"우주라니요?"

"그게 참 신기하더구나. 사람의 몸은 저 스스로가 알아서 병들게도 하고 낫게도 한다. 그러니 늘 마음가짐을 바로 하고 욕심을 덜어 내며 맑게 살아야 한다."

"사람의 몸이 스스로 병을 조절하다니요?"

"먹는 것, 생각하는 것, 행동하는 것, 그 모든 것이 사람의 몸에 좋고 나쁜 기운으로 작용하는 게야. 그러니 옛날에 보는 것도 가려 보고 듣는 것도 가려들으며 절제 있는 행동을 하라 했다."

"당신은 틀림없이 훌륭한 의사가 될 거예요. 나는 믿어요. 그러니 나중에 우리 어머니 눈도 고쳐줘요. 아버지가 죽는 것을 보고 피눈물을 흘리다 봉사가 되었거든요. 그 불쌍한 여인의 눈에는 아직도 아버지가 피를 뿜어내며 죽어가는 모습이 들어 있어요. 그 여인의 눈에 다시 산과 들과 하늘과 꽃이 들 수 있게 해줘요. 그리고 여자가 된 나도 볼 수 있도록 만들어줘요."

분남이 재식의 팔에 제 팔을 끼며 말했다.

"암, 그러다마다. 헌데 말이다, 이 풍진세상에 아무것도 보지 않고 보이지 않는 것 또한 속 편한 삶이 아니겠느냐?"

"아니에요. 제 어머니는 그런 삶을 바라지 않을 거예요."

"의사라고 해서 어찌 그 모든 것을 다 고칠 수 있겠냐? 그것은 신만이 할 수 있는 일. 인간 역시 자연의 일부이니 순응하고 사는 것도 지혜이지 않겠냐?"

재식의 말에 분남의 표정이 시무룩하게 죽었다.

어미의 눈에는 세 살짜리 분남이 들어 있을 터였다. 눈이 보이지 않는 그 여인은 지금 어떻게 살아가고 있을까. 잘 산다, 잘 지낸다 기별이라도 넣을 수 있다면 좋으련만.

형편은 궁핍했다. 재식의 집에서 부쳐오는 돈으로는 학비를 대기도 빠듯했으니, 살림살이는 더 말할 나위도 없었다. 당장에 재식이 보던 책을 내다 팔고 쓸 만한 옷가지를 챙겨 전당포에 맡기고는 몇 푼 얻어온 돈으로 쌀 한 줌 사서 물 넉넉히 붓고 푹푹 끓여내 서로 눈 마주치며 볼가심했다. 그래도 행복했다. 배고픔도, 추위도, 누추한 생활도 은애하는 임을 무너뜨릴 수 없었다. 눈앞에 임은 마음까지 든든하게 만들었고, 든든한 마음은 하루하루를 행복하게 이끌었다.

하지만 허기져 우는 아이만큼은 어쩔 수 없었다. 재식을 일본에서 만난 뒤 첫 통정에 들어선 아이였다. 아이는 배고파 자지러졌다. 물려도 물려도 젖은 아이의 허기를 채우지 못했다. 아이는 그악스럽게 젖을 빨아댔지만 어미가 못 먹어 돌지 않은 젖은 끝내 아이마저 기진하게 만들었다. 살이 내린 분남의 얼굴도 누런빛을 띠어갔다.

"아무래도 안 되겠다. 집에 가서 너와 혼인한 사실을 알리고 돈을 얻어와야겠다."

아이의 울음을 듣다 못한 재식이 결연한 표정을 지었다. 학교는 한 달째 나가지 못하고 있었다.

"아버님이 야단치실 거예요. 하라는 공부는 안 하고 연애질이나 했다고……."

분남의 얼굴이 수심으로 어두워졌다.

"야단맞는 게 두려워 가지 않는다면 이대로 굶어 죽을 게 아니냐? 게다가 언제까지 너와 이 아이를 숨길 수 있겠냐?"

재식의 음성이 단호했다.

"게다가 옛날에 내가 기방에 있었다는 사실을 아시면……."

분남이 뒷말을 흐렸다.

"어쩌겠냐? 그래도 너와는 이미 혼인한 몸. 비록 조상들에게 고하고, 일가친척들에게 축하를 받지는 못했지만 우리에게는 저 아이가 있지 않느냐? 혼인이 무엇이냐? 조상의 제사를 지내고 자손을 두어 가문을 번성케 하는 게 아니더냐. 그럴진대 우리에게는 저 아이가, 유화가 있지 않느냐? 그러니 이제라도 부모님께 너와 저 아이의 존재를 털어놓고 조상들께도 알려야 하지 않겠냐?"

"전 두려워요."

"뭐가 두려우냐?"

"당신이 오지 않을까 봐."

"걱정하지 마라. 온다. 꼭 올 거야."

재식이 분남을 가볍게 안았다가 놓아주었다. 그 좁은 방에 세 사람의 그림자가 서로 뒤섞여 큰 그늘을 만들었다. 방 안에 꽉 찬 그늘은 어둠이나 진배없었다.

분남은 집을 떠나는 재식의 뒷모습을 오랫동안 바라보았다. 차마 보내기 싫어 재식을 잡아끄는 듯 그녀의 그림자가 길게 재식을 향해 늘어져 있었다.
 그렇게 재식은 조선으로 돌아갔다. 어깨를 늘어뜨린 채 집을 나서는 그의 표정 어느 구석엔가는 조만간 자신에게 쏟아질 책망에 대한 근심으로 굳어 있었다.

 그가 없는 집에서 해골은 뻥 뚫린 두 눈에 음울한 어둠을 간직한 채 재식을 대신했다. 그렇게 하루가 가고, 이틀이 가고, 사흘이 지나갔다. 세월은 속절없이 흘렀지만 재식은 돌아올 줄 몰랐다. 분남은 문소리만 들려도 재식인가 싶어 나가보았고, 바람 소리만 들려도 그인가 싶어 불러보았다. 하지만 소식은 없었다. 무심한 게 세월이었고, 야속한 게 재식이었다.
 젖은 더 이상 나오지 않았다. 아이는 배가 고파 줄기차게 울어댔고, 분남은 한숨을 내쉬었다. 당장에 살아야 했으므로, 죽지 않으려면 일을 해야 했다.
 추운 겨울, 유화를 업고 일거리를 찾아 이 집 저 집 기웃거렸다. 물걸레로 여관을 청소하고 식당에서 물을 길으며 재식을 기다렸다. 바느질도 하고, 허드렛일도 했다. 밥만 준다면 궂은 일, 힘든 일, 마다하지 않고 일을 했다. 온갖 궂은 일에 삭신은 쑤셨고, 혹독한 가난은 목숨마저 위태롭게 만들었다.
 빨갛게 언 손을 호호 녹이며 분남은 조선이 있는 쪽을 향해 서운한 시선을 돌렸다. 차라리 보내지 말 것을. 안 된다, 못 간다, 신발이라도 감춰놓고 그를 붙잡아둘 것을. 뒤늦은 후회에 자신이 미웠다.

그리고 오지 않는 그가 원망스러웠다. 원망스러워 마음이 모질어졌다.

미워할 것이다. 증오할 것이다. 염오할 것이다. 분남은 서러웠다. 끈질기게 삶을 핍박하는 혹독한 가난은 그에게서 버림받았다는 상실감에 비하면 아무것도 아니었다. 그저 간지러울 뿐이었다. 살기 위해서 그를 버릴 것이다. 복수하기 위해서 그를 버릴 것이다. 이제 그를 잊을 것이다. 그가 와서 매달려도 그를 뿌리칠 것이다. 나를 버린 대가는 클지니, 이제 그를 잊을 것이다.

그게 복수이다. 분남은 빨갛게 언 손을 아금받게 움켜쥐며 독기를 품었다. 자신을 버린 남자에 대해서는 미련이 없다. 미련이 없으므로 잊을 터이다. 남자에게 정을 주는 일 따위는 자신의 생에 다시는 없을지니 이제 모든 남자는 제 노리개일 뿐이다. 그렇게 마음먹고 또 먹었다.

언 강이 풀리고 버들강아지가 보송보송 솜털에 쌓인 움을 틔울 때 조선에서 보낸 편지 한 장이 도착했다. 분남은 문득 불길했다. 불길해 세침이 피톨들을 따라 돌며 온몸을 찔러대는 듯 따끔거렸다.

심호흡 끝에 읽은 편지는 분남에게서 표정을 지웠다. 슬픔도, 증오도, 원망도 아닌, 진공의 표정이었다. 눈물도, 탄식도, 나오지 않았다.

재식은, 이미, 이승의 사람이 아니었다.

조선으로 돌아간 재식은 병이 나 시름시름 앓다가 죽었다고 했다. 숨이 끊기는 순간에 몸에 남아 있는 마지막 힘을 다해 아들, 유화의 이름을 부르다 그렇게 갔다고 했다. 재식의 부친은, 유화의 조부 되는 이는, 편지 속에서 부드럽지만 단호하게 그 유화가 보고 싶다고, 재식의 대를 이어 가문을 잇게 하겠으니, 유화를 보내라고 했다. 그게 재식의 부탁이었다고 했다.

분남은 편지를 읽고 또 읽었다. 행여 눈이 헛것을 읽었을까 봐 그렇게 확인하고 또 확인했다. 허나 두 번 읽고 세 번 읽어도 내용은 다르지 않았다.

피눈물을 흘리며 눈이 멀어버린 어머니처럼 되지 않으려 분남은 사리물었다. 울지 않을 것이다. 울지 않을 것이다. 손바닥에 손톱이 파고들도록 분남은 억세게 손을 감아쥐었다. 조선이 싫었다. 조선이 원망스러웠다. 왜 조선은 번번이 자신에게 소중한 것들을 앗아 가는가. 분남은 그런 조선을 미워하고 증오했다.

분남은 당장 갈 곳이 없었다. 배고픈 아이는 울어대고, 저 역시 먹지 못해 눈을 뜨는 것조차 힘들었다. 살아야 했다. 이렇게 허망하게 죽을 수는 없었다. 어떻게 예까지 살아왔는데, 어떻게 지금까지 목숨을 부지해왔는데, 예서 포기할 수는 없었다. 거지 분남이, 땡중 분남이, 기생 분남이, 지나온 날들이 참으로 신산스러웠다. 그랬다. 지난날의 쓰라린 상처와 굴욕을 생각해서라도 일어서야 했다. 예서 죽는다면 참으로 억울하지 않은가? 저 해골처럼 편한 잠을 자지 못한 채 원혼으로 세상을 떠돌지도 모를 일. 거지로도 살았는데, 기생으로도 살았는데, 중으로도 살았는데 더 바닥까지 내려갈 일이 무어 있겠는가?

팔천으로만 살아온 몸, 억울해서라도 죽을 수 없다…….

분남은 입술을 감춰물고 자리에서 일어났다. 육신에 남아 있는 힘을 모으는데 하늘이 누렇게 변하면서 빙빙 돌았다. 분남은 잠깐 다다미 바닥에 손을 짚고 정신이 돌아오길 기다렸다.
 정신이 돌아오자 방 안에 남아있는 남편의 물건은 팔 수 있는 것과 팔 수 없는 것을 골라 따로 내놓았다.
 먼저 팔 수 없는 것을 가지고 나와 불태웠다. 너울너울 불이 춤을 추며 타올랐다. 그러다 문득 살점 하나 떨어져 나와 두둥실 떠오르다가 스러져갔다. 작은 불티들이 재식의 혼불처럼 그렇게 분남의 주위를 맴돌다 스러져갔다.
 분남의 얼굴이 눈물로 번들거렸다. 제 인생에 있어서 참으로 행복한 때였다. 그 행복했던 시간들이 그렇게 한 줌 재로 타들어갔다. 안녕, 잘 가라, 내 사랑, 행복했으니, 그것으로 살아갈 힘을 얻겠노라. 나름 제문을 지어 불티들에 실어 보냈다.
 그리고 팔 수 있는 것들은 내다 팔았다. 그 피 같은 돈으로 쌀을 사 게걸스럽게 밥을 먹었다. 성찬은 아니었지만 입에 씹히는 쌀밥의 감촉이 남자의 그것처럼 쫀득하고 비릿했다.

밥을 다 먹은 분남은 가지고 있는 옷 중에서 가장 좋은 옷을 골라 입었다. 그리고 돈을 아껴야 했지만 분남은 인력거를 불렀다.

출렁출렁, 민머리에 질끈, 수건을 묶은 인력거꾼의 뜀박질에 인력거는 덜컹덜컹 흔들렸다. 그 출렁임에 조금 전 먹은 것들이 요동치며 틀어 올라왔지만 입을 앙다물고 참았다.

저기, 낯익은 골목이 눈에 들어왔다. 집 뒤로는 하천이 흐르고 작은 집들이 다닥다닥 붙어 있는 골목이었다. 시간이 정지해 있는 듯 하나도 변한 게 없었다.

분남은 골목 초입에서 내렸다. 지지리도 가난한 곳이었다. 지지리도 궁상스러운 곳이었다.

옥균의 집이었고, 옥균이었다. 분남은 옥균의 앞에서 자복하듯 엎드렸다.

옥균이 분남의 손에 들린 보따리와 아이를 한꺼번에 일별하며 놀라 물었다.

"아니, 네가 여기는 웬일이냐?"

"갈 데가 없었어요. 이곳밖에 올 데가 없었어요."

분남은 메마른 소리로 말했다. 눈물도 나오지 않았다. 제 삶의 신산함에 오기 같은 게 피어올랐고, 앙가슴 사이에 독기 같은 게 사박스럽게 괴었다.

"네 남편은? 네 남편은 어찌하고 이렇게 너 혼자 아이를 데리고 온 게냐?"

"조선에 들어갔다가 병을 얻어 죽었어요."

"뭐라 했느냐? 죽었다고 했느냐?"

목이 메어 대답이 걸렸다. 하지만 눈물은 나오지 않았다. 눈물 대신 가슴에 괸 독기만이 더 짱짱하게 모아지고 다져졌다.

옥균은 그런 분남을 곤혹스럽게 바라보았다. 아이를 안은 채 남편의 죽음을 말하면서도 눈물 한 방울 흘리지 않는 그녀가 독하게 여겨지는 모양이었다.

"허허."

옥균은 탄식 같은 소리를 내뱉더니 지그시 눈을 감았다. 그사이에 게이샤 출신의 아내는 다식이 없는 차를 내왔다. 늘 말이 없는 여인의 표정이 예전보다 더 우울해 보였다.

"지난날에 그랬습니다. 선생님은 나에게 큰일을 도모하려 했다고. 그 일이 무엇입니까? 그 일이 무엇이었는데 그리 아쉬워하셨습니까? 지금이라도 하면 안 됩니까? 지금은 늦었습니까?"

"그래, 지금이라도 늦지 않았다. 하지만……."

옥균의 시선이 볼이 발갛게 물들어 있는 분남의 아이에게 가 멎었다. 분남이 먼저 옥균의 마음을 살폈다.

"이 아이가 걱정입니까? 그럼 보내겠습니다. 그러지 않아도 조선에 있는 친가에서 아이를 보내달라고 합니다. 가문을 이을 종손으로 이 아이를 삼겠답니다. 보내겠습니다. 그러니 길을 일러주십시오."

"정말…… 할 수 있겠느냐?"

옥균이 미심쩍은 얼굴로 분남의 표정을 살폈다.

"하겠습니다. 못 할 일이 무어 있겠습니까? 이년, 그동안 험한 일은 다 해보았습니다. 전생에 무슨 잘못을 그리 지었기에 참으로 험하게 살았습니다. 그러니 못 할 일이 없지요."

분남의 표정이 다기졌다. 그 말은 자신에게 하는 다짐이기도 했다. 제 나라에서 살지 못하고 물설고 말 다른 일본까지 왔는데, 예서 살아남지 못하면 차라리 죽는 게 나으리라.

"이년 억울해서라도 더 열심히 살 것입니다. 이대로 죽는다면 억울해서 눈을 못 감습니다."

분남의 이를 악문 소리에 옥균의 표정이 미묘하게 흔들렸다.

분남은 자다가도 자리에서 벌떡 일어나 앉았다. 운명이 너무 가혹했다. 그 운명에 반감이 들었다. 그래, 마음대로 나를 흔들어라. 나, 운명의 시련에 굴복하지 않을 것이니 이제부터 내가 너를 주도하리라. 그 밤에 분남은 결기를 세웠다.

아이는 조선으로 보냈다. 옥균의 집에 찾아온 조선인에게 아이를 부탁했다. 자신이 데리고 있는 것보다 조선에 있는 조부 밑에서 크는 게 아이에게 더 나을 일. 아니, 예서는 저 혼자 몸 챙기기도 힘든데 아이의 목숨까지 책임질 수는 없었다.

아이가 떠날 때 분남은 뒤도 돌아보지 않았다. 눈물도 흘리지 않았다. 오히려 잘됐다, 가뿐하다, 여겼다. 자신의 품을 빼앗아가는 일도 없을 테고, 걱정거리도 줄 테고, 그러니 힘이 덜 들 거라 생각했다. 하여 아이가 있던 자리가 눈에 밟히지도 않았고, 아이의 울음소리가 귀에 쟁쟁하지도 않았다. 다른 사람이 그런 자신을 향해 독하다, 모질다 흉보면 분남은 그들을 향해 눈을 치뜨며 살천스럽게 쏘아보았다.

살아남기 위해서 분남은 독해지지 않으면 안 되었다. 어설픈 감상은 삶의 굳은 결기만 해칠 뿐. 하루빨리 자립해야 했다. 언제까지나 고균의 신세를 질 수도 없는 일이었고, 그러기 위해서는 일본인이 되어야 했다. 저들의 옷을 입고 저들의 음식을 먹고, 잠꼬대마저도 일본 말로 해야 했다. 하루라도 빨리 조선의 때를 벗고 일본인으로 거듭나야 했다. 그 길이 예서 살아남는 길이었다. 저들의 사고로 생각하고, 저들의 감정으로 사물을 느끼고, 저들의 말을 쓰며, 저들의 표정을 지어야 했다.

"아직도 조선을 미워하느냐?"

옥균이 어느 날 분남에게 물었다.

"조선은 언제나 내 모든 것을 앗아갑니다."

그 대답에 옥균은 눈을 감은 채 한동안 입을 다물고 있었다. 그러다 무겁게 입을 열었다.

"난 나를 죽이려 하는 조선을 사랑한다. 너도 알다시피 지금도 조선은 끊임없이 자객을 보내 나를 없애려 하지. 하지만 나는 여전히 조선이 걱정이다. 조선의 앞날을 생각하면 잠도 안 와. 그게 조국이야. 조국은 나에게 정신을 주었다. 부모가 살과 뼈를 주었다면 조국은 나에게 정신을 주었어. 그러니 어떻게 조선을 버릴 수가 있겠냐? 조선을 버리면 나 또한 죽는 것과 다름없는데, 어찌 나를 미워하고 죽인다 하여 버릴 수 있겠느냐? 너 또한 마찬가지일 거야."

진중한 표정으로 자신을 바라보며 이야기하는 옥균에게 분남은 또박또박 대답했다.

"싫습니다. 전 조선이 싫습니다. 조선은 생각만으로도 싫습니다. 조선이 내 가진 것을 또 앗아갈까 걱정이 됩니다."

"그래, 지금 당장은 네가 힘든 탓에 그럴 수도 있겠다. 하지만 너도 언젠가는 조선이 그리워질 거다. 그 못사는 나라가 보고 싶어 꿈속에서도 눈물 흘릴 거다."

"아닙니다. 전 철저히 일본 사람이 될 겁니다. 이곳에서 일본 사람으로 살아갈 겁니다. 조선으로는 돌아가지 않을 작정입니다."

"네가 아무리 일본 사람이 되고 싶다 한들 너는 태어나기를 조선에서 태어났다. 하여, 넌 영원히 조선인이다."

"태어난 곳이 그리 중요합니까?"

분남이 고개 들어 옥균을 빤히 쳐다보았다. 그 얼굴에 눈물이 범벅이 돼 있었다.

"네 피에 조선의 피가 흐르고 있어. 너는 온전히 조선 사람이다. 조선 여인이야. 지금은 네가 양장을 입고 있지만 너는 그 양장보다 치마저고리가 어울려."

"전 그 피를 싫어합니다. 그러니 제 몸과 정신에 배어 있는 조선의 물을 철저히 빼내렵니다."

딱하다는 듯 옥균은 분남을 바라보았다.

"너 같은 사람이 더 이상 나오지 않도록 조선을 위해 일할 생각은 없느냐? 조선은 깨어 있는 사람들이 필요하다. 조선을 위해 헌신할 사람이 필요해. 그게 너와 나라면, 그 또한 행복한 일이 아니더냐? 네 아버지는 그리했을 거야. 행복했을 거다. 비록 참수를 당했지만 신념을 위해, 조선을 위해, 목숨을 내놓았으니 죽는 순간에도 스스로가 자랑스러웠을 것이다."

"아버지가 죽었지만 달라진 것은 무엇입니까? 아버지의 목숨을 앗아간 조선은 하나도 변하지 않았습니다. 오히려 더 혼란스럽기만 합니다."

"변하기 위해서는 먼저 모양을 바꾸지 않으면 안 된다. 그 바꾸는 과정에 물살도, 반향도 거세어지지. 그러니 변하기 위해 치르는 희생이 아니겠느냐?"

"모르겠습니다. 모르겠습니다. 난 모르겠습니다."

분남은 거세게 도리질을 했다.

"조선은 변해야 한다. 우리가 살길은 그것뿐이다."

"어떻게요? 제가 무슨 수로 선생님을 돕고, 조선을 돕나요?"

옥균이 빤히 분남을 바라보았다.

"넌 나를 도울 수 있다."

분남은 대답하지 않았다. 당장에 분남의 머릿속에는 살아야 한다는 생각밖에 없었다. 가난이 저를 갈가리 찢어발기기 전에 다시

추슬러 일어서야 했다. 어쨌건 지난날은 다 잊고 다시 억세게 살아남아야 한다는 생각밖에 없었다. 그 순간 다른 생각들은 사치였고, 저에게 과분했다.

　살 것이다. 살아남을 것이다. 저를 닦아세우고, 벼랑 끝으로 몰아세워도 저는 살아남을 것이다. 저를 끊임없이 뒤흔드는 삶에 보란 듯이 살아 보일 것이다. 옳은 길이든, 옆길이든, 뒷길이든 삶의 안전을 보장받을 수 있다면 주저 않고 걸어가리라.

1. 이토 히로부미

　1887년 어느 날, 기모노의 수를 놓아 생계를 이어가는 옥균의 여자를 도와 수실을 가지런히 정리해놓고 있을 때 옥균은 분남을 찾았다. 묶음에서 빠진 금실 하나가 분남의 머리에 내려앉아 헛것처럼 반짝였다.
　"나갈 채비를 차려라. 될 수 있으면 예쁘게 치장해라. 옷도 좋은 것으로 입고."
　외출복으로 갈아입은 그의 표정이 평소 같지 않았다. 음성은 어딘지 비장했고, 입가와 눈가에는 굳은 결기가 서려 있었다. 분남은 어디를 가느냐고 묻고 싶었지만 묻지 않았다. 비장한 음성과 표정에 스며 있는 굳은 결기가 분남의 의구심을 막았다.
　그녀는 옥균이 시키는 대로 자신의 옷 가운데서 가장 아끼는 옷을 꺼내 입었다. 칼라가 넓은 하얀 블라우스에 자잘한 주름을 넣어 폭을 풍성하게 만든 검은 치마였다. 블라우스 칼라 끝에 장식된 넝쿨 무늬 레이스가 옷의 격을 더 높여주는 듯했다. 마쓰오가 선물로 준 옷이었다. 값나가는 것들은 전당포에 잡혀 진즉에 보잘것없는 몸 속에 저장되었지만 그래도 이것만큼은 두어두길 잘했다 싶었다.

옥균은 흡족한 표정으로 성장한 분남을 훑어보았다. 언뜻 분남을 보는 그의 눈가에 희미하게 미소 같은 것이 떠돌다가 사라졌다.

"됐다, 가자."

대살진 몸에 걸친 잿빛 양복은 너무 커서 후줄근하게 겉돌았다. 밖으로 나온 옥균은 인력거를 부르는 호사를 누렸다.

"잊지 말아라. 조선이 아무리 싫어도 조선은 너이자, 너의 정신이다."

툴툴거리는 인력거 안에서 옥균이 낮은 소리로 일렀지만 분남은 아무 대답도 하지 않고 지나치는 풍경만 바라보았다. 조선은 그저 자신에게 있어 떠올리기 싫은 아픔이었고, 상처였다. 이념이고, 애국이고, 뭐고 간에 자신만 잘 살면 그만이었다. 그것보다 더 귀하고 값진 일이 세상에 무어 있겠는가?

이 사람 저 사람에게 자신을 의탁하지 않고 제 스스로 삶을 두량하고 운용해나갈 수 있는 것.

그것이 당장에 자신에게 주어진 과제였고, 해결해야 할 선결 문제였다. 그런 터수에 분남은 주린 배를 움켜쥐면서도 조선 생각에 잠을 이루지 못하는 옥균을 이해할 수 없었다.

인력거는 어느 유서 깊은 저택에 멈춰 섰다. 규모가 있으면서도 요란하지 않고 짜임새가 있으면서도 어딘가 사치를 부린 집에는 알 수 없는 권위 같은 게 스며 있었다. 햇빛이 미끄러져 내리는 검은 기와가 집을 무겁게 짓누르고 있었다. 그 햇빛 때문이었을 것이다, 검은 기와가 더 검게 보인 것이. 마치 검은 용이 웅크리고 있는 듯 집은 엄중해 보였다. 창랑각이었다.

"들어가자."

옥균이 어깨를 펴고 턱을 치켜든 채 앞장서 걸었다. 그 당당한 태도에 이끌려 분남은 창랑각 안으로 들어갔다. 옥균의 기척에 하인이 나오고 실패한 조선의 혁명가는 유창한 일본 말로 집주인을 찾았다.

그리고 내실로 안내되었다. 미닫이문과 면한 한쪽 벽에는 노란 비단으로 테두리를 넓게 장식한 족자가 걸려 있었고, 그 안에는 생화인 듯한 하얀 매화가 피어나 있었다. 미닫이문 정면으로 놓여 있는 탁자 위에는 붉은 열매를 단 나뭇가지가 갈색 화병에 비스듬히 꽂혀 있었다. 장식을 없앤 방 안에서 족자 안 매화는 저 혼자 은은한 향을 내뿜고 있는 듯했다.

"어서 오시오. 이게 얼마 만이오?"

거기, 안에서 키가 작은 늙수그레한 남자가 얼굴 가득 부드러운 웃음을 담고서 옥균을 맞았다.

"인사드려라. 이분은 일본 초대 내각총리대신이신 이토 히로부미이시다."

일본의 총리라니. 초대 총리라는 옥균의 설명에 분남은 오금에 짱짱하던 힘이 순간 풀리는 듯했다.

"분남이라 합니다."

분남은 살풋이 눈 내리깔고 웃음 짓고 앉아 있는 키 작은 남자에게 인사를 했다. 그 남자가 옥균에게 물었다.

"이 아이는 누굽니까?"

"제가 데리고 있는 아이입니다."

"허허, 그래요? 김 선생은 로맨티스트로 소문이 자자하던데, 설마하니 마음을 주고받는 아이는 아니지요?"

이토 히로부미는 유쾌한 소리로 둘을 번갈아 바라보며 말했다. 편안한 실내복 차림의 그는 웃지 않아도 웃는 듯 보였다.

"아닙니다. 이 아이는 조선에서 온 아이입니다. 오갈 데가 없어서 잠시 제가 데리고 있습니다."

"호오, 그래요? 참으로 아름다운 아이군요. 잘 오셨소. 오랜만에 김 선생을 만났는데 술이 빠지면 서운하지요. 오늘 같이 대취해봅시다."

이토의 말에 옥균의 입가에서 알듯 모를 듯 미소가 번지다 사라졌다.

"이런저런 손님이 많이 찾으실 텐데 어찌 저와 한가로이 술을 마실 수 있겠습니까? 그저 근처를 지나다 안부나 여쭈러 왔으니 걱정하지 마십시오."

"아니오, 아니오. 이리 이쁜 여인도 있는데, 그냥 가면 섭섭하지요. 내 술상을 들이라 할 테니 걱정하지 마세요."

이토 히로부미는 사람 좋은 웃음을 지으며 옥균을 붙잡았다.

마룻장이 삐걱거리는 소리가 들리더니 이어 미닫이문이 저 혼자 열리듯 스르르 열렸다. 기모노를 입은 여인들이 다소곳이 무릎 꿇고 앉아 두 손으로 공손히 미닫이문을 밀쳤다. 그리고 소리 없이 일어나 상을 들여왔다. 그 모든 게 소리가 없었다. 여자들은 마치 그림자처럼 미끄러져 다녔고, 그림자처럼 말도 없었다. 그 모양이 답답해 보이기도 했지만 여인들은 일상이 된 듯 자연스러웠다.

방 안에 퍼지는 달짝지근한 사케 향에 마음부터 먼저 풀어졌다.

"김 선생이 빨리 조선으로 돌아가 우리에게 힘을 실어주어야 하는데 이렇듯 아직 운신이 자유롭지 못하니 매우 유감스러운 일이외다. 게다가 조선도 김 선생 같은 인재가 필요할 텐데 말이오."

옥균은 그저 웃으며 첨잔으로 채워주는 술잔을 입으로 가져가 털어 넣었다. 옥균은 그의 이야기를 듣되 믿지는 않았다.

"지금 조선에서는 러시아와 청국이 서로 세력 다툼을 벌이고 있지요. 조선은 도대체 어찌할 심산일까요? 사쿠마 쇼잔은 외국과 정말로 싸우고 싶으면 나라를 개방하고, 해군을 키워야 한다고 했지요. 조선도 다르지 않다고 봐요. 일본과 조선이 서로 긴밀하게 도움을 주고받으면서 발전해나갈 수 있을 텐데 아쉬울 따름이오. 게다가 조선은 우리 일본을 지표 삼아 근대화를 이룰 수 있을 텐데 말이오."

이토 히로부미의 말에 옥균은 말없이 술만 털어 넣을 뿐이었다.

그런 옥균의 눈가에 언뜻 허랑한 웃음이 앉았다 사라져갔다. 옥균의 가슴속에는 아마 하고 싶은 말이 들끓고 있을 터였다.

이토 히로부미는 오쿠보 도시미치와 이와쿠라 도모미 등과 함께 일본에서 비등하고 있는 정한론은 시기상조라는 의견을 표명하고 있었다. 그는 일본의 내정이 지금보다 더 안정이 되었을 때 조선을 정복해도 늦지 않다고 주장했다. 세계는 평화로운 방법으로 재편되어야 하며, 급격한 변화는 서로 피곤할 뿐이라고, 서서히 주변을 보아가면서 조선을 정복하자고 이야기했지만 기실 조선 정복에 대한 야심은 누구보다 강했다. 정한론에는 반대하되, 내심으로는 누구보다도 더 적극적으로 조선 정복에 열을 쏟고 있었다.

옥균은 그 누구도 믿지 않았다. 옥균이 그 정한론을 등에 업고 조선을 개화하고자 했을 때, 일본은 약속을 지키지 않았다. 군대를 보내주기로 한 약속도 지키지 않았고, 궁의 경비도 서지 않았다. 게다가 개화를 열망하는 조선의 청년들마저 무참히 버렸다.

정변에 실패하고 옥균이 궁궐을 빠져나와 일본으로 가는 배에 오르려 했을 때, 일본의 공사는 옥균의 승선을 허락하지 않았다. 승선을 허락한 건 배의 주인, 선장이었다. 그는 이 배의 주인은 자신이므로 상관하지 말라고 일본 공사를 호통치며 도망쳐온 조선의 젊은 청년을 배에 태워 목숨을 보존케 해주었다.

그 선장이 아니었더라면 아마도 그때 저를 쫓아온 조선 관군들의 칼에 불구가 되거나 육살이 되었을 것이라고 회한에 찬 음성으로 옥균은 지난날을 들려주었다. 그러니 옥균은 그 누구도 믿지 못했다. 자신조차도 믿지 않았고, 자신의 그림자에도 가슴을 쓸어내렸다.

옥균과 이야기를 하면서도 이토 히로부미의 시선은 자꾸만 분남을 향했다. 취기가 돌수록 그의 시선은 더욱 노골적이 돼갔다. 분남은 그 눈빛이 싫지 않았다.

"네 이름이 분남이라고 하였느냐?"

이토 히로부미의 물음에 분남은 머리를 숙이는 것으로 대답을 대신했다.

"몇 살이냐?"

"스무 살이옵니다."

"스무 살? 허허, 가장 좋을 때로구나. 너무 많지도 않고 너무 적지도 않고 가장 좋을 때야. 세상을 적당히 알고, 세상이 무서운 줄도 알고, 네가 부럽구나. 내가 네 나이일 때 무얼 했을까?"

세상을 다 가진 사람이 부럽다는 말에 분남은 쑥스러운 표정으로 웃었다.

하긴 젊음은 그 무엇으로도 살 수 없으리라. 되돌아갈 수 없다는, 살 수 없다는, 그 불가능성 때문에 더 간절해질 것이다.

"분남이…… 분남이라…… 어떠냐? 분남이라는 이름 대신 내가 이름 하나 지어주마. 괜찮겠느냐?"

"그래 주시면 제게는 더없이 영광이겠습니다. 총리께서 지어주신다니 어찌 영광이지 않을 수 있겠습니까?"

"허허허허. 영광이라…… 정녕 그러냐?"

"왜 거짓말을 아뢰겠어요?"

분남이 눈을 살짝 흘겼다. 그 흘긴 눈웃음이 교태로 흘러나왔다. 이토 히로부미는 목젖을 보이며 호쾌하게 웃었다.

"오냐, 오냐. 네가 그렇게 말하니 내 마음도 기쁘구나. 그래, 가만 있어봐라. 어떤 이름이 좋을까? 음……."

이토는 잠시 눈을 감고 생각에 잠겼다. 그가 입을 다문 채 눈을 감고 있는 동안 분남과 옥균도 말없이 그를 지켜보고 있었다.

"그래, 정자, 정자 어떠냐? 사다코…… 좋지 않으냐?"

사다코. 정자라는 일본식 이름이었다.

"사다코……."

분남은 가만히 소리 내어 이토 히로부미가 지어준 새 이름을 불러보았다. 혀에 감기는 소리가 참으로 달착지근했다. 마다할 리 없었다. 이토 히로부미가 누구던가? 나는 새도 떨어뜨리는 최고의 권력자가 아니던가? 그런 그가 지어준 이름을 어찌 마다하겠는가?

분남은 눈을 반짝이며 이토를 쳐다보았다.

"제가 어찌 고마운 선물을 마다하겠습니까? 오히려 감사할 뿐이지요. 사다코…… 이제 저는 사다코로 살겠습니다."

사다코로 살겠다는 분남의 말에 이토 히로부미는 인자한 웃음을 지으며 이야기했다.

"그래, 마음에 든다니 나도 고맙구나. 헌데 갈 데가 없어서 김 선생에게 신세를 지고 있다고 했느냐?"

"네, 그래서 늘 미안한 마음입니다. 집도 좁고 불편한 데다 손님도 많은데 저까지 거기서 유숙하고 있어서 김 선생님도 적이 불편하실 겁니다."

분남의 시선이 옥균에게 향했다가 이내 이토 히로부미에게 돌아왔다.

"그래? 이 아이의 말이 맞소?"

이토 히로부미는 옥균의 잔에 술을 첨잔하며 물었다.

"남녀가 유별한데 불편한 것은 사실이지요."

"허허, 그래요? 그럼 저 아이를 내가 거두면 어떨까요? 저 아이를 양녀로 삼고 싶은데요. 내가 조선의 음식을 좋아해서 가끔 사다코에게 너비아니 같은 조선 음식을 만들어달라 하고 싶은데 말입니다."

"양녀라구요?"

놀라 되물은 건 옥균이 아니라 분남이었다.

"저야 안 될 게 뭐가 있겠습니까? 저 아이가 좋다고 해야지요."

옥균은 미소를 띠며 다시 술잔을 들어 입으로 가져갔다.

"그래요? 사다코 어떠냐? 내 양녀가 되어주겠니?"

"좋다마다요. 왜 제가 거절하겠어요?"

분남의 음성이 희미하게 떨렸다. 술기가 도는 그녀의 얼굴이 발갛게 상기돼 있었다. 오늘따라 분남의 얼굴이 고왔다. 단단한 이마에 곧은 코, 야무진 입매와 슬며시 고이는 미소도 꽃처럼 환했다. 마치 한 송이의 모란을 보는 듯했다. 화려하면서도 단아한 기품이 있는 모란.

"저 아이가 한문도 잘하고 서예도 잘합니다. 할 줄 아는 게 제법 있습니다. 곁에 두고 있다 보면 무료하지는 않을 겝니다."

연거푸 마신 술로 얼굴이 불콰하게 달아오른 옥균이 분남을 추켜세웠다.

"오, 그래요? 고마워요, 고마워. 김 선생 덕분에 내가 입 복, 인복을 누리게 됐어요. 허허, 이 고마움을 뭐로 갚아야 할는지."

이토 히로부미는 어느 때보다도 말이 많았다. 그가 여자를 좋아한다는 소문은 일본에서 모르는 사람이 없었다. 야유랑. 주색에 빠져 방탕하게 생활하는 자는 아니지만 그래도 그의 호색은 일본에서 작은 문제가 되고 있었다. 옥균이 분남을 데려온 이유가 거기에 있음이었다.

이토 히로부미는 기분이 좋은 듯했다. 자그마한 체구에 수염이 턱을 덮은 남자는 연방 호쾌하게 웃음을 터트렸다.

"사다코……."

분남은 새로운 이름을 중얼거렸다. 혀에 걸리는 이름이 마냥 좋았다. 게다가 이토 히로부미의 양녀라니. 분남은 도무지 믿기지 않았다. 일인지하 만인지상의 일본 최고 권력자 이토 히로부미의 수양딸. 어찌 꿈이라도 꿀 수 있었을까.

이제 새로운 이름으로, 새로운 사람으로 다시 사는 거다. 분남이 아닌, 사다코로. 거지 분남이 아닌, 이토 히로부미의 양녀, 사다코로.

"나 역시 처음에는 농민의 아들이었지요. 어린 시절에 참으로 많은 고생을 했어요. 안 해본 일이 없을 정도였으니까요. 하지만 아버지가 무사의 양자로 가는 바람에 나 역시 무사의 길을 걷게 되었지요. 그러다 사쿠마 쇼잔의 말을 따라 영국 유학까지 다녀왔고 오늘 이 자리에 있게 됐지요. 사람 일이란 한 치 앞도 모르는 일 아닙니까? 저 아이를 잘 키워보겠습니다."

묻지도 않는 말을 하고, 안 해도 되는 말을 하고, 중언부언하는 것이 이토는 기분이 좋은 모양이었다.

"오늘 시간을 많이 빼앗았습니다. 늘 바쁘실 텐데. 이만 가보도록 하지요. 이 아이의 짐은…… 나중에 사람을 보내주십시오. 그러면 그 사람을 통해 보내겠습니다."

옥균의 말에 분남은 거세게 손사래를 쳤다.

"아니에요, 아니에요. 제가 가서 가져오겠어요. 번거롭게 사람을 보내다니요?"

"아니, 김 선생 말대로 하여라. 당장에 오늘부터 이곳에서 지내도록 해라. 이제부터 너는 내 딸이니 이 점 잊지 말아라."

이토 히로부미가 옥균을 따라 일어서려는 분남을 제지했다.

"잘 모셔라. 항상 일이 많은 분이니 네가 잘 챙겨드려라."

옥균이 당부하듯 이르고는 밖으로 나갔다. 분남은 그를 배웅하기 위해 창랑각의 문까지 따라 나왔다.

"늘 몸조심하십시오. 아직도 자객이 주변을 서성일 텐데 걱정입니다."

분남의 당부에 옥균이 주위를 둘러보더니 낮은 소리로 일렀다.

"내 걱정은 하지 말거라. 어쨌거나 네 일은 잘된 일이다. 그래, 어쩌면 하늘이 우리를 돕는지도 모르겠다. 이토 히로부미의 수양딸이라니. 그의 곁에서 오가는 말들을 꼼꼼히 새겨들어두었다가 가끔 내가 이곳을 방문할 때 나한테 전해주면 좋겠구나. 잊지 않았겠지? 너는 조선의 딸이라는 사실을 말이다. 잘하리라 믿는다."

분남은 아무 대답도 하지 않았다. 굳게 입을 다물고 있는 그녀의 표정이 고집스러워 보였다. 그 대답 없음이 마음에 걸렸는지 옥균은 가다 말고 분남을 향해 다시 한 번 신칙했다.

"너는 조선인이다. 그 점을 한시도 잊어서는 안 된다. 네가 하기에 따라 조선이 살 수도 있고, 망할 수도 있다. 알았느냐? 너는 이전에도 그랬고, 지금도 그렇고, 앞으로도 배분남이다. 알았느냐? 사다코가 아니라 배분남이란 말이다. 조선의 딸, 배분남 말이다."

하지만 분남은 옥균이 원하는 대답을 할 수 없었다. 자신에게 주어진 이 기회를 제 스스로가 깨뜨리고 싶지 않았다. 꿈이라면 깨고 싶지 않았다. 천재일우. 어찌 하늘이 내린 한 번의 기회가 아니라 할 수 있겠는가? 할 수만 있다면 자신의 전부를 내놓고서라도 이 기회를 붙잡고 싶었다.

"너를 믿는다."

몸을 돌려 가기 전에 속삭이는 옥균의 말이 심장에 쐐기처럼 박혔다.

너를 믿는다…….

옥균이 돌아가고 나자 방에는 이토 히로부미와 사다코 단둘만이 남게 되었다. 방 안에는 난초의 은은한 향이 사케 냄새와 함께 뒤섞여 감돌았다.
"사다코, 이름이 마음에 드느냐?"
"네."
사다코는 이토의 시선을 그대로 받아내며 웃었다. 피하거나 부끄러워하지 않고 당당히 제 눈길을 받아내는 그녀를 보고 이토 히로부미는 소리 내어 웃었다.
"허허, 어린 것이 꽤나 당돌하구나. 그래, 여자는 그런 당당함이 있어야 하지. 그 당돌함이 보기 좋구나."
"이쁘게 보아주셔서 감사합니다."
"아니다, 아니야. 참으로 이쁘구나. 자태도 곱고 이목구비도 또렷한 게 참으로 이쁘구나. 게다가 고집도 있어 보이는구나. 암, 여자는 그런 고집이 있어야지. 나긋나긋하면서도 저를 지키는 그런 고집이 있어야 되느니라. 그냥 속절없이 꺾이거나 대책 없이 향기만 내뿜는 꽃은 아름답지 않아."
이토 히로부미는 또다시 호탕하게 웃었다. 그러더니 문득 웃음을 멈추고는 진득한 시선으로 사다코를 더듬었다.

"어쩌다 이 일본까지 와서 김 선생에게 네 몸을 의탁하게 되었더냐?"

사다코는 지나온 자신의 삶의 궤적들을 소상히 이야기했다. 아버지의 죽음을 비통히 이야기하고, 어머니의 실명을 애통하게 말하고, 걸식하던 시절을 침통하게 풀어냈다.

이토 히로부미는 고개를 끄덕이며 안쓰러운 표정으로 사다코의 이야기를 들었다.

"호오, 그런 일이 있었구나. 어린 네가 참으로 고생이 많았겠구나. 그래, 이제는 아무 걱정 하지 말아라. 내가 너의 버팀목이 되고, 우산이 돼줄 테니. 알았느냐? 이제부터 너는 내 딸이다. 이토 히로부미의 수양딸이란 말이다. 아무도 너를 놀리지 못하고, 아무도 너를 무시하지 못할 게야."

넘치는 감격에 사다코의 눈가가 젖어들었다.

"감사합니다, 감사합니다. 이년, 성심을 다해 이토 상을 모실 것입니다. 새로운 삶을 주신 이토 상을 정성을 다해 모실 것입니다."

"오냐, 오냐. 그래야지. 당연히 그래야지. 사다코, 이제 너는 내 딸이다."

사다코의 손을 그러잡은 이토의 악력이 셌다.

"이년 이토 상의 말씀이라면 목숨까지도 내어줄 각오입니다. 그러니 말씀만 하십시오. 제 성심껏 따르겠습니다."

"그래, 너를 믿겠다. 이제 너는 내 딸이다. 천륜으로 이은 자식이야 핏줄에, 몸에, 절반의 판박이로 내가 들어 있고, 내 기억 속에 네 지나온 날들이 오롯이 남아 있겠지만 너는 오늘 홀연히 내 딸이 되었다. 그러니 어찌 내가 너를 안다 하겠느냐? 하지만 이제부터 내 딸이 되기로 했으니 내남없고 스스럼이 없어야 할 것이야. 오늘 밤 너랑 같이 있구나. 너를 보자. 너를 몸으로 알아보자. 괜찮겠느냐?"

"어찌 싫다 하겠습니까?"

"그래, 다행이다. 그 옷을 벗어보아라. 너를 보고 싶구나."

마치 예상한 일이었다는 듯 사다코는 이토 히로부미의 말에 알 수 없는 미소를 지었다. 그녀는 알았다. 어떻게 해야 그를 더 달뜨게 만드는지를. 어떻게 해야 그를 더 자신의 것으로 만드는지를. 사다코는 여전히 웃음을 머금은 채 그를 바라보고만 있었다.

"사다코, 왜 벗지 않느냐?"

이토 히로부미가 채근했다. 취기로 그의 얼굴은 불콰하게 달아올라 있었고, 눈빛은 게슴츠레 풀려 있었다.

"허허, 수줍은가 보구나. 그래, 그럴 만도 하지. 내가 벗겨주련?"

이토 히로부미가 사람 좋은 웃음을 지어보이며 자리에서 일어났다.

"아니, 그냥 앉아 있어요."

사다코는 일어서려는 이토 히로부미를 다시 앉히고는 그의 눈을 똑바로 쳐다보며 저 스스로 천천히 옷을 벗었다. 허리가 잘록하게 들어가도록 재단돼 있는 상의의 단추를 풀고, 발등을 덮는 치마를 벗었다. 하나씩, 하나씩, 사다코를 감싸고 있던 꺼풀들이 벗겨질 때마다 실눈으로 바라보고 있던 이토 히로부미는 낮게 한숨을 내쉬었다.

이토 히로부미가 보는 앞에서 사다코의 지난 세월이 그렇듯 한 꺼풀씩 흘러내렸다. 남은 것은 음부를 감싸고 있는 속옷뿐이었다. 사다코가 드러난 가슴을 두 팔로 감싸 안자 이토 히로부미는 낮은 소리로 명령을 했다.

"팔을 내려라. 그리고 그 옷도 마저 벗어라."

잠깐 머뭇거리다 사다코는 몸을 돌려 하나 남은 속옷을 벗기 시작했다.

"당돌하게 나를 똑바로 쳐다보던 아이는 어디 갔느냐. 몸을 돌리지 말고 나를 보면서 벗어라."

사다코는 자신을 감싸고 있던 속옷의 끈을 풀었다. 스르르, 매듭을 풀자 속옷은 하나의 천으로 미끄러져 흘러내렸다. 사다코의 나신이 불빛 아래 드러났다. 스무 살, 그녀의 나신에서 불빛이 미끄러져 흘렀다. 잘 익은 과육처럼, 만개한 꽃송이처럼, 사다코의 몸은 아찔한 향기를 내뿜었다. 남자를 받은 몸은 불빛 아래서 더 요염하고 농염했다.

끙. 이토 히로부미의 탄식 같은 소리가 방 안을 울렸다.

"이리 가까이 오너라."

사다코는 이토 히로부미의 앞으로 무릎걸음으로 다가갔다. 맨살에 닿는 바닥의 꺼끌꺼끌한 감촉이 쓰렸지만 사다코는 웃음을 잃지 않았다. 그런 그녀의 나신에서 산딸기 같은 붉은 유두가 단단하게 일어나 있었다.

"더 가까이 오너라."

이토의 말에 사다코는 조금 더 가까이 다가갔다.

"더 가까이."

이번에는 한 뼘 정도 더 다가갔다. 이토 히로부미의 뜨거운 숨결이 훅, 앙가슴에 와 닿았다.

이토는 참을성 있게 사다코의 나신을 훑어보았다. 그의 시선이 이마에서 코로, 코에서 입과 턱으로, 턱에서 쇄골로, 이어 가슴과 배꼽으로 내려가더니 음부에서 오래도록 머물렀다. 그렇게 얼마나 지났을까. 어느 순간 이토 히로부미는 손을 내밀어 사다코의 유방을 움켜쥐었다.

"아!"

사다코는 순간 신음을 내질렀다. 거칠면서도 부드러운 손길에 사다코는 저도 모르게 뜨거운 숨을 토해냈다.

이토 히로부미는 사다코의 겨드랑이에 손을 넣어 일으켜 세우더니 그녀를 끌어당겼다. 그리고는 어린아이가 어미의 젖을 빨듯 사다코의 유방을 빨기 시작했다. 사다코는 힘차게 자신의 몸을 돌던 피톨들이 그 유두를 향해 빨려가는 듯했다. 모든 것들이, 모든 시간들이, 그 유두를 통해 이토에게 가는 듯 아득한 쾌감이 느껴졌다.

사다코는 신음을 내질렀다. 참으려 하지도 않았다. 이토 히로부미의 손이 이리저리 몸을 더듬을 때마다 그녀의 신음은 홍감스러웠다. 사다코가 신음을 내지르면 내지를수록 그의 손놀림은 더 거칠어졌다. 이토 히로부미는 사다코의 손을 잡아 자신의 하초로 가져갔다. 흥분한 이토 히로부미의 하초가 단단하게 세상을 향해 서 있었다.

사다코는 이토 히로부미의 하초를 부드럽게 감싸 쥐었다. 손안에서 그의 하초가 하나의 생물처럼 저 혼자 움찔거렸다.

"이쁘구나. 너무 이뻐."

이토 히로부미가 한숨처럼 내뱉었다. 사다코는 이토 히로부미의 하초를 입술로 물었다. 혀와 귀두가 만나자 이토 히로부미는 가볍게 몸을 떨었다. 사다코는 천천히 그를 점령해나갔다.

그녀가 사랑한 건 이토 히로부미가 지닌 남자의 몸이었고, 이토 히로부미가 가진 권력이었고, 이토 히로부미가 가진 황금이었다.

탈진해 손가락 하나 가누기 힘들 때까지 그와 사랑을 하고 싶었다. 머릿속에 들어 있는 온갖 잡념들이 탈진될 정도로 그 행위에만 몰입하고 싶었다. 하지만 생각들은 끈질겼다. 이토 히로부미와 한 몸이 돼 있는 와중에서도 생각은 집요하게 새로운 가지를 뻗고 넝쿨을 뻗고 뿌리를 뻗어서는 사다코를 옭아맸다. 이토 히로부미에게 집중해야 했지만 생각들은 허방처럼 사다코의 힘을 뺐다. 전지를 하고 싶었지만 새롭게 뻗는 생각의 가지의 기운이 더 왕성했다.

어머니가, 어머니가 생각났다. 그녀도 그랬을 것이다. 살기 위해서, 구차하게 목숨을 연명하기 위해서 자신의 몸을 내놓았을 것이다. 나 역시 살기 위해서 이 남자에게 헌신할 것이다. 사다코는 진심으로 이토 히로부미에게 제 몸을 바쳤다.

힘을 얻기 위해, 삶을 얻기 위해, 저는, 저 자신은, 권력에 봉헌하는 제물이었다.

그때였다. 누군가 방문을 두드리며 이토 히로부미를 불렀다.
"슌스케!"
슌스케는 이토 히로부미의 아호였다. 그 부름에 사다코는 이토 히로부미를 더 세게 끌어안았다.
"슌스케! 손님들이 오셨습니다."
다시 방문 너머에서 이토 히로부미를 찾는 소리가 넘어왔다. 그를 부르면 부를수록, 제의와도 같은 둘만의 행위를 방해하면 방해할수록, 사다코는 이토 히로부미를 안은 팔에 힘을 주었고, 오라처럼 그를 포박했다. 완벽하게 둘은 하나였다.
"내가…… 내가 원하는 건 동양의 평화다……. 너와 내가 이렇게 한 몸이 된 것처럼 조선과 청국과 일본이 한 나라가 되는 거다. 그래야만 동양의 평화가 온다. 우리가, 내가, 너를 사랑한 것처럼…… 일본이 조선의 주인이 되어야 한다."
이토 히로부미가 힘차게 사다코의 몸을 공격하며 이야기했다. 그의 말이 거친 숨에 잘렸다.
"따라 해보거라…… 일본을 섬긴다."

"일본을 섬긴다."

"일본이 주인이 되어야 한다."

"일본이 주인이 되어야 한다."

"동양의 평화를 위해서…… 일본이 나서야 한다."

"동양의 평화를 위해서 일본이 나서야 한다."

사다코의 말이 끝남과 동시에 이토 히로부미는 경련을 일으켰다. 짧지만 강렬한 쾌감이었다. 그 쾌감의 여운을 즐기려는 듯 이토 히로부미는 사다코의 몸 위에서 한동안 포개어져 엎드려 있었다.

"알았냐? 방금 네가 나한테 정성을 다한 것처럼 일본을 섬겨야 할 것이야. 일본과 나는 같다."

이토 히로부미가 몸을 일으키며 확인하듯 이야기했다. 자신의 몸속에서 빠져나가는 이토 히로부미의 하초가 아쉬운 듯 사다코는 또다시 탄식 같은 한숨을 내쉬었다.

"이제 너는 내 딸이다. 그리고 일본을 섬긴다고 하였으니 김옥균과는 일정 정도 거리를 두어야 할 게야. 그자에게 함부로 이곳의 말을 전해서는 안 된다. 무슨 말인 줄 알아들었느냐?"

사다코는 고개를 끄덕였다.

김옥균. 그가 자신을 이토 히로부미의 집에 데리고 올 때는 나름의 계산속이 있었을 것이다. 하지만 이토 히로부미는 그 셈속까지 이미 간파하고 있었다. 사다코는 그가 안쓰러웠다. 나라를 잃고 속절없이, 기약 없이, 하루하루를 살아가는 실패한 인생.

죽음 앞에서도 조선의 안위를 걱정하는 인물이 김옥균이었다.

하지만 사다코는 아니었다. 한때 남자의 사랑을 받으며 그렇게 순박하고, 순실하고, 순정한 여인으로 살고자 한 때도 있었으나 운명이 저를 그리 살도록 내버려두지 않았다.

사다코는 그 운명에 입술을 감쳐물고 마주 섰다. 운명이 저를 강퍅하게 내몬다면 제가 먼저 운명에 도전할 것이다. 하여 지난날을 소거시키고, 새로운 삶을 살 것이다. 각오가 새삼스러웠다.

이토 히로부미를 안은 사다코는 그를 디딤돌 삼아, 발판 삼아, 계단 삼아 모두가 저를 우러러보는 자리로 오르고 싶었다. 몸 하나로 권력의 상층부로 올라서서는 팔천으로만 떠돌던 지난날을 보상받고 싶었다. 죽으면 먼지로 흩어질 육신, 아끼고 소중히 갈무리한들 무얼 할까.

정절은 이미 오래전에 빛을 잃었나니, 이 몸 하나 무기 삼고 밑천 삼아 세상의 중심으로 나아가리라.

"이제 너는 나를 어떻게 기쁘게 해줄 것인지만 생각해라. 내가 너로 인해 살아갈 힘을 얻고 너는 나로 인해 새로운 삶을 사는 거다. 알겠냐?"

이토 히로부미는 사다코에게 다정한 소리로 이야기하고는 밖으로 나갔다. 사다코는 이게 꿈인 듯싶었다. 이토 히로부미의 수양딸이라니. 하지만 몸에 얼얼한 여운으로 남아 있는 이토 히로부미의 흔적들이 현실임을 일러주고 있었다.

2. 창랑각에서의 생활

하루하루가 사다코에게는 믿기지 않는 날들이었다. 자신의 삶에 언제 이런 날이 예정돼 있었으랴 싶게 안락한 생활이었고, 호화로운 생활이었다. 하루하루가 꿈처럼 흘러갔다.

사다코는 금세 그 생활에 적응했고 익숙해졌다.

이토 히로부미는 밤마다 화려한 파티를 열고 사람들을 초대해 자신의 세를 과시했다. 하지만 파티는 허울이었다. 그는 파티를 통해 사람을 모으고 정보를 얻으며 차근차근 동양의 지배를 현실로 이루어가고 있었다. 보이지 않는 힘겨루기가 웃음 뒤에 불꽃으로 튀었고, 건배, 외치며 들어 보이는 그 술잔 속에 칼이 번득였다. 난무하는 살의와 알력의 팽팽한 긴장 속에서도 이토 히로부미는 언제나 여유가 있었다. 승리는 여유 있는 자의 편이었다.

술과 음식이 푸진 곳에는 여자들이 빠질 수 없었다. 웃기처럼, 고명처럼, 기생들은 술과 음식들 사이에 섞여 웃음으로 실내를 장식했다. 흰 분으로 얼굴색을 가리고 붉은색으로 앵두 같은 입술을 그려 넣은 게이샤들은 웃어도 슬퍼 보였다.

사다코는 진한 화장 뒤에 숨은 그들의 표정이 궁금하기도 했지만 굳이 알려고 하지 않았다. 그들의 표정을 모른다 해도 세상은 달라지지 않았다. 사다코는 게다를 신고 종종걸음으로 걷는 그들이 사람인가 싶었다. 저 역시도 한때, 그런 기생으로 살 때가 있었다. 하지만 저리 표정을 지우고 무정물의 상태로 살지는 않았나니, 조선의 기생은 그래도 사람으로 앉아 술을 따르고 웃음을 팔고 제 꽃을 팔고, 춤과 소리를 풀어냈다.

가끔 그 파티에 옥균이 모습을 드러냈다. 날로 부강해지는 다른 나라의 현실은 배고프고 고독한 망명자에게 조바심을 불러일으키기에 충분했다.

그는 소리 없이 와서 사다코를 찾았다. 갈수록 사다코를 바라보는 옥균의 표정이 복잡했다.

"그래, 좋아 보이는구나."

"네, 이토 히로부미가 여러모로 잘 챙겨줍니다."

"다행이구나. 헌데 말이다, 조선에 관해 특별한 이야기는 없더냐?"

옥균은 잠시 주변을 둘러보더니 목소리를 낮춰 물었다. 사다코는 그 물음이 채 끝나기도 전에 희미하게 미간을 구겼다. 하지만 이

내 표정을 단속하며 심상하게 대답했다.

"네, 이토 상은 언제나 그렇듯이 정한론은 안 된다고 말씀하십니다."

"허허."

옥균은 고개를 쳐들며 허탈한 소리로 웃었다. 웃었지만 웃음은 아니었다. 탄식 같기도 하고, 나무람 같기도 했다. 왠지 그 웃음이 사다코는 불편했다. 마치 제 속을 읽고 있는 것 같아 한편으로는 켕기기도 했고, 한편으로는 불쾌했다.

옥균은 사다코를 비껴 먼 곳으로 시선을 향한 채 혼잣말처럼 이야기했다.

"이토…… 그자를 믿을 수 없다……."

사다코는 그 말에 아무런 대답도 하지 않았다.

"이곳은 조선 침략을 위한 온갖 흉계들이 거론되는 곳이 아니냐? 그들이 나누는 대화를 잘 기억해두었다가 일러주면 고맙겠구나."

"뭔가 중요한 이야기를 나눌 때면 이토 상은 저 또한 물리치십니다. 그러니 들을 수가 없어요."

사다코는 변명처럼 이야기했다.

"그래도 알려고 하는 자 앞에서 비밀이란 것은 없다. 네 마음가짐에 따라 달라질 수 있어. 아무튼 너만 믿는다. 조선의 운명이 어쩌면 네 손에 달려 있는지도 모르겠구나. 그러니 네가 계속해서 수고를 좀 해주려무나."

조선의 운명이 내 손에 달려 있다니? 그 말이 사다코의 명치끝에

체물로 걸렸다. 사다코는 옥균의 말을 털어내듯 저도 모르게 진저리를 쳤다.
"노력은 하겠습니다만 뜻대로 될지는 알 수 없습니다."
사다코는 서둘러 옥균에게 가볍게 목례를 하고서 앞을 벗어났다. 무언가 명치끝에 가시 같은 게 걸려 불편했다. 다한 인연에 뭐, 마음 쓸 게 있겠냐며 애써 무시했지만 옥균의 말은 저 혼자 살아 자꾸만 사다코의 심기를 건드렸다.

이토 히로부미는, 일본은, 조선을 지배할 것이다.

그게 이토 히로부미의 꿈이었다.

하지만 사다코는 옥균에게 이토 히로부미의 이야기를 하지 않았다. 한다 한들, 실패한 혁명가의 신분으로 무얼 할 수 있겠는가? 이미 조선에서는 역적이요 도망자이며, 일본에서는 주쳇덩어리 신세인 것을. 그가 할 수 있는 것은 게이샤 출신의 여자와 하루하루 하릴없이 시간을 죽이고 흘러가게 방기해두는 것뿐이었다.
사다코가 옥균이 눈치채지 못하게 슬쩍 뒤돌아보니 그는 홀로 구석에서 술을 홀짝이고 있었다. 깡마른 몸에 강파리한 얼굴이 영락없이 병자의 모습이었다.
그 역시 이토 히로부미처럼 한때 조선을 호령했을 세도가였겠지만 지금은 정치적 금치산자였다.

파티가 끝나면 이토는 사다코를 찾았다. 유서 깊은 창랑각은 밤만 되면 사다코의 탄식과 뜨거운 숨결로 고즈넉하게 가라앉지 못했다. 검은 기와는 들썩였고 기와에 내려앉은 달빛은 풀썩풀썩 튀어 올랐다.

"자, 이제부터 내 물음에 답하는 거다. 대답을 잘못하면 각오해라. 알겠느냐?"

"네."

"이게 뭐냐?"

이토 히로부미는 사다코의 하문을 손으로 만지며 물었다.

"꽃이옵니다."

"무슨 꽃이냐?"

"해당화입니다."

"그래, 그럼 이번에는 뭐냐?"

"목련이옵니다."

"이번에는 뭐냐?"

"사쿠라입니다."

"이번에는 뭐냐?"

"장미, 매화, 모란이옵니다."

"이번에는 뭐냐?"

"사다코이옵니다."

"그래, 맞았다. 이번에는 손가락이 들어간다. 몇 개인지 개수를 맞춰보아라."

이토는 자신의 손가락 하나를 사다코의 하문 속으로 집어넣었다.

"몇 개냐?"

"모르겠습니다."

"몇 개냐? 맞춰보아라."

"한 개입니까?"

이토가 이번에는 세 개의 손가락을 넣었다.

"이번에는 몇 개냐?"

"모르겠습니다."

"세 개다. 이번에는 주먹이 들어간다."

이토 히로부미는 주먹을 쥐어 사다코의 하문 속으로 들이밀었다. 하지만 입구에 걸려 주먹은 들어가지 않았다. 대신 이토 히로부미는 탱탱하게 화가 난 자신의 남근을 사다코의 몸속으로 밀어 넣었다.

아! 사다코가 깊은 숨을 내쉬며 이토 히로부미의 등을 꼭 끌어안았다.

"이토 상…… 진정, 지금 죽어도 여한이 없겠습니다."

"사실이냐?"

"그렇습니다……."

"나도 그렇다. 이렇게…… 이쁜 너를 안고 있으니 새삼 힘이 솟는구나."

"그래요. 나로 인해 당신이 힘을 얻을 수 있다면 나는 행복해요."

이토는 사다코의 두 다리를 붙잡고 힘차게 움직였다.

그러다 어느 순간 그는 짐승 같은 소리를 내뱉더니 사다코의 몸

위에서 축 늘어졌다. 그의 몸은 땀으로 뒤발해 있었고, 늘 단정하게 빗질이 되어 있던 머리카락은 흐트러져 있었다. 초로를 훌쩍 넘긴 몸이었지만 옷 속에 감춰진 속살만큼은 부드럽고 매끈했다. 사다코는 그런 이토 히로부미의 등을 사랑스럽다는 듯이 쓸어내렸다.

가쁜 숨이 진정되기를 기다렸다가 이토 히로부미가 물었다.

"그래, 조금 전 김옥균이 너에게 뭐라 하더냐?"

사다코는 순간 움찔했다. 그는 건성인 듯하면서도 옥균과 자신을 지켜보고 있었던 모양이었다. 사실대로 이야기하면 저를 의심할 테고, 사실대로 이야기하지 않아도 이토는 저를 의심할 터였다. 사다코는 거짓말을 할 수도, 그렇다고 사실대로 말할 수도 없었다.

"뭐라 하더냐?"

이토 히로부미가 재차 물었다.

"안부를 물었습니다. 잘 지내고 있는지, 이토 상이 저에게 잘해 주는지 물었습니다."

"그것뿐이더냐?"

사다코를 훑어 내리는 이토의 눈빛이 날카로웠다. 촘촘한 그물이 느껴지는 그 눈빛 속에는 웃음이 사라지고 없었다.

"이토 상과 이토 상을 찾아온 사람들 사이에서 조선에…… 관해…… 특별한 이야기가…… 있는지 물었습니다."

"그래?"

이토는 한동안 사다코에게 시선을 고정시켜놓은 채 아무 말이 없었다. 말없는 그 시선이 사다코에게는 가시가 달린 포승줄같이 느껴졌다.

"뭐라 대답하였느냐?"

그가 물었다. 음성은 부드러웠지만 눈빛은 여전히 날카로웠다.

"아무 이야기도 없다고 했습니다."

"사실이렷다."

사다코는 손바닥에서 땀이 배어 나왔다. 목숨을 건 권력투쟁에서 살아남은 만큼 이토 히로부미는 그 누구보다도 노회했고 조심스러웠다. 눈빛만 봐도, 음성에서 느껴지는 미세한 떨림만으로도, 표정에 깃드는 그늘만으로도, 이토 히로부미는 사실과 거짓을 간파하고 짚어냈다.

그는 또다시 말없이 사다코를 바라보았다. 창날 같은 그 시선 탓에 사다코는 갈증이 일었다.

"잘했다. 앞으로도 김옥균이 너에게 이것저것을 물어올 것이다. 그럼 또 뭐라 대답할 터이냐?"

"모른다 할 겁니다. 나는 아무것도 모른다, 대답할 것입니다."

"아니다. 그렇게 대답하면 안 된다."

그는 사다코의 말에 제동을 걸었다. 모른다고 대답하면 안 된다니. 분남은 눈으로 물었다.

"그리 대답하면 김옥균이 너를 믿지 못할 것이야. 그러니 김옥균이 다시 물어온다면 그가 묻는 것에 대답하되, 일본을 위해서 대답해야 한다. 알았느냐? 따라해보아라. 일본을 위해서 말해야 한다."

"일본을 위해서 말해야 한다."

"그래, 그거다. 김옥균이 원하는 대답을 해주되 궁극으로는 일본에게 이로운 말이 되어야 할 것이다. 그래야 당장에 김옥균이 너를 믿을 게다. 김옥균의 믿음을 깨트려서는 안 된다. 그리고 더 나아가 조선의 평화와 개화를 위해서는 일본의 힘이 꼭 필요하다 말해야 할 거야. 너는 이제 내 수양딸이니 더 이상 조선인이 아니다. 그러니 일본에 충성을 다해야 한단 말이다. 너 역시 조선과 일본을 위해 네 힘을 보태야 한단 말이다. 알아들었느냐? 지나간 인연과 정리에 너무 얽매이지 말아라. 그것은 너와 김옥균과 조선과 일본에 도움이 되지 않아. 김옥균이 여기 이렇게 살아 있는 것만으로도 일본은 그에게 큰 시혜를 베풀어주고 있단 말이다."

"그리하겠습니다."

"믿을 수 있겠느냐? 영특한 아이이니, 내 말이 무슨 말인지 이해할 수 있을 것이다."

사다코는 알았다. 이토 히로부미가 구구절절 속내를 털어놓지 않아도 그가 무슨 말을 하는지, 그의 가슴에 들어 있는 말이 무엇인지 알아차렸다. 미립이었다. 험한 세상을 살아오는 동안 는 것은 눈치와 미립뿐이었다.

이토 히로부미는 얼굴에 함박웃음을 담았다. 굶주린 개는 먹이 앞에서 말을 더 잘 듣는 법. 그는 배고픈 사람을 순치시키는 방법을 알았다. 배고픈 사람은 분남이었고, 사다코였다.

이토 히로부미는 차를 마시다가도, 사다코를 안다가도 문득문득 일본의 역할을 강조했다. 이토 히로부미의 거듭되는 말에 사다코는 세뇌가 되고, 새로운 신념으로 저를 무장시켰다.

"네 눈으로 보지 않았느냐. 일본이 얼마나 개화했는지를. 너희 조선이 일본처럼 되려면 일본의 힘이 필요하다. 헌데 왜 너희 조선은 그토록 청국을 맹신하는지 모르겠구나. 청국은 이미 쇠퇴의 길을 걷고 있다. 늦었어. 세계의 변화를 따라오지 못하는 나라는 도태되기 마련이다. 그런데도 청국이라니. 아직도 사대를 하다니. 조선이 살 길은 일본 안에 있다. 그러니 네가 조선 백성들의 우매함을 일깨워줘야 할 게야."

청국을 입에 담는 이토 히로부미의 음성이 사뭇 불퉁스러웠다. 사다코는 흐트러졌던 머리를 매만지며 그런 이토 히로부미의 말을 들었다.

"사다코, 내일부터 승마와 사격을 배워라. 그리고 수영과 변장술도 함께 익혀두어라. 나중에 그것들이 유용하게 쓰일 때가 있을 것이니라."

"하나도 아니고 네 가지를 한꺼번에 다 하라구요?"

그것은 명령이었다. 거역할 수 없는 지엄한 명령. 이토 히로부미의 명령에 사다코가 눈을 둥그렇게 뜬 채 되물었다.

"그게 네 자신을 지킬 수 있는 무기가 될 게다. 자신을 지키지 못하면서 무슨 큰일을 도모할 수 있단 말이냐? 그러니 당장에 내일부터 승마와 사격을 배우도록 하여라. 너를 가르쳐줄 선생을 찾아 보내줄 터이니 게으름 피우지 말고 착실하게 익혀두어라."

사다코는 그게 왜 필요하냐고 묻지 않았다. 그것을 왜 배워야 하느냐고 묻지 않았다. 그녀는 이토가 하라면 하는 것이었다. 이토가 시키면 기꺼이 모든 것을 다 할 요량이었다. 역적의 딸 분남에게, 거지 분남에게, 기생 분남에게, 승려 분남에게, 청상과부 분남에게 이렇듯 새로운 삶을 주었는데, 못 할 일이 뭐 있겠는가? 게다가 그것들이 자신을 지켜준다 하지 않는가. 그러니 시키는 대로 할 터이다. 뼈가 물러지고 살갗이 터지고 몸이 어긋나도록 할 것이다. 하고, 하고, 또 해서 이토를 기쁘게 만들 터이다.

사다코는 이토 히로부미와 함께 있을 때면 예전에는 가져보지 못한 자존감을 느꼈다. 자신이 무언가 특별한 사람이 된 것 같은 그런 느낌이었다. 이토 히로부미와 함께 외출을 할 때면 사람들은 자신을 보고 사다코 양이라 부르면서 깍듯이 모자를 벗고 인사를 해왔다. 그것은 이토의 옆에 있을 때라야만 가능한 일이었다.

사다코는 그게 싫지 않았다. 아니, 싫지 않은 것이 아니라 온몸이 저리도록 짜릿했다.

누군가에게 자신의 존재를 인정받고, 존중받는다는 것, 그것만큼 살이 떨리고 심장이 떨리는 일이 또 있을까.

발등을 덮는 양장 치마에 허리를 졸라맨 양복저고리를 입고 장갑을 낀 손으로 양산을 받쳐 든 채 거리를 걸을 때면 마치 사다코 자신이 일본의 고관대작의 딸인 양 싶었다.

사다코는 그 짜릿함을 놓치고 싶지 않았다. 아니, 놓치는 것이 아니라 더 많은 것을 쥐고 싶었고, 얻고 싶었다. 정승집 개는 함부로 건드리지 못한다는데, 저 역시 정승집 개라도 되고 싶었다.

더 이상 옛날의 분남이 아니었다.

3. 김옥균의 방문

"사다코, 사다코, 손님이 찾아오셨어요."

"손님이요?"

손님이 저를 찾는다는 집사의 말에 사다코는 의아한 표정으로 되물었다. 저를 찾아올 손님은 없었다.

"그래요. 나와봐요. 조선 사람이에요."

조선 사람이라는 말에 사다코는 무춤, 멈춰 섰다. 조선 사람이라면 필경 김옥균일 터였다.

사다코는 피곤했다. 피곤해 만나고 싶지 않았다. 아침 일찍, 눈을 뜨자마자 말을 탔다가, 이어 사격 연습을 마치고 조금 전 들어와 쉬는 중이었다. 물먹은 솜처럼 몸이 무거웠다. 무거워 축축 처졌지만 게으름을 부릴 수는 없었다. 잠깐 쉬었다 오후에는 다시 수영을 하고 변장하는 법도 배워야 했다.

그 모든 것을 하기에는 하루해가 짧았다. 하지만 이토는 하루하루 사다코가 배운 것을 점검하고 한시라도 빨리 몸에 익히기를 독려했다. 아니, 이토의 간섭이 아니더라도 그것은 사다코 스스로 해야 할 일이었다. 해내야 할 일이었다.

그녀는 미간에 주름을 모으며 방문을 나섰다. 햇볕에 그을린 사다코의 얼굴이 건강해 보였다.

역시나 옥균이었다. 얼굴이 까칠해 보이는 것이 이전보다 살이 더 내린 듯했고, 희끗희끗, 수염에는 흰빛이 섞여 있었다. 단벌인 양복을 입고 그는 햇빛을 받은 채 사다코를 기다리고 있었다. 행색은 초라했지만 눈빛만큼은 여전히 날카로웠다.

"오랜만이구나. 잘 지냈느냐? 소식이 없어서 왔다."

옥균은 사다코를 보고 서운한 기색을 드러냈다.

"저를 보러 오신 거예요? 아니면 이토 상을 보러 오신 거예요? 이토 상은 아직 퇴근하지 않았는데요."

"너를 보러 왔다. 어찌 지내는지 궁금하기도 하고."

그대로 날아오는 꼿꼿한 옥균의 시선이 사다코는 불편했다.

"전 잘 지내고 있어요."

"그래, 그런 거 같구나."

일순 그의 얼굴에 그늘이 깃들었다. 그사이에 집사가 차를 내왔다.

"그냥 오신 것 같진 않구……."

옥균은 한동안 말없이 사다코를 바라보았다. 사다코는 그의 눈빛을 피하지 않고 맞바라보다 슬며시 웃어 보였다. 그 미소에 옥균은 깊은 날숨을 토해내더니 찻잔을 들어 입을 축였다.

"그래, 에둘러 말하지 않겠다. 요즘 청과 일본의 관계가 심상치 않다. 서로 패권을 잡기 위해 치열하게 눈치를 보고 있는데, 이 두 나라의 실정을 알아야 조선이 나아갈 길이 보이지 않겠냐? 어떻더냐? 이토 히로부미는 뭐라 하더냐? 조선을 치겠다더냐? 무력으로 조선에서 청을 몰아내고 조선을 일본에 병합하겠다더냐?"

그의 말에서 칼이 번득였다.

"일전에도 말씀드렸다시피 이토 상이 워낙 조심을 하는 터라 제대로 들을 수 없었습니다. 특별히 달라진 것도 없는 듯합니다."

잠시 옥균은 깊은 생각에 잠겼다. 그 말없는 시간 동안 햇빛만 수선스럽게 찻상 주변을 떠돌았다.

"뭔가 꿍꿍이가 있는데 그게 뭔지 모르겠구나……. 그게 뭘까……."

그는 찻잔의 시울을 만지작거리며 골똘히 생각에 잠겼다. 역시 수선스러운 것은 햇빛이었다. 그러다 문득 고개 들어 사다코를 불렀고, 그런 옥균의 눈빛이 간절했다.

"분남아, 전에도 말했다만 조선에 관해 중요한 이야기가 오가거든 나에게 꼭 알려주면 좋겠구나. 그래 줄 수 있느냐? 아니, 조선뿐이 아니다. 청국에 관한 이야기도 좋다. 청국 역시 조선과 무관하지 않으니 청국의 정세도 알아야겠지. 그러니 무슨 내용이든 나에게 알려줄 수 있겠냐?"

사다코는 선뜻 대답하지 못하고 옥균의 얼굴을 빤히 바라보았다.

"해줄 수 있겠느냐?"

애달아 하는 사람은 옥균이었다. 그 무너진 균형에 사다코는 느긋한 태도로 찻잔을 내려놓으며 대답했다.

"그러지요. 그런 일이 있다면 선생님께 연락드리지요."

"고맙구나. 비록 조선이 너를 힘들게 만들었다만 그래도 네가 조선을 사랑했으면 좋겠구나. 네 몸속에는 조선의 피가 흐르고 있다는 걸 잊지 말아라."

"조선의 피…… 그렇지요. 내 몸속에는 조선의 피가 흐르고 있지요……."

사다코는 혼잣말처럼 중얼거렸다.

"늦기 전에 저들이 조선을 속국으로 만드는 걸 막아야 한다. 우리 동지들은 너에게 희망을 걸고 있어. 네가 그 동지들의 바람을 잊지 말았으면 좋겠구나."

동지라니. 사다코는 순간 저도 모르는 사이에 미간이 구겨졌다. 어찌하여 이 사람은 저를 자신들의 편으로 여기고 있을까.

저 역시 조선과 일본 사이에서 고민하고 갈등하지 않은 것은 아니었다. 밑지만 탯줄을 묻은 조선을 선택할 것인가. 아니면 저를 사람으로 다시 살게 해준 일본을 위해 헌신할 것인가. 그 갈림길 앞에서 번민하지 않은 것은 아니었다. 하지만 고민하면 할수록 답은 하나였다. 배고픈 기억은, 천대와 멸시에 대한 기억은, 보다 더 풍요

롭고 화려한 세상으로 저를 등 떠밀었다, 하여 부와 권력, 그것만이 제 삶의 목표가 된 지 오래였다.

그날 밤. 사다코는 퇴근해 들어온 이토 히로부미와 마주 앉아 차를 마셨다.

"그래, 낮에 김옥균이 왔다면서? 무슨 이야기를 나누었느냐?"

미소를 짓고 있었지만 눈빛만큼은 서늘했다. 이토 히로부미는 김옥균의 방문을 알고 있었다. 보지 않았으면서도 본 듯 말했고, 듣지 않았으면서도 들은 듯 이야기했다. 곳곳에 귀가 있고 눈이 있고 입이 있음이었다. 사다코는 살갗에 소름이 돋았다.

"조선에 대해 무슨 이야기들이 오가는지 물어봤습니다."

"조선에 대해 물어봤다……. 그래, 너는 뭐라 대답하였느냐?"

"별로 귀담아들을 만한 이야기가 없다고 했습니다."

"쥐 같은 자로구나. 너를 통해 무얼 알아내려 하는 게 영락없이 쥐로구나. 혹여 안다 하면 너는 옥균이란 자에게 그대로 말하겠느냐?"

"아닙니다. 전에 이토 상이 그랬습니다. 조선을 위해서는 일본이 필요하다고, 조선의 개화를 위해서는 일본이 필요하다고, 가난과 폭정에서 백성을 구하기 위해서는 일본이 필요하다고 말했습니다. 일본 없이는 조선의 개화도 없으며, 일본 없이는 백성들의 해방도 없다고 했습니다. 그러니 알아도 말하지 않을 작정입니다."

"그래? 그 말이 사실이냐?"

"오, 이토. 왜 제가 거짓을 말하겠어요? 이 입으로 거짓을 말했다면 내 입에서 가시가 자랄 거예요."

사다코는 이토 히로부미를 쳐다보며 안타까운 표정을 지었다.

"허허허. 과연, 내 딸이다. 내 너를 믿으마. 앞으로는 더더욱 너를 믿으마. 허허. 귀여운 것. 잘했으니 내가 상을 내려야겠다."

이토 히로부미는 장롱에서 직사각형의 작은 물건 하나를 꺼내 사다코 앞으로 밀어놓았다.

"이게 무엇입니까?"

"풀어보아라."

사다코는 이토 히로부미를 한 번 쳐다보고는 그가 내민 물건을 풀기 시작했다. 딱딱한 것이 나무 상자인 듯싶었다. 아니나 다를까, 드러난 것은 붉은 우단으로 싸인 자그마한 상자였다. 사다코는 우단으로 덮인 작은 상자의 뚜껑을 열었다. 그 안에는 붉은 천이 깔려 있었고, 그 속에 시계와 목걸이가 나란히 들어 있었다. 마감이 정교한 것이 시계는 꽤나 값이 나가 보였고, 목걸이 또한 크기가 같은 진주알을 꿰어 만든 진귀한 것이었다.

사다코의 눈이 휘둥그레졌다.

"이것이 무엇이옵니까?"

"보고도 모르느냐?"

"목걸이와 시계인 줄은 압니다. 헌데 이것을 어쩌라구요?"

그녀는 시계와 목걸이가 들어 있는 작은 상자를 손바닥에 올려놓은 채 이토 히로부미를 바라보았다. 그런 사다코의 표정에 갈망이 그늘처럼 짙게 번져 있었다.

"너에게 주는 상이다."

"이 비싼 것을 정말 제게 주시는 겁니까?"

놀라움과 기쁨으로 사다코의 얼굴이 흔들렸다.

"그렇다. 너에게 주는 것이다. 아주 값비싼 것이지. 그러니 잃어버리지 마라."

"정말로 저에게 주시는 겁니까?"

믿지 못하겠다는 듯 사다코는 몇 번이나 확인했다.

"그래, 네 거다. 하지만 이것은 아무것도 아니야. 네가 어떻게 하느냐에 따라 얼마든지 더 좋은 것을 가질 수 있다. 이것은 아무것도 아니야."

"알겠어요. 무엇이든 할게요. 무엇이든 하겠어요."

어찌 아무런 수고 없이 보물을 수중에 넣을 수 있던가. 그만큼 상응한 대가를 치러야 하느니, 사다코는 이토에게 충성할 이유가 하나 더 늘었다. 보물을 위해.

사다코는 목걸이를 걸었다. 그리고 팔목에 시계를 걸어보았다. 차가우면서도 단단한 시계의 감촉이 뱀의 그것처럼 미끈했다. 사다코는 시계가 걸린 팔을 쭉 뻗어 이리저리 살펴보았다. 가는 팔목에 걸린 자그마한 시계는 사다코가 움직일 때마다 불빛을 되쏘며 반짝거렸다. 그 모양을 이토는 웃으며 지켜보았다.

"마음에 드느냐?"

"네, 마음에 들어요. 너무 마음에 들어요."

사다코의 음성이 흥분으로 희미하게 떨렸다. 어찌 그러지 않겠는가. 시계는 귀한 물건이었고, 하여 아무나 찰 수 있는 것이 아니었다. 고관대작이나 그들의 가족만이 지닐 수 있는 귀한 사치품이었다. 헌데 그걸 자신의 몸붙이로 지닐 수 있다니. 지난날 신산했던 시절이 울연하게 떠오르며 명치끝에서 슬픔이 고이고 있었다.

"민망하구나. 그깟 물건에 네 눈물을 보다니."

이토 히로부미가 다정한 어조로 위로하면서 사다코의 볼을 어루만졌다.

"고마워요. 역시 이토 상밖에 없어요."

"허허. 어찌하여 고맙다고 하느냐? 네가 잘했기에 주는 상이니라. 그러니 앞으로도 내가 시키는 대로만 하면 되는 거야."

"그래요. 열심히 하겠어요."

"알고 있다. 참으로 네 실력이 놀랍다고 들었다. 사격 선생이 그러더구나. 웬만한 남자들은 너를 따라오지 못한다고 말이다. 지금처럼 열심히만 하면 된다."

"더 열심히 하겠어요. 이토 상이 이리 대견해 해주시니 더 열심히 하겠어요."

사다코는 이토 히로부미에게 단단히 약속을 했다.

조선에서 들려오는 소리들은 암울하고 암담하기 그지없었다. 전라도 고창에서는 관리들의 수탈을 이기지 못하고 농민들이 죽창을 들고 일어났다는 소리가 풍문으로 들려왔다. 들려오는 소리들은 불온하고도 위태로웠다. 새 세상을 열망하는 농민들의 기세가 파죽지세라고 했다. 괭이와 쟁기를 버리고 상투 튼 무지렁이 농투사니들이 무능하고 부패한 관리들을 몰아내고 새 세상을 열자며 기세 푸르게 일어섰다고 했다.

풍문은 시간이 갈수록 그악스러웠다.

조선에서 들려오는 소문들이 그악스러우면 그악스러울수록 일본은 불에 단 솥 위에 앉아 있는 사람처럼 전전긍긍했다. 임오년에 일어난 군란 이후 청나라와 긴밀하게 관계를 유지하고 있는 민비와 그 척족이 농민들의 반란을 진압해달라며 이번에도 청에 원군을 요청할지 몰라 도끼눈을 뜨고 조선을 감시하고 있었다. 일본의 눈치를 보고 있던 청국이 이번 기회를 그냥 놓칠 리 만무했다. 그러니 일본으로서는 가만히 있을 수 없었다.

조선은 탐이 나는 땅이었다. 그곳에서 나는 기름진 쌀과 면화와 소금은 일본의 번영을 위해서는 없어서는 안 될 것들이었고, 신세계였다.

그 당시 이토 히로부미는 일본의 5대 총리로 취임해 정신없이 바쁜 날들을 보내고 있었다. 조선의 동향을 파악하고 대책을 세우며 조선으로 들어갈 적절한 명분을 만드느라 메이지유신의 공신, 이토 히로부미는 연일 바빴다.

사다코는 이토 히로부미가 없는 동안 더 열심히 말을 타고, 사격을 하고, 수영을 했다. 가끔 변장으로 다른 사람들을 놀라게 하기도 했다. 그게 재미있었다. 저를 감춘 채 다른 사람을 염탐하고, 시치미를 뗀 채 다른 사람으로 살아가는 것. 두건으로 머리카락을 감추고 남자로 변신을 하거나 허리 옆에 칼을 차고 무사의 흉내를 내기도 했다. 그것은 술래잡기보다, 더 아슬아슬하고 짜릿했다.

그사이에도 봄은 찾아와 있었다. 옹기종기 아이들이 양지에 모여 앉아 해바라기를 하고 나무들은 부지런히 물관으로 물을 길어 오르며 새 움을 키우고 있었다. 그 햇빛에 세상이 녹아들고, 스멀스멀 피어오르는 아지랑이에 세상이 신기루처럼 흔들려 보였다. 겨우내 꽁꽁 얼었던 땅들이 춘니로 녹아들면서 걸을 때마다 한 무더기씩 흙들이 신발에 달라붙었다. 땅이 저를 붙잡는 듯했다.

사다코는 구두를 더럽히지 않으려고 단단한 곳을 골라 디디느라 땅만 내려다보고 걸었다. 치마를 들어 올린 채 발끝으로 살짝살짝 내딛는 그녀의 미간에 자잘한 주름들이 잡혔다. 그 주름들이 그녀를 더 매혹적으로 보이게 만들었다.

"사다코, 이토 상이 찾으셔요."

정원의 나무들을 손질하던 하인이 사다코를 불렀다. 봄이라 하지만 겨울의 냉기가 바람결에 알싸하면서도 맵게 묻어 있는데도 그는 벌써 가슴팍과 다리를 맨살로 드러내고 있었다. 그런 그의 다리와 볼이 한기로 발갛게 물들어 있었고, 사다코는 자그마한 몸피의 그가 말라 껍질이 주글주글한 작은 사과 같다는 생각을 했다.

이토가 돌아오려면 아직 먼 시간이었다. 그런 이토가 그 시각에 창랑각으로 돌아왔다면 분명 무언가 중요한 일이 있음이었다.

사다코는 치마를 걷고 조심스럽게 걷던 방금 전과는 달리 잰걸음으로 정원을 가로질러 갔다.

이토 히로부미가 와 있는 창랑각은 그제야 숨을 쉬는 듯 보였다. 언제나 그렇지만 이토 히로부미가 없는 동안의 창랑각은 노쇠한 커다란 짐승처럼 마냥 무겁고 음침하기만 했다.

"이토 상. 웬일로 오늘은 일찍 오셨어요?"

"사다코, 먼저 나를 기쁘게 해다오."

이토 히로부미는 사다코를 보자마자 목을 죄고 있던 단추를 풀기 시작했다. 사다코는 웃으며 이토 히로부미의 손을 치워내고 자신이 그의 단추를 풀었다. 그리고 하나씩 옷들을 벗겼다. 사다코는 아이가 어미의 젖을 빨듯 이토 히로부미의 젖을 빨기 시작했다.

이토 히로부미의 입에서 낮은 신음이 새 나왔다.

"네 혀가 뱀 같구나."

단정하게 뒤로 틀어 올렸던 사다코의 머리가 얼굴 위로 흘러내렸다.

"참 아름답구나. 어찌 이리도 아름다울까?"

"당신이 있어서 그렇지요."

그 대답에 거칠게 이토 히로부미가 그녀의 몸속으로 들어왔다. 모든 게 흔들렸다. 천장도 흔들렸고, 창문도 흔들렸고, 전등도 흔들렸다.

대낮에 이토 히로부미의 몸이 땀으로 번들거렸다. 사다코는 이토 히로부미의 땀에 젖은 몸을 쓸어내렸다. 이토 히로부미는 천천히, 그리고 힘 있게 사다코의 몸속을 헤집어놓았다. 그러다 어느 순간 사다코가 격렬하게 몸을 비틀자 이토 히로부미 역시 가쁜 숨을 내지르며 움직임을 멈췄다.

대낮의 교접으로 지칠 법한데도 이토 히로부미의 얼굴은 오히려 화색이 돌고 힘이 있어 보였다.

"이제 말해봐요. 무슨 일이에요? 무슨 일로 이리 일찍 집에 온 거예요?"

사다코의 물음에 숨을 고른 이토는 단정히 옷부터 챙겨 입었다.

"우선 차 한 잔 가지고 오너라."

"녹차를 가지고 올까요? 아니면 커피를 가지고 올까요?"

"너를 취했으니 커피가 좋겠구나. 커피를 가져오너라."

이토 히로부미는 가져온 커피만 마실 뿐 한동안 말이 없었다. 사다코는 조용히 이토 히로부미의 말을 기다렸다. 그러는 동안 저도 커피로 몸속에 남은 쾌감의 여훈을 다스렸다.

이윽고 이토 히로부미가 입을 열었다.

"사다코."

사다코를 부르는 이토의 표정에서 웃음은 없었고, 웃음이 사라진 눈매에는 거역할 수 없는 권위가 서려 있었다.

"나를 위해서 무엇이든 할 수 있다 했었지?"

"네."

사다코 역시 그 눈빛에 정색을 하고 답했다.

그리고 커피만 마셨다. 얼마쯤 그러고 있었을까. 이토 히로부미가 남아 있던 커피를 마저 마시고 무겁게 말했다.

"조선으로 들어가거라."

"네?"

사다코는 자신이 잘못 들었으려니 했다.

"조선으로 들어가라 했다."

이토 히로부미는 다시 한 번 또박또박 말했다. 그리고는 사다코의 표정을 살폈다.

"조선으로 들어가라 했습니까?"

"그랬다. 조선을 들어가라. 전라도 고창에서 농민들이 반란을 일으켰는데 청나라가 이번 기회를 그냥 보낼 리 있겠느냐? 게다가 동학의 무리들이 충청도 보은에서 이만 명이 넘게 모여 척왜척양을 요구하며 농성을 벌였다고 한다. 우리로서는 이보다 더 심각한 일이 어디 있겠느냐? 어디 청나라뿐이냐? 러시아도 조선에 눈독을 들이고 있는 실정인데, 그걸 이용해 러시아까지 조선으로 들어오면 곤란해지지 않겠느냐. 그러니 청이든 러시아든 더 커지기 전에 먼저 제거해야 되지 않겠느냐? 그러니 네가 들어가서 정황을 살피고 청과 러시아의 움직임을 눈여겨보도록 하여라. 그리고 내 지시를 따르거라."

이토 히로부미의 음성은 낮고도 은밀했다. 사다코는 정신이 들었다.

"언제 떠나면 되나요?"

사다코의 음성이 사뭇 비장했다.

"될 수 있으면 하루라도 빨리 들어가야겠지. 내가 배표를 구해놓으라 했다. 다음에 조선으로 들어가는 배를 타고 가도록 해라. 너도 알다시피 작년에 한성에 있는 일본 공사관이 불에 탔다. 일본을 싫어하는 자들의 짓이지. 갈수록 배일의 감정이 높아지고 있으니 몸조심하여라. 그리고 일본이 동양 삼국을 지배해야 동양의 평화가 온다는 내 말을 잊지 않았겠지?"

이토 히로부미의 음성이 무겁고도 강단졌다.

조선, 사다코는 애증의 땅으로 들어간다고 생각하니 한편으로는 설레면서도, 한편으로는 무언가 명치끝을 누르고 있는 것처럼 답답했다.

자신의 과거가 있는 땅, 조선이었다. 할 수만 있다면 시간의 사슬을 끊어내고 싶은데, 질기게도 조선은 자신을 끌어당겼다. 이제 옛날의 배분남은 없는데, 그곳에 가면 옛날의 배분남을 기억하는 사람이 있을 테고, 저 역시 그 옛날 배분남의 일들을 민망하게 되새겨야 하는 일도 생길 터이다.

그래도 가야 했다. 이토 히로부미를 위해. 사랑하는 이토 히로부미를 위해. 저를 사람으로 살게 해준 이토 히로부미를 위해.

이토 히로부미는 사다코의 암호명을 흑치마라 지어주었다. 그 옛날, 일본의 근대화를 이끌어낸 메이지유신은 미국의 증기선으로부터 촉발되었다. 녹슬지 않게 하기 위해 몸체에 타르를 바른 미국의 함대가 에도에 출현했을 때, 하급 무사였던 료마는 충격을 받고 일본의 변화를 꿈꾸었다.

흑선. 그 검은색의 배가 이뤄낸 세상은 참으로 위대했으니, 사다코 또한 검은빛으로 조선에 나아가 새로운 세상을 이끌어내라고 이토 히로부미는 흑치마란 암호명을 내리고 격려했다.

사다코는 자신의 방으로 들어왔다. 그리고 거울 앞에 섰다. 넓은 이마와 곧은 코, 단정한 입매가 당당하면서도 고왔다. 그 옛날 청승이 땟국으로 흐르던 배분남의 얼굴은 아니었다. 낯빛은 잘 먹어 우윳빛으로 윤기가 흘렀고, 살이 오른 몸피는 육감적이었다. 조선을 떠나올 때 남아 있던 앳된 기미는 통통하게 오른 육덕으로 사라지고 없었다.

사다코…… 사다코…… 사다코는 가만히 자신의 이름을 불러보았다. 누가 뭐래도 자신은 사다코였다. 배분남이 아닌, 사다코. 이제 배분남은 없었다. 조선에 가더라도 배분남이 아닌, 배정자로 돌아가는 것이었다. 사다코, 배정자…….

4. 김옥균의 부탁

다시 김옥균이었다. 그는 헐렁하고도 낡은 양복을 입고 초조한 표정으로 사다코를 찾았다. 하지만 눈빛만큼은 더욱 날카롭게 벼리어져 있었다.

"여긴 웬일이세요?"

사다코의 음성이 조금은 차가웠다.

"너를 보러 왔다."

옥균은 주변을 둘러보며 낮은 소리로 대답하더니 재빨리 밀봉된 두 개의 편지를 품속에서 꺼내놓았다.

"조선으로 들어간다고 들었다."

사다코는 놀란 표정으로 그를 바라보았다. 아무도 모르는 일이었다. 이토 히로부미와 저만 아는 사실이었다. 헌데 옥균이 어떻게

이 일을 알고 있단 말인가?

"어찌 그 일을 알고 계셔요?"

"낮말은 새가 듣고 밤말은 쥐가 듣는다 했다. 그러니 세상에 비밀이 있겠느냐? 조선에 가거든 어윤중과 김홍집에게 이 편지를 전하여라. 한 통은 안경수가 보내는 편지이고, 한 통은 내가 쓴 것이다."

사다코는 저도 모르게 진저리를 쳤다. 김옥균이 내놓은 봉서가 눈앞에서 불온하게 흔들렸다. 사다코는 난감했다. 이토 히로부미가 알면 경을 칠 일이었다. 아니, 굳이 이토 히로부미가 아니더라도 자신이 내키지 않았다.

"무얼 하고 있느냐. 어서 남들이 보기 전에 챙겨 넣어라."

옥균은 주저하며 망설이는 사다코를 채근했지만 그녀는 아무 말 없이 옥균의 말을 듣고만 있었다.

"내우외환이 꼭 조선의 실정을 두고 이르는 말이 아니더냐? 곳곳에서는 민란이 발생하고 밖에서는 호시탐탐 외국의 오랑캐들이 조선을 넘보고 있으니 이 어찌 나라의 존립이 걱정되지 않을 수 있다 하겠느냐. 헌데 백성을 지켜야 할 관리와 왕실은 백성의 안위는 안중에도 없이 오직 자신들의 자리를 지키기에만 혈안이 돼 있으니 참으로 개탄스러울 뿐이다. 이번에 발생한 민란이 고비가 될 것이다. 척왜척양. 참으로 가슴 뿌듯한 구호가 아니냐? 동학의 세상이 열리는 날, 조선은 개벽할 것이다. 하지만 이걸 빌미로 청나라와 일본은 조선으로 군대를 파병할 것이다. 막아야 할 것이다. 그러니 네가 수고 좀 해줘야겠다."

옥균의 음성이 떨렸다. 그 떨리는 음성에서 옥균의 진심을 읽을 수 있었다. 차마 그 진심 앞에서 사다코는 못 한다, 못 받는다, 거절하지 못했다. 아직은 제 핏속에 조선에 대한 마음이 남아 있음이었다.

사다코는 마지못해 편지를 집어 옷장 안에 넣었다.

"고맙다. 우리 조선을 위해 목숨을 걸어보자꾸나. 설령 우리의 꿈이 좌절되더라도 시도는 해봐야 되지 않겠느냐? 안 된다고, 못 한다고 포기하고 가만히 있다면 조선의 미래는 영영 없을 거다. 편지를 주었으니 이제 나는 가야겠다."

그는 서둘러 창랑각을 떠났다. 오래 머물러 있어봐야 남의 눈에 뜨일 테이고 그렇다면 사다코가 난처해진다는 이유를 들어 옥균은 소리를 죽여가며 빠져나갔다.

그의 뒷모습을 바라보며 사다코는 알 수 없는 감상에 빠졌다. 한 사내의 소망이, 아직 희망을 버리지 않는 한 사내의 순진한 열망이, 참으로 애잔하고, 애처로웠다. 세상살이가 어찌 꿈만으로 이루어지는 것이던가. '예서 주저앉는다면, 포기하고 가만히 있다면 영영 조선의 미래는 없다. 그러니 무엇이든 해봐야 하지 않겠느냐?' 그의 음성이 우렁우렁 머릿속에서 울렸다. 하지만 사다코는 고개를 가로저었다. 아무도 그의 음성과 몸부림을 주의하지 않았고, 조선의 개혁과 자주 역시 마음에 두지 않았다. 그러니 실패한 자의 짝사랑이 아니고 무엇이겠는가.

사다코는 심란했다. 이토에게 사실을 고하자니 옥균이 마음에 걸렸고, 이토에게 비밀로 부친 채 모르쇠로 있자니 그 또한 편치 않았다. 편지를 짐 속에 꽁꽁 숨겼다 다시 꺼내놓았다. 그랬다가는 다시 짐 속에 숨겨놓고는 얼마 가지 못해 다시 꺼냈다. 그러기를 반복하다가 사다코는 밤 늦게 굳은 표정으로 편지를 들고 이토 히로부미의 방으로 갔다.

이토는 편한 실내복 차림으로 무언가를 골똘히 들여다보고 있다가 사다코의 기척에 방금까지 보던 것을 황급히 감추었다. 아직 저를 믿지 못함이었다. 이토의 경계심이 이상하게 사다코의 충성심을 자극했다.

"낮에 김옥균으로부터 이것을 받았습니다. 김홍집과 어윤중에게 갖다 주라고 하더군요."

"김홍집과 어윤중에게 주라고 했다?"

이토 히로부미는 사다코가 내민 편지를 일별하더니 어디 한군데 흠집이 나지 않도록 조심스럽게 열었다. 필체가 수려하고 단아하니, 달필 중의 달필이었다.

"무슨 내용이냐? 소리 내 읽어보아라."

사다코는 옥균의 편지를 조심스럽게 받아 들고 읽어 내려가기 시작했다.

내용은 어떻게든 청나라의 군대를 막아야 한다는 것이었다. 청국의 군대 파병은 곧 일본과 러시아의 군대를 조선으로 끌어들이게 되는 계기가 되니 막아야 한다고 경고하고 있었다. 그리고 자주 개혁을 위해 노력을 아끼지 말 것을 당부하고 있었다.

다 읽고 나자 이토 히로부미의 표정이 미묘하게 흔들렸다. 그리고는 잠시 생각에 잠겨있더니 입을 뗐다.

"갖다 주어라."

"누구에게 말입니까?"

"김홍집과 어윤중에게 갖다 주어라. 청과 러시아를 막아야 한다니 갖다 주어야 하지 않겠느냐? 우리가 말하는 것보다 김옥균이 하는 충고이니 더 잘 먹힐 터. 사흘 뒤에 조선으로 떠나는 배가 있다. 그 배의 표를 구해놓았으니 그 편으로 떠나라."

"그렇게 빨리요?"

"그래, 한시가 급하다."

이토는 말을 아꼈다. 말을 아끼는 것은 곧 지켜야 할 기밀이 있다는 뜻이었다.

방으로 돌아온 사다코는 편지를 자신의 짐 속에 챙겨 넣었다. 창문에 달빛이 맑은 금빛으로 엉겨 있었다. 그 달빛에 마음이 수선스러웠다. 밤이 새도록 마음은 천 갈래, 만 갈래로 흩어졌고, 어떻게 그 마음을 다독여 잠재울 수 없었다. 생각이 생각을 낳고, 그 생각은 또 다른 생각을 낳았고, 다시 새롭게 가지를 뻗은 생각은 다른 생각을 낳았다. 무수한 생각들로 가시덤불을 이루었고, 그렇게 그 밤은 길고도 어지러웠다.

5. 귀국, 그러나

 자신의 모든 것을 앗아간 나라, 조선. 조선의 땅에 첫발을 딛는 순간 사다코는 멀미를 했다. 출렁출렁, 수면 위에 떠 있을 때는 저 역시 하나의 물비늘로 출렁거렸지만 땅은 발을 디딜 때마다 뿌리 없는 저를 단단한 저항으로 물리쳤다. 애증의 땅이었고, 슬픔의 땅이었다.

 사다코의 눈에 비친 조선의 몰골은 초라하기 그지없었다. 낡디낡은 허름한 옷을 입고 봄볕에 까맣게 그을린 얼굴로 물을 긷는 여자들의 모습은 참으로 지지리 궁상이었고, 아이들은 누런 콧물을 대롱대롱 매달고 있었다. 어디를 가나 거지들이 떼를 지어 다녔다. 땅에 납작 들러붙어 있는 초가들은 금방이라도 허물어질 듯 보였고, 사람들은 잔뜩 화가 난 얼굴로 그 삶을 힘겨워하고 있었다.

사다코는 자신의 탯줄을 묻은 나라에 왔다는 설렘 대신 싸하니, 가슴 한편에서 썰물이 지는 듯했다. 게다가 알 수 없는 역한 냄새들로 사다코는 저도 모르게 이맛살을 찌푸렸다. 함께 살 때는 느끼지 못한 냄새였다.

사다코는 손수건을 꺼내 입과 코를 막았다. 수차례의 전쟁은 사람들에게서 희망을 앗아가고, 희망이 없는 그들의 생은, 삶은, 차라리 몽근짐처럼 보였다. 도대체 조선의 관리들은 이 불쌍한 백성들의 삶과 고통이 보이지 않고 들리지 않는단 말인가? 그들은 누구를 위해 출세하고 존재한단 말인가. 누구를 위해 헌신하고 봉록을 받는단 말인가. 사다코의 가슴속에는 분노가 고였다.

헌데 그때였다. 사다코가 한성으로 가는 배편을 알아보려 나루터로 향하는데 어디선가 나타난 포졸들이 사다코의 앞을 거칠게 가로막았다.

"비켜라! 이게 무슨 짓이냐?"

사다코는 앙칼지게 항의하며 앞을 가로막는 그들을 밀쳐냈다.

"어디서 오는 길이며, 조선에는 무슨 일로 오는 길이냐?"

꼬치꼬치 캐묻는 그들의 태도가 작정하고 나선 듯했다. 표정 역시 심상치 않은 것이 사다코는 왠지 예감이 좋지 않았다.

"사람이 오가는 것도 마음대로 못 하느냐? 감히 내가 누구라고 이리 무례하단 말이냐?"

"네가 누구든 상관없다. 그러니 잠시 우리랑 같이 가줘야겠다."

"이런 고약한 것들을 봤나. 난 이토 히로부미의 수양딸이다."

사다코가 눈에 독기를 모으며 그들을 나무랐다. 일순 그들의 눈에 조롱의 웃음이 깃들었다.

"이토 히로부미의 딸이라고? 네가 일본 천황의 딸이든, 이토 히로부미의 딸이든 상관없다. 가자."

사다코의 팔을 잡아끄는 포졸들의 기운이 쩡쩡했다. 사다코는 활갯짓으로 뿌리치고 사납게 밀쳐내며 그들에게 잡힌 팔을 빼내려 했지만 창창하게 의심으로 뭉쳐진 포졸들의 완력을 당해내기에는 역부족이었다.

당시 조선에서는 친청의 정책을 펴고 있었고, 반대로 일본에 대해서는 손톱 밑의 비접처럼 불편해했다. 하여 일본에서 배가 들어올 때마다 타고 내리는 사람들을 면밀하게 관찰하고 있었다. 그 속에 김옥균 같은 반역자들이 있는지, 그들의 심부름꾼이 있는지, 적과 내통하는 수상한 사람이 있는지 그들은 도끼눈을 뜨고 한 명 한 명 지켜보고 있었던 것이다.

"후회할 것이다. 오늘의 일을 두고두고 후회하게 만들어줄 것이다."

살천스럽게 사다코는 저항했다. 하지만 서슬 푸른 창끝이 옆구리를 겨누고 있는 데는 어쩔 수 없었다. 당장에라도 잘 벼리어진 창끝이 사다코의 옆구리를 뚫고 들어와 오장육부를 끊어놓을 것만 같았다.

사다코는 인천의 관아로 끌려갔다. 동헌 앞에 꿇어 앉혀졌을 때 사다코는 분했다. 분해 눈물을 흘렸다. 분루였다.

"후회하게 될 거다. 반드시 오늘 일을 후회하게 될 거다."

사다코는 어금니를 문 소리로 곱씹었다. 그녀의 가슴속에서는 뜨거운 불이 확확 치밀어 올라왔다.

사다코의 가방이 동헌 앞마당에 풀어 헤쳐졌다. 속옷이며 자질구레한 생활용품들까지 진중하지 못한 포졸의 손끝에 햇빛 속으로 끌려 나와서는 불온하게 널려 있었다.

사다코의 가방을 뒤지는 그들의 눈빛이 집요했다. 사다코가 분노로 주먹을 쥔 채 그들의 모양새를 노려보고 있을 때 한 포졸이 김옥균의 편지를 찾아 들고 현감에게 올렸다. 편지를 받아 든 현감의 눈에서 불꽃이 일렁였다. 그리고는 험악하게 일그러진 표정으로 동헌 마당으로 내려서더니 편지를 그녀의 눈앞에 들이밀었다. 사다코의 눈앞에서 사납게 펄럭거리는 편지는 금방이라도 사다코의 눈을 찌를 것만 같았다. 들켜서는 안 될 편지였다. 하지만 사다코는 기세 싸움에서 밀리면 저한테 더 불리해진다는 사실을 알았다. 하여 표독스럽게 그들을 노려보았다.

"이게 무어냐?"

그가 거칠게 흔들어 보이는 편지에서 팔랑팔랑, 바람이 일어났다. 그 바람에 사다코는 저 모르게 고개를 외로 틀었다. 하지만 잇새에 문 독기만은 여전했다.

"그건 나와는 상관없는 일이다. 단지 내가 조선에 들어온다고 하니 전해달라고 부탁받았을 뿐이다."

"이 편지를 건넨 자가 누구냐?"

따져 묻는 현감의 어조가 쩌렁쩌렁 동헌 마당을 울렸다.
"직접 봤으면 누군지도 알 수 있을 것 아니냐?"
사다코는 앙칼지게 내뱉으며 현감을 노려보았다.
"허허. 그년 참! 기상 하나는 제법이구나."
현감은 봉함된 편지를 뜯었다. 그리고는 접혀진 부분을 탁탁 털어 펴더니 읽어 내려가기 시작했다. 이내 그의 얼굴이 붉어지는가 싶더니 미우가 움찔거렸다.
"이, 이런 죽일! 저년을 가두어라."
"네 이놈! 뉘더러 저년이라는 게냐?"
사다코의 목에 선 핏대가 저 혼자 살아 움직이는 환형동물처럼 울근불근거렸다.
"대역적 김옥균의 편지가 네년 짐 속에서 나왔는데 모른다고 잡아뗄 작정이냐? 대역적과 한패가 아닌 이상 네 짐 속에 왜 그의 편지가 있는 게냐? 너 역시 죽음을 면하기 어려울 것이야."
그의 음성이 대창처럼 날카로웠다. 죽음을 면키 어렵다니. 제아무리 이토 히로부미의 수양딸이라 하더라도 여기는 일본이 아니라 조선이었다. 사다코는 절망적인 시선으로 주위를 둘러보았다. 이토는 너무 멀리 있었고, 당장에 제 편은 아무도 없었다.
"일본 공사를 불러오라. 나는 일본 총리대신 이토 히로부미의 수양딸, 사다코다! 그러니 일본 공사를 불러오라."
"닥쳐라. 네가 누구든 상관없다. 하늘이 두렵지 않더냐? 네가 설령 일본 고관대작의 딸이라도 역적의 편지를 지니고 있는 이상 무사하지 못할 게야."

그는 경멸 어린 표정으로 반항하는 사다코를 지켜보았다. 그 통에도 봄볕은 무심하게 사방에 퍼져 있었다.

사다코는 이틀 만에 석방되었다. 일본 측의 압력에 그들은 더 이상 사다코를 붙잡아놓을 수가 없었다.

사다코를 풀어주던 현감은 마뜩잖은 시선으로 그녀를 바라보았다.

"조선의 딸로서 부끄럽지도 않더냐? 이토 히로부미의 수양딸이라니? 네 눈에는 저 백성들의 원망이 들리지도 않느냐?"

"조선은 한 번도 나를 품어준 적이 없다. 그러니 어찌 내가 조선의 딸이라고 하겠느냐?"

"그럼 네가 조선의 딸이 아니면 누구냐? 이토 히로부미의 수양딸이라고 해서 네가 일본인이라도 되는 줄 아느냐?"

"나는 사다코다."

"참으로 딱하구나. 너 같은 어리석은 자들이 있기 때문에 조선의 내일이 걱정이다."

"그것이 어찌 내 잘못이냐? 무능한 왕실과 위정자들의 잘못일 터."

사다코는 오히려 그들이 안타까웠다. 세상은 급변하고 있는데 아직 망해가고 있는 왕조에 충성을 하고 있는 그들이 측은할 뿐이었다. 극한의 가난 속에서, 굶주림 속에서, 어찌 인간의 올곧음을 기대할 수 있을까?

관리들의 수탈을 이기지 못하고 난을 일으키는 백성들을 잡아가두면서 그 왕조에 목숨을 바치는 그들의 맹목성을 신의와 충성이라고 추켜세워주기에는 무언가 미심쩍었다. 게다가 스스로 자신들을 지키지 못하고 두억시니 같은 외국의 군대를 끌어들여 자국의 백성들을 무참하게 짓밟는 이 나라의 위정자들이 참으로 한심하고도 미웠다.

사다코는 다시 일본으로 돌아오는 배에 몸을 실었다. 강제 출국이었다.

사다코는 이토 히로부미를 볼 면목이 없었다. 처음으로 자신에게 주어진 임무를 그리 망쳐놓았으니 뭐라 할 말이 없었다. 너볏하고도 듬직하게 자신에게 맡겨진 일들을 완수해야 했거늘, 시작도 해보지 못한 채 이리 쫓겨온 자신을 이토 히로부미는 어떻게 생각할까. 그 생각에 사다코는 한시도 마음이 편치 않았다.

옥균에게 그 편지를 받는 게 아니었다. 안 된다, 못 한다, 모질게 거절했어야 했다. 어설픈 연민과 채무감은 큰일을 하는 데 있어 독이 될 뿐이었다. 한 점 남김없이, 미련 없이 버려야 했다. 그게 자신이 살길이었고, 이토 히로부미가 살길이었으며, 일본이 살길이었고, 조선이 살길이었다.

이제 앞으로 동정과 연민과 사랑 따위에 눈치 보거나 갈등하지 않을 것이다. 심란해하지도 않을 것이다. 재바르게 자신은 사다코의 삶을 살 것이다. 그 길을 갈 것이다. 나를 향해 돌을 던지고, 비웃어도 나는 사다코로 살지니, 자신의 앞날에는 부귀영화만 있을 것이다.

그 부귀영화를 위해 나는 악마와 내 영혼을 거래할지니 세상은 이제 내 것이다.

현해탄의 물빛이 푸르다 못해 검었다. 배는 쉼 없이 물을 지치고 앞으로 나아갔다. 이제 조선에 대한 미련은 버릴 것이다. 연민도 버릴 것이다. 저 검은 물빛에 다 풀어놓을 것이니, 이제 저 바다는 자신이 마음속에 담고 있던 조선의 무덤이었다. 두 번 다시 무덤을 헤집어 연민을 불러오지 않을 것이다.

무언가 눈이 밝아지는 기분이었다. 늘 찜찜하게 자신의 심장 한 구석에 똬리를 틀고 있던 조선에 대한 연민이, 현해탄 푸른 물빛에 풀어놓고자 했던 조선에 대한 연민이, 그제야 풀려나가는 기분이었다.

이제 제 안에 조선은 없다.

이제 눈 밝게, 정리에 흔들림 없이 사다코로 살아갈 것이다. 아무도 저를 해하거나, 저를 능멸하지 않고, 업신여기게 내버려두지 않을 것이며, 저를 두려워하게 만들어줄 터이다. 사다코, 그 이름만으로 무서워 떨게 만들어줄 터이다. 한갓 포졸 나부랭이들한테 붙잡혀 고초를 당하는 일 따위는 다시는 겪지 않으리라.

6. 여우사냥

정세는 급박하게 돌아가고 있었다. 이토 히로부미가 예견한 대로 조선이 동학군의 진압을 청에 요청하면서 청은 조선에 군대를 파견하였다.

이토 히로부미는 대로했다. 조선에 파병할 시에는 서로에게 먼저 통보를 하자고 협약을 맺었으나 청국이 조선의 요구라고 계정을 부리면서 이를 무시한 것이다.

일본은 즉각 조선에 군대를 보내 청국에 대응했다. 1894년, 갑오년 5월 5일, 청군이 아산만에 도착하던 날, 일본군은 인천항에 도착했다.

외국의 군대에 조선의 살이 찢겨 나가고 조선의 뼈가 부서져 나갔다.

 굳이 청나라가 조선에 군대를 파견하지 않았더라도 일본은 동학군의 활동을 마음 편하게 좌시할 수만은 없었다. 신분제와 지주제의 모순을 지적하고 반봉건을 부르짖으며 근대화를 원하는 동학군이 세를 넓히면 조선의 정벌은 더 어려워질 터였다. 게다가 그들이 내걸고 있는 척왜척양도 미리 싹을 잘라놓지 않으면 후일, 조선 정복에 있어 걸림돌이 될 게 분명했고, 지주들이 위협을 받으면 그만큼 일본이 눈독을 들이고 있는 쌀의 착취도 힘들어질 터였다. 하여, 일본은 청의 군대 파견을 빌미로 군대를 일으켜 조선으로 들어갔다.
 구실이 좋았다.

 그 틈에도 일본은 영국과 통상항해조약을 체결하고 차근차근 세계 제패의 야심을 키워가고 있었다.

 이토 히로부미는 정신없이 바빴다. 청나라보다 먼저 발 빠르게 조선을 제압하지 않으면 조선 내에서 일본의 입지는 그만큼 줄어들기 때문이었다. 그 와중에 기토 다카요시는 민비를 없애야 한다고 이토 히로부미를 설득했다. 여우 같은 민비가 있는 한 일본의 조선 정복은 어려울 것이라며 민비를 없애고 조선으로 들어가자고 끈질기게 이토 히로부미를 공격했다.
 이토 히로부미는 말없이 그의 이야기를 듣고만 있었다.

"일본의 안정을 주창하며 그동안 조선 정복을 미뤄왔지만 이제는 때가 되었다 생각합니다. 이제 일본은 안정이 되었어요. 그러니 더 머뭇거릴 수 없어요. 더 지체하다가는 조선은 영영 남의 땅이 돼 버리고 말아요. 어디 조선뿐이겠어요? 동양에서의 일본의 입지는 약화될 수밖에 없어요. 시기를 놓치면 모든 것을 놓치게 돼 있어요. 게다가 서구 열강 역시 자국의 식민지를 늘리는 데 혈안이 되어 있어요. 조선을 우리가 먹는다 해도 아무도 이의를 제기할 수 없어요. 저들이 제동을 걸려고 해도 명분이 없다 이겁니다. 영국이나, 프랑스, 미국이 스스로 제 발목을 잡을 일은 만들지 않을 거라 이 말입니다. 지금이 적기예요. 지금 조선을 우리 것으로 만들지 않으면 더 어려워져요."

말없이 눈을 감은 채 이야기만 듣고 있던 이토 히로부미가 무겁게 입을 열었다.

"청국의 군사력은 어떻소? 우리가 조선을 갖기 위해 섣불리 전쟁을 시작했다간 이쪽이나 저쪽이나 피해가 클 텐데, 기왕이면 전쟁을 치르지 않고 조선을 취하는 방법은 없겠소?"

이토 히로부미는 더 원대한 야망을 품고 있었다. 자신이 원하는 것은 조선만이 아니었다. 그런 터수라 물리적 충돌 없이 세상을 유연하게 취하고 싶었다. 평화의 가면을 쓰고 죽음의 무도를 즐기고 싶었다.

"현재 상황으론 전쟁을 피할 수가 없어요. 피한다고 해도 언젠가는 터져버리고 말 시한폭탄이에요. 조선에 민비라는 여우가 있는 한, 그리 호락호락 우리 손안에 들어오지 않을 겁니다. 그럴 바엔 서로 진을 빼지 않고 정공법으로 나가야지요."

기토 다타요시의 말에 이토 히로부미는 고개를 가로저으며 말했다.

"할 수만 있다면 전쟁을 피하는 방법을 택해야지요. 일단 조선에 내정 개혁을 요구해봐요. 우리가 방안을 제시해주고 그렇게 하도록 해봐요. 그렇게만 된다면 우리가 조선의 목줄을 잡게 되는 거 아니겠소?"

기토 다카요시는 이토의 말에 못마땅한 표정을 지었지만 큰소리는 내지 않았다.

"받아들이지 않을 겁니다."

"그럼 받아들이도록 해야지요."

"어떻게요? 저 여우가 고분고분 말을 듣지를 않을 텐데요"

"방법이야…… 많지 않겠습니까?"

이토 히로부미는 대신 한 사람 한 사람과 눈빛을 맞추며 정을 박듯 또박또박 말했다. 보다 더 큰 일을 하기 위해서는 미리 화근을 제거해야 한다는 이토 히로부미의 속내가 그 눈빛을 통해 은밀하게 대신들에게 전달되었다. 그 말끝에 대신들은 서로 얼굴을 바라보았다.

"방법이 많다……."

방법이 많다는 이토 히로부미의 말에 아무도 반대를 하지 않았다. 암묵적 동의였고, 합의였다. 서로가 원하는 것이었다. 그게 무엇이 됐든, 방법이야 어떻든지 그들이 원하는 것은 하나였다. 단 하나. 조선을 합병하는 것.
   깊은 침묵 속에 그들의 생각은 조선으로 내달렸다.

   일본은 청국에게 절교를 선언한데 이어 조선의 고종에게 내정개혁 방안을 제시하고 이에 따를 것을 요구했다. 하지만 조선은 이를 거절하고 오히려 내정간섭을 이유로 들어 일본군에게 돌아갈 것을 요구했다. 조선은 비밀리에 교정청을 설치하고 자신들만의 개혁을 추진하고 있었다. 조선이 만든 12개조의 교정청의정혁폐조건은 대부분 동학군들이 주장하는 요구들을 수용한 것들이었다.

   급하게 이토 히로부미의 집으로 사람들이 모여들었다. 습한 더위가 살갗에 진득진득 들러붙는 날이었다. 이토 히로부미의 집에 모인 일단의 사람들은 나직나직 소리를 낮춰 무언가 은밀한 모의를 하고 있었다. 누군가 말을 듣지 않는 아이에게는 매가 제일이라고 했고, 누군가는 일본의 요구도 거절한 터수라 평화로운 방법으로 조선으로 들어갈 방법은 없다며 이제 결단을 내려야 할 때라고 했다.
   생각들은 하나로 모아졌다. 다들 방법이 많다던 그 말을 떠올렸다. 그랬다. 방법은 많았다.

   여우사냥…….

그게 방법이었다. 결행의 날이 언제일지 사다코는 알 수 없었다. 조선은, 조선인은 미구에 닥쳐올 자신들의 운명을 알지 못한 채 아침을 맞고, 또 하루를 보내고 있을 터였다.

조선은 그저 암암한 밤이 지속되고 있었다. 암중모색, 그 어둠 속에서 출구는 보이지 않았다.

10월 8일, 하늘은 높고 말도 살이 찐다는 계절이었다. 아침저녁 살품 사이로 파고드는 냉기에 부르르, 진저리를 칠 때 조선의 왕이 사는 구중궁궐에서는 때 아닌 총성과 비명이 난무했다.

미우라 공사가 이끄는 일단의 무리들이 경희궁에 침입하여 친청파인 민씨 정권을 몰아내고 흥선대원군을 옹립했다. 그날, 민비는 상궁복을 입고 궁녀들 틈에 섞여 숨어 있다가 그렇게 일본 자객의 칼에 무참히 목숨을 잃었다. 그래도 한 나라의 국모였던 주검은 예도 없이 대궐 뒷마당에 더미처럼 던져져 불태워져서는 형해를 잃었다. 그 애통한 목숨이 검은 연기로 땅에 깔리다 마지못해 허공으로 풀어져갔다. 한 생애가 그렇게 비통하게 끝났다.

허망한 목숨이었다. 허망한 권력이었다. 허망한 시절이었다.

민비의 주검이 불에 태워졌다는 소식을 들은 사다코는 가슴속에 쨍쨍하게 들어 있던 심지 하나가 뚝 끊어져 나가는 기분이었다. 어찌 한 나라의 방비가 그다지도 허술할 수 있단 말인가. 여염집의 문

단속도 그러지는 않을 터. 적어도 한 나라의 국모가, 왕비가 그렇듯 허망하게 목숨을 빼앗긴 채 불에 태워질 수 있는 겐가? 그 지경이 되도록 조선은 도대체 무얼 했단 말인가? 왕조 오백 년이라고 그리 내세우고 자랑삼던 조선은 그저 속 빈 강정이었고, 허울뿐이었던가? 족징, 백골징포, 장리, 허류, 목목별로 거두어가던 그 세금들은 대체 어디로 간 것이며, 조선을 지키겠노라 분분히 일어난 민병들은 또 뭐란 말인가? 한심했다. 한심해 애잔했다.

권력은 칼을 쥐고 있는 자에게서 더 빛나고 더 힘이 있는 법. 패망한 나라의 왕비보다 떠오르는 제국의 총리대신의 수양딸인 자신이 더 우월하게 여겨졌다. 하긴 민자영이나 자신이 다를 게 뭐가 있는가? 저나 자신이나 같은 여자인 것을. 민자영의 출발 자리는 왕의 곁이었지만 자신은 역적의 딸로 시작되었다. 하지만 승자는 결국 자신이었다. 자신은 그렇게 비참하게 목숨을 잃지는 않을 것이다. 그렇게 되지 않도록 할 것이다.

사다코는 주먹을 불끈 쥐었다.

모든 게 일본에게 유리하게 돌아갔다. 일본이 의도한 대로 조선은 차근차근 일본에 굴복했다. 저항이 아예 없는 것은 아니었지만 그것은 죽음을 앞둔 단말마의 비명에 지나지 않았다.

사다코는 이토 히로부미가 자신에게 다시 일을 맡겨주기만을 기다렸다. 그렇다면 지난날을 거울삼아 그를 실망시키지 않을 자신도 있었다. 병가지상사. 실수는 한 번이면 족했고, 두 번 다시 옛날의 전철을 밟지 않겠다는 각오도 제법이었다. 하루가 다르게 변화하는 세상에서 자신이 해야 할 일은 분명 있을 터였다.

그 와중에 김옥균이 상해에서 홍종우에게 저격을 당했다는 소식도 들려왔다. 자객에 대한 염려로 밤에도 편히 잠들지 못한 사람이 어찌하여 그를 믿었을까. 왜 그의 죽을 자리가 일본이 아니라 상해였을까. 청을 싫어한 사람이 왜 청국으로 갔는지. 이홍장의 아들을 만나 무슨 이야기를 하려 했던 것일까.

조선에서 청나라의 입김이 커갈 때 그가 청국의 권력자 이홍장의 양아들 이정방의 편지를 받고 청국으로 건너간 저의를 놓고 이토 히로부미는 불편해했다. 일본에 우호적이던 그가 친일의 핏줄을 끊고 청나라에 애정을 보인 것을 두고 스스럼없이 변절자라고 그를 비난했다.

"그래서 조선 것들은 믿을 수가 없어. 하루아침에 이리 붙었다 저리 붙었다 하거든."

이토 히로부미의 말에 사다코는 제가 미안했다. 이토 히로부미의 음성 속으로 옥균의 회한에 찬 음성이 배음으로 깔렸다.

"다케우에가 그날 고종과 민비를 제대로 감시만 했던들 달라졌을까? 아니, 아니다. 아닐 것이다. 그들은 처음부터 우릴 도울 생각이 없었어. 그러니 일본으로 떠나는 배에 숨어든 우리를 다케우에는 조선군에 내주려 했던 거야. 선장이 아니었다면 우리는 그날 죽은 목숨이었다. 설령, 그들이 도왔다 한들 조선이 달라졌을까?"

어느 날 옥균은 한 잔 술에 감정이 격해져서는 자신을 앞에 두고 그날을 한탄했었다.

달빛은 부드럽지만 세상을 밝힌다며 꿈을 놓지 않던 사내. 조국, 조선을 등진 채 타국을 유랑하던 사내. 언제 들이닥칠지 모를 자객 때문에 한시가 편하지 않던 사내.

그 사내가 살아 민비의 죽음을 보았더라면 무어라고 했을까? 좋아 춤이라도 추었을까? 일본군의 칼날에 그토록 참혹하게 숨줄이 끊긴 그녀의 죽음을 두고 그는 과연 어떤 표정을 지었을까.

죽은 자는 말이 없는 법. 옥균도, 민비도 더 이상 말이 없었다.

다만 산 자들만이 악머구리 떼처럼 떠들 뿐이었다.

조선의 파병 문제로 시작된 청국과 일본 간의 전쟁은 시간이 갈수록 일본에게 유리하게 돌아가고 있었다.

일본 해군은 한여름, 아산만 풍도에서 동학란 진압을 위해 들어오던 청의 군대를 전멸시키고, 그 여세를 몰아 평양에서 청군을 격파했다. 궁지에 몰린 청나라는 영국과 프랑스, 미국과 독일, 러시아에게 휴전을 조정해줄 것을 요청했고, 일본은 미국이 내민 조정 제시안을 받아들였다.

이로써 청군의 지원을 받아 국내 문제를 해결하려던 조선의 계획은 실패로 끝나게 되고, 대신 조선에 대한 일본의 요구는 더욱 많아지고 그악스러워졌다.

"이번 일을 뼈아픈 교훈으로 삼게 만들어야 합니다. 그리고 청국에게 이번 전쟁의 배상을 물어야지요."

일본의 내각대신들은 입을 모아 청의 배상을 요구했다. 뜻이 같았다. 일지였고, 일심이었다. 승자는 모든 것을 가질 수 있었고, 패자는 모든 것을 잃었다.

그 중심에 이토 히로부미가 있었다.

메이지유신 이후, 일본의 산업은 빠르게 발전했고, 그 발전은 새로운 투자를 요구했다. 그 새로운 투자로 인해 일본의 국고는 급격히 비어갔는데, 그런 와중에 치른 청국과의 전쟁은 일본에게 적지 않은 타격을 안겨주었다. 청으로부터 배상을 받지 못하면 일본은 금방이라도 침몰할 위기에 처해 있었다. 어떻게 하든 그 국고를 채워 넣지 않으면 일본은, 일본의 꿈은, 그대로 끝나버릴 참이었다.

이토 히로부미는 시모노세키로 향했다. 이홍장과 전쟁 보상 비용에 관한 회담에 참석하기 위해서였다. 이 회담 역시 이토 히로부미의 승리였다.

이토 히로부미는 이 회담에서 청으로부터 막대한 전쟁 보상 비용을 받아낸 데다 요동반도 일부를 할양받고 조선의 독립까지 승인받는 쾌거를 얻었다. 청으로부터 조선의 독립을 승인받은 것은 조선에서 일본이 청국의 간섭 없이 마음대로 활동할 수 있는 새로운 기반을 마련한 것이었다. 게다가 다시 채워진 일본의 국고는 더 튼실한 일본으로 만드는 여물이 되었다.

이토 히로부미는 쉬지 않고 조선을 압박해 들어갔다. 민비를 제거한 일본은 고종 대신 대원군을 앞세워 개혁을 실시하고 친일 내각인 김홍집 내각을 들어앉혔다. 하지만 얼마 가지 않아 대원군이 자리에서 물러나면서 조선의 왕이 친정을 하겠다고 선포했다. 그는 이어 왕의 존칭을 주상 전하에서 대군주 폐하로 바꿔 부르도록 했다. 망해가는 나라에 존칭만 무거웠다.

조선이 차근차근 일본의 손안으로 들어올 때 사다코는 무료했다. 말을 타고 들판을 달려도, 목표를 겨냥해 숨을 참고 방아쇠를 당겨도 도통 신이 나지 않았다. 사다코는 이토 히로부미가 없는 창랑각을 하릴없이 배회했다. 몸이 한가하면 쓸데없는 생각들이 덤불로 자랐지만 딱히 할 일이 없었다. 첫번째 일을 그르친 뒤로 이토 히로부미는 사다코에게 기회를 주지 않았다.

그럴수록 사다코는 사격과 승마에 몰두했다. 먼 거리에서도 정확하게 병의 몸통을 맞출 수 있었고, 달리는 말 위에서 자세를 바꿀 수도 있었다. 게다가 빠른 물살도 거뜬히 헤쳐 나갈 수 있었으며, 무슨 일이든 할 수 있다는 자신감도 있었다. 총알을 맞아 병이 산산이 깨질 때면 무언가 꽉 막혀 있던 명치끝이 뚫리는 기분이었다.

가끔, 사다코는 살아 움직이는 물체를 맞춰보고 싶다는 생각을 했다. 총구를 피해 도망가는 산 것들의 정수리를 겨냥해 탕! 한 방을 날려보고 싶은 충동을 느꼈다.

죽음을 앞둔 자들의 눈빛이 궁금했다. 자신의 죽음을 목도한 자들의 눈빛은 어떤 색인지, 어떤 모양인지, 보고 싶었다. 아버지의 눈빛은 그때 순한 노루의 눈빛이었다. 다른 사람의 눈빛도 그런지,

사다코는 확인해보고 싶었다.

사다코는 이토 히로부미가 자신을 불러주기만을 기다리고 있었다.

그때 한 사내가 눈에 띄었다. 낯빛이 희고 선병질적인 사내였다. 짙은 감색 양복을 입고 머리는 포마드를 발라 가지런히 빗어 넘긴 사내는 사다코에게 다가오더니 정중히 고개 숙여 인사를 했다.

"사다코 양이십니까?"

"내가 사다코인데 누구세요?"

사다코는 사내를 훑어 내렸다.

"나는 오하시라고 합니다. 이토 상이 사다코 양을 모셔 오라고 하셨습니다."

"이토 상이요? 이토 상은 어디 있죠?"

"관저에 계십니다. 옷을 연회복으로 입으라고 하셨습니다."

이토가 부른다는 전언에 사다코는 한달음에 방으로 들어가 옷을 갈아입었다. 치마폭이 큰 푸른색 비단 드레스였다. 현해탄의 물빛이 그 드레스에 들어 있었다. 아니, 조선의 가을 하늘빛이었다. 움직일 때마다 은은한 광택이 흘러내리는 푸른색 드레스는 사다코의 아름다움을 더욱 빛나게 만들었다. 푸른색 보닛을 쓰고 팔꿈치까지 올라오는 흰 망사 장갑을 낀 채 사다코는 도도한 표정으로 창락각을 나섰다.

그런 사다코를 보는 오하시의 눈빛이 흔들렸다. 사다코는 그 눈빛이 무얼 의미하는지, 그 젊은 사내의 몸이 무얼 원하는지 잘 알

왔다.

"자, 오늘 맘껏 즐겨봅시다. 그간 참으로 많은 일들이 있었지요. 조선에서는 사사건건 우리를 방해하던 민비라는 골칫거리가 해결되었고 청국은 우리에게 무릎을 꿇었어요. 게다가 청국으로부터 보상금도 두둑이 받아냈으니 어찌 축하하지 않을 수 있겠소? 이제 우리 일본을 막을 나라는 없어요. 아무도 우리를 막지 못해요. 동양의 주인은 우리 일본이오. 그러니 참으로 영광스럽지 않소?"

이토 히로부미의 말이 우렁차게 실내를 울렸다. 천장에 매달린 샹들리에에는 빛무리들이 휘황하게 엉겨 있었고, 연회장에는 견장에 술이 달린 양복 차림의 고관대작들이 들뜬 표정으로 일본의 승리를 자축하고 있었다. 그들은 진심으로 일본의 승리와 번영을 기뻐하고 있었다.

"조선의 왕비가 불쌍해요. 비록 망해가는 나라의 왕비이지만 그래도 왕비인데, 그렇듯 무참하게 살해되다니요. 사다코 양도 조선인이라 들었어요."

연회에 참석한 기모노 차림의 한 젊은 부인이 사다코에게 속삭였다. 사다코는 그녀의 말에 얼굴이 붉어졌다. 무언가 들켜서는 안 될 비밀한 것을 들킨 사람처럼 가슴이 뛰고, 민망했다.

"나도 그 이야기 들었어요. 왕비가 궁녀복을 입고 궁녀들 틈에 숨어 있다 들켜서 도망치다가 칼을 맞았다지요. 왕비의 얼굴을 닮은 궁인 두 명도 함께 목숨을 잃었다지요?"

또 다른 부인이 웃는 얼굴로 젊은 부인의 말에 알은체를 했다. 사다코는 웃음으로 여자들의 말에 화답했지만 가슴 한편이 찜찜했다.

죽임을 당한 왕비는 애도도 받지 못한 채 발가벗겨져서는 존엄을 잃었다. 마치 조선의 내일을 보는 듯했다.

어쩌면 자신은 그랬을 것이다. 무의식 속에서는 조선이 더 강해지기를, 더 독하게 버텨주기를 바랐을 것이다. 하여 일본의 애를 더 태워주기를 소망했을 것이다.

하지만 현실은 그렇지가 못했다. 조선은, 이미 운명이 다한 나라였다. 아버지의 죽음이, 조선을 지키고자 바쳤던 아버지의 목숨이 무슨 소용이란 말인가.

사다코는 허수했다. 허수해 웃음과 말이 허랑했다.

"자, 우리 일본의 앞날에 영광이 있으라!"

이토 히로부미가 잔을 들어 보이며 건배를 제의했다.

"일본 제국이여 영원하라! 간빠이!"

"일본 제국이여 영원하라! 간빠이!"

이토 히로부미의 선창에 다들 복창하며 잔을 부딪쳤다. 창창! 소리들이 경쾌했다. 사다코는 웬일인지 가슴이 답답했다. 어깨를 환히 드러낸 푸른색 드레스는 흘러내리지 않도록 가슴 부분이 꼭 맞게 조여 있었지만 그 밀착감 때문에 가슴이 더 답답했다.

사다코는 진정으로 일본의 승리를 기뻐하는 저들이 부러웠다.

세상을 지배하는 것은 힘이었다. 힘이 없는 자는 그저 도태될 뿐이니, 저 역시 힘을 가져야 했다.

"사다코, 오늘은 더 아름답구나."
이토 히로부미가 웃으며 다가오더니 자신의 잔을 사다코가 들고 있던 잔에 부딪쳤다. 시울끼리 부딪친 잔은 파르르, 작은 파동을 일으키며 떨렸다. 그 파동에 소리도 따라 떨렸다. 마치 그 소리가 잔이 우는 소리처럼 들렸다.
"이제 시작이다. 조선을 벌하고 청국을 이겼다만 그래도 안심할 수 없다. 어쩌면 싸움은 이제부터 시작이라고 해야 할 거야. 비록 우리한테 패했다고는 하지만 그냥 가만히 있을 청나라가 아니다. 게다가 러시아 또한 조선에 눈독을 들이고 있으니 잠시도 마음을 놓아서는 안 되는 일이야. 조선은 우리에게 중요한 땅이다. 조선의 땅에 묻혀 있는 자원은 우리의 번영에 없어서는 안 될 보물들이야. 게다가 러시아와 청국으로 진출할 수 있는 중요한 발판이기도 하지. 하여 영국이나 프랑스나 미국마저 조선을 넘보고 있어. 그러니 어찌 한시가 한가하고 중요하지 않을 수 있겠느냐? 조만간 다시 네가 조선으로 들어가야 할 거야. 네가 거기서 할 일이 있어.
언제나 내가 이야기했지만 일본이 조선과 청국을 지배해야 동양은 안정을 이룰 수 있다. 나아가 동양이 서구와 어깨를 나란히 할 수 있지. 그렇지 않으면 발전된 서구에게 일본 역시 먹히고 말 거다. 그러니 지금이 그 어느 때보다도 중요한 시점이다."
이토 히로부미의 말은 자분자분하면서도 힘이 있었다.

"언제든 이토 상에게 힘이 돼드릴게요. 이토 상, 축하해요. 오늘 이 자리는 이토 상을 위한 자리네요."

이토가 웃었다. 그 어느 때보다도 이토 히로부미의 표정에서 자신감이 넘쳐났다.

연회가 끝나고 창랑각으로 돌아오는 내내 이토 히로부미의 웃음이 사다코의 머릿속에서 사라지지 않았다. 이제 조만간 세상은 이토 히로부미의 손안으로 들어올 것이다. 그는 동양을 지배할 것이다. 그는 자신만의 이토 히로부미가 아니었다. 그는 일본의 이토 히로부미이자, 조선의 이토 히로부미이며, 동양의 이토 히로부미가 될 것이다.

그런 이토 히로부미의 그늘 아래 있는 것이 자랑스러우면서도 한편으로는 어딘지 모르게 허전했다.

그 밤, 사다코는 자신을 바래다주고 돌아가려는 오하시를 붙잡았다. 죽은 자들이 유랑하는 시각에 그들은 살아, 생의 본능과 삶의 쾌락에 탐닉했다

오하시. 사다코보다 아홉 살이나 어린 오하시는 사다코의 새로운 남자였다.

7. 신여성, 사다코

"한국으로 들어가라."

사다코를 찾은 이토 히로부미가 말했다.

"러시아가 아무래도 마음에 걸린다. 청을 잃은 한국은 우리를 견제하기 위해 러시아를 끌어들이고 있는데 이 또한 우리에게 부담이 될 일이다. 지난 1896년에도 고종이 러시아 공사관으로 몸을 피신한 일이 있었지. 그때 이후로 조선은 러시아에 많은 것을 내주고 있다. 애써 마련해놓은 조선 내 기반이 친러파 쥐새끼들 때문에 흔들리고 있다. 이는 안 될 일이지 않느냐? 공동지배와 이권 분할이라니. 그러자고 우리가 지금까지 조선 정복을 미뤄왔던 것은 아니다. 조선은 우리에게 꼭 필요한 땅이다. 부국강병 일본을 만들기 위해서 그들의 자원과 기름진 땅과 노동력은 없어서는 안 될 것들이야. 그러니 네가 한국의 황실로 침투해라. 이 밀월 관계가 더 깊어지기 전에 황실에서 러시아를 몰아내고 한국에서 몰아내라."

이토 히로부미의 말처럼 러시아 황제의 대관식에 고종이 심복을 보내 한국의 입장을 전달하고, 얼마 전에는 금광 채굴권까지 러시아에 넘겨주었다.

조선을 등에 업은 러시아는 일본에게 조선의 공동지배를 요구해 왔고, 하는 수 없이 일본은 러시아와 조선에 대한 공동지배와 이권 분할에 합의하는 의정서를 체결해야만 했다.

그사이 조선은 1897년 정유년, 국호를 조선에서 대한제국으로 바꾸고, 왕은 황제라 칭제할 것을 천명했다. 살아남고자 하는 그들의 몸부림이 그저 안쓰러울 뿐이었다.

"이번에 하야시가 일본 공사로 한국으로 부임해 들어간다. 너는 하야시 공사의 통역관으로 따라 들어가라. 알겠느냐? 너의 공식 신분은 일본 공사의 통역관이다. 일단 한국으로 들어가면 일본 공사관에서 머물도록 하고 하루라도 빨리 황실로 들어가거라. 그리고 한국 내의 반일 세력들과 민영휘 같은 친러파 일당들의 움직임을 빠짐없이 보고하도록 해라."

"알겠습니다. 이번에는 실망시키지 않을게요. 언제 출발합니까?"

"다음 주다. 그리고 이것이 네가 한국에서 활동하는 데 크게 도움이 될 거다."

이토 히로부미가 편지 한 통을 내밀었다.

"이게 뭐예요?"

"고영근이라는 자가 써준 추천장이다."

"고영근이라니요? 그가 누굽니까?"

사다코는 편지와 이토 히로부미를 번갈아 바라보며 물었다.

"우범선을 살해한 자지. 고영근은 한국에서 영웅이다. 왕의 측근 가운데서도 최측근이었지. 한국의 왕이 친히 대신을 보내 고영근의 사형만은 면해달라고 간청하기까지 했다. 그자의 신임장을 받았으니 네가 황실에 들어가는 데 도움이 되지 않겠느냐?"

우범선은 지난 을미년 때 조선에서 민비를 살해한 인물들 가운데 한 명이었다. 민비를 살해한 뒤 그는 일본으로 숨어들어 일본으로부터 재정적, 물질적 도움을 받으면서 호화스러운 생활을 하고 있었다. 한국에서 보내온 자객을 피해 주거지를 자주 옮겼지만 결국 그는 잔혹하게 피살되고 말았던 것이다.

그 우범선을 살해한 자가 고영근이었고, 그의 추천장이었다.

"이번에는 실수가 없어야 할 거야. 네 어깨에 일본의 명암이 달려 있다. 알았느냐?"

"네, 명심할게요. 이토 상을 위해서라도 최선을 다할게요."

"나를 위해서가 아니라 일본을 위해서다."

이토는 진중한 표정으로 사다코에게 다짐을 놓았다.

"그래요. 일본을 위해서."

사다코는 결의에 찬 얼굴로 이토 히로부미의 말을 따라 외웠다. 일본을 위해서. 하지만 내심 이토 히로부미를 돕는 것, 그게 지금의 사다코를 있게 해준 이토 히로부미에 대한 보답이라고 여겼다.

한국으로 오는 배 위에서 사다코는 바닷바람을 정면으로 안은 채 멀리 수평선을 바라보고 있었다. 고물 쪽 갑판에서 어떤 한 늙수그레한 남자가 심한 멀미에 난간을 잡고서 속엣것을 게워내고 있었다. 제 안에 들인 것들을 알뜰히 소화시키지 못하고 반역의 기미에 난간을 붙잡고 눈물 질금거리며 토해내고 있는 저 남자처럼 사다코 역시 그 옛날, 이 검푸른 바닷물에 가슴속에 차지게 들어 있던 조선에 대한 연민을 버렸었다.

바다는 살아 있는 자들이 토해낸 감정의 찌끼들의 무덤이었다.

현해탄은 그때나 지금이나 변함이 없었다. 세상은 하루가 다르게 급변하고 있는데 바다만은 무심하게 그 하 수상한 세월을 검푸른 빛으로 견뎌내고 있었다.
그녀의 심사가 복잡했다. 마치 태풍의 눈 속으로 들어가는 것처럼 불안하기도 했다.
첫번째 임무에 실패한 이후 얼마 만에 얻은 기회인가. 이번에는 지난번처럼 붙잡혀서 다시 돌아가는 수모는 겪지 않으리라. 사다코는 내심 결기를 다졌다. 한국에서 외세를 몰아내고, 자주 개혁, 자력으로 근대화를 이루고 부국강병을 이루자는 목소리가 없는 것은 아니었지만 황실과 고관대작들은 제 자리를 빼앗길까 봐 서둘러 그들의 소리를 빼앗고, 싹을 잘랐다. 하여 그들은 문제 될 게 없었다. 저들끼리의 이전투구만으로 스스로 손발이 잘려서는 불구가 되고 정리가 될 터이므로. 자신의 적은 러시아였다. 러시아를 상대로 싸워야 하는 것이었다.

"이토 상에게서 네 이야기를 많이 들었다. 출신이 한국이라지?"

바람을 쐬러 나온 하야시가 사다코를 보고 이야기했다. 한국 출신이냐고 묻는 그 말의 미묘함이 사다코의 폐부를 아프게 찔렀다.

"너의 공식 신분은 내 통역이지만 그보다 너는 너에게 주어진 임무에 충실해야 할 거야. 너 말고도 통역을 해줄 사람은 많다. 그러니 너는 황실의 자그마한 움직임은 물론이고 여러 계층의 한국인들과 친분을 쌓아두어야 할 거야."

하야시는 다시 한 번 사다코가 해야 할 일에 대해 숙지를 시켰다.

"네."

사다코는 비장하게 대답했다.

뱃전에 부딪치는 바닷물이 흰 포말로 부서져갔다. 한국이 가까워질수록 사다코는 알 수 없는 조바심이 일었다.

이토 히로부미의 말대로 고영근의 신임장은 사다코가 한국에서 활동하는 데 큰 도움이 되었다. 양장 차림에 파마머리를 하고 보닐를 쓰고 다니며 커피를 즐겨 마시는 사다코는 금세 한국의 권력 사회에서 꽃으로 떠올랐다. 게다가 이토 히로부미의 양녀라는 사실이 알려지면서 그녀와 한 번이라도 눈을 마주치기 위해 방문한 사람들로 일본 공사관은 그 어느 때보다도 분주했다.

그들은 모두 한국에서 내로라하는 위인들이었다. 전라도 갑부도 있었고, 경상도 유지도 있었고 권력을 지닌 자들도 있었다. 그들은 사다코의 환심을 사기 위해 다투어 선물을 보내고 만나달라고 간청을 했다.

일본어를 구사하며 말을 타고, 사격을 하며, 남자들에게 명령을 하는 곱다니 생긴 여자. 그 여자는 그들에게 있어 별종이나 다름없었다. 삼종지도를 따르며 조신하게 자신들의 삶을 학대하는 한국의 여인들에게서는 볼 수 없는 특별함이 사다코에게 있었고, 그 다름은 대한제국의 상위 계층 남정네들을 달뜨게 만들었다.

게다가 자신들이 가진 권력과 재산을 더 불리기 위해서는 사다코의 관심과 호의가 필요했다. 그들은 가져도, 가져도 어찌 된 게 늘 부족하기만 했다. 한국의 국민들이 헐벗고 굶어 죽어가는 중에도 자신들의 곳간에는 기름진 쌀들로 가득 차 있었지만, 그들은 배가 부른 줄 몰랐다. 하나가 부족해 열을 채우지 못했고, 하나가 부족해 백을 채우지 못했으며, 또 하나가 부족해 천을 채우지 못했다. 그 하나를 갖기 위해, 열과 백과 천을 채우기 위해 그들은 사다코의 배경이 필요했고, 사다코가 가진 힘이 필요했다.

사다코의 한마디는 요술 지팡이처럼 짜잔, 자신들의 배를 불려 주었다. 법보다 위에 있는 것이 사다코의 말이었고, 총칼보다 더 위세를 떠는 것이 사다코의 웃음이었다.

사다코는 그들을 이용해 정보를 수집했다. 한 손으로는 달콤한 사탕을 내어주고, 다른 한 손으로는 그들의 목에 걸어놓은 올가미의 줄을 단단히 그러잡고 있었다. 반일 세력의 명부를 작성하고, 그들의 활동을 주의 깊게 지켜보았으며, 또 일본에 저항하는 사람들에게 은밀히 활동 자금을 대는 사람도 캐냈다. 어느 곳에 질 좋은 쌀이 나는지, 면화가 많이 생산되는지, 금광의 위치와 광산의 정보들도 수집했다. 수집한 것은 하나도 빠트림 없이 하야시에게 보고했고 일본으로 넘어갔다. 그들은 영문도 모른 채 광산을 빼앗겼고, 숨겨놓은 쌀을 강탈당했으며, 반일을 이유로 체포돼 혹독한 고문을 받았다.

하지만 사다코에게 줄을 대려는 사람들은 줄어들지 않았다. 기생 사다코에게, 승려 사다코에게, 거지 사다코에게 그들은 허리 굽혀 절을 하고, 그녀의 마음을 사기 위해 아낌없이 주머니를 털어 선물을 보냈다.

그녀는 일본 공사관에서 머물며 황실로 들어갈 기회만 엿보고 있었다. 더위가 한창 포악을 떨던 팔월의 어느 날이었다. 가만있어도 온몸에 땀이 배었고, 옷은 진득진득 들러붙어 짜증나게 만들었다. 꽁꽁 여미고 있는 블라우스의 단추를 풀어 젖히고 팔랑팔랑 바람이라도 일으켰으면 좋으련만 차마, 그렇게까지는 하지 못하고 손수건으로 이마의 땀을 찍어내며 부채질만 할 뿐이었다. 하지만 가늘게 쪼개 만든 대나무 살에 검정 비단을 덧대 만든 쥘부채의 바람은 그리 신통치 않았다.

헌데 그때 공사관 안에서 고성들이 오갔다. 불쑥 터져 나온 고성이 무더위에 느른하게 가라앉아 있던 공사관 실내를 쩌렁 울렸다.
"무슨 일이냐?"
사다코가 한국말과 일본 말이 뒤엉켜 새 나오는 공사의 집무실을 눈짓으로 가리키며 물었다.
"울릉도에서 나무를 베었는데 그것을 따진다고 한국 관리들이 와 있습니다."
"울릉도?"
"네. 일본 사람이 한국의 허가도 없이 베었다고 저 난리들입니다."
사다코는 집무실 안으로 들어갔다. 격앙된 음성으로 항의하는 한국의 관리들을 자극하지 않으려 시종 웃는 얼굴로 알았다고만 대답하고 있던 하야시는 사다코를 보자 응원군을 만난 듯한 표정을 지었다.
사다코는 하야시의 말을 통역했다.
"한국 정부와 협의하여 이 문제를 처리하겠답니다."
"우리는 정부의 입장을 전달하러 왔소. 그러니 곧 우리가 한국의 정부요. 당장에 그만두지 않으면 우리로서도 다른 조치를 취하는 수밖에 없지요."
"좋은 게 좋은 게지요. 그에 상응한 값을 쳐드리면 한국으로서도 나쁠 게 없지 않겠습니까? 가뜩이나 한국 정부의 재정이 열악할 텐데, 좋은 기회이지요."

사다코의 통역에 한국 관리들의 표정이 수그러들었다. 나무 값에 그들의 음성이 누그러들었다.

"하지만 여러분도 아시다시피 하야시 공사 혼자 단독으로는 이 문제를 처리할 수 없습니다. 본국의 승인이 나야지요."

"지난번에도 그랬소. 울릉도뿐만이 아니고 다른 곳에서도 무단으로 벌채했다가 항의하는 우리에게 보상을 하겠다고 약조했으나 그 약조는 한 번도 지켜지지 않았어요. 그러니 믿을 수가 없어요."

"무언가 착오가 있었겠지요."

"이번에는 확실히 문서로 남겨주세요."

문서로 남겨달라는 그들의 요구가 마뜩잖았지만 사다코는 표정을 감추며 이야기했다.

"말씀드렸지만 이 일은 하야시 공사가 단독으로 처리할 문제가 아닙니다. 그러니 기다려보세요. 내 이번 일은 약속합니다."

사다코는 그들을 달랬고, 한국의 관리들은 난처해했다.

"허허, 거참. 그대는 우리와 같은 대한제국 사람이라고 들었소. 우리 속담에 팔은 안으로 굽는다는 말이 있소. 그러니 인지상정, 한국 사람이니 한마디라도 더 우리에게 보탬이 되는 쪽으로 이야기해줘요."

세 명의 한국 관리 가운데 한 명이 불쑥 사다코를 향해 말했다. 그녀는 얼굴에 미소를 띠며 대답했다.

"그래요, 전 대한제국의 딸입니다. 그러니 어찌 한국에 해가 되는 말을 하겠습니까? 염려하지 마십시오. 내 한국을 위해 노력할 테니까요."

그리고는 커피를 내오도록 했다. 거짓된 마음을 숨기기 위해서는 무언가가 필요했다.

"한국의 황제도 커피를 좋아한다 들었습니다."

가져온 커피를 입으로 가져가며 그녀는 황제에 대해 물었다.

"지난번 아관파천 때 러시아 공사관에서 마신 커피가 인상적이었던 모양입니다. 그때 이후 황제께서는 하루도 빠짐없이 커피를 마신답니다."

"오, 그래요? 잘 됐네요. 일본에서 나올 때 제가 좋은 커피를 많이 가지고 나왔는데 선물로 좀 드렸으면 좋겠군요."

"그래요? 이분은 김영진이라 합니다. 엄비의 조카사위이지요. 이 사람에게 드리면 왕에게 전달될 겁니다."

"엄비의 조카사위라구요?"

사다코의 눈이 반짝 빛났다. 기회는 기다리는 자에게 오는 법. 엄비는 민비를 잃은 왕이 총애하는 여인이었다.

사다코는 요염한 웃음을 흘리며 김영진에게 손을 내밀었다. 김영진은 하얀 레이스 장갑을 낀 사다코의 손을 잡은 채 어찌할 바를 몰랐다. 조금 전, 하야시에게 따지던 그 위세 당당함은 오간 데가 없었다. 그 모양이 순진해 보여 사다코는 웃음을 터뜨렸다.

"내 그대를 기억하겠어요. 김영진이라고 하였지요? 엄비의 혈족이라 다들 부러워하겠어요."

"엄비마마께 누가 되지 않기를 바랄 뿐이지요."

"설마요? 이렇듯 예의가 바르고 늠름한데 어떻게 누가 되겠어요? 오히려 엄비께 힘이 됐으면 됐지. 말이 나온 김에 하는데요, 저도 엄비마마를 한번 뵙고 싶어요. 사람이 인자하고 좋다는데 혼자 있으려니 새삼 가족 같은 이가 그리워요. 엄비마마라면 이런저런 이야기를 나누며 위로도 받고, 힘도 돼드릴 수 있을 텐데 말예요. 게다가 마침 저에게 좋은 물건이 있는데 엄비께 드리고 싶어요. 아마도 좋아하실 거예요."

그 말에 김영진은 호기로운 표정을 지었다.

"그래요? 그럼 제가 언제 한번 기회를 만들어보겠습니다. 엄비마마께서도 좋아하실 겁니다. 사실 그렇지 않아도 엄비께서도 사다코 양을 한번 만나보고 싶어 하신답니다."

"엄비마마가 저를요?"

"네. 어떻게 사다코 양을 모를 수 있겠어요? 알았어요. 당장에 내일이라도 마마를 만나 이야기해보도록 하지요."

한국의 관리들은 커피 한 잔에 웃는 얼굴을 하고 돌아갔다. 울릉도 삼림의 무단 벌채에 대한 엄중한 항의는 뒷전으로 미룬 채 그들은 사다코의 인심에 마음이 풀려 내일을 기약했다.

그들이 가고 나자 하야시는 미심쩍은 표정을 지었다.

"그자가 정말 엄비를 소개해줄 것 같은가?"

"해줄 거예요. 기다려보세요. 한시라도 더 빨리 만나게 해주지 못해 안달일 거예요. 그러니 엄비에게 가져갈 선물이나 챙겨놓으세요. 그리고 황제에게 접근하려면 황제에게 보내는 물건도 따로 마련해놓으세요. 엄비를 통해 황제에게 전달하면 틀림없이 황제가 나를 부를 거예요."

사다코는 자신 있게 말했다.

"알았다. 뭐가 좋을까?"

사다코의 확신에 찬 표정에 하야시가 안도의 표정을 지었다.

"엄비에게는 시계와 목걸이가 좋겠고, 황제에게는 커피와 담배를 주면 좋겠어요. 조선 수신사들이 일본에 다녀갈 때마다 일본 담배를 선물로 사간다고 들었어요. 그러니 담배가 좋겠지요."

"알았다. 당장에 구해놓으마. 이토 상께서 들으면 기뻐하시겠구나."

사다코는 웃어 보였다. 그 웃음에 살짝 잡힌 눈초리의 주름이 그녀를 더욱 매력적으로 보이게 만들었다.

사다코는 자신의 방으로 들어와 옷장을 열었다. 자신의 체취를 올올이 품은 채 숨죽여 있던 화려한 옷들이 문득 잠에서 깨어나며 사다코를 유혹했다.

오래전, 아주 오래전, 눈보라 속에서 길을 헤매던 때가 울연하게 떠올랐다. 옷은 해지고 배는 고팠었다. 추위를 막으려 거적때기를 둘러쓰고 걸었지만 한기는 한사코 뼛속으로 스며들었다. 그 한기에 몸이 곱아들어갔었다. 금방이라도 지천에 쌓인 눈을 명주 이불 삼아 잠에 빠져들려 했다. 헌데 이 옷들이라니. 손바닥으로 느껴지는 감촉이 부드럽고도 따듯했다.

사다코는 그 옷들을 꺼내놓았다. 붉고 노랗고 푸른 색색의 옷들이 환영처럼 앞에 펼쳐져 있었다. 감촉 좋은 비단에서부터 새하얀 리넨 블라우스와 레이스, 속살이 보이는 아사까지, 종류도 가지가지였고, 색깔도 천차만별이었다. 잦은 뜯게질에 누더기가 다 된 옷들을 입고 신산한 삶을 살아가는 조선의 여자들이 이 옷들을 보면 어떤 표정을 지을까. 저 역시 누비옷 하나 없어 한겨울에 얼어 죽을 뻔한 적도 있었다. 하지만 아니었다. 이제는 아니었다. 자신은 이보다 더 좋은 옷들을 가지기 위해 이토 히로부미에게 더 충성을 할 것이다.

그녀는 엄비를 만나러 갈 때 입을 옷을 골랐다. 대한제국 내명부의 최고 서열인 여인을 첫눈에 제압하기 위해서는 되도록 화려하고도 값비싼 옷을 입는 게 좋을 터였다.

사다코는 덕수궁 내부로 안내되어 갔다. 황제가 사는 집. 어찌 그 담장 높은 구중궁궐을 무시로 출입할 수 있으리라고 짐작이나 할 수 있었을까? 여러 전각을 지나면서 사다코는 생각에 잠겼다. 엄비 따위는 아무것도 아니었다. 자신의 말 한마디에 엄비의 사생이 달라질 수도 있었다. 왕비라고는 하지만 가여운 목숨일 뿐이었다.

안으로 들어가니 앙바틈한 여인이 의자에 앉아 있다 사다코를 맞았다. 엄비였다.

"인사드립니다. 사다코라 합니다."

사다코는 허리 굽혀 키 작은 여자에게 인사했다.

얼굴은 둥근 데다 살집이 좋은 여인은 어디 한군데 예쁜 구석이 없었다. 하지만 그 소박한 얼굴이 사람을 편하게 만들었다.

"그래요. 어서 와요. 이야기는 많이 들었어요. 이토 공의 양녀시라던가? 대한제국의 딸이 어찌하여 일본 총리의 수양딸이 되었을꼬?"

사다코를 일별하는 엄비의 눈빛이 날카로웠다. 아름답지는 않았으나 태도만큼은 오랜 세월 궁 생활로 다져진 탓인지 절도가 있고 기품이 있었다.

사다코는 엄비의 진중한 말에 그간의 이야기를 풀어놓았다. 아버지가 대원군 편을 들다 목숨을 잃은 부분에서는 그녀의 기색을 살피기도 했다. 표정과 어투도 그때그때 달리했다. 그간의 사연을 다 듣고 난 엄비는 자애로운 표정으로 사다코를 위로했다.

"그래요. 그런 일이 있었군요. 하긴 집집마다 가슴 아픈 사연이 없는 집이 어디 있겠어요? 전쟁 통에 가장을 잃은 사람도 있겠고, 참척을 당한 이도 있겠고, 이런저런 변혁의 소용돌이에서 애잔하게 목숨을 잃은 사람도 있겠지요. 개중에는 멸문지화를 당한 가문도 있었을 테고……. 그래도 이리 사다코 양이 훌륭하게 자랐으니 부친도 기뻐하실 터. 이미 지난 일일랑은 다 잊고 살아요."

"감사합니다."

사다코는 웃으며 대답했다.

"감사하긴요. 이렇게 사다코 양을 보니 내 마음이 다 놓이는군요. 아름답기도 하거니와 한국을 위해 일해줄 거라는 믿음이 가서 그대가 남 같지가 않아요. 내 오늘, 사다코 양을 부른 이유는 풍전

등화 같은 대한제국을 도와달라 부탁하기 위해서예요. 말 한마디라도 대한제국을 위해 보태주세요. 비록 아비가 그렇듯 한 많게 이승을 마감했지만 그래도 이 나라가 잘 살기를 바랐던 아비의 뜻을 잊지 말았으면 좋겠어요. 폐하도 아마 내 마음 같으실 거예요."

"그러겠습니다. 지금 비록 일본 공사관을 위해 일을 하고 있지만 저도 대한제국의 딸입니다. 그러니 비마마와 폐하를 위해 노력하겠습니다."

"고마워요, 고마워. 참으로 천군만마를 얻은 기분입니다."

엄비는 큰 응원군을 만난 듯 달뜬 표정을 지었다. 사다코는 웃으며 준비해간 선물을 엄비 앞에 내놓았다.

"부끄럽습니다만 제가 마마를 위해 조그만 선물을 준비했습니다. 받아주시지요."

엄비는 치레 같은 사양 끝에 사다코가 내민 선물 상자를 풀기 시작했다. 말간 우유 빛깔을 띤 진주목걸이와 노란 금줄의 시계를 보자 엄비는 낮게 탄성을 내질렀다.

"마마께 잘 어울리겠습니다. 진주는 일본에서 나온 진귀한 것들을 모아 목걸이로 만들었습니다. 한번 걸어보세요. 이 목걸이를 하신 엄비마마를 뵙고 싶습니다."

엄비는 발갛게 상기된 얼굴로 궁인의 도움을 받아 진주목걸이를 목에 걸었다. 짧고 두툼한 목에 걸린 목걸이는 답답해 보였지만 엄비는 대단히 만족한 듯했다.

"잘 어울리십니다. 마마의 기품과 진주의 단아함이 어쩜 그리 잘 어울릴까요?"

혀에 간지러운 말일수록 듣는 이의 입은 더 벌어지게 마련이었다. 사다코의 말에 엄비는 처음으로 활짝 웃었다.

"이렇게 귀한 선물을 받았으니 나는 무얼 줄꼬?"

"아닙니다. 이렇게 마마를 뵌 것만도 영광인데 어찌 다른 것을 바라겠습니까?"

"그대는 심성도 착하구려. 그래요, 가끔 들러 내 말벗이라도 돼줘요. 다들 아랫사람이라 어려워만 해서 나도 많이 적적하다오."

"그러지요. 그러면 저야 큰 영광이지요."

사다코는 환하게 웃었다. 그저 여인의 덕목으로만 무장된 순진한 여인이었다. 그러니 조선의 황제는 마음과 몸이 지칠 때면 어미 같은 마음을 지닌 이 여인에게 와 심신을 위로받았을 것이다. 애잔하기도 하고 어리석기도 했다.

황제의 여인 가운데 한 여인은 지나치게 드세어서 황제를 곤잘 곤경에 빠트리더니 한 여인은 지나치게 어질어서 황제를 외롭게 만드는구나.

엄비가 들어 있는 방을 나서면서 사다코는 안쓰러운 눈빛으로 그녀의 처소를 일별했다. 해가 이울면서 엄비가 들어 있는 전각에 푸른 이내가 깔리고 있었다. 그 모양이 유배지의 고립된 감옥처럼 쓸쓸해 보였다.

8. 고종을 만나다

"그래, 엄비는 어떻더냐?"
"황제를 만나야지요. 그래야 무얼 캐내더라도 캐낼 게 아닙니까? 한낱 아녀자의 입에서 무슨 정보가 나오겠어요?"
사다코는 흰 장갑을 원탁 위에 신경질적으로 던지며 말했다.
"그럼 다른 선물을 준비해줄 테니 며칠 후에 다시 들어가거라. 가서 황제를 만나고 싶다고 해."
사다코는 갈증이 나는 듯 물을 찾더니 벌컥벌컥 들이켰다.
"목포 부두 노동자들이 동맹파업을 벌였다지요? 그 일은 어떻게 되었어요?"
"군을 동원해 해산시켰다."
"미리 말썽이 나지 않게 갈무리를 잘하세요."

사다코의 간섭에 하야시의 미간이 구겨졌다. 쌀과 면화와 소금을 일본으로 실어 나르는 것에 반대해 목포 부두 노동자들이 파업을 일으켰는데 일본은 군인과 폭력배를 동원해 파업에 가담한 한국인들을 짓밟고 무자비하게 잡아다 구금한 터였다. 그 뒷갈망을 제대로 하지 않으면 필시 더 큰 사건을 몰고 올 게 분명했다.

사다코는 그게 걱정이었다. 엄비를 만날 때 이 일이 문제 되면 좋을 게 없었다. 게다가 러시아의 움직임도 심상치 않았다. 최근 들어서 러시아가 북위 39도선을 분할하고 그 이북을 중립지대로 놓자고 한국 정부를 압박할 것이라는 정보도 들어와 있었다. 중립지대로 놓는다면 그만큼 손해였다. 그러니 하루라도 빨리 황제를 만나야 했다.

이토 히로부미가 자신을 이곳으로 보낸 이유도 러시아의 움직임을 주시하고 그에 대한 방책을 세우라는 데 있지 않던가. 마냥 이토 히로부미로부터 지시를 받을 수만은 없었다. 그가 지시하기 전에 먼저 움직여야 했다.

며칠 후 사다코는 고급 비단으로 만든 블라우스를 선물 상자에 넣어 엄비를 찾았다. 얼마 전, 엄비를 만나고 나온 날 솜씨 좋은 침모를 구해 만들어달라고 주문해놓은 블라우스였다.

사다코는 엄비 앞에 준비해 온 선물 상자를 밀어놓았다.

"올 때마다 선물이라니요? 다음부턴 빈손으로 와요. 내 말벗이 되어주는 것만도 고마울 일인데 이렇게 번번이 선물을 가져온다면 내가 미안해 마음 편히 부를 수가 없어요. 그나저나 황제께서 어떻게나 커피를 좋아하시던지. 그토록 활짝 웃는 표정을 본 지가 얼마나 되는지…….”

지아비를 생각하는 여인의 마음이 애틋하고도 애달팠다. 블라우스를 꺼내 펼쳐 보는 엄비의 얼굴에서 환한 웃음이 꽃처럼 피어났다.

"오, 이뻐요. 어쩜 이렇게 부드러울까.”

"대충 눈대중으로 크기를 맞춰보았습니다만 마마께 맞을는지 걱정입니다.”

"언제 그런 것까지 봐두었을까. 사다코 양은 참으로 세심하고 다정다감한 사람입니다. 참! 언제 황제를 소개시켜주겠어요. 황제도 사다코 양을 가까이 두고 이런저런 이야기를 들으면 좋을 거예요. 일본의 돌아가는 사정도 듣고 말예요.”

사다코는 반색을 했다. 하지만 이내 자신 없는 음성으로 한발 물러났다.

"네, 저도 폐하를 뵙고 싶어요. 하지만 저는 일개 아녀자일 뿐이에요. 그런 제가 어찌 폐하에게 도움이 되겠어요?”

"아니에요. 그렇지 않아요. 일본 이야기를 해줘요. 그리고 일본 말이라도 가르쳐주면 크게 도움이 되지요. 그래요, 이럴 게 아니라 당장에 폐하를 보러 갑시다.”

엄비가 말이 나온 김에 가자며 자리에서 일어났다. 사다코는 내심 반가웠다. 제가 먼저 초들어 말하지 않아도 먼저 앞서 나가는 엄비가 고맙기도 했다.
　엄비는 사다코를 믿었다. 자신의 편이라고 굳게 믿고 있었다. 대한제국의 딸이니, 그것만으로도 엄비는 자신의 편이라고 확신하고 있었다.
　사다코는 엄비의 뒤를 따랐다.

　황제의 집무실인 중화전의 팔작지붕이 힘들게 하늘을 이고 있는 듯 보였다. 날씨는 맑았지만 중화전을 감싸고 있는 기운이 을씨년스러웠다. 대한제국의 상징이었지만 무겁게 가라앉아 있는 정적이 가슴을 알싸하게 긋고 지나갔다. 만인지상, 용안이라 하여, 함부로 얼굴을 볼 수 없고, 말이 법보다 윗길인 황제가 살고 있는 지엄한 공간이었지만 지엄해서 오히려 더 쓸쓸해 보였다.
　미리 온 대신들이 물러가길 기다렸다가 든 황제의 집무실에는 한 늙은 남자가 피로한 얼굴로 앉아 있었다. 황제였다. 넓은 이마에 곧은 코, 입매가 단정한 남자는 선해 보이면서도 한편으로는 유약해 보였다.
　"사다코라고 합니다."
　사다코가 깍듯하게 허리를 굽혀 인사할 때 황제는 말없이 사다코를 지켜보았다. 그리고 그녀가 굽힌 허리를 펼 때까지 기다렸다가 물었다. 그런 그의 음성이 진중했다.
　"그대는 대한제국의 여인이라고 들었다. 게다가 아비가 역적의 죄를 짓고 참수를 당했다 들었다. 그러니 일찌감치 아비를 빼앗고 핍박을 준 이 나라가 미울 수도 있겠구나."

사다코는 자신의 속내를 읽어내는 황제의 말에 뜨끔했지만 불편한 표정을 감추었다.

"아닙니다. 어떻게 제 나라 제 민족을 염오할 수 있겠습니까? 비록 한국을 떠날 때는 그런 마음이었으나 타국에서 오래 살다 보니 그리운 건 이 나라, 이 국민이었습니다."

"그래도 넌 일본에서 호의호식하지 않았더냐? 그런 일본이 어찌 은인이 아닐 수 있겠느냐?"

"폐하의 말씀은 맞습니다. 일본은 저에게 새로운 삶을 주었습니다. 하지만 대한제국은 저를 잉태하고 낳아준 나라입니다. 하니, 어찌 대한제국이 밉다고만 하겠습니까?"

그 말에 황제는 탐색의 눈길로 사다코를 훑어보았다. 사다코는 순한 표정을 지었다. 익혀둔 변장술은 표정을 바꾸는 데도 도움이 되었다.

"네가 태어난 나라가 그립더냐?"

"어떻게 거짓을 아뢰겠습니까? 제 아비와 어미와 형제 모두 한국 사람입니다. 그 피를 이어받은 저 또한 한국인입니다. 한국 땅의 정기를 받고 태어난 몸, 그 땅을 떠나 사는 동안 어찌 그 땅이 그립지 않았겠습니까? 밤마다 아슴아슴 고향의 산천이 밟히고, 고향의 언어가 그리웠습니다. 하여 한동안 아팠습니다. 이렇게 돌아오니 얼마나 좋은지 모르겠습니다."

사다코는 힘주어 말하되 너무 강하지 않게 했고, 표정을 짓되 순정하게 보이도록 했다.

"그래, 그 심정이 오죽했겠느냐? 잘 살아도 내 집, 못 살아도 내 나라가 좋은 법. 너도 그리했겠구나. 한데 말이다. 일본이 그 산천을 탐내는구나. 그러니 어찌하면 좋겠느냐?"

"일본이 한국을 탐낸다는데 그 땅이 어디 있습니까? 여기, 한국에 그대로 있지 않습니까? 일본이 한국의 땅에 길을 만들고 철도를 놓는다면 좋은 일이지요. 철도가 생겨서 좋지 않습니까? 제가 일본에서 철도를 타보았는데 빠른 게 정말 신기하기도 하고 편했습니다. 철도가 생긴다면 분명 국민들의 삶이 그만큼 편해질 걸로 압니다."

"철도를 놓더라도 우리의 힘으로 놓는다."

"폐하, 폐하의 말씀은 백번 옳은 말씀입니다. 하지만 누가 놓든 그게 무슨 상관이겠습니까? 국민들의 삶이 편해지는 게 우선이지요."

"나는 일본을 믿을 수 없다."

"지금 일본은 비상하는 새이옵니다. 멀리 보십시오. 일본을 가까이한다면 대한제국에도 좋은 일이 생길 것이옵니다."

사다코의 말에 황제의 표정이 어두워졌다. 사다코는 바뀌는 황제의 표정을 놓치지 않았다. 하여, 얼른 화제를 돌렸다.

"폐하, 저는 일개 여자일 뿐입니다. 제가 무얼 알겠습니까? 그저 듣는 대로 따라 할 뿐이지요."

그 말에 황제의 찌푸린 표정이 펴졌다. 황제는 사다코에게 한국에 대한 일본의 생각을 물어보았다. 사다코는 웃으면서 대답했다.

"일본은 늘 대한제국이 걱정이랍니다. 주변에 호랑이들이 많이 있는데, 그 맹수들로부터 대한제국을 어찌 보호할 수 있을까, 그 생각뿐이지요."

마뜩지 않았는지 이번에는 황제가 화제를 돌렸다.

"네가 준 커피가 맛있더구나."

"폐하가 커피를 좋아하신다는 이야기를 들었습니다. 제게 좋은 커피가 많습니다. 폐하께 올리겠습니다."

"고맙구나. 앞으로 자주 오너라. 와서 세상 돌아가는 이야기도 해주고, 일본의 이야기도 해주거라."

사다코는 그 말 속에 숨은 의미를 헤아렸다.

일본에서 새로운 물건이 들어올 때마다 사다코는 그걸 들고 엄비와 황제를 찾았다. 엄비와 황제는 신기해했고, 그 용도와 사용법에 대해서 꼬치꼬치 캐물었다. 그러다 어느 순간 낮게 한숨을 내쉬기도 했다.

갈수록 사다코를 보는 황제의 눈빛이 진득했다. 사다코는 그 눈빛을 잘 알았다. 사랑에 빠진 사람의 눈빛이 꼭 그러하지 않던가. 사다코를 바라보는 황제의 얼굴에 알 듯 모를 듯 한 미소와 함께 발그레 물이 들어 있었다.

그는 외로워했다. 대한제국을 둘러싸고 세력 다툼을 벌이는 외국의 야욕과 그들의 말 한마디에 호들갑스럽게 반응하는 대신들 사이에서 그는 철저히 혼자였다. 모든 것을 그에게 쫓아와달라고 졸랐고, 그에게 안 된다 말렸으며, 해라, 하지 마라, 목청 높여 간섭했다. 그 와중에 많은 여인들은 그를 하룻밤이라도 더 차지하기 위해 암암리에 목숨을 건 투쟁을 벌였고, 외척들은 노골적으로 누이와 딸의 권세를 업고 세상을 어지럽혔다. 참으로 가련한 사람이었다.

그는 사다코의 품 안으로 도망치고 싶어 했다. 막중한 업무와, 자신에게 주어진 책임으로부터 귀를 닫고, 눈을 감고, 입을 다문 채 사다코의 가슴으로 도망치고 싶어 했다. 그녀의 품 안에서 그저 한 명의 남자로 살고 싶어 했다. 황제라는 직책도, 당장에 해결해야 할 과제도, 여기저기 간섭하고 보살펴줘야 하는 책무에서도 벗어나 그저 시간을 희롱하고 사색하며 그렇게 조용히 세월을 살고 싶어 했다. 황제 역시 한 명의 남자일 뿐이었다. 그는 사다코 앞에서 유약하고도 질투심 많고 소심한 사내였을 뿐이다

황제는 젊고 발랄하고 세상 물정에 밝은 사다코를 좋아했다. 말도 통했다. 아녀자였지만 남자의 심정을 이해해주는 그녀를 총애했다. 사다코가 원하는 것은 무엇이든 들어주었다. 그녀는 황제의 마음을 업고 자신의 오빠와 동생을 한성으로 불러들여 요직에 앉히고 그 위세로 더 당당하게 굴었다.

기방에서 배운 방중술은 황제의 마음을 붙잡아두는 데도 큰 몫을 했다.

하지만 그러다가도 문득 그는 이 나라를 걱정했다.

"일본을 믿을 수가 없구나. 얼마 전에 일본은 자국의 군인을 한성에 주둔시키고 러시아와 체결했던 모든 조약과 협정을 폐기한다

고 선언했다. 이는 대한제국을 독식하겠다는 또 다른 말이 아니더냐? 한국을 가운데 두고 저희들끼리 조약을 맺고 파기하는 것은 러시아나 일본이 대한제국을 서로 제 것이라 우기는 것과 매한가지 모양새인데 어찌 대한제국이 저들 것이더냐. 그러니 우리는 아무 말도 하지 않을 게야. 대한제국은 누구 편도 들지 않을 게야. 철저히 중립을 지킬 것이야. 그 우습지도 않은 싸움에 덩달아 춤을 추고 말을 보태 저들의 논리에 스스로 힘을 더해주는 자가당착에 빠지지 않겠다는 말이야."

언짢아하는 황제의 얼굴에 지친 기색이 역력했다. 스러져가는 나라를 지탱하고 있기가 힘에 벅찬 모양이었다.

"폐하가 그러면 그리 될 것입니다."

사다코는 황제의 말에 자분자분 편을 들어주었다. 그녀의 위로에 황제는 이내 길게 날숨을 내쉬었다.

"참으로 무력하기 짝이 없는 내가 싫다. 황제라고 앉아 있으면서도 나라를 위해 아무것도 할 수 없는 내가 그저 한탄스러울 뿐이다."

그 한숨이 참으로 홍감했다. 그는 사다코에게 많은 것을 이야기했고, 그녀는 하나하나 빠짐없이 일본 공사관에 보고했다.

사다코의 궁 출입이 잦아지면서 일부 대신들은 이를 문제 삼기 시작했다. 게다가 황제와의 은밀한 시간들이 많아지면서 노골적으로 사다코에게 반감을 드러냈다. 이토 히로부미의 수양딸이라는 사실과 아버지가 대역죄를 짓고 참수됐던 지난날의 이력도 문제가 되었으며 사다코의 남자 편력 또한 이들의 눈에는 곱게 보일 리 없었다.

"그녀는 일본 총리 수양딸이에요. 어찌 그런 여자가 폐하와 은밀한 시간들을 보낼 수 있단 말이에요? 그녀는 밀정이에요. 이쪽의 움직임을 시시콜콜히 일본에 고해바칠 거예요."

"게다가 그녀의 아비는 대역 죄인이라고 들었어요. 그러니 어떻게 대한제국 편이겠어요?"

"그녀의 평 또한 좋지 않아요. 현영운이란 자의 첩이라지요?"

"일본 공사관에서 일본어를 가르치던 그가 하루아침에 육군 참령에서 참장으로, 그리고는 육군 총장을 달더니 이내 삼남 순무사를 거쳐 지금은 궁내부 대신 서리로 있어요. 어디 이것이 말이나 되는 일입니까? 게다가 그녀의 오빠와 동생은 어쩌구요? 언제부턴가 그들이 승승장구, 요직을 꿰차고 들어앉아 있으니 참으로 개탄스러울 일이 아닙니까?"

"허허. 여우 하나가 이 나라를 어지럽히는구먼."

"그녀가 어디 그냥 여우예요? 꼬리 아홉 개 달린 여우지."

"그러니 어찌했으면 좋겠소?"

"어찌하다니요? 말려야지요. 요사스러운 계집의 궁 출입을 막아야지요."

대신들의 그 말 한마디 한마디는 고스란히 사다코의 귀에 들어왔다. 이미 궁에 심어놓은 사다코의 귀와 눈들이 대신들 사이에서 오간 말들을 상세히 전해주었다.

사다코는 벽력같이 화를 냈다.

"그것들을 쓸어버리겠어. 쓰레기 같은 자들. 목이 달아나야 정신을 차릴 인간들이구먼. 제깟 것들이 감히, 감히 나를 견제하려 들다니."

사다코의 얼굴이 붉으락푸르락했다. 주먹 쥔 손에서 푸르게 돋아 있는 혈관이 파르르 떨렸다.

하지만 걱정이 되지 않을 수 없었다. 황제는 심약하고도 귀가 얇은 사람이었다. 대신들이 따져 묻고 반대를 하면 어정쩡 휩쓸릴 사람이었다. 악머구리 끓듯 저를 내치라고 하는 그들의 적대감에 대응하고 왕의 신임을 붙잡아두기 위해서는 무언가 돌파구가 필요했다. 그게 뭘까.

사다코의 궁리가 깊었다.

결혼이었다. 결혼을 한다면 대신들의 반감도 줄어들 테고 상소도 수그러들 것이다.

사다코는 현영운의 부인을 내보냈다. 그리고 형식적인 결혼식도 마쳤다. 결혼식이라야 거창할 필요가 없었다. 이미 얼굴을 맞대고 살을 부빈 채 살아왔으니 우리, 결혼했다. 입소문만 내면 그만이었다.

그 당시 일본과 러시아의 관계는 악화되고 있었다.

민영휘와 이용익 같은 친러파 거두들은 러시아와 일본이 전쟁을 벌일 경우, 러시아가 승리한다고 내다보고 있었다. 하여 이들은 러시아 군대를 끌어들여 일본과 전쟁을 벌이도록 극비리에 계획을 세우고 있었다. 황제는 미리 그 전에 외유라는 명목으로 블라디보스토크로 옮기기로 했다. 수도 역시 한성에서 평양으로 옮기려는 계획도 끝내놓았다. 이에 대비해 이미 지난해에는 평양에 행궁을 완성해놓은 터였다.

아무도 알 수 없었다. 오로지 민영휘와 이용익, 황제만이 알고 있는 사실이었다. 아는 사람이 적으면 적을수록 거사는 성공할 확률이 높았으므로 그들은 입조심, 입조심, 또 입조심을 했다. 표정도 단속했다. 행여 제 그림자도 남길세라 화들짝 놀라, 확인하고 또 확인했다.

어느 날, 사다코는 황제가 부른다는 은밀한 전갈을 받았다.

밤늦게 나갈 채비를 하는 사다코를 현영운이 화가 난 표정으로 지켜보았다.

"이 밤에 간단 말이냐? 아무리 황제라지만 이 밤에 유부녀를 부른다는 것이 말이나 되는 일이냐?"

"남의 눈을 피하자면 하는 수 없지요."

"남의 눈을 피해가면서 당신과 은밀히 나눌 말이 무엇이란 말이냐? 다들 당신과 황제의 사이를 의심해."

현영운의 이죽거리는 소리에 사다코는 차갑게 말했다.

"그럼 당신이 황제가 되세요."

그가 잠깐 사다코를 노려보더니 거칠게 문을 열고 나가버렸다. 쾅! 힘을 받은 문이 사개에 부딪쳐 파르르 떨리더니 제 힘을 이기지 못하고 다시 열렸다.

사다코는 상관하지 않았다. 이미 현영운을 향한 열정은 사라진 지 오래였다. 그보다는 그의 후배 박영철이 자꾸만 마음에 묵직하게 얹혀서는 무시로 그의 얼굴이 떠올랐다. 자신보다 아홉 살이나 어렸지만 그의 남자다움이 사다코의 연심을 자극했다. 현영운과 뜨거운 밤을 보낼 때에도 사다코는 그를 떠올렸다. 현영운과 한 몸으로 엉겨 있을 때도 그녀는 박영철의 몸을 떠올렸다. 정작 그녀가 안은 것은 현영운이 아니라 박영철이었다. 그를 생각하면 몸이 더 뜨거워졌고, 그 욕정에 더 사나워져서는 현영운의 기운을 앗아갔다. 그 욕정은, 박영철에 대한 갈망은, 좀처럼 수그러들 줄을 몰랐다.

사람들이 저를 두고 입을 가리며 수군거려도 사다코는 제 마음이 가는 대로 했다. 그냥 박영철이 좋으면 좋은 것이었다. 끝난 열정에 미련 같은 거는 없었다. 오히려 끝나버린 관계에 대해 연연해하는 것은 미련스럽고 짜증 나는 일이었다. 죽은 자가 다시 살아날 수 없듯 한번 꺼져버린 불은 다시 살아날 수 없었다. 지나온 남자들이 그랬다.

"무슨 일이옵니까? 이 밤에 혹 불편하신 데라도 있사옵니까?"

사다코는 짐짓 걱정스럽다는 표정으로 황제를 바라보았다. 불빛이 내려앉은 그의 얼굴에 수심이 가득했다. 불빛이 만든 그림자 때문이려니 살펴보았지만 불빛 탓이 아니라 그의 마음속에 품고 있는 수심의 그늘이었다.

"아니다. 그냥, 네가 보고 싶더구나. 그냥 보고 싶어서…… 불렀다."

황제의 음성 또한 쓸쓸했다.

"폐하의 심경이 썩 밝질 않은가 봅니다."

"그래. 뭐랄까…… 세상에 나 혼자 있는 것만 같구나. 나 혼자인 듯싶어 외롭구나."

"폐하가 왜 혼자이옵니까? 엄비도 계시고, 또 저도 있는데요. 그런 말씀 하시면 제가 폐하를 잘 뫼시지 못한 것 같아 몸 둘 바를 모르겠습니다."

"그게 어찌 네 잘못이겠느냐? 내 유약한 심성 탓이지."

"밤이라 더 그러할 것입니다. 밤이라 더 적적하신 것뿐입니다. 저 귀뚜라미 소리에 밤이 더 적적하고 외롭게 느껴지시는 것입니다. 어서 주무십시오. 내일이면 밝은 태양이 떠오를 텐데, 그러면 오늘 밤, 이 외로움도 가실 것이옵니다."

"그래. 내일이면 밝은 태양이 떠오르겠지. 대한제국도 그랬으면 좋겠구나. 내일이면 당당하고 잘 사는 대한제국이 되었으면 좋겠구나. 대한제국…… 내 할아버지의 할아버지의 할아버지가 지은 이 나라의 이름이 조선이었다. 헌데 내 대에 와서 대한제국이 되었다. 대한제국…… 조선은 새벽처럼 밝고 선명하다는 뜻일진대, 동트는 나라라는 이름인데, 내 대에 와서 이렇게 나라가 망해가는구나."

"어디 지금이 조선입니까? 폐하는 대한제국으로 국호를 바꾸셨지 않아요? 스스로 황제에도 오르시고 말입니다."

한밤에 사다코의 음성이 달콤했다.

"그래, 그랬지. 내 대에 와서 조선이란 이름은 사라졌지. 대한제국으로 내가 바꾸었지. 이 땅은 본디 삼한의 나라였다. 하여 삼한의 한을 따서 대한이라고 했지. 하지만 내 열조의, 조상의 나라를, 내 대에서 바꾸었어. 편치 않구나. 저승에 가 그 열조들을 어찌 뵐까……."

그의 음성이 무겁게 가라앉아 있었다.

"폐하, 고정하십시오. 폐하 대에 와서 대한제국은 새롭게 태어나고 발전해나가고 있습니다. 후대에서도 폐하의 고뇌와 결단을 이해하고 기억할 것입니다."

"그랬으면 좋겠구나. 하지만 그렇게 생각하지 않을 게다……."

"아니에요. 틀림없이 그렇게 할 거에요."

사다코는 진심으로 황제를 위로했다. 이 늙고 유약한 사내의 심정이 오죽할까 싶어 진정으로 위로했다.

"옥체를 상할까 걱정됩니다. 어서 주무세요."

마지못해 황제는 자리에 들었다. 하지만 그는 잠을 이루지 못했다. 자그마한 소리에도 황제는 불안한 눈빛으로 사방을 둘러보았다. 왜 자지 못하느냐는 사다코의 물음에 황제는 대답했다.

"금방 누군가가 나를 해치러 올 것만 같아."

"죽음이 두렵습니까?"

"아니, 내가 죽는 것은 두렵지 않으나 내가 죽으면 대한제국이 세상에서 사라질까 봐 그게 걱정이 된다."

"그런 일은 없으니 마음 놓으세요."

"을미년의 일이 벌어지리라고 누가 생각이나 했겠느냐? 한 나라의 국모가 그렇게 무참하게 죽임을 당했다. 그런 날이 또 오지 말라는 보장이 어디 있겠느냐?"

사다코는 그 말에 어떻게 대답을 해야 할지 몰라 그저 입을 다물고만 있었다.

"그냥 평범한 사내로 살면 좋았으련만 이 황제란 신분이 내게는 너무 무겁구나."

"폐하, 폐하가 참으로 안쓰럽습니다."

"사다코, 아니 네 이름이 분남이라고 했더냐?"

"네."

"분남아."

가만히 황제가 불렀다.

"네, 폐하."

"나는 곧 러시아로 가려고 한다. 그때 나를 따라가겠느냐?"

"러시아로 간다구요?"

사다코는 화들짝 놀라 되물었다. 가슴이, 가슴이 떨렸다.

"그렇다. 나더러 블라디보스토크로 가라 하는구나. 무섭구나. 나랑 같이 가자. 네가 있다면 그래도 위안이 될 텐데 나랑 같이 가지 않겠느냐? 한데 너는 이토 히로부미의 수양딸이 아니더냐? 그런 네가 과연 이토 히로부미를 버리고 나를 따라 러시아로 갈 수 있겠느냐 말이다. 나는 진심으로 너랑 같이 가고 싶다. 너를 보내고 싶지 않아. 사다코라는 이름을 버리고 분남이라는 이름으로 나랑 러시아로 가자. 내가 러시아로 가면 러시아는 일본과 당장에 전쟁을 벌일 거다."

황제의 얼굴에 지친 기색이 역력했고, 그런 탓에 더 늙어 보였다.
"고맙습니다, 폐하. 저를 이렇게까지 아껴주시다니."

사다코는 황제의 가슴에 얼굴을 묻었다. 작은 사내의 가슴이 콩닥콩닥 뛰었다. 그 뛰는 심장이 가련했다. 마치 비 맞은 참새처럼 애잔하고 불쌍했다.

정작 잠을 이루지 못한 쪽은 황제가 아니라 사다코였다. 사다코는 조바심이 일었다. 한시라도 빨리 일본 공사관으로 달려가 이 비밀 계획을 토설하고 싶었지만 그녀는 참을성 있게 날이 밝기를 기다렸다.

세상이 푸른빛으로 개명하기를 기다려 남의 눈을 피해 황제의 침전을 빠져나왔다. 그 시간이 참으로 길었다.

그길로 사다코는 일본 공사관으로 달려갔다. 이층의 서양식 건물이 눈에 들어오자 마음이 더 급해졌다. 마음은 발길을 따라잡지 못했고, 그 급한 마음에 하마터면 넘어질 뻔하기까지 했다.

쾅! 쾅! 쾅!
그 새벽에 일본 공사관의 문이 요란하게 흔들렸다.
쾅! 쾅! 쾅!

"아니, 네가 이 시간에 웬일이냐?"

사다코는 혹여 자신의 뒤를 밟은 사람이 있는지 확인해보고 재빨리 공사관 안으로 들어갔다. 그리고는 서둘러 문을 닫고 뛰는 가슴을 진정시키느라 손을 가슴에 갖다 대며 길게 날숨을 내쉬었다.

그 모양을 하야시가 지켜보다 물었다.

"어디서 오는 길이냐?"

"황제가, 황제가 러사아로, 러시아로 간답니다."

전후 사정을 설명할 사이도 없이 사다코는 가쁜 숨을 고르며 제가 들은 것을 하야시에게 밀고했다.

"황제가 러시아로 간다니? 밑도 끝도 없이 그게 무슨 소리냐?"

"황제를 외유라는 명목으로 블라디보스토크로 빼돌린답니다. 그리고는 그걸 빌미로 우리하고 러시아가 서로 싸우게 만든답니다."

"누가? 누가 그러더냐?"

"황제가요. 황제가 직접 말했습니다. 나에게 같이 가자고 그랬어요. 황제가 그랬으니 어찌 거짓일 수 있겠어요?"

"쥐새끼 같은 놈들. 민영휘와 이용익, 그자들의 머리에서 나온 계획임에 틀림없으렷다."

흥분한 하야시가 주먹을 쥐며 이를 악물었다.

"한데 말예요. 이 일로 나를 시험해볼 수도 있다는 생각도 들어요."

"아니다. 그렇지 않다. 민영휘, 이용익, 그자들의 움직임이 심상치 않았다. 사실일 게야. 황제가 그랬다면 사실이야."

그는 급히 이 같은 내용을 상세히 기록해 일본으로 보냈다. 그리고는 친러파 일당과 황제의 일거수일투족을 감시하도록 명령했다.

그 일로 친러파는 상당한 피해를 입었다. 블라디보스토크의 망명 계획은 실패로 돌아갔고, 세력은 급격하게 약화되기에 이르렀다. 친러파와 대한제국의 황제는 그 이유를 알 수 없었다. 오랫동안 은밀히 진행시켜왔던 계획이 틀어지자 그저 한탄만 할 뿐이었다.

그 일을 계기로 일본은 사사건건 대한제국의 황제를 협박하고 내정을 간섭했다.

사다코는 충실히 일본의 입이 되었고, 일본의 발이 되었으며, 일본의 손이 되었다.

1904년 2월10일, 일본은 러시아에 선전포고를 했다. 일본의 압박에 불만을 품은 러시아의 블라디보스토크 함대가 원산만에서 일본군 수송선박을 격침시키면서 전쟁이 시작된 것이다.

하지만 한국의 예상과는 달리 전세는 일본 쪽으로 유리하게 돌아갔다. 이에 황제는 불안을 느꼈다.

사다코는 황제의 부름을 받고 덕수궁으로 들어갔다. 황제는 굳이 초조한 표정을 감추려 하지 않았다. 그간의 마음고생이 심했는지 그의 얼굴이 어둡고 초췌했다.

"이 전쟁에서 누가 승리를 할 것 같으냐?"

사다코를 보자마자 황제는 생급스럽게 물었다.

"일본이 이길 것입니다."

"확실하냐?"

"네. 러시아는 일본을 이기지 못합니다."

"그럼, 일본을 믿을 수 있느냐?"

"네. 일본이 동양의 패권을 잡아야만 동양의 평화가 옵니다."

"패권이라니?"

"일본이 주도권을 잡고 나아가야만 일본은 물론 대한제국과 청나라에도 안정이 오고 평화가 옵니다. 나아가 서구 열강에 뒤지지 않는 문명을 건설하고 그들과 대항할 수 있는 힘을 기를 수 있습니다."

"왜 일본이냐? 왜 청나라는 되지 않느냐?"

"일본은 이미 서구 열강과 나란히 어깨를 겨룰 만큼 성장했습니다. 일본의 근대화는 동양 삼국 가운데서도 가장 빠르지요. 그 경험을 바탕으로 동양 삼국을 이끌어 가면 실패하지 않습니다. 게다가 청나라는 일관성이 없습니다. 아직 내정이 불안합니다. 게다가 이미 지난번의 전쟁에서도 청은 일본에 졌지요."

"일본과 대한제국과 청나라가 각기 독립적으로 성장해나가면 안 되느냐?"

"그건 어렵습니다. 서구는 이미 식민지를 통해 제 나라의 영토 확장을 꾀하고 있지요. 그들에게 대한제국은 정복해야 할 매력적인 나라입니다. 헌데 보십시오. 대한제국에 스스로를 지킬 수 있는 신식 군대가 있습니까?"

"왜 없느냐? 우리에게는 별기군이 있지 않느냐?"

"그걸로는 어림없습니다. 서양은 이미 신식 무기들로 무장했습니다. 신식 무기들의 화력은 엄청납니다. 이미 수차례의 전쟁을 통해 경험해보셨지 않습니까?"

끙. 황제는 탄식을 내질렀다. 사다코의 말이 틀린 것은 아니었다. 병인양요와 신미양요는 그 당시 조선에게 깊은 상처와 충격을 주었다. 쇠스랑과 곡괭이와 솜을 누빈 저고리로는 빗발처럼 쏟아지는 총알을 대항할 수 없었다.

비가 오는 날, 겹겹이 껴입은 솜옷은 빗물을 먹어 무겁디무거웠고, 그런 탓에 몸마저 제대로 움직일 수 없었다. 탕탕. 지축을 흔들며 연달아 날아오는 총알은 농사를 짓다 불려 나온 애잔한 남자들의 심장을 관통하고 이마를 관통하고 조선을 관통했다. 그 총알에 숨줄이 끊겨 나갔다.

"어찌 일본을 믿을 수 있단 말이냐?"

"믿어야만 합니다. 믿지 않고는 아무 일도 할 수 없습니다."

"일본은 이 나라의 국모를 시해했다. 시해한 자들은 일본에 가서 영웅 대접을 받았다 들었다. 어디 그뿐이더냐? 임진년 난도 그랬고, 수시로 이 땅에 들어와 우리를 유린했다. 헌데 나더러 어찌 그런 나라를 믿으라 하느냐?"

"그건 심히 유감스러운 일입니다. 저 역시 을미년의 일에 대해서는 분개하고 있습니다. 하지만 그 불행한 사태를 미연에 막을 수 있는 길도 있었습니다."

"그게 무슨 말이냐?"

"그 당시 폐하께서도 청의 편에 서 계셨지요. 그때 폐하께서 단호하게 신하들의 의견을 정리해 일본과 화친을 맺고 평화로운 사이를 유지했더라면 그런 일은 없었을 것입니다. 게다가 대한제국이 그토록 원하는 부국강병의 길도 걸었겠지요."

"부국강병이라……."

황제는 잠시 깊은 생각에 잠겼다.

"지금 이 시점에서 가장 중요한 것은 폐하의 역할입니다. 폐하가 폐하의 입장을 분명히 하지 않으면 신하들의 뜻에 끌려다니게 됩니다. 그러면 다시 을미사변 같은 그런 불행한 일이 오지 않으리라 장담할 수 없습니다. 보십시오. 미국과 러시아, 이탈리아, 프랑스, 영국이 자신들의 공관과 자국민을 보호한다는 미명 아래 한성에 수비대를 파견했지 않습니까? 어찌 감히 한 나라에 자국의 군대를 파견할 수 있겠습니까? 그것은 폐하의 땅을 짓밟는 불경한 일이고 자주 국권을 무시하는 일이며 자존감을 훼손하는 일입니다. 그들의 속내는 다른 데 있습니다."

황제는 눈을 감은 채 한동안 말없이 앉아 있었다. 그러다 한참 만에 입을 열었다.

"나는 일본을 믿을 수 없다. 그들 역시 다른 나라와 마찬가지로 한성에 군대를 주둔시키고 있고 게다가 온갖 명목으로 야금야금 대한제국 영토를 집어삼키고 있다. 헌데 어떻게 그런 일본을 믿으라는 거냐?"

"믿어야 합니다."

"무슨 수로 내가 그들을 믿는단 말이냐? 일본은 러시아와 맺은 협정도 일방적으로 파기해버렸다. 그게 무얼 의미하겠느냐? 대한제국을 먹겠다는 소리가 아니더냐?"

"그럼 확약을 받으십시오."

"누구에게 말이냐?"

"제 양아버지 이토 히로부미에게 다시는 그런 일이 없도록 확약을 받으십시오."

"이토 히로부미에게?"

또다시 황제의 침묵이 이어졌다. 그러다 한참 만에 입을 뗀 황제의 음성이 깊고도 무거웠다.

"그걸 어떻게 한단 말이냐? 또 민영휘나 이용익 같은 자들이 들고일어날 텐데."

"폐하께서 편지를 하나 써주십시오. 그럼 제가 일본으로 가 제 양아버지께 전하겠습니다."

"편지를?"

"네, 편지를 써주십시오. 그럼 아무도 눈치채지 못하게 제가 그 편지를 이토 히로부미에게 전하겠습니다."

황제는 또다시 깊은 생각에 잠겼다. 사다코는 조용히 기다렸다. 이 스러져가는 나라의 황제는 달리 선택할 길이 없었다. 일본에 기댈 수밖에는. 그 모양이 애처롭기도 했다.

"알았다. 내 편지를 써줄 테니 은밀히 전하여라. 다른 사람들이 알면 또 벌 떼처럼 들고 일어날 거야."

"알았습니다. 그 점은 염려하지 마십시오."

황제는 지필묵을 가져오도록 했다. 그리고는 한동안 말없이 그 하얀 종이를 내려다보고 있더니 천천히 무언가를 써 내려갔다. 그 표정이 어두웠다.

"다시 한 번 신칙하지만 다른 사람은 몰라야 할 거야."

편지를 다 쓴 황제는 주의를 주며 편지를 건넸다.

"걱정하지 마십시오. 폐하와 저만 아는 사실입니다."

사다코의 말에 황제는 대답 대신 눈을 감았다.

"일본으로 떠나는 가장 빠른 배편을 통해 다녀오도록 하겠습니다."

여전히 황제는 감은 눈을 뜨지 않았다. 사다코는 무력한 황제의 앞에서 물러났다.

대한제국의 하늘이 쪽빛으로 맑았다. 그 맑음이, 그 푸름이 오히려 슬펐다. 하늘은 저리 맑고 푸른데, 땅 위의 사람들은 삶의 진창에서 헤매고 있었다. 가뭄으로 살기 팍팍하였지만, 아전들은 터럭 손을 내밀어 알량한 먹을거리조차 빼앗아가고, 역병은 죽지 못해 사는 목숨들을 위협했다. 흉흉한 인심에 곳곳에서 민란이 일어나고, 이웃 나라와 서구 열강들은 이 나라의 숨통마저 죄고 있는데, 하늘만은 저리 무심하게도 푸르렀다.

어릴 때 보던 하늘도 저리 푸르렀던가. 사다코는 어릴 때 보던 조선의 하늘이 기억나지 않았다. 대한제국의 하늘빛이 가슴을 슬프게 물들였다.

바다에 대한제국의 하늘빛이 담겨 있었다.

9. 고종의 밀서

"온다는 기별은 들어 알고 있었다. 그래, 오는 길은 편했느냐?"
 바쁠 터인데도 이토 히로부미는 남을 보내지 않고 직접 나와 배에서 내리는 사다코의 손을 잡아주었다. 그의 손을 잡고 배에서 내리는 사다코의 표정이 모처럼 환했다.
 "이토 상을 본다고 생각하니 설레었어요. 배에서도 달렸는걸요? 한시라도 더 빨리 이토 상을 보려고 말예요."
 "허허, 그리 말해주니 고맙구나. 나도 네가 보고 싶었다. 어쨌든 한 며칠 푹 쉬면서 여독을 풀어라. 네가 편히 쉴 수 있도록 병원에 방을 마련해두었다."
 사다코는 발길에 걸리는 치맛단을 살짝 집어 올리며 눈초리에 주름을 만들고서는 환하게 웃었다.

이토 히로부미는 사다코를 병원에 입원시켰다. 스루가타이 하마다 병원은 일본의 고관대작들이 이용하는 시설 좋은 병원이었다.

"고마워요. 역시 이토 상이 최고예요."

"오랜만에 봐서 그런지 더 아름답구나."

사다코는 이토 히로부미의 볼에 입을 맞추고는 이내 병실 문을 닫았다. 그리고 황제가 준 편지를 그에게 내밀었다.

"한국의 황제가 보낸 밀서예요."

"수고했다. 너의 활동에 대해 칭찬의 소리가 높더구나."

"아니에요. 당연히 내가 할 일을 하는걸요."

"그래. 네가 황제가 러시아로 망명하는 걸 막아줘서 우리가 러시아와의 전쟁을 한결 수월하게 치를 수 있었다. 헌데 어떠냐? 병실이 마음에 드느냐?"

"그럼요. 너무 마음에 들어요."

사다코가 병실을 휘둘러보며 만족한 표정을 지었다. 침대 매트는 깨끗했고 침대 옆 탁자에는 붉고 하얀 꽃들이 삼각의 구도로 꽂혀 있었다. 모든 게 질서정연했다. 한국에서 대하던 무질서함이나 누추함은 찾아볼 수 없었다. 모든 게 정갈했고, 단아했으며, 깔밋했다. 이제야 제자리로 돌아온 듯한 안정감을 느꼈다. 사다코는 알았다. 그 힘이 어디서부터 비롯되고, 그 힘이 얼마나 위험한지를. 그 힘을 지키기 위해서는 어떻게 해야 하는지도 알았다.

섣부른 온정주의와, 섣부른 애국심과, 섣부른 애정은 얼마나 위험한 감상인지 사다코는 잘 알았다.

"네가 좋아하니 나도 좋구나. 쉬어라, 아무 생각 하지 말고."

그는 사람 좋은 웃음을 지으며 먼 길을 떠나온 사다코를 위로했다.

오랜만에 취해보는 휴식이었다. 그 휴식에 모든 근육과 긴장이 나른하게 풀어졌다. 무엇과도 바꿀 수 없는 기분 좋은 나른함이었다. 모든 게 마음에 들었다. 정갈하고도 조용한 이 병실이며, 이토 히로부미의 사랑과 배려까지.

이런 호사는 이토 히로부미가 아니었으면 누릴 수 없었다. 사다코는 언제나 저를 특별하게 만들어주는 이토 히로부미가 고마웠다. 권력의 위대함과 물질의 달콤함이 무엇인지 가르쳐준 사람은 이토 히로부미였다. 자신에게 그 권력의 칼을 쥐여준 은인도 바로 그였다. 대한제국의 황제마저도 뒤흔들 수 있는 사람, 이토 히로부미는 일본의 천황 다음가는 사람이었다. 그래, 더 달콤했고 더 사랑했다. 야비다리라도 부릴 수 있게 해준 이토 히로부미가 고마웠다. 하지만 자신이 가진 그것이 어디 야비다리던가. 사다코는 그를 위해서라면 무엇이든 할 수 있었다.

하루가 지나고 이틀이 지나고, 그렇게 하릴없이 보내는 시간들이 차츰 무료해지기 시작했다. 일본으로 돌아온 지도 벌써 열흘로 넘어가고 있었다. 모처럼 가져보는 휴식이 가져다주는 달콤함은 사라지고 마음은 벌써 한국으로 내달리고 있었다. 몸을 짓누르는 피곤함은 가셨지만 대신 마음이 급했다. 날밤이 바뀔 때마다 사다코는 자신이 떠나온 날을 헤아리고 손가락을 꼽아보았다.

대한제국의 황제는 이토 히로부미의 답장을 초조하게 기다리고 있을 것이다. 소식이 없는 하루하루를 걱정 근심으로 보내며 대한제국의 황제는 더 늙어가고 있을 것이다. 사다코는 더 이상 예서 한가하고 여유롭게 머물러 있을 수만은 없었다. 푹 쉬었던 덕분인지 뽀얗게 피어난 사다코의 얼굴에 윤기가 흘렀다.

사다코는 이토에게 그만 돌아가겠다고 이야기했다.

"조금 더 쉬지 않고."

"이렇게 미적거리고 있다간 황제의 마음이 바뀔까 걱정됩니다."

사다코의 말에 이토 히로부미는 잠시 생각에 잠겨 있더니 고개를 끄덕였다.

"그래, 알았다. 그럼 짐을 챙겨라. 그리고 이걸 황제에게 전하여라. 이때까지 잘해주었다만 더 열심히 해주어야 할 게야. 대한제국에서의 네 활동이 무엇보다도 중요해."

사다코는 이토 히로부미가 내민 봉서를 짐 속에 챙겨 넣었다. 사다코가 편지를 조심스럽게 갈무리하기를 기다렸다가 이토 히로부미는 따로 마련한 봉투를 내밀었다.

"네가 활동하려면 주변 사람들에게 인심을 얻어야 할 게야. 그러니 돈을 넣었다. 이걸로 사람을 사거나 필요할 때 쓰도록 해라. 부족하면 하야시한테 달라고 해. 얼마든지 지원해주겠다. 그리고 몸 조심하고, 아무도 믿어서는 안 될 게야. 알았느냐?"

사다코는 말없이 고개를 끄덕였다. 이토의 걱정이, 이토의 따뜻한 말이 사다코의 울음보를 건드렸다. 그 울음에 코끝이 알싸하게 젖어들었다.

"허허, 우는 게냐?"

이토 히로부미가 다정한 얼굴로 사다코를 바라보며 웃었다. 그 말이 사다코의 눈물을 더 풀무질했다.

"대한제국의 위정자들을 쥐락펴락하고, 독립군들이 제일 무서워한다는 천하의 사다코가 눈물을 보이다니. 허허, 너답지 않구나."

사다코는 이토 히로부미의 말에 억지로 웃음을 지으며 눈물을 훔쳐냈다. 그녀가 일본에 머무는 사이 한국과 일본은 한일의정서를 체결했다. 그 내용에는 전쟁이 발발할 경우 일본은 한국을 보호하고 여의치 않을 때는 한국이 일본에게 편의를 봐준다는 조항도 들어 있었다.

한성으로 돌아온 사다코는 집으로 가지 않고 바로 일본 공사관으로 향했다. 서양식의 하얀 이층 건물은 언제 봐도 아름다웠다. 주변의 검은 기와와 낮게 엎드린 초가들 사이에서 공사관은 저 홀로 도도하게 서 있었다.

사다코는 그곳에 짐만 부려놓고는 덕수궁으로 향했다. 뱃멀미와 바닷바람에 속과 겉이 편치 않았지만 저 좀 편하자고 이토 히로부미의 편지를 제 짐 속에 한가로이 놓아둘 수 없었다. 지체할 수 없었다. 좀 쉬라는 하야시의 치레의 말을 물리치고 사다코는 이토 히로부미의 편지를 누가 볼세라 얼른 갈무리해 넣고는 공사관을 나왔다. 조심스럽지 못한 사다코의 발길에 치맛자락이 발회목에 걸려 거칠게 펄럭였다.

헌데 공사관을 나와 몇 걸음 걷는데 갑자기 누군가 앞을 가로막았다. 양복을 말쑥하게 차려입고 머리는 포마드를 발라 가지런히 넘긴 사내였다. 그리고 그 옆으로 역시 양복을 입은 더벅머리 사내가 막무가내로 사다코를 가로막았다. 그들의 품새가 심상치 않았다. 사다코는 불길한 예감에 무춤 멈춰 섰다.

"누구냐?"

외마디 비명 같은 소리로 사다코는 물었다. 저를 막아선 사내들의 손에서 권총을 본 것도 그 순간이었다. 사다코는 비명을 지르며 옆으로 넘어졌다. 사다코를 경호하던 일본 경찰이 그녀를 밀쳐내고 무장한 두 명의 남자들을 덮쳤다.

총알은 빗나갔다. 땅을 울리고 하늘을 울리고 고막을 찢어놓는 그 격발음에 사다코는 멍하니 앉아 있었다. 그러다 정신 차려 일어났을 때는 모든 게 꿈인 듯싶었다. 순식간의 일이었다.

"민족의 배신자. 더러운 앞잡이. 창녀!"

일본 경찰에 끌려가면서도 그들은 사다코를 향해 몰강스럽게 욕설을 하며 침을 뱉었다. 이렇게 살아 있는 것이 오히려 이상할 지경이었다. 쿵쿵쿵 가슴이 요동을 치고, 웅웅웅 귀에서는 이명이 일었다. 마치 귓가에서 수천의 날파리 떼가 나는 듯 소리도 요란했다. 도무지 가슴을 진정시킬 수가 없었다. 이리 죽을 수도 있겠구나. 죽음은 저 멀리 있지 않고, 가까이에 있었구나. 온몸의 터럭들이 곤두섰다.

사람들이 모여들었다. 아이들은 사다코를 향해 흙을 집어 던졌고 나이 든 사람들은 날이 선 욕설들을 날렸다. 날아오는 말들마다 서슬이 푸르고 치욕스러웠다. 누군가 칵, 뱉어낸 가래침이 진득한 오욕으로 날아왔다.

사다코는 옷에 묻은 흙을 털어낼 사이도 없이 잰걸음으로 사람들 사이를 벗어났다. 벗어나는 동안 무리 지은 사람들을 사박스럽게 노려보았다. 그 시선에 독기가 창창했다. 넘어지면서 다쳤는지 다리가 욱신거리며 아팠지만 내색은 하지 않았다. 그저 아무 일 없었다는 듯 허리를 꼿꼿이 펴고 고개를 쳐들고 걸었다. 그 표정이 참으로 표독스러웠다.

분했지만 목숨을 보존한 것만으로도 다행이라 여겼다. 경찰이 아니었더라면 영락없이 자신은 저승의 사람이 됐을 터. 지금은 비록 도망치듯 황망히 자리를 피하나 언젠가는 살아 있음이 한탄스러울 만큼 복수를 해주리라 다지고 또 다졌다. 그 다짐이 오뉴월 서릿발보다도 더 매서웠다.

사다코는 황제 앞으로 이토 히로부미가 준 편지를 내놓았다.
"이토 히로부미가 폐하께 보내는 밀서이옵니다."
사다코가 내민 편지의 봉함 부분을 뜯는 황제의 손길이 왠지 무겁게 느껴졌다. 황제가 이토 히로부미의 편지를 읽어 내려가는 그 말없는 시간 동안 사다코는 쿵쿵, 제 심장이 울리는 소리를 들었다. 얼마 지나지 않아 황제의 눈가가 파르르 떨렸다.

"나를, 나를 협박하고 있구나. 어찌 감히 네가 이런 편지를 나에게 전달할 수 있느냐?"

황제의 얼굴이 마뜩잖음으로 붉게 상기되었다.

"협박이라니요? 아닙니다. 이토 히로부미는 폐하와 이 나라를 생각해서 진정으로 아뢰는 말이에요. 폐하, 진언은 쓴 법입니다. 어찌 다디단 말로 폐하의 심중을 어지럽히기를 바랍니까?"

"진언과 협박은 다르다."

황제는 불쾌해했고, 화를 냈다.

"이토 히로부미의 충정에서 우러나온 진언인 줄 압니다. 협박이라면 어찌 제 편에 그리 은밀히 폐하께 편지를 올리겠습니까? 게다가 일본과 한국은 이미 한일의정서를 체결한 데 이어 외국인 고문을 두는 것에 동의한다는 한일협약에 조인하지 않았습니까? 협박을 할 거라면 왜 그때 협약을 맺었겠습니까? 그저 이것은 이토 상이 폐하께 사적으로 올리는 진언일 뿐이옵니다."

"방자하구나. 참으로 방자하구나."

애써 분노를 참고 있는지 황제의 수염이 희미하게 떨렸다.

밀서는 권고서였다. 일본에 협력하는 것이 여러모로 대한제국에 도움이 될 것이며 그렇지 않을 경우에는 안전을 장담할 수 없다는 내용이었다.

오늘은 이만 물러가라는 황제의 음성이 차가웠다. 그의 눈빛도 싸늘했다. 오랜만에 만났으니 이런저런 이야기도 나누고 적조했던 정분도 이어가려 했건만 이토 히로부미의 편지를 읽은 황제는 얼음장처럼 차가워져서는 사다코를 물리쳤다.

사다코는 저를 물리치는 황제의 기색을 살피며 간청했다.

"폐하, 조금 전 제가 폐하께 오는 도중에 봉변을 당했습니다. 제 목숨을 끊으러 온 게 분명합니다. 그자들의 손에 권총이 들려 있었어요. 찾아 벌하여 주십시오."

"알았으니 오늘은 그만 돌아가거라."

그 음성 역시 차가웠다. 웃음도 인색했고, 말도 아꼈다. 사다코는 이전보다 더 공손하게 인사를 하고 황제 앞에서 물러났다. 그의 분노와 참혹함이 고르고 깊지 못한 그의 숨결을 통해 그대로 전달돼왔다. 사다코는 그런 그가 안쓰럽기도 했다. 하지만 견뎌야 할 것이다. 세상은 강한 자만을 요구하므로. 그가 살아남기 위해서는 누구보다도 강해져야 했다. 하지만 그가, 대한제국이, 세상을 상대하기는 너무나 무력했다.

덕수궁 앞에서 사다코를 저격하려 한 자들은 이봉래와 강석호로 밝혀졌다. 오래전부터 암살에 대한 경고를 들은 바 있었으나 이렇듯 목전에서 당하기는 처음이었다. 타인의 죽음을 원하는 자, 죽음으로 그 죄를 갚음할 수 있나니, 이들은 죽음으로만이 자신의 죄를 용서받을 수 있을 터였다.

사다코는 그들의 죽음을 요구했다. 살려준다면 언젠가 그들은 허술한 틈을 타 또다시 위해를 가해올 자들이었다. 복수가 복수를 낳고, 그 복수가 또 다른 복수를 낳으며, 그 복수가 다시 복수를 낳을지라도 사다코는 당장에 그들을 처단하고 싶었다. 자비는 없었다. 인정은 필요 없었다. 섣부른 인정은 자칫 자신의 목숨을 위협할 터. 그런 위험한 거래는 애당초 하지 않는 게 현명했다.

　이토 히로부미의 편지가 마음에 걸렸던지 황제는 일본에 대한 경계를 늦추지 말 것을 대신들에게 명령했다. 점점 대한제국의 목을 죄어오는 일본의 손길에 숨통이 막히고 사지운신이 자유롭지 못한 이 답답한 현실을 두고 한국의 황제는 스스로를 원망하고 자신을 탓하였다. 첫번째는 자신이 미욱한 죄이고, 두번째도 자신이 어리석은 죄이며, 세번째도 자신에게 덕이 없음이니, 이 모든 것이 자신의 죄라고 자책했다. 미리미리 방책을 세우고, 우리 스스로 우리를 지킬 수 있는 힘을 길러놓았더라면 오늘의 이런 수모는 겪지 않았을 거라며 쓰라린 심정으로 한탄했다. 허나 한탄만 하고 있은들 달라질 게 없다면서 현실의 무력함에서 벗어나 지금부터라도 대비하고 힘을 기르자며 대신들에게 이를 악물고 당부했다. 하지만 그 회오와 각오마저 옹골짐이 없었다. 그저 길게 뱉는 탄식에 불과했을 뿐.
　이토 히로부미의 편지를 기화로 친러파들은 친일파들의 눈을 피해 다시 무릎을 맞추고 이마를 모으고 자신들의 살길을 짚었다.
　그들은 사다코의 밀서 전달을 문제 삼았다. 외교관례를 무시한 채 방자하기 짝이 없는 편지를 황제에게 전달한 사다코를 엄중히 문책하고 대한제국에서 일본을 몰아내야 한다며 매일 상소를 올리고 황제 앞에 머리를 조아리며 목청을 높였다.

"어찌 그 불손하고 방자한 일을 그대로 넘어가려 하시는지요. 이는 왕조 오백 년의 전통을 무시하는 처사요, 대한제국의 위상을 스스로 저버리는 일이 아니옵니까?"

황제는 안타깝다는 듯 그들을 바라보았다.

"나 또한 괘씸하오. 괘씸해서 명치끝이 아프오. 하지만 내가 염려되는 건 그 일을 빌미로 일본이 또 무슨 트집을 잡고 무리한 요구를 해올지 몰라 걱정이 되는 것이오. 공연히 작은 것을 탓하다 큰 것을 잃을지도 모를 일. 그런 우를 범하지 않기 위해서는 참고, 참고, 또 참아야 할 때도 있는 법이오."

"그래도 폐하, 이번 일은 어물어물 넘어가시면 안 됩니다. 이번 일을 또다시 그렇듯 유야무야 넘기신다면 저들의 방자함은 더 도를 넘을 것이 분명합니다. 게다가 대한제국을 우습게 볼 것입니다. 그러니 이번 일로 대한제국이 살아 있다는 것을 보여주십시오."

"게다가 사다코라는 여인이 누구이옵니까? 일개 역관에 지나지 않고, 또 일본의 앞잡이에 불과한 밀정입니다. 어찌 그런 아녀자가 감히 폐하께 그런 편지를 올릴 수 있단 말입니까?"

"사다코이기 이전에 그녀는 배분남인 줄 아옵니다. 조선의 역적 배지홍의 여식입니다. 역적의 딸은 당연히 관기가 되거나 관비가 되어야 마땅한데, 그녀는 대한제국의 지엄한 법도를 어기고 일본으로 도망쳤습니다. 국법을 어긴 일도 죄가 큰데 어찌 그냥 두고 보시려 합니까?"

그들은 조금도 물러섬이 없었다. 황제가 음성을 높이면 저들도 따라 높였고, 황제가 음성을 부드럽게 하면 저들은 가시를 세워 주장했다.

"그대들이 부럽소. 이쪽저쪽 말을 들어주지 않아도 되는 그대들이 부럽소. 무슨 일만 생기면 득달같이 달려와 이거 해달라 저거 해달라, 이거 해서는 안 된다, 저거 해서는 안 된다, 간섭하고, 서로 자신들이 옳다고만 하니 나는 누구 편을 들어야 하고 어떻게 해야 하겠소?"

황제는 울연한 표정을 지었다.

"폐하, 통촉하시옵소서."

"뭐가 통촉인가? 그대들이 지금 나를 흔들고 있지 않은가?"

"어찌 소인들이 폐하를 흔들겠습니까? 단지 잘못된 것을 바로잡아야 하겠기에……."

"물러가라. 다들 물러가 있어라. 이 일은 내가 알아서 처리하겠으니 지금은 다 물러가라."

황제는 그들의 말을 잘랐다. 말을 물고 늘어지는 그들의 근기에 진력이 났는지 황제는 끝내 참고 있던 역정을 터트렸다.

그 기세에 대신들은 입안에 말을 가두고는 물러났다.

궐 안의 사정을 전해 들은 하야시 공사는 걱정스러운 표정으로 사다코에게 말했다.

"잠깐 일본으로 들어갔다 오는 게 어떻겠느냐? 돌아가는 사정이 아무래도 너에게 불리할 것 같다."

"걱정하지 말아요. 황제가 내 편인데 저들이 나를 어떻게 하겠어요?"

사다코는 느긋한 표정으로 차를 마셨다.

"아니다. 방금 들어온 전언에 의하면 일이 예사롭지 않게 돌아가고 있다고 한다. 그러니 잠시 피했다 오너라. 두 발 전진을 위해서 한 발 물러나 있는 것도 방편일 수 있어."

"대일본제국의 신하로서 그게 무슨 소리예요? 저들이 감히 나를 어찌하다니요? 그런 걱정 하지 말고 경비나 신경 쓰도록 해요. 언제 불순한 의도를 품고 폭도들이 쳐들어올지 모르니까요. 지난번 일만 생각하면 끔찍해요"

오히려 사다코는 사태를 걱정하는 공사에게 면박을 주었다. 이미 황제는 제 손안에 있는데 무어 걱정이란 말인가. 게다가 이토 히로부미의 수양딸이라는 신분 또한 저들이 함부로 할 수 없는 바람막이었다.

사다코의 심상한 태도에 공사는 찜찜한 표정으로 방을 나갔다. 사다코는 창문 밖으로 시선을 돌렸다. 창밖에는 눈이 어기차게 내리고 있었다. 살천스러운 추위 속에서 눈은 가루로 흩날렸다. 싸락눈이었다. 바람 속에서 눈은 살포시 가라앉지 못하고 바닥에 닿아서도 이리저리 결을 지어 휩쓸려 다녔다. 날이 좀더 푸근했더라면 송이송이, 함박눈이었을 텐데, 송이 진 눈발을 보지 못해 아쉬웠다. 보는 것만으로도 추웠다.

사다코는 벽난로에 바짝 마른 나무 장작을 더 채워 넣었다. 타닥 타닥. 불은 불땀 좋게 타들어갔다. 하지만 사다코 역시 무언가 알 수 없는 조바심에 마음 한구석이 편치 않았다.

그 와중에도 친러파 대신들은 연일 황제 앞으로 달려와 바닥에 이마가 닿도록 조아리며 사다코의 처벌을 입에 담았다. 그들의 요구는 집요했고, 갈수록 드세었다. 유약한 황제는 그들을 이기지 못할 것이다. 사다코는 느긋하고 여유 있던 처음과는 달리 살얼음판을 딛는 듯 하루하루가 조심스러웠다. 아니나 다를까. 황제는 사다코를 버림으로써 황제로서의 위엄을 지키고자 했다.

결국 사다코는 부산 앞바다에 있는 절영도로 쫓겨가기에 이르렀다. 대신들은 이에 멈추지 않고 사다코가 덕수궁에 출입하는 문제에 대해서도 트집을 잡았다. 황제에게 대안문의 안자가 계집이 관을 쓴 모양이라며, 관을 쓴 계집이 이 문을 출입하면 나라가 망한다고 조심하라며 상소했다.

황제는 사다코의 궁문 출입을 금하게 하고 궁문 이름을 대안문에서 대한문으로 고쳐 쓰게 했다.

그사이 일본은 독도를 다케시마라 이름을 고치고 시마네 현에 편입을 시켰다.

10. 절영도 유배

절영도의 바람은 유난히 차고도 날카로웠다. 바다 위에 떠 있던 냉기들이 그 바람에 휩쓸려 뭍으로 몰려왔다. 옷을 껴입고 껴입어도 그 냉기를 막을 수는 없었다. 방은 차가웠고 문풍지는 그 바람에 푸릉푸릉, 입술을 떨어대며 울어댔다. 문밖의 나무들도 허리를 꺾으며 우웅, 휘파람 소리로 바람을 비껴내고, 새들은 날개를 접고 둥지 속에 납작 엎디어 있었다. 그러나 한겨울의 추위보다 마음에 든 한기가 더 혹독했다.

배신감. 마음속에 이글거리는 것은 배신감이었다. 한국이 또다시 자신을 버렸다는 생각에 잠마저도 달아났다. 게다가 믿었던 황제마저 저를 내쳤다는 생각에 사다코는 입술에 핏물이 배도록 이를 악물었다. 세상에 청맹과니도 이런 청맹과니가 또 있을까. 세상이 어떻게 돌아가고 있는지도 모른 채 제 죽을 자리로만 파고드는 그가, 황제가, 대한제국이, 안타깝기 그지없었다. 그토록 일렀건만, 그토록 힘주어 이야기했건만 그들은 당장의 눈앞에 것에 연연해 잘게 굴고 있었다.

이토 히로부미는 너무 멀리 있었다. 섬을 둘러싸고 있는 바다는 보는 것만으로도 사람을 질리게 만들었다. 당장에라도 떨치고 일어서고 싶었지만 황제의 하명이 너무 엄중했다. 하야시의 말을 흘려들은 것이 불찰이었다. 돌다리도 두들겨보고 건너라고 했거늘, 황제를 믿어도 너무 믿었다.

사다코는 잠을 이룰 수 없었다. 밤이 되면 사위가 적막했고, 그 적막함이 오는 잠마저도 물리쳤다. 얼굴에 와 닿는 냉기는 잘 벼려진 칼날인 듯 쓰라리게 훑어 내렸다. 깊숙이 깃 사이로 목을 묻고 어깨를 움츠렸지만 몸속으로 파고드는 냉기는 어쩔 수 없었다. 어둠 또한 유난히 짙었다. 소리마저 그 어둠 속에 묻혔다.

헌데 어느 날이었다. 추위에 웅크리며 저를 내친 사람들에 대한 분노를 뼈에 새기고 있는데 문밖에서 환청처럼 누군가 부르는 소리가 들렸다. 쏴쏴. 바람 소리인 듯도 하고, 파도 소리인 듯도 하고, 키질하는 소리인 듯도 싶었다.

"사다코! 사다코! 안에 있어요?"

바람 소리도, 파도 소리도, 키질하는 소리도 아니었다. 분명, 자신을 부르는 소리였다.

"누구세요?"

반가움에 화들짝 일어나 문을 열어보니 일본 공사관의 서기관 구니와케 쇼타로와 간카와 이치타로가 지게꾼을 뒤로하고 서 있었다. 벼랑 끝에 서 있는 저를 찾아준 사람은 한국 사람이 아닌, 일본 사람들이었다.

"여기는 웬일이세요?"

사다코가 목이 멘 소리로 물었다.

"하야시가 가보라 해서 왔어요. 어찌 지내나 보고 오라고 해서 들렀지요. 조금만 참으세요. 본국에 있는 이토 공께서도 사다코의 소식을 듣고 심히 걱정을 하고 계셔요."

"참을 수 없어요. 더는 참을 수 없어요. 이곳에 더 있다가는 미쳐버릴 것만 같아요."

사다코는 앙칼진 소리로 게정을 부렸다.

"우리 정부가 어떻게든 힘을 쓸 테니 걱정하지 말아요. 혹시 몰라 이것저것 챙겨오긴 했는데 뭐 필요한 것이 있어요?"

조금 전 사다코는 지게꾼의 지게에 실려 있던 커다란 짐 꾸러미를 보았었다.

"당장에 집을 옮겨야겠어요. 집을 말예요. 이 집 꼬락서니를 보세요. 그리고 일하는 사람을 보내주세요."

"알았어요. 그렇게 해줄게요. 그러니 조금만 참아요. 어떻게든 사다코 양을 이곳에서 빼낼 테니."

"빨리요. 한시라도 빨리요."

그들은 지게에 실어온 짐들을 부려놓고 돌아갔다. 사다코는 그들의 방문에 한시름 놓았다. 행여 일본도 저를 이대로 버려두는가 싶어 마음 한구석 불안했던 참이었다.

사다코는 일본 공사의 도움으로 집을 옮길 수 있었다.

그녀는 절영도에서 대한제국에 대한 증오를 키웠다. 유폐된 몸은 증오만 키웠다. 하루빨리 한성으로 돌아가 자신을 이곳으로 보낸 관리들을 엄단하고 싶었다.

사다코는 매일 바다 저편을 바라보며 입술을 사리물었다. 저 바다를 넘는 날, 자신을 가둔 자들을 단죄하리니, 오늘의 이 치욕을 잊지 않으리라. 매일매일 독기를 품고, 증오를 벼리었다.

노루잠 속에서 그들은 사다코에게 무릎을 꿇은 채 살려달라, 비손으로 애원했다. 몽매에도 그들을 용서하지 않았다.

러일전쟁이 일본의 승리로 끝났다는 소식이 들려왔다. 러시아는 포츠머스강화조약에서 대한제국에서 일본의 우선권을 인정했다. 대한제국을 두고 두 나라가 거래를 한 것이다.

그들은 지금쯤 어떤 표정을 짓고 있을까. 사다코는 그토록 러시아의 승리를 맹신하던 친러파 일당들의 꼬락서니를 보고 싶었다. 이제 자신을 이곳 섬으로 유배시킨 한국의 관리들을 처단하는 일만 남았다고 생각하니 그제야 분노 때문에 멈췄던 피가 돌고 막혔던 숨이 도는 듯했다. 게다가 이토 히로부미가 대한제국의 외교권을 일본에 이양하는 조약을 체결하기 위해 특파대사 자격으로 한성으로 들어왔다는 소식에 사다코는 함박웃음을 지었다.

이토 히로부미는 오자마자 한국정부에 사다코의 사면을 부탁했다.

"드디어, 이토의 꿈이 이루어지는구나. 하나하나 이토의 꿈이 이루어지는구나."

사다코는 제 일인 양 감격스러웠다.

그사이 일본은 하야시를 앞세워 대한제국과 을사조약을 맺었다.

1906년 3월, 이토 히로부미는 을사조약에 따라 대한제국에 새롭게 설치된 통감부의 초대 통감으로 자청해 부임해왔다. 사실상 대한제국의 권력 서열에 있어서 제일인자인 셈이었다. 대한제국에 황제가 있긴 했지만 그는 허울일 뿐, 실제적인 모든 권한은 통감이 지니고 있었다. 외교권은 물론이요, 통치권마저 일본의 통감이 지니고 있으니 어찌 그 위세를 넘볼 수 있을까.

산은 대한제국의 산이요, 물은 대한제국의 물이었지만 주인은 일본인 셈이었다. 무력한 황제와 정부는 들러리, 꼭두각시일 뿐이었다.

이토 히로부미가 들어오자 사다코는 한성으로 되돌아올 수 있었다. 한성으로 돌아온 사다코의 표정이 사박스러웠다. 저를 곤궁에 빠트린 자 용서치 않을 터이니 그들은 내일이 짐스러울 것이다. 짱짱하게 모아지는 복수심에 그녀는 두 주먹을 불끈 쥐었다.

사다코는 먼저 한달음에 이토 히로부미가 있는 공관으로 달려갔다.

이토 히로부미는 바닷바람을 맞아 거칠어진 사다코의 얼굴을 안쓰럽고 애틋한 시선으로 바라보았다.

"고생이 많았다. 얼굴이 많이 상했구나. 그간의 네 고생이 헛되지 않게 보상해줄 테니 우선 푹 쉬어라."

"이제 이토 상이 내 옆에 있으니 아무 걱정 없어요. 축하해요. 이토 상이 그렇게 꿈꾸던 세상이 이제 이토 상 앞에 펼쳐져 있네요. 이토 상이 자랑스러워요."

"그래, 고맙구나. 어찌 이게 나 혼자만의 힘으로 되었겠느냐? 네 공도 크구나. 내가 이곳에 있는 동안에도 네 도움이 필요하다. 이전보다 더 잘해야 할 게야. 알았느냐?"

"아니에요. 이토 상의 힘이에요. 이토 상의 노력이 오늘을 있게 한 거예요. 염려하지 마세요. 이전보다 더 이토 상을 위해 노력할 테니. 시키지 않아도 그렇게 할 거에요."

사다코의 얼굴에 홍조가 감돌았다.

미리 이토 히로부미의 발길을 앞질러 갈 것이다. 두어 발자국 미리 앞서가면서 이토 히로부미의 발을 거는 장애물을 치우고 허방을 없애며 그의 길을 닦아놓을 것이다. 뼈를 갈아 그 위에 뿌리고, 피를 받아 맹세할 것이다.

그게 보은하는 길이었다. 몽외지사. 꿈에도 생각해보지 않았던 자신을 수양딸로 삼아준 이토 히로부미의 은혜를 갚는 길이었다.

권력은, 권력을 지닌 자 옆에 있을 때에 찾아오는 법이었다. 저 혼자 스스로 빛나는 별이고 권력이면 좋겠지만 어쩌랴. 대한제국에서는 여전히 역적의 딸인 것을.

황제가 사다코를 찾는다는 전갈에 저도 모르게 사다코의 입가가 비틀렸다. 저를 내칠 때는 언제고 이제 와 찾는단 말인가? 내 지난날의 굴욕을 잊지 않을 터.

사다코는 외출 채비를 차렸다. 가지고 있는 옷 중에서 가장 좋은 걸로 골라 입었다. 소매가 넓은 하얀 블라우스에 자잘한 셔링이 잡힌 검정색 치마를 입고 자잘한 구슬이 장식으로 달린 초록색 보닛를 썼다. 그 위에 이토가 선물로 가지고 들어온 향수를 점으로 찍어 발랐다. 우윳빛 백합 향이었고, 황토빛 원추리 향이었다.

이토 히로부미의 배웅을 눈으로 받으며 사다코는 공관을 나섰다.

하늘이 음울했다. 음울한 날씨에 사물들은 잿빛으로 흐려져서는 멀찍이 물러나 있었고 앞산에는 이내 같은 구름들이 뿌옇게 내려와 있었다. 그 풍경이 몽환적이면서도 적묵했다. 그 음울한 하늘에 중화전도 잿빛으로 우중충 가라앉아 있었다.

황제는 홀로 커피를 앞에 두고 상념에 잠겨 있다 사다코를 맞았다. 커피는 식어 있었다. 시울을 보니 입도 대지 않은 듯했다. 커피가 식도록 무슨 생각에 잠혀 있었던 걸까. 궁금했지만 묻지 않았고, 듣지 않아도 알 만했다.

"이토 히로부미가 네 양아버지이니 그 사람이 어떤 사람인지 잘 알고 있겠지. 그는 어떤 사람이냐?"

황제가 사다코를 바라보며 단도직입적으로 물었다. 그간의 안부도, 유배에 대한 애석함도, 어떻게 지내냐는 살핌도 없었다. 어떤 치레의 말도 없었다. 그저 식은 커피가 올려져 있는 소반을 넘어오는 눈빛이 지치고 또 피로해 보였을 뿐이었다. 사다코는 먼저 정중하게 예를 갖춰 인사를 올린 뒤 황제의 물음에 답했다.

"통감은 폐하와 대한제국을 돕기 위해 이 나라에 왔습니다. 그는 평화주의자입니다. 아시아의 비스마르크이지요. 일본에서 정한론이 들끓을 때 그분은 정한론에 반대했던 사람입니다."

"평화주의자라⋯⋯ 헌데 그가 대한제국의 외교권을 강탈해갔다."

황제의 음성이 무겁고도 차가웠다.

"이토 상이 그랬던 것은 대한제국을 지키기 위해서였습니다."

"누가 누구에게서 대한제국을 지킨단 말이냐? 대한제국은 독립국가이다. 독립국가가 누구의 도움을 필요로 한단 말이냐?"

"대한제국은 홀로 설 수 없습니다. 일본의 도움이 없었다면 진작 청나라 러시아의 속국이 됐을 것입니다."

사다코는 황제의 말에 한 치의 물러남도 없었다.

"청나라 러시아나 일본이나 무어 다르단 말이냐. 대한제국의 입장에서 보면 다들 도둑의 무리나 다름없는 것을."

"어찌 도둑이라 칭하십니까?"

"그럼, 남의 것을 탐하는 자가 도둑이 아니고 무엇이더냐?"

"말씀이 지나치십니다."

"너와 한가하게 말씨름이나 하자고 부른 것이 아니다."

황제는 불편한 심기를 거르지 않고 그대로 드러냈다.

"폐하는 일본의 근대화를 모르시지 않을 겁니다. 한 나라가 부국강병을 이루기 위해서는 근대화를 먼저 이뤄야 합니다. 헌데 지금의 대한제국은 자력으로 근대화를 이루기 어렵습니다. 일본을 이용하십시오. 일본을 미워해도 나중에 미워하십시오. 우선 굶주린 백성들이 배부른 다음, 대한제국 스스로 방위를 튼튼히 한 후, 그때 일본을 미워하십시오. 그러기 전까지는 일본을 이용하십시오. 그날을 기약하며 싫더라도 속내를 숨기십시오."

자력으로 나라를 보존하기 어렵다는 사다코의 말에 황제의 낯빛이 변했다. 눈초리가 움찔거리기도 했다.

"부국강병, 부국강병, 그러는데 일본 같은 나라들이 자신들의 힘을 믿고 대한제국을 흔들어 대니까 위태로운 거다. 가만두면 왜 나라가 망하겠느냐? 그러니 그냥 두라. 그냥 두라 하라. 부국강병을 이루지 못해도 우리끼리 잘 살 테니 제발 우리를 가만두라."

애면글면 한 나라의 사직을 짊어지고 있는 자의 처연한 외침이었다. 사다코는 그가 안쓰러웠다. 그 가련한 등으로, 그 조붓한 어깨로, 다 쓰러져가는 나라를 힘들게 받치고 있는 그가 안쓰러웠다.

"물론 그렇겠지요. 왜 아니겠어요. 일본 역시 그랬지요. 막부 시절 때는 혼란스러웠지요. 하지만 유신을 통해 일본은 다시 거듭났어요. 그 어느 때보다도 일본은 강건하고 부유해요. 대한제국도 일본을 본받을 필요가 있어요. 일본을 이용하십시오. 일본에 협력하면서 안으로는 대한제국의 힘을 키우십시오. 그러다 보면 힘이 생길 테고 나중에는 자주적으로 국가를 운용할 때가 올 것입니다."

"대한제국의 통신권과 외교권을 모두 강탈당했는데, 무슨 수로 힘을 키운단 말이더냐? 모든 것에 있어서 일본의 검열을 받고, 모든 것이 일본의 이익을 위해 사용될 텐데, 대한제국이 무슨 수로 갱생한단 말이더냐?"

"그렇다고 대한제국이 어디로 갑니까? 대한제국은 여기 그대로 있습니다. 철도를 놓더라도 대한제국의 땅 위에 놓일 것이고, 군대를 기르더라도 대한제국의 땅을 지킬 것입니다."

"너는 국민들의 일본에 대한 원성이 들리지 않느냐? 추수하는 농민들은 쌀 한 톨 빼앗기지 않으려고 목숨을 걸고 지키려 하는데도 일본은 무자비하게 빼앗아가고 있다. 목포항에는 연일 일본으로 실어가기 위한 면화와 쌀과 소금이 산더미처럼 쌓여 있다. 우리 국민들은 굶어 죽고 있는데 일본은 오로지 자신들의 국민을 위해 모조리 쓸어가고 있단 말이다. 그것이 어찌 대한제국을 위한 일이더냐?"

"그러면 더 열심히 일을 해서 더 많은 수확을 거두도록 해야지요."

사다코의 음성이 어느 때보다도 야멸쳤다.

"누구보다 근면한 국민이 대한제국의 국민이야. 또 그렇다 한들 일본만 좋은 일이겠지."

"부지런하기만 하면 뭘 합니까? 거기에 근대화된 기술이 더해져야지요."

사다코는 한마디도 물러서지 않고 황제의 말을 따박따박 되받았다. 그 품새가 당당하고 자신에 차 있었다. 당당하고 자신에 찬 나머지 사뭇 살똥스럽기까지 했다. 팽팽하던 대화에 먼저 음성을 낮추고, 표정을 푼 쪽은 황제였다.

"일본은 얼마 전 금본위제를 채택했다. 그 금이 다 어디서 나왔겠느냐? 대한제국의 금이 있기 때문이다. 어디 금뿐이더냐? 일본이 이만큼 풍요를 누릴 수 있는 까닭 또한 대한제국의 자원이 있기 때문이 아니냐?"

"그러니 빨리 힘을 길러야지요."

"그래, 그건 네 말이 맞다. 하지만 이토 히로부미는 일본의 신하이니 일본을 위해 일할 것이 아니더냐?"

"아닙니다. 그는 평화를 원합니다. 이는 대한제국도 원하는 일이 아니옵니까?"

"그야, 그렇지만 주권 없이 평화가 무슨 소용이란 말이냐?"

"이 나라의 황제는 폐하이십니다."

"그냥 허수아비 황제일 뿐이다. 일본은 내가 필요 없거나 걸림돌이 될 때는 언제든지 내 목을 칠거다."

"그러니 현명하게 대처해야지요."

그 말에 황제의 얼굴이 붉어졌다.

"현명하게 대처하라……."

황제는 무참한 표정으로 사다코의 말을 되뇌었다.

"아무튼 그대가 이토 히로부미를 잘 설득해 이 나라에 보탬이 되어라."

"네. 그러기 위해서는 폐하께서 저에게 힘을 실어주셔야 합니다. 지난번처럼 대안문을 대한문이라 고치고 저를 내치시면 저 또한 폐하를 돕기가 어렵습니다."

"알았다."

사다코는 황제 앞에서 물러났다. 한창 공사 중인 석조전이 오늘따라 을씨년스럽게 보였다. 깊어가는 시름에 황제는 한시도 편치 않을 것이다. 한숨이 한숨을 낳고, 한숨이 또 다른 한숨을 낳으며 꺼져가는 대한제국의 명줄을 안타깝게 이어갈 것이다.

사다코는 잠시 발길을 멈추고 황제가 들어 있는 중화전을 바라보았다.

이제 물길을 돌리기는 어려울 터이다. 어떠한 몸부림도, 어떠한 패도, 일본의 야욕을 꺾지는 못할 것이다. 그저 지치고 상처받고 짓뭉개져서는 현실을 참담하게 받아들일 수밖에 없으리라.

11. 통감 이토 히로부미

청화정의 불빛이 붉은 영산홍처럼 흐드러졌다. 그 불빛과 웃음들이 질펀한 내로 흘렀다. 일진회 회원들의 본거지인 청화정은 송병준이 왜첩 가쓰오를 앞세워 문을 연 요릿집이었다. 일진회는 일본군의 군사기밀비와 통감부의 기밀비의 지원을 받고 있는 친일 단체였다. 이토 히로부미는 일진회에 오만 엔이라는 거금을 하사한 바 있었다.

누군가의 부름을 받고 나가는 화려한 치장의 기생들이 보였다. 정성들여 화장을 했지만 어쩔 수 없이 오밀조밀한 이목구비에는 앳된 구석이 남아 있었다. 그 기생들은 몸을 팔고 웃음을 팔고 소리를 팔러 가는 길이었다. 아직 여자로 여물어지기 전일 텐데 그녀들은 사내들의 정액 받이가 되어 청춘을 살았다.

송병준은 청화정의 한편에 기생들을 유숙케 하고, 여자의 살이 필요한 사람들로부터 일정량의 돈을 받고는 기생들을 내보냈다. 포주집이었다.
　하야시는 송병준의 청화정을 적절히 이용했다. 돈이 있고, 술이 있고, 여자가 있는 곳에서는 이루어지지 않는 일이 없었고, 이룰 수 없는 일이 없었다. 태산도 옮길 수 있었고, 한 나라의 운명도 거래를 할 수 있었다. 한일의정서 조인을 위해 하야시는 청화정의 불빛 아래서 외부대신 서리를 일만 원에 매수했고, 싫다, 못 한다, 도리질로 돈을 뿌리치고 여자를 물리친 군부대신에게는 위압과 협박을 가하기도 했다. 을사조약을 체결하는 데도 청화정은 큰 몫을 했다.
　대한제국의 운명이 청화정의 기생과 술에 차근차근 무너져 내리고 있었다.

"그래, 궐에 들어갔더니 황제가 뭐라더냐?"
　기생을 옆에 두고 취흥에 젖어 있던 이토 히로부미가 내실로 들어서는 사다코를 향해 물었다.
"통감이 어떤 사람이냐고 물었습니다."
"뭐라 대답했느냐?"
　사다코의 대답에 이토 히로부미는 흥미롭다는 듯 그녀의 얼굴을 빤히 쳐다보며 물었다.
"대한제국의 평화를 위해 왔다고 했습니다."
　이토 히로부미는 흡족한 표정을 지었다. 이토 히로부미의 양옆으로 한복 차림의 어린 기생들이 꽃처럼 앉아 있었다.

"그래, 잘했다. 헌데 네 말대로 나는 대한제국의 평화를 위해 왔다. 요즘 들어 엄비나 순비가 너를 멀리한다는 소리가 들리더구나. 형편이 그런데 어떻게 나를 도울 수 있겠느냐?"

"걱정하지 마세요. 궁궐 안에 저를 도와줄 사람은 많아요."

사다코는 이토 히로부미의 걱정이 공연한 것이라는 듯 대수롭지 않게 받아넘겼다.

"그래? 그렇다면 다행이구나. 내가 너를 예뻐한 보람이 있구나."

이토 히로부미가 웃었다. 덥수룩한 그의 수염이 웃음 따라 흔들렸고, 그의 얼굴에 깊게 파여 있는 주름들이 유쾌하게 움직였다.

"이리 오너라. 와서 내 술을 받아라."

사다코는 이토 히로부미의 오른쪽에 앉아 있던 기생을 물러나게 하고 자신이 그 빈자리에 앉았다.

"이제부터 네가 할 일은 일본에 반감을 지니고 있는 대신들의 명단을 나에게 주는 거다. 그들을 이곳으로 데려오너라. 그들이 일본을 싫어해서 되겠느냐? 어떻게든 일본이 우호적이라는 사실을 알려줘야지. 그렇지 않느냐? 한국에서는 풍류를 알아야 진정한 선비라고 한다는 걸 알고 있다. 풍류를 통해 세상과 자연과 인간이 서로 교감하고, 사람살이의 고달픔을 달래며, 인생의 깊이와 이치를 찾는다 들었다. 그러니 이곳에서 그들과 함께 풍류를 이야기하고 허심탄회, 속마음을 나누어야겠다. 그러면 서로가 더 가까워지고, 서로를 더 이해하게 되지 않겠느냐?"

"그러지요."

사다코의 대답 속에 자신감이 묻어 있었다. 한 잔 두 잔 마다 않고 받아 마신 술에 온몸이 수초처럼 풀어졌다. 기분 좋은 이완이자 쾌감이었고, 호기였다. 술에 함몰된 의식이 참으로 낫낫했다.

저를 창녀라 욕해도 좋았다. 저를 밀정이라 경멸해도 좋았다. 저를 괴물이라 불러도 좋았다. 이리 세상이 제 발아래 있는 것을. 창녀라 욕하고, 밀정이라 경멸하고, 괴물이라 비야냥거려도 어쩔 수 없이 제 앞에 찾아와 무릎 꿇고 사정하는 것을. 그러라. 마음대로 나를 경멸하고 비아냥거려라. 그럴수록 나는 너희들의 경멸을 양분 삼아 더 자랄 터이니, 마음껏 조롱하고 비난하라.

깔깔깔깔. 사다코는 갑자기 웃음보를 터트렸다. 그 웃음이 하도 날카롭고 갑작스러워 자리에 있던 사람들이 놀라 사다코를 바라보았다. 하지만 사다코는 개의치 않았다.

저의 앞날에 축복이 있으라! 사다코는 저 혼자 잔을 들고 건배를 외쳤다. 이토 히로부미가 그런 사다코를 빙그레 웃으며 바라보고 있었다.

처음에 육조거리에 있던 통감부는 일 년이 지나자 남산 왜성대 밑으로 이사를 했다. 청화정뿐만 아니라 이토 히로부미가 거주하는 통감부의 관저에는 밤마다 휘황한 불빛이 꽃밭처럼 피어났다. 그 불빛에 밤이 어지러웠다.

이토 히로부미는 수시로 대한제국의 대신들과 갑부들을 관저나 청화정으로 초대하고 기생들을 불렀다. 처음에는 사람들의 시선을 꺼려서 고개를 숙이며 들어서거나 핑계를 대 이토 히로부미의 부름에 도망치던 대신들도 시간이 지나면서 당당하게 고개 쳐들고 연회에 참석했다. 오히려 그 연회에 초대받지 않은 대신들은 자신들의 무능과 한직을 한탄했다. 심심찮게 쥐여주는 이토 히로부미의 선물도 그들에게는 자랑거리였다.

연일 열리는 연회에 그들의 뼈와 살들이 먼저 적응을 했다. 그들은 한 명씩 기생을 끌어안고 질펀한 밤을 보내면서 망해가는 나라의 운명에 부채질을 했다. 이토 히로부미는 아낌없이 그들에게 퍼주었다. 땅도 주었고, 금도 주었고, 여자도 주었고, 권력도 주었다. 달라고 터럭손을 내밀면 웃으며 내주었고, 말 대신 간절한 눈빛으로 그를 바라보면 미소로써 답하며 원하는 것을 보내주었다. 그 많은 선물과 뇌물들은 결국 대한제국의 피눈물이자, 핏덩어리였고, 뼛골이었으며 살점들이었다.

사다코는 그 연회의 안주인이었다. 레이스가 달린 하얀 블라우스를 입고 흰 분에 붉은 입술로 단장하고 취기로 어지러운 사람들 사이를 돌아다녔다. 구슬구슬 늘어뜨린 샹들리에가 불빛을 내뿜으며 휘황하게 흔들렸다. 저 불빛 아래 있으면 술이 없어도 취한 듯 몽롱해졌다. 불빛이 흔들릴 때마다 사다코도 흔들렸다. 사다코의 가슴도 흔들렸고, 시간도 흔들렸다.

사다코의 위세는 황제의 위세를 덮고도 남았다. 사다코의 말은 꽃처럼 화려했고, 잘 벼리어진 칼처럼 섬뜩했다. 내각의 대신들도 사다코를 함부로 할 수 없었다. 황제 또한 사다코의 방자함을 주먹을 부르쥔 채 견뎌냈다. 그 위세로 사다코는 오빠 배국태를 한성판윤에 앉히고, 동생은 경무감독관으로 승진시키기도 했다. 남들이 탐을 내는 요직 중의 요직이었다.

그사이 사다코는 현영운과 헤어지고 그의 후배 박영철과 세번째 결혼식을 올렸지만 그 또한 오래가지 못했다. 아홉 살이나 어린 그와의 결혼식은 세간의 화제였다. 신식으로 올린 그 결혼식에는 대한제국의 수많은 인사들이 참여했다. 어쨌거나 인연으로 만났다 인연이 다하면 헤어지는 게 인간사, 다한 인연에 미련이나 서글픔은 없었다.

남자는 많았다. 마음만 먹으면 얼마든지 남자를 취할 수 있었다. 나이도, 직업도, 신분도 문제가 되지 않았다. 사다코의 마음에 들면, 사다코의 눈에 들면, 그만이었다. 사랑에 목숨 걸지는 않았다. 순정적 연애, 그것은 환상과 거짓일 뿐. 그 허상에 전전긍긍하거나 무지갯 빛 집을 짓지는 않았다. 가슴 저미는 사랑보다, 핏빛 그리움보다, 그저 살 떨리는 쾌감이 더 좋았다.

박영철과 이혼을 하는 그 시간에도 사다코는 스무 살 연하의 청년 부호와 갑부의 무역상을 애인으로 두고 번갈아가며 만나고 있었다. 자유연애는커녕, 아직은 여성의 정절이 미덕으로 통하던 시기였으니 사다코의 세번째 이혼은 그 자체로 새로운 이야깃거리였다.

일본은 차근차근 계획대로 대한제국의 팔다리를 잘라내고 있었다. 한 손에는 칼과 총을 들고 다른 손으로 당근과 사탕을 내민 채 일본은 대한제국을 자신들의 속국으로 만들어가고 있었다. 1906년, 병오년에 통감부가 설치되고, 주한 일본 헌병이 행정과 사법경찰권을 장악한 데 이어 3월에는 대한제국에 남아 있던 각국의 공사관이 철수했다.

사다코는 하나하나 봇짐을 싸 떠나는 외국 공사들을 보고 파안대소를 했다.

"청화정에 상을 보아두라 일렀습니다. 이번 일에 힘을 보탠 사람들을 불러 그들의 공을 치하해주시지요. 앞으로도 그들이 쓸모가 있지 않겠습니까? 청화정 주인에게는 쓸 만한 아이들로 골라 그들을 시중들라 일러두었습니다."

"오냐. 내가 미처 신경 쓰지 못한 부분까지 알아서 챙겨주니 한결 내 어깨가 가볍구나. 그러니 어찌 내가 너를 귀여워하지 않을 수 있느냐?"

이토 히로부미는 대견한 듯 사다코를 건너다보았다. 사다코 뒤로 커다란 벽시계의 추가 둔중하게 움직이고 있었다.

"통감! 대한제국에서 통감을 뭐라 부르는 줄 아세요? 이토 상더러 풍류 통감이라 합니다. 풍류를 안다고 말입니다."

사다코는 문득 장난스럽게 이토 히로부미를 바라보았다. 그 말끝에 이토 히로부미는 큰 소리로 웃었다.

"풍류 통감이라…… 나쁘지는 않군."

사다코 역시 만면에 환한 웃음이 번졌다. 이토 히로부미는 서랍에서 작은 물건 하나를 사다코 앞에 내밀었다.

"이것은 네 앞으로 내리는 상이다."

사다코는 그가 내민 물건을 풀어보았다. 묵직하고도 단단한 게 이전의 선물들과는 무언가 달랐다. 매듭을 푸는 사다코의 손길이 차분하지 못했다. 금괴였다.

"어마낫! 세상에 이게 뭐야?"

사다코는 누런 금덩어리를 손바닥에 올려놓고 이리저리 들여다보며 연방 감탄사를 내뱉었다.

"네가 한 일에 비하면 이게 대수이겠느냐? 앞으로도 네가 하기에 따라 이보다 더 큰 상을 내릴 것이야."

사다코를 바라보는 이토 히로부미의 눈빛이 애틋하고도 다정했다. 금이었다. 금덩어리. 사다코의 손바닥 위에서 금은 묵직한 무게로 반짝였다. 사다코의 손에 쥐어지는 재물이 늘어나면 늘어날수록 대한제국의 저항 또한 거세어져만 갔다.

전국 곳곳에서 의병의 무리들이 일본군의 허를 찌르며 공격해왔고, 일본의 강제 지배를 반대하여 스스로 목숨을 끊는 자들도 속출했다. 그들은 죽음으로써 한국의 국민들을 자극했다. 그들의 단심에 불을 지피고, 그들의 죽음을 길라잡이 삼아 죽창 아래 모이도록 유도했다. 공격하고 방어하고, 또 공격당하고 방어진을 무너뜨리는 과정에서 일본 측도 만만치 않는 피해를 보고 있었다. 경운궁의 경비권을 강탈당하고, 느닷없는 기습 공격에 혼비백산 도망친 적도 여러 번이었다. 무지렁이 농투사니들일망정 이들의 세력이 커진다면 수적으로 열세한 일본군은 곤경에 처할 수밖에 없을 터였다. 여기까지 왔는데, 예서 일을 그르칠 수는 없는 일이었다. 게다가 사다코는 알았다. 제가 살기 위해서는 어떻게 해야 한다는 사실을. 일본의 보호 없이는 제 명대로 살지 못할 것이다. 그러니 싫든 좋든 충성을 다해야 했다. 굳이 시키지 않더라도 스스로 제 살길을 찾기 위해 제 길을 제가 마련해야 했다.

사다코의 웃음 가신 얼굴에서 그늘이 짙어지고 있었다.

"왜 작으냐? 작으면 말하거라. 내 너의 정성에 맞춤한 상을 내릴 터이니."

이토 히로부미는 사다코의 표정을 살피며 다정스레 이야기했다.

"아닙니다. 그렇지 않습니다."

금 한 덩이의 무게만큼 대한제국이 흔들렸다. 한 덩이의 중량보다도 더 무겁게. 패망의 어두운 수렁 속으로 대한제국은 빠져들었다. 그녀는 누구보다도 대한제국을 멸망으로 인도하는 충실한 길라잡이였다. 자신에게 주어진 역할에 불만이나 원망이나 반성은 없었다. 오히려 그 충실의 강도에 따라 주어지는 대가에 그녀는 기뻐 춤을 추고 환희의 송가를 불렀을 뿐이었다.

12. 태산이 무너지다

 일본 정부가 대한제국의 외교권을 박탈함에 따라 한국에 주둔하고 있던 외국 공사관은 하나 둘 철수했지만 암암리에 황제는 외국의 공사관에게 밀서를 보내 일본의 부당성을 강조하고 자주권 회복을 지지해줄 것을 호소하고 있었다. 일본이 한국의 외교권을 갖는다는 한일협약은 일본이 위협하여 강제로 조인토록 했다는 내용이었다. 을사조약은 조약이 아니라 늑약이라고 핏대를 세우며 앙앙거렸다.
 아지랑이가 춘니 위로 가물가물 피어오르는 날이었다. 척박한 땅 위에서 피어난 개나리가 노란빛으로 허기졌고, 진달래가 분홍빛으로 애통했다. 배고픈 아이들은 진달래 꽃잎을 따서 입안에 넣었다. 누런 콧물이 대롱거리는 아이들의 입안에서 검붉게 씹히는 진달래 꽃잎이, 이리저리 차이고 넘어져서는 참혹하게 짓이겨지는 대한제국의 모양 같았다.

"뭐라 그랬느냐?"

이토 히로부미의 격앙된 음성이 집무실을 쩌렁, 울렸다.

"이상설, 이준, 이위종이 네덜란드 헤이그에서 열리는 만국평화회의에 황제의 밀서를 가지고 들어가려다 제지당했답니다."

이상설은 전 의정부 참판을 지닌 인물이었고, 이준은 평리원 검사를 지닌 위인이었으며, 이위종은 러시아 공사관 참서관을 지닌 인물이었다.

"저런, 저런 죽일 놈들을 봤나. 그래, 그 밀서는 무슨 내용이라더냐?"

"러시아와의 전쟁 이후 우리 일본이 대한제국을 침략했고, 잔인하게 짓밟았으며, 을사조약이 우리 일본에 의해 강제로 맺어진 조약이라며 무효라고 주장했답니다."

"저런 죽일 놈들! 그래, 그걸 미리 막지 못하였더냐?"

"워낙 은밀하게 진행된 일이었던지라……."

"그 같은 일을 사전에 알지 못했다니. 도대체 너희들은 무얼 하고 있었던 게냐?"

이토 히로부미의 화는 좀처럼 가라앉을 줄 몰랐다.

"그래 어찌 되었다더냐?"

"다행히 그들은 회의장으로 들어가지 못한 걸로 알고 있습니다. 하지만……."

"하지만 무엇이냐?"

"회의장 밖에서 저들이 만들어 온 선언문을 읽는 통에 일본의 위신이……."

쾅. 이토 히로부미가 탁자를 내리쳤다. 아금받게 쥔 그의 주먹이 파르르 떨렸다.

참으로 어리석은 일이었다. 일본과 서구 열강들은 이미 자신들의 이해와 이익에 따라 약소국을 나누어 가지고 있는데 누가 대한제국의 말에 귀 기울여줄 것인가. 대한제국의 일본 병합에 대해서는 서구 열강들도 이미 승인한 문제였다. 거기에 대고 부당성을 주장하는 것은 오히려 운신의 자유만 스스로 제한하는 결과를 가져오는 일이 되는 것이었다.

사다코는 이토에게 면목이 서지 않았다. 잘못이 있다면 그들의 움직임을 미리 알아차리지 못한 자신에게 잘못이 있는 것만 같았다.

사다코는 한달음에 덕수궁으로 갔다. 조심스럽지 못한 발길에 치맛자락이 발회목에 걸려 어지럽게 펄럭였다.

황태자 척과 커피를 마시고 있던 황제는 완강한 어조로 자신의 연관을 부인했다. 그러면서 사나운 기세로 들어서는 사다코를 향해 불편한 심기를 숨기지 않았다.

"나는 모르는 일이다. 설령 안다 한들 예서 너와 그 이야기를 하고 싶지가 않구나. 그러니 물러가라."

"그 일은 일개 대신의 자격으로는 갈 수 없습니다. 폐하가 보내시지 않았습니까?"

사다코는 황제의 눈을 쏘아보며 앙칼지게 따져 물었다. 추궁이었다. 일개 역관이 한 나라의 황제를 신문하고 있는 중이었다.

"방자하구나. 감히 어디라고 예서 함부로 입을 놀린단 말이냐? 물러가라는 폐하의 말씀이 계셨지 않느냐. 그러니 물러가라! 당장 물러가라!"

사다코를 나무란 건 황제의 아들, 척이었다. 잠깐 사다코는 황태자를 가소롭다는 듯이 노려보았다.

"말했지 않느냐? 나는 그 일과 아무런 연관이 없다. 하지만 그들의 말이 아주 틀린 것도 아니지 않느냐? 일본은 강제로 대한제국의 국권을 강탈해갔다. 한 나라의 주권을 빼앗아간 거지. 대한제국의 국내외 활동을 담당해오던 외부를 폐지하고 외사국을 설치함으로써 일본은 대한제국의 외교권을 강탈해갔다. 지금 이 땅의 주인이 누구더냐? 그러니 나라로부터 녹을 받는 대신이라면, 국민이라면 당연히 분하지 않겠느냐? 심정적으로는 나 역시 그들과 같다. 그들이 오죽했으면 그 먼 곳까지 가서 이 나라의 분함을 호소했겠느냐? 나라도 그러했을 것이다. 가지 말라 소매를 붙잡아도 뿌리치고 갔을 것이다. 하지만 나는 그들에게 가라, 시키지 않았다."

황제는 미우 한번 움찔거리지 않고 꼿꼿하게 앉아 제 할 말을 했다.

"그들이 누구이옵니까? 이위종은 전 러시아 참서관이었고, 이상설은 전 의정부 참판을 지닌 인물이었으며, 이준은 평리원 검사를 지닌 위인이었습니다. 어찌 이들이 사사로이 움직였다 말씀하십니까?"

"허허. 답답하구나. 너희들은 나의 일거수일투족을 감시하고 있지 않느냐? 그런 터수에 내가 무얼 도모할 수 있다는 말이냐? 나는 살아 있어도 죽어 있는 것과 같다. 그저 죽지 못해 살아 있을 뿐이지. 나는 너희들의 꼭두각시가 아니더냐?"

진중하던 황제의 음성이 점차 격앙되고 있었다. 그의 표정 또한 격하게 일그러졌다.

"세계는 자신들의 이익을 좇아 지금 재분할되고 재편성되고 있습니다. 폐하도 이를 알고 계시지 않습니까? 영국과 프랑스는 서로 식민지에 관한 협정에 조인함으로써 사이좋게 이집트와 모로코를 나누어 가졌습니다. 이집트는 영국의 수중에 들어갔고, 모로코는 프랑스가 갖기로 했지요. 서구 열강들이 서로 식민지를 통한 영토 확장을 하다 보니 크고 작은 분쟁이 일어났고, 만국평화회의는 그 분쟁을 조정하는 자리이지요. 헌데 그 자리에서 누가 대한제국의 소리를 귀담아들어주겠습니까? 이미 영국, 프랑스, 러시아, 청으로부터 일본이 대한제국에서의 우선권을 인정한다는 각서를 받은 지 오래되옵니다. 왜 그렇게 세상을 모르십니까? 대한제국이 살아남으려면 일본에 협력하는 수밖에는 없다고 누차 말씀드렸습니다. 이미 일본은 청나라는 말할 것도 없고 러시아와도 싸워 이겼습니다. 그런 터수에 대한제국이 존립하려면 어디에 손을 내밀어야 하겠습니까? 설령 일본이 대한제국에서 철수한다 한들 대한제국이 살아남을 수 있다고 보십니까? 일본이 물러가면 청나라와 러시아가 가만있겠습니까?"

"물러가거라. 무엄하구나. 어느 안전이라고 그리 입을 함부로 놀리는 게냐?"

또다시 황태자 척이 목청을 높였다. 그 소리에 시립해 있던 궁인들도 놀라 어깨가 움찔거렸다.

사다코는 독기 어린 시선으로 황태자를 쏘아보았다. 허공에서 황태자의 시선과 사다코의 시선이 맞부딪쳐 쇳소리가 나는 듯했다.

"허허, 요사스러운 계집이로구나. 네가 진정 치도곤을 맞아야 정신을 차리겠느냐?"

먼저 시선을 휘두른 건 황태자 척이었다.

"쉬고 싶구나. 다들 물러가거라."

더 이상 안 되겠다 싶었는지 황제가 황태자와 사다코를 물리쳤다.

"이번 일은 폐하께서 책임지셔야 할 겁니다. 폐하의 편을 들어드리기에는 제 힘이 약합니다."

"책임을 지라니, 무슨 말이더냐?"

황제가 미간을 찌푸리며 되물었다.

"일본에서는 이번 일을 일벌백계로 삼을 것입니다. 그냥 어물쩍 넘어가지 않을 거란 말입니다."

"그러니 나한테 어떻게 책임지란 말이냐? 허허, 듣자 듣자 하니 방자하기 이를 데 없구나. 책임을 지라니."

그 말에 사다코는 아무 대답 없이 황제를 쏘아보았다. 그 눈빛에 박힌 가시가 창창했다.

"지금 폐하를 협박하는 게냐?"

다시 황태자 척이 끼어들었다.

"협박이 아닙니다. 일본은 분명 이 일의 책임을 폐하께 물어올 것입니다."

"그럼 지금 네가 하는 말이 협박이 아니고 무엇이란 말이냐?"

"당연히 잘못하면 바로잡으려 하지요. 일본 정부는 이번 일을 계기 삼아 폐하를 더 압박하고 들어올 것입니다."

"감히 네가 뭔데 폐하를 바로잡는단 말이냐?"

"태자께서도 이번 일을 유념하셔야 할 겁니다."

"이제 나한테까지 협박하려 드느냐?"

황태자의 눈빛에 문득 살기가 돌다 사라졌다. 하지만 그 눈빛에 질 사다코가 아니었다.

"만약 황태자께서도 함부로 나서거나 엇나가신다면 황태자께서도 몸을 온전히 보존하지 못하실 것입니다."

"감히, 감히, 네가 나를, 나를 능멸하는 것이더냐?"

황태자는 분노로 말로 제대로 잇지 못했다. 사다코는 황태자의 서슬 푸른 그 눈빛을 꼿꼿이 되받아냈다.

"네 조국은 어디냐? 네 나라는 어디냐? 도대체 네 조국이 어디더냐? 너는 대한제국 사람이냐? 일본 사람이냐?"

황태자가 독기 품은 소리로 물었지만 사다코는 대답하지 않았다.

"말해보아라. 도대체 네 나라는 어디냐? 너는 어디 편이냐?"

"섣부른 애국심으로 자칫 큰일을 망칠 수 있습니다. 그 점만 유념하십시오."

"좋다. 너의 그 애국심이라는 것이 도대체 어느 나라를 위한 마음이더냐? 일본이냐? 대한제국이냐?"

또다시 황태자가 물었다.

"대한제국입니다."

"그 세 치 혀가 이 나라를 망하게 하고, 폐하를 어지럽히는구나."

"말씀이 지나치십니다."

"내가 한 말은 지나치고 네가 한 말은 정당하다는 것이냐?"

"조금 전 하신 말씀을 분명 후회하실 겁니다."

"그래도 네가 정신을 차리지 못했구나."

사다코의 말에 황태자의 음성이 쩡하고 울렸다.

"물러가라니까!"

황제가 소리쳤다.

그 소리에 사다코는 거칠게 일어나서 밖으로 나왔다. 등 뒤로 그들의 시선이 창날처럼 날아와 꽂혔다. 하지만 사다코는 움츠리지 않았다. 그럴수록 어깨를 더 펴고 턱을 치든 채 덕수궁을 나왔다.

더위가 기승을 부리는 날이었다. 밀사 중의 한 명으로 만국평화회의에 참석했던 이준이 헤이그에서 병사했다는 소식이 들려왔다. 푹푹 찌는 폭염 속에서 그 소리는 부패해들어가는 병소처럼 불온했고, 상황은 위태로웠다.

사다코는 급히 사람을 보내 송병준과 이완용을 청화정으로 불러들였다. 그의 죽음으로 자칫 국민들이 동요할 수도 있음이었다. 유독 이 나라의 국민들은 죽은 자에 관대하고 연민을 갖지 않던가. 그 측은지심이, 그 동정심과 연민이 불꽃처럼 타오르면 안 되었다. 미리 그 중심축을 제거하지 않으면 안 되었다.

이완용은 이마에 흘러내리는 땀을 훔쳐내며 청화정으로 들어왔다.

"대신들께서는 이 일을 그저 가만히 앉아서 보고만 계실 겁니까? 황제를 퇴위시키세요."

황제를 폐위시키라니. 앞뒤 설명 없이 심지만 쑥 빼 들이미는 사다코의 말에 송병준과 이완용은 자신들의 귀를 의심했다.

"이준이 죽었답니다. 자칫 잘못하면 봉기로 이어질 수 있는 상황이에요. 그러니 그 일로 무슨 일이 일어나기 전에 서둘러 황제를 내려앉혀야지요. 본보기로 삼아야 합니다. 일본의 정책에 반대하면 어떻게 되는지 보여줘야 한단 말입니다."

"그래도…… 그랬다간 정말로 봉기로 이어질까……."

그들은 어물쩍 뒷말을 흐리며 곤혹스러운 표정을 지었다.

"그러니 두 분한테 내 부탁드리는 거 아닙니까? 쉬울 일 같았으면 내가 합니다."

"하지만 그게……."

"허허. 두 분이 누구 덕분으로 지금 이 자리에 계시는 겁니까? 누구 덕분에 호사를 누리고 사십니까?"

사다코의 음성이 사뭇 새되었다. 날이 선 그녀의 말에 두 사람은 시선을 피했다. 헤이그 밀사 파견을 빌미로 일본은 이완용을 주축으로 하는 친일 내각을 앉히고 내각관제를 공포한 지가 얼마 되지 않은 터였다. 내각관제로 개편되면서 황제의 권한은 그만큼 축소되었다. 그 일로 가장 큰 혜택을 본 사람은 이완용이었다.

"지금도 민심이 사나운데…… 사방에서 민란이 발생하고 있는데, 게다가 황제까지 퇴위시킨다면…… 그 뒤탈을 어찌 감당해야 할지 그게 우려스러워서……."

이완용의 말이 자신이 없었다.

"그렇다고 가만히 계실 겁니까? 최고의 방어는 공격이라 했습니다. 그들이 그렇게 나온다면 이쪽에서 먼저 더 강경하게 나가야지요. 식겁하게 만들어줘야지요. 하여, 대응하고자 하는 마음의 뿌리를 제거해야지요."

그들은 말이 없었다.

"대신들이 나서지 않으면 누가 하겠습니까? 그리고 이번 일을 잘 처리해주신다면 일본에서도 두 분 대신들의 노고와 충정을 잊지 않을 것입니다. 게다가 두 분 뒤에는 통감이 있어요. 아니, 일본정부가 있어요. 헌데 뭐가 걱정되십니까?"

사다코가 두 사람의 대답을 채근했다. 두 눈을 감고 사다코의 말을 듣고만 있던 송병준이 무겁게 입을 열었다.

"통감께서 원하는 일인가?"

"두 분 대신들은 언제까지 통감이 시키는 대로만 하시렵니까? 먼저 두 분이 나서서 일을 처리하신다면 통감 역시 크게 기뻐할 것입니다. 선물이란 원래 모르고 있다가 받았을 때 더 기쁘지 않습니까? 꼭 통감께서 말해야만 움직이시렵니까? 통감께서도 두 분 대신이 알아서 이번 일을 처리해주신다면 크게 기뻐할 것입니다."

"하지만 사안이 사안이니만큼······."

"참으로 답답하십니다. 그렇다면 좋습니다. 다른 사람을 찾아보는 수밖에요. 그때 후회하지 마십시오."

사다코는 어금니를 문 소리로 살똥스럽게 이야기했다.

"왜 그렇게 급한가? 조금 시간을 줄 수도 있지 않은가?"

"언제까지요? 언제까지 시간이 필요하답니까? 대한제국 속담에 쇠뿔도 단숨에 빼라지 않았습니까? 게다가 어디 이 일이 그냥 넘어갈 일입니까? 시간이 없습니다. 시간이 지체된다면 다시 새삼스러울 일이 아닙니까? 알겠습니다. 두 분께서는 마음에 없는 걸로 알겠습니다. 그리 알겠으니 나중에 서운타하지 마십시오."

"허허. 사람, 참······ 알았네, 알았으니 둘이 의논해보겠네."

송병준이 어물어물 마지못해 대답했다. 하지만 대답은 그렇게 했으면서도 송병준과 이완용의 표정이 어둡고도 미심쩍었다. 그 표정에 사다코는 트집을 잡았다.

"청화정이 누구 때문에 이리 번창합니까? 다 통감의 덕이 아닙니까? 그리고 두 분께서는 누구 덕분에 오늘 이 자리까지 올랐다고 생각하십니까? 두 분의 힘으로 예까지 오셨다고 생각하십니까?"

사다코의 힐난에 그들은 곤혹스러운 표정으로 천장을 쳐다보며 허허, 탄식만 내뱉었다.

"일본이 나서기에 앞서 두 분 대신이 먼저 길을 열어놓아야 일이 수월하게 풀리지 않겠습니까? 일본이 나선다면 저항이 그만큼 더 세질 수밖에 없지 않겠습니까? 그러니 두 분 대신만 믿겠습니다."

명령이었다. 이완용과 송병준은 사다코의 명령에 심기가 편치 않았지만 내색은 하지 못했다. 마뜩잖은 표정도 지을 수 없었다. 다만 중압감에 입마저 무거워져서는 골똘한 생각에 잠겼다. 그 머릿속이 어지러웠다.

송병준과 이완용은 황제가 물러날 것을 요구했다. 그런 이완용과 송병준의 주장에 대한제국의 대신들은 놀란 눈으로 악머구리처럼 떠들고 일어났다. 소금을 뒤집어쓴 미꾸라지처럼 그들의 저항이 격렬했다. 하지만 승산 없는 저항이었고, 몸부림이었다.

"어찌 그대들은 일본의 눈치만 보면서 살아가오. 만국평화회의의 일은 주권을 가진 한 나라의 입장으로서 참으로 위대하고 정당한 일이 아니오? 헌데 그 일을 두고 황제에게 물러나라고 한다니 도대체 어쩌다 이 나라가 이 지경까지 오게 됐는지 참으로 개탄스럽소."

"그 회의에 참석한다 해서 우리가 얻는 것보다 잃는 게 더 많아요. 당장에 그 일로 우리는 외교권은 물론 모든 것을 잃었소. 그러니 어찌 그냥 넘어갈 수 있단 말이오?"

"그래도 노력은 해봐야지요. 노력 없이 어찌 얻을 수 있겠소?"

"그대들은 청국은 아버지 나라로 받들고, 군주의 나라로 받들면서 왜 정작 일본에 대해서는 그리 반감들을 지니고 있단 말이오?"

"허허, 참으로 답답하구려. 그대는 임진년과 을미년의 일을 잊으셨소? 정녕 그대들이 대한제국의 대신들이오?"

내각회의에서는 고성과 막말이 오갔다.

"도대체 그대들은 어느 나라 대신들이오? 일본의 혀가 되고 손발이 되는 그대들이 참으로 수치스럽소."

"말이 너무 심하오."

황제의 앞임에도 불구하고 이완용은 제 할 말을 다 하고 목소리를 높였다.

온 나라가 들끓자 황제는 사분오열 분열하는 국론을 수습하기 위해 이틀 후, 황태자 척에게 국사를 대리시킨다는 조칙을 발표하고 서둘러 불을 껐다. 이에 따라 황태자 척이 경운궁 중화전에서 즉위식을 갖고 정식으로 황제로 등극하고 황제는 태황제로 물러나 앉았다.

하지만 분란은 계속되었다. 분노한 국민들은 죽기를 각오하고 일어나 이완용의 집을 불태우고, 일본의 부당성을 따지며 피로써 절개를 지키고자 했다.

일본은 곧바로 대한제국의 군대를 해산시켰다. 이에 불응해 대한제국군 대장 박승환이 자결하고 전국에서 민병들이 일어나 항일투쟁에 나섰다. 하지만 일본은 고삐를 늦추지 않았다. 대한제국주

차헌병조례를 만들어 무자비하게 이들을 잡아들였다. 무참하게 죽은 주검들이 광희문 밖으로 버려졌다.

    황제 퇴위의 일등 공신은 단연 사다코였다. 이토 히로부미와 일본이 일을 계획하고 사다코가 진행시켜나갔다. 한 여자의 세 치 혀와 치맛바람에 한 나라의 왕이 물러나고 대신들이 춤을 추었다.
    이토 히로부미는 사다코에게 큰 상을 내렸다.
    "너 혼자 백 사람의 몫을 하는구나. 그래, 다들 너만 같으면 얼마나 좋겠느냐?"
    "통감께서 기뻐하니 저도 기뻐요. 모든 게 다 잘 될 거예요. 그러니 너무 염려하지 마세요. 이제 하나하나 뜻대로 되어가고 있지 않습니까? 물길을 돌리기 위해서는 당장에 저항이 있겠지만 그래도 시간이 지나면 언제 생겼는지 모르게 새로운 물길이 나 있게 마련입니다. 그러니 너무 서둘지 마십시오."
    "오냐, 오냐. 네가 나를 가르치는구나. 허허허."
    이토 히로부미는 시원스럽게 웃었다. 당연히 골치 아픈 문제가 해결됐으니 홀가분하기도 할 터였다. 게다가 이토 히로부미는 일본 내에 자신의 체면도 서게 됐으니 더 말할 나위가 없었다.
    "통감을 위한 일이라면 내 뼈를 내어놓겠습니다."
    사다코의 교태 어린 소리에 이토 히로부미가 목젖이 보이도록 웃어젖혔다. 하지만 사다코에게도 한계가 있었다. 이토 히로부미가 대한제국의 통감 자리에서 물러나면서 사다코 또한 위세가 한

풀 꺾이게 되었다.

　이토 히로부미는 본국으로 돌아갔다. 그가 없는 대한제국은 사다코에게 있어 적막공산이나 마찬가지였다. 하지만 사다코에게 주어진 임무는 줄어들지 않았다. 괭이와 쟁기를 버리고, 대신 고물 총과 죽창을 든 채 계곡 계곡 그늘진 곳에 몸을 숨기고 일본군의 뒤를 치는 민병들이나 그들에게 은밀히 자금을 조달해주는 지주들을 색출하고 대신들의 동향을 파악해 관리하는 일이었다. 그러나 그 일은 따분하고 지루하기 그지없었다.

　마음대로 외출을 할 수도 없었다. 누군가 어느 골목에 그늘처럼 몸을 숨기고 있다가 자신의 숨통을 끊어놓으려 들지도 모를 일이었다. 집을 빙 둘러 삼엄하게 경비를 서도록 했건만, 바람 소리, 문 소리만 들려도 사다코는 귀가 곤두서고 온몸의 신경들이 팽팽하게 긴장되었다. 그 바람 소리에 발소리를 숨기고, 그 어둠에 몸을 숨겨서는 제 목을 동강 내놓을지도 모를 일이었다.

　그 걱정에, 갖은 호사를 다 누렸지만 하루하루가 긴장된 나날들이었다. 신경은 예민해졌다. 살아 있어도 살아 있는 것 같지가 않았다. 아슬아슬, 외줄 위를 타는 사람처럼 하루하루가, 아니 순간순간이 편치 않았다. 사다코는 이토 히로부미가 한국에서 통감으로 있을 때가 그리웠다. 연일 베풀어지던 청화정에서의 연회도 그리웠고, 이토 히로부미의 위세로 아가씨로 불리던 시절이 그리웠다.

　이토 히로부미의 빈자리가 생각보다도 컸다. 남자를 바꾸고, 걸

태질하듯 재물을 모았지만 이토 히로부미가 주는 권력에는 비교할 수 없었다. 생사여탈권. 남의 목숨을 주관한다는 것은 무엇과도 바꿀 수 없는 살 떨리는 쾌감이었다. 남자와 재물은 그 권력을 지니고 있을 때 부속품으로 딸려왔으니, 권력만 있으면 모든 것을 다 이룰 수 있었다. 그 권력은 이토 히로부미에게서 나온 것이었다.

사다코는 이토 히로부미가 부른다는 전갈을 듣고 한달음에 도쿄로 달려갔다. 차창 밖으로 보이는 도쿄의 풍경이 이전보다도 복잡했고, 더 커져 있었다. 급변하는 모양에 사다코는 그저 부러운 표정만 지었다.

그곳에서 사다코에게 새로운 임무가 주어졌다. 청나라로 들어가 위안스카이에게 접근해 청의 꿍꿍이가 무언지 알아보라는 임무였다. 이홍장의 부하였던 위안스카이가 최근 들어 쑨원의 편에 서려고 하고 있는데 청국의 변화는 그대로 일본과 한국에 위협이 될 터. 하여, 미연에 그 싹을 잘라놓지 않으면 나중에 큰 곤욕을 치를 게 분명하다는 이유에서였다.

사다코는 이토 히로부미의 명령에 청나라로 가기 위해 치밀하게 계획을 세웠다. 위안스카이란 인물과 한국 출신의 그의 여자에 대해 꼼꼼히 파악하고, 그들의 동선과 그들이 무얼 좋아하는지 알아두었다. 그리고 청나라의 말과 관습들을 공부했다.

1909년, 준비가 하나하나 마무리되어갈 때였다. 청량한 가을바람에 살갗이 소슬하게 느껴지는 날이었다. 사다코는 몸에 돋는 소름을 손바닥으로 문지르며 흘러내린 덧옷을 다시 어깨에 걸쳤다.

그때였다. 누군가 급하게 문을 두드렸다. 그 조심스럽지 못한 손길에 문이 요란하게 흔들렸다.

"무슨 일인데 이리 소란스러우냐?"

사다코는 사뭇 짜증스러운 어조로 부수듯 문을 열고 들어온 사람을 향해 물었다. 그는 제대로 숨도 쉬지 못한 채 말했다.

"큰일 났어요. 이토 상이…… 이토 상이……."

"무슨 일인데 이리 호들갑을 떠는 게냐? 이토 상이 뭘 어쨌다는 게냐?"

사다코가 미간을 구기며 그를 훑어 내렸다.

"이토 상이, 이토 상이 죽었어요."

사다코는 제 귀를 의심했다. 되묻지도 못하고 말을 전하는 사람의 얼굴만 멍하니 바라보고 있을 뿐이었다. 아니, 사다코는 그 자리에서 석상처럼 굳어져버렸다. 그러다 한참 만에 떨리는 소리로 물었다.

"뭐라 그랬느냐?"

"이토 상이 하얼빈 역에서 총을 맞았대요. 한국의 안중근이라는 자가 쏜 총에 맞아 그 자리에서 운명하셨답니다."

사다코는 그 자리에서 쓰러져버렸다. 힘차게 몸을 돌던 피가 한꺼번에 아래로 빠져나가는 듯 아득했다.

"사다코! 사다코, 눈을 떠봐요."

멀리서 우렁우렁 소리가 들려왔다. 하지만 눈을 뜰 수가 없었다. 누군가의 우악살스러운 손이 자신의 어깨를 잡고 거칠게 흔들었지만 사다코는 의식을 놓아버렸다.

꿈이다. 이것은 꿈일 것이다. 오수에 꾼 게으른 자의 흉몽일 뿐이다. 아니, 꿈일지라도 꾸지 말아야 할 흉몽이다.

하지만 이토 히로부미는 차가운 주검으로 일본으로 돌아왔다.

사다코는 이토 히로부미와 같이 가고 싶었다. 저에게 새로운 삶과 생명을 준 이토 히로부미와 함께 가고 싶었다. 이토가 없었던들 오늘의 사다코는 없었을 것이다. 자신은 오래전에 조선을 유랑할 때 죽은 목숨이었다. 그 허깨비 같은 삶에 새로운 생명을 불어넣어준 이가 이토 히로부미였다.

다정한 이토, 사랑스러운 이토, 내 목숨과도 같은 이토······.

사다코는 매일매일 기진할 정도로 울었다. 지난날을 생각하며 울음을 길어 올리고, 울음이 나오지 않으면 투레질로 남은 울음을 울었다. 흘려도, 흘려도 눈물은 마르지 않았다. 하인이 끼니때마다 음식을 들고 와 문을 두드렸지만 사다코는 모두 물리쳤다.

이토 히로부미가 없는데 살아 무얼 할까?

오로지, 오로지, 이토 히로부미만이 필요했다. 저에게 다시 생명을 넣어줄 사람, 이토 히로부미만이 필요했다. 그 밖의 것은 다 필요 없었다. 이토 히로부미가 없는 자신은 죽은 목숨일 뿐이었다. 살아 있으되 죽은 목숨. 그게 무슨 의미가 있을까.

사다코는 이토 히로부미를 불렀다. 몸 안에서 작은 파동들을 일으키며 빠져나가는 그의 이름이 더 사무쳤다.

"오, 이토……."

이토 히로부미가 없는 창랑각은 쓸쓸하기 그지없었다. 주인을 잃은 집은 그 역시 생명을 잃었다. 어딘지 을씨년스러웠고, 급격히 낡아갔으며 집 안 곳곳에 스러져가는 냄새들이 괴었다.

그 어디에도 활기라고는 찾아볼 수 없었다. 한낮에도 음침한 어둠이 고여 있었고, 기이한 정적이 무겁게 집 안을 짓누르고 있었다. 창랑각에 내려앉은 햇빛도 힘이 없었다. 곳곳에는 죽음의 기미들이 고여 있었고, 그 기미들로 집은 죽음의 공간처럼 기괴했다.

이토 히로부미가 없는 창랑각에서는 시간이 무의미했다. 불과 얼마 전까지의 일들이 꿈인 듯 아련하기만 했다. 하지만 세상은 야속하게도 이토 히로부미가 없어도 잘 돌아갔다. 그가 선물로 준 시계는 보아주는 이가 있으나 없으나 또박또박, 어김없이 돌아갔고, 해와 달도 서로 비껴 뜨고 졌다. 사다코는 그 무심함이 또 서운하고 야속했다.

이토 히로부미에게 큰 은혜를 입고 호사를 누리던 사람들도 재빠르게 이해를 따져 다른 편으로 가 새로운 결의를 다졌다. 다들 제 살길을 찾아 분주했다.

사다코 역시 제 살길을 찾아야 했다. 분한 것은 분한 것이고, 억울한 것은 억울한 것이었다. 애석한 것은 애석한 것이고, 통탄스러운 것은 통탄스러운 것이었다.

하지만 당장에 무얼 할 수 있겠는가. 찾아주는 이도 없는데. 그게 더 분했다. 이토 히로부미가 살아 있을 때는 눈 한 번 더 마주치기 위해 줄을 대 연통을 넣던 이들이 언제 그랬냐 싶게 발길을 뚝 끊고서는 안부 한번 물어오지 않았다.

인간사, 비정하다는 사실을 진즉에 알았으면서도 사다코는 새삼 노엽고, 비통했다.

저 역시 이토 히로부미의 그늘 없이도, 이토 히로부미의 입김 없이도 혼자 살아남아야 했다. 스스로 숨줄을 절단 내지 못할 바에야 다시금 살길을 찾아야 했다.

이토 히로부미가 안중근의 총탄에 죽은 그해, 12월로 접어들자 일진회에서는 한국과 일본의 병합을 요구하는 성명서를 발표하고, 일본 수상 가쓰라에게 이 같은 내용의 진정서를 제출했다.

한국에서는 매국노들을 처단하라는 요구가 들불처럼 퍼져 나갔다. 일진회의 해산과 나라를 팔아먹는 자들을 처형하라는 분노의 소리들이 우레처럼 그악스러웠지만 이미 대세는 기울어진 지 오래였다.

이들의 분노는 한겨울 추위보다 더 독했으나, 분노만으로는 스러져가는 나라를 구할 수는 없었다.

결국 1910년, 경술년 8월 16일, 이토 히로부미의 후임으로 온 데라우치 통감은 한국의 내각총리대신 이완용과 병합에 관한 문서를 교환한 데 이어 8월 22일, 한국을 일본에 병합한다는 조약을 체결하고, 한국은 완전히 일본에 병합되었다.

그리고 초대 총독으로 데라우치가 임명되었다.

8월 29일, 새로운 일본의 탄생의 날이었다. 대한제국으로서는 나라를 잃은, 치욕의 날이었다.

13. 한일병합

라디오로 한일병합 소식을 들었을 때 사다코는 벌떡 자리에서 일어나 앉았다. 그리고 저도 모르게 만세를 불렀다. 이토 히로부미가 살아 있었다면 얼마나 좋아했을까. 그가 원하던 날이었고, 세상이었다.

"이토, 그곳에서도 보이나요? 이토가 그토록 원하던 날이에요. 드디어 일본이 한국을 새로운 일본으로 만들었어요. 이토가 있었으면 얼마나 좋을까요?"

명치끝에 뜨거운 기운이 모아졌다. 병색이 완연한 그녀의 얼굴에서 뜨거운 눈물이 흘러내렸다. 사다코는 자리에서 일어나 하인을 불렀다.

"먹어야겠다. 밥을 가져오너라."

사다코는 살기 위해 먹었다. 번번이 도리질로 상을 물리치던 사다코는 내일을 기약하며 새하얀 이밥을 꼭꼭 씹어 삼켰다. 때를 기다리리라. 기다리는 자에게 기회가 오나니, 나 그때를 기다리리라. 사다코가 아직 죽지 않았음을, 이리 건강하게 살아 있음을 보여주리라. 결기는 다기졌다. 사다코는 다시 정성들여 화장을 하기 시작했다.

삶은 살아 있는 자의 것이니, 살아 다시 삶을 얻을 것이다.

살이 내려 초췌하긴 했지만 그래도 아름다움은 여전했다. 오히려 병색으로 창백한 그늘이 더 냉염하니, 아름다웠다.

대한제국은 사라졌으나 죽은 나라의 깃발을 심장에 꽂은 채 한국인들의 저항은 더 거칠어졌다. 조직적으로 움직였고, 규모도 커졌으며 더욱 은밀해졌다. 암암리에 세력을 키우고, 군자금이라는 명목으로 돈을 거두고, 그걸로 일본인들의 목숨을 빼앗았다. 그들을 다루기는 쉽지 않았다. 악독에 지독으로 대항했고, 극악에 무반응으로 반항했으며, 위선에 위악으로 항거했다.

잡아다 가두고, 살갗을 지지고, 손톱을 빼내고, 살점들을 도려내고, 음부를 벌겋게 달군 쇠로 헤집고, 눈을 찌르며 대한제국을 버리라고 종용했지만 그들은 완강했다. 살아 있는 것이 오히려 끔찍하고 짐스럽다 할 만큼 고문을 했지만 그들은 그 모든 것을 수긋하게 받아들였다. 체념의 빛으로, 혹은 웃으며, 스스로를 장하다 여기며, 어깨를 폈다. 부서진 뼈 마디마디에 손발이 따로 놀았지만 그들은 다시 일어서려 이를 악물었다.

그 모양이 무서웠다. 짓밟아도, 짓밟아도 꿈쩍 않는 한국인들이 징그러웠다. 그게 사람인가 싶었다. 밟으면 밟을수록 오히려 내성을 키우고 강해지는 민족이 대한제국 사람들이었다.

어느 날 한 사내가 사다코를 찾았다. 그는 한국에 주둔해 있는 군 헌병 사령관 아카시였다.

키가 작고 어깨가 다부진 그는 사다코에게 먼저 애도를 표했다.

"이토 히로부미를 잃은 건 유감이오."

"일본의 손실이지요."

사다코는 자신의 이토 히로부미에서 일본의 이토 히로부미로 아카시에게 이토의 존재를 다시 환기시켰다.

"그래요, 그렇지요. 이토 히로부미의 노력 덕분에 한국을 새로운 일본으로 만들었지요. 하지만 저들의 악행이 끊이질 않소. 하여 그대를 우리 헌병대 촉탁으로 채용하기로 결정했소. 그러니 이토 히로부미가 있을 때처럼 계속해서 우리를 도와주시오."

사다코의 얼굴에 기쁨이 넘쳤다.

"그게 정말이에요? 고마워요. 내 힘껏 도울게요."

아카시가 눈을 가느다랗게 뜨고 사다코를 바라보았다.

"그대는 한 번도 이토 상을 실망시킨 적이 없다고 들었소. 그러니 이번에도 최선을 다해주기 바라오. 그리고 좋은 소식 한 가지 알려드리리다. 안중근이 지난번에 여순 감옥에서 처형되었소."

이토 히로부미를 쏜 안중근이 처형되었단 소식에 사다코는 눈물을 흘렸다. 새삼 이토 히로부미의 다정한 말과 웃음이 그리웠다.

이젠 이토 히로부미가 없다. 그간에는 이토 히로부미의 보살핌과 후광으로 가는 발걸음이 가벼웠지만 이제 홀로 서야 했다. 버팀목과 디딤돌이 없이도 살아남아야 했다.

일본인보다 더 철저하게 일본인이 되는 것, 일본인보다 더 순정하게 일본에 충성하는 것, 그래야 사다코는 반쪽짜리나마 일본인이 될 수 있었다. 이토 없이 살아남을 수 있는 길은 그것뿐이었다.

죽은 자는 죽은 자이고 산 자는 살아야 했다.

14. 시베리아로 떠나다

 1914년으로 들어서자 세계는 참으로 복잡하게 돌아가고 있었다. 영국과 프랑스, 러시아의 연합군과 오스트리아, 독일, 헝가리 같은 동맹국 간의 전쟁이 시작된 것이다.
 일본도 연합국에 섞여 시베리아로 군대를 파견하기에 이르렀다. 사다코는 일본의 밀명을 받았다. 시베리아와 만주 일대에서 활동하고 있는 한국의 독립군을 찾아내 그들의 조직을 분열시키고, 와해시키는 임무였다.
 시베리아로 떠난다는 사다코의 말에 은행원 최 씨가 말렸다. 그는 사다코의 새로운 남자였다.
 "거기가 어디라고 간단 말이오?"
 "일본군이 간다지 않아요? 그러니 전 가야 해요."

"그대가 시베리아에 가서 할 일이 무어 있겠소? 그곳은 전쟁터란 말이오. 자칫하면 죽을 수도 있단 말이오. 그러니 아녀자인 당신은 그냥 남아 있구려."

"이번 출병은 중요해요. 돌아가는 상황이 복잡해지면서 자칫 일러 협상이 무산될 수도 있게 생겼어요. 그렇게 된다면 북만주와 연해주에서 우리 일본의 영향력은 줄어들 수밖에 없어요. 그러니 어찌 가지 않을 수 있겠어요? 그리고 걱정하지 말아요. 내 몸은 내가 지켜요. 그들이 총을 쏘면 내가 더 빨리 쏘면 되지요. 나는 말도 탈 줄 알고 사격도 잘해요. 물에 빠지면 수영도 할 줄 알아요. 변장술도 배웠지요. 어느 남자들보다 더 나을 거예요."

사다코는 결기를 다지듯 또박또박 말했다. 이미 가기로 결심을 굳힌 사다코의 마음은 그 누구도 꺾을 수 없었다.

기실, 일본은 만주 일대에서 활동하고 있는 한국의 독립군들을 잡아들이는 데 더 혈안이 돼 있었다. 한국을 피해 만주로 거점을 옮긴 한국의 독립 조직은 만주의 마적단들과 힘을 합쳐 일본군을 습격하고, 무기를 빼앗거나 임시정부를 설립해 조직적으로 움직이며 일본에 대항하고 있었다. 그들에게 물리적인 거리가 주는 부담 같은 것은 없었다. 게다가 죽음의 땅에서 살길을 찾자고 왔던 몸들이었다. 언제 어디서 어떻게 죽을지 몰랐다. 죽음은 예고 없이 제 길을 걷는 법. 죽음으로 무장한 만큼 그들은 용맹스러웠고, 일본군에게는 큰 위협이 되고 있었다.

사다코는 시베리아행 열차에 몸을 실었다. 그곳에 자신이 살길이 있다고 믿었다. 먼 길을 가는 동안 이런저런 생각을 하느라 지루할 틈도 없었다.

시베리아에 도착한 사다코는 일본군에 들어가 만주에서 활동하고 있던 마적단과 한국의 독립군들을 토벌하는 작전에 참여했다. 저 또한 말을 타고 총을 쏘며 벌판을 누볐다. 살품 사이로 시베리아 벌판의 바람이 집요하게 파고들고, 손톱 세워 얼굴을 할퀴었다. 저의 몸 구석구석을 훑어 내리는 칼칼한 바람의 손길이 차라리 시원하고, 얼얼했다. 그렇게 앙가슴에서 일어난 쾌감은 말초 혈관으로 저릿저릿하게 퍼져 나갔다. 사다코는 그게 좋았다. 온몸을 주무르고 온몸을 매만지며 쾌감으로 이끄는 저 바람의 거친 숨결이 좋았다. 숨통이 트이는 것 같았다. 남자의 손길과는 다른 그 촉감이 좋았다. 바람과의 통정이었다.

그때, 무언가가 번쩍했다. 섬광 같은 것이 일순, 눈앞의 세상을 지웠다. 섬광이 사라진 자리에는 매캐한 연기와 잿빛 먼지가 가득 차 있었고, 여기저기서 새된 비명이 날아왔다.

그러다 욱, 머리채가 잡혀서는 사다코의 목이 뒤로 꺾였다. 사다코는 꺾인 목이 기도를 누르면서 숨을 쉴 수 없었다. 대체 어떻게 된 일인지, 사태를 분간할 수도 없었다. 순식간의 일이었고, 창졸간에 당한 일이었다. 진한 화약 냄새가 그 눌린 기도 속으로 빨려 들어왔다. 이어 천둥 우레 소리가 몇 차례 더 하늘과 땅을 울리더니 곳곳에서 화염이 일었다. 부대원들은 그저 우왕좌왕만 하고 있거나 혼비백산 도망칠 뿐이었다.

그 희뿌연 연기 속에서 누군가 희미한 형해로 나타나더니 익숙한 솜씨로 사다코의 손발을 묶었다.

"누구냐? 네놈들은 누구냐?"

사다코는 소리치며 버둥거렸지만 그녀의 소리는 말발굽 소리와 비명에 묻혔다.

묶인 사다코의 몸이 공중으로 들렸다. 미처 반항을 해볼 사이도 없이 거칠게 들여 올려져서는 달리는 말 위에 부려졌다. 그리고는 두두두두, 짐짝처럼 어디론가로 실려갔다.

사다코는 정신을 잃지 않으려 이를 악물었다. 호랑이 굴에 잡혀가도 정신만 차리면 산다 했으니, 정신을 차릴 것이다. 이대로 죽기에는 너무 억울했다. 아직 해야 할 일이 많은데, 그 일들을 두고 이대로 죽을 수는 없었다.

사다코를 실은 말은 힘차게 달렸다. 울근불근하는 녀석의 근육이 맞닿아 있는 살로 전달돼 올 때 사다코는 기이한 멀미를 느꼈다. 움직이는 말의 근육이 제 몸속에서 느껴지던 남자들의 남근과도 같았다. 그 단단함. 생의 의지 같은, 그 올곧음.

놈들의 환호 소리와 휘파람 소리가 어지럽게 뒤엉키는 말발굽 소리에 섞여 들었다. 놈들의 무리 끝에서 뿌연 먼지가 피어올랐다.

얼마나 달렸을까. 말에서 끌어내려진 사다코는 부리부리한 사내 앞으로 끌려갔다. 호랑이 가죽을 깐 의자에 앉아 있던 사내가 사다코를 보고 놀란 표정을 지었다.

"아니, 너는 여자가 아니더냐?"

마적단의 두목이었다. 만주 바람에 덖인 두목의 얼굴이 들뜬 보굿처럼 억세고도 거칠어 보였다.

사다코는 두목의 기세에 조금도 주눅이 드는 일 없이 당당하게 말을 되받았다.

"그렇다. 나는 여자다. 네 놀란 얼굴을 보니 그동안 여자 꼴을 보지 못한 게로구나."

사다코의 비아냥에 두목은 주먹을 부르쥐더니 이내 표정을 바꾸었다.

"그래. 네 기상이 마음에 드는구나. 웬만한 사내들보다도 낫다. 사내들 같으면 당장에 네 모가지를 베어버렸겠지만 여자라서 봐주겠다. 오냐, 네 말대로 여자 꼴을 본 지 오래됐다. 그러니 네가 보여줘야겠다."

"너도 어쩔 수 없는 사내로구나."

사다코가 잇새로 독기를 내뿜었다.

"허허, 그년, 참. 언제 제 목이 달아날지도 모르는데 저리 당당하게 구는 것을 보니 더 마음에 드는구나. 그래, 저년의 옷을 벗겨라."

부하들이 달려들어 거칠게 그녀의 옷을 벗겼다. 사다코는 활갯짓으로 제 몸에 닿는 사내들의 손을 털어내며 소리쳤다.

"비켜라. 벗어도 내가 벗겠다."

두목은 사다코의 저항에 한참을 큰 소리로 웃더니 어느 순간 뚝 웃음을 멈추고 말했다. 두목의 이가 하나같이 까맸다.

"좋다. 네가 벗어라. 하나도 남김없이 벗어라."

사다코는 입고 있던 옷을 하나씩 벗기 시작했다. 사다코는 겁이 나지 않았다. 저들의 눈이, 여자에 굶주린 저 사내들의 눈이 게걸스럽게 자신을 훑어 내릴 때 오히려 이상한 쾌감이 온몸에 전류처럼 흘러내렸다. 게다가 포로로 잡힌 적이 이번이 처음이 아니었다. 만주로 온 뒤로 몇 번이나 적들의 수중에 산목숨으로 잡혔고, 이내 반죽음으로 탈출했다. 그러니 이골은 아니지만 나름 단련이 돼 있었다.

하나도 남김없이 옷을 벗은 사다코는 조금도 부끄러워하는 기색 없이 당당하게 팔을 내리고 보란 듯이 두목 앞에 섰다. 여기저기서 희미하게 침 삼키는 소리가 들려왔다.

헌데 그때였다.

"두목, 저년은 흑치마로 유명한 일본의 밀정입니다. 저년을 본 적이 있습니다."

부하의 말에 두목의 눈빛이 흔들렸다.

"사실이냐? 네년이 그 유명한 흑치마더냐?"

사다코는 대답을 하지 않았다. 짧은 순간 어느 편이 살길인지 가늠이 되지 않았다.

"네년이 흑치마냐고 물었다."

"흑치마입니다. 확실합니다."

되묻는 두목의 물음에 부하가 대답했다.

"호오, 그렇구나. 어쩐지 네 기상이 범상치 않다 했더니만 역시 그랬구나. 자, 네년을 어찌한다? 큰돈을 받고 일본군한테 넘길거나? 아니면 당장에 네 목을 뺏을거나? 그것도 아니면 내 잠자리 시중을 들게 할거나?"

두목은 이죽거렸다.

"네놈도 어지간히 여자에게 굶주린 모양이구나. 언제 네 목이 날아갈지 모르는데, 잠자리 시중이라니."

"껄껄껄. 본디 가시가 많은 고기가 맛있느니라. 네년 손에 언제 죽을지 몰라 긴장하면서 느끼는 정사도 재밌지 않겠느냐? 두려움 속의 정사라…… 거 구미가 당기는구나. 어쨌든 이 허허벌판까지 네년의 소문이 들려올 정도라면 분명 보통은 아닐 터. 네년의 매운 맛이 보고 싶구나."

사다코는 두목을 노려보았다.

"저년을 가두어놓고 잘 감시해라."

두목은 제가 깔고 있던 담요를 걷어 사다코에게 던졌다. 두목의 명령이 떨어지자마자 두 명의 사내들이 다가와서는 그 담요로 사다코를 감싸더니 우악스럽게 끌고 나갔다.

사다코는 갇혔다. 갇힌 사다코는 울 안의 짐승처럼 그렇게 사육되었다.

그렇게 시간이 가고 날이 가고 있었다. 하루하루 시간이 갈수록 사다코의 마음은 시퍼렇게 벼리어지고 있었지만 눈빛은 순하게 감추었다. 일어서라 명령하면 일어섰고, 앉으라 말하면 앉았다. 저리

가라하면 저리 갔고, 이리 오라 하면 이리 왔다. 싸울 의지를 잃어버린 동물처럼 그렇게 발톱을 감추고, 이빨을 감추고, 꼬리를 감추었다.

그렇게 저를 감추고 있다가 달도 없는 밤, 사다코는 울을 넘었다. 그림자처럼 소리가 없었다. 문을 지키고 있던 마적의 뒤로 다가가 단번에 칼을 뺏어 들고 목을 그었다. 피가 분수처럼 솟구쳤다. 그 피를 맞았다. 뜨끈한 피가 옷에 배어들었다. 사다코는 그길로 말을 훔쳐 타고 벌판을 달렸다.

두두두두. 뒤에서 일단의 마적들이 쫓아왔지만 목숨을 건 탈주를 그들은 따라잡지 못했다.

그녀는 낮에 익혀둔 지형을 머릿속으로 떠올리며 달렸다.

15. 훅치마 사다코

사다코는 구사일생으로 일본군 진영으로 돌아왔다. 하지만 일본군은 만주군과 한국의 독립군들의 연합작전에서 연일 고전을 면치 못하고 있었다.

"고생했구나, 고생했어."

시베리아로 온 뒤로 죽음과 삶의 경계를 아슬아슬하게 넘나들며 목숨을 부지해온 사다코였지만 정작 살길에 몸을 부리자 몸속에 옹골지게 들어 있던 근기가 풀리는 듯했다.

사다코는 연방 찬물을 들이켰다. 식도를 훑고 내려가는 찬 기운이 그나마 풀린 근기를 추스르게 만들었다.

"그래, 그놈들의 수는 어떻더냐? 무기는? 무기는 충분하더냐?"

일본군 대장은 사다코가 숨 돌릴 틈도 주지 않았다. 사지에서 돌아온 몸 어디에 탈이 나지는 않았는지 묻지도 않았다.

"오랫동안 그곳에 기반을 두고 활동해온 놈들이라 지리에 환했습니다. 지리에 환하니만큼 숨고 치기에 막힘이 없었습니다. 그만큼 다양한 공격을 하기가 쉽다는 얘기지요. 게다가 무기도 우리와 같은 것을 쓰고 있었습니다. 그러니 쉬운 상대들이 아니지요."

"그놈들이 한국의 독립군과 연합해 우리를 공격하고 빼앗은 무기들이다. 그게 다 우리한테서 나온 것들이다."

"일본군의 형편은 어떻습니까?"

"말이 아니다. 네 말대로 워낙 날쌘 놈들이라 잡기가 쉽지 않구나. 지난번에도 우리 부대가 그들의 급습을 받아 큰 피해를 입었다."

사다코는 잠시 생각에 잠겼다. 시베리아의 드센 바람에 그녀의 얼굴이 까칠하게 일어나 있었다. 하지만 타고난 이목구비는 여전히 단정했다.

"제가 그들 속으로 침투하겠습니다. 하여 그들의 계획을 알아내겠습니다. 마적단들이 누구와 협력하는지, 공격 대상은 누구인지, 언제 움직이는지 상세히 알아서 보고하겠습니다."

사다코의 말에 일본군 대장의 눈이 휘둥그레 벌어졌다.

"어떻게, 어떻게 한단 말이냐?"

"중국 마적단 두목에게 접근하겠습니다."

"이곳에서는 이미 너를 모르는 이가 없다. 헌데 어떻게 그들에게 접근하겠다는 거냐? 게다가 너는 이제 막 도망쳐왔다. 헌데 그 몸으로 간단 말이냐?"

일본군 대장은 미심쩍은 표정으로 사다코를 바라보았다.

"그러니까 지금이 적기입니다. 시간을 더 지체했다간 오히려 실패하기 십상입니다. 그러니 나하고 말을 맞추어야 합니다."

"말을 맞추다니? 그래, 말해보거라."

"제가 마적단에 납치되었다는 사실은 저들도 알고 있을 것입니다."

"그래, 네가 도망쳤다는 사실도 알고 있을 게다."

"그러면 더 좋지요. 제가 원하는 것도 그겁니다. 그러니 도망을 치다 배가 고파 밥을 훔쳐 먹으러 그곳 마적단에 몰래 숨어 들어간 것으로 하겠습니다."

"그러다 잡히면?"

"잡히기를 기다려야지요."

"그 뒤에는?"

"저를 구하러 오지 않은 일본에 대해 배신감을 느낀다고 하겠습니다. 그토록 일본을 위해 일했는데 일본이 저를 버렸다고 원망하겠습니다. 그리고 이제 일본을 증오한다 말하겠습니다. 그들과 함께 마적이 되겠다고 간청하겠습니다."

사다코의 말에 그가 고개를 끄덕였다.

"좋다. 네 계획이 그럴듯하구나. 이건 극비이다. 만주의 마적단 가운데 우리 일본의 밀정들이 있다. 네가 가면 그들이 너에게 은밀히 접근을 해올 것이다. 그들에게 중요한 이야기들을 알려주면 나에게 곧바로 전달될 것이다."

대장 말에 사다코는 눈빛으로 충성을 다짐했다.

사다코는 그길로 다시 사지로 넘어왔다. 메마른 바람이 살갗을 가를 듯 거세었고, 무방비로 드러난 맨 얼굴이 쓰라렸다. 숨을 쉴 때마다 코와 입속으로 작은 흙 알갱이들이 빨려 들어왔다. 발은 부르트고 배도 고팠다. 사다코가 가는 길을 따라 바람이 휘몰려 다녔다.
자청해서 한 일이었으므로, 누구도 원망할 수 없었다. 뒤늦은 후회가 명치끝으로 모아졌다. 굳이 나서지 않아도 될 일이었고, 굳이 제가 움직이지 않아도 될 일이었다. 자신이 아니고서도 일본은 곳곳에 스파이들을 심어놓고 있지 않던가. 누가 일본의 발이고, 눈이고, 귀이고, 입인지, 저도 알 수 없었다. 저마다 자신의 신분을 숨긴 채 그렇게 다른 얼굴로 살아가고 있었다. 헌데 어쩌자고 자신이 하겠다고 나섰을까.
가도 가도, 사람은 보이지 않았다. 광활한 벌판이 끝없이 펼쳐져 있을 뿐, 사람의 그림자를 찾아볼 수 없었다. 정말, 이러다 이곳에서 죽을 수도 있을 터였다. 천하의 사다코였지만 덜컥 겁이 났다. 예서 죽는 건 그야말로 개죽음이었다. 헛된 죽음이었다. 예서 죽으려고 사지를 도망쳐 나온 건 아니지 않은가. 그녀는 다시 오금에 짱짱하게 힘을 실어 보냈다. 그렇게 얼마를 더 헤맸을까.
멀리서, 불빛이, 불빛이 보였다. 멀리, 길라잡이처럼 불빛이 깜박거렸다.
이제 살 수 있었다. 아니, 자신이 죽을 수도 있었다. 반가우면서도 한편으로는 긴장이 되었다. 입안이 탔다. 그악스러운 기갈에 기도가 쐐기에 찔린 듯 따끔거렸다.

"누구냐?"

양쪽 귀에 털이 달린 모자를 깊숙이 눌러쓴 작은 사내가 총구를 사다코에게 겨누며 째진 소리로 물었다. 차갑고도 단단한 쇠붙이의 느낌이 옆구리에서 서늘하게 감지되었다. 하지만 사다코는 당당하게 말했다.

"두목에게 안내해라."

콧대가 낮고 콧방울이 옆으로 벌어진 사내는 사다코를 매섭게 훑어 내렸다.

"네 두목에게 나를 안내하지 않고 뭐 하는 게냐?"

사다코의 기개가 사내의 눈빛을 압도했다.

"누구냐?"

"흑치마라고 들어보았을 것이다."

"흑치마?"

"네가 흑치마를 모르는구나. 그럼, 여자 밀정 사다코는 들어보았느냐?"

사다코의 말에 사내의 표정이 미묘하게 흔들렸다.

"네가 그 흑치마더냐?"

사내는 참과 거짓을 가리려는 듯 사다코의 눈을 쏘아보았다. 사다코 역시 사내의 눈빛을 정면으로 받아냈다.

"따라오너라."

어느 순간 사내는 사다코의 옆구리에 겨누고 있던 총구를 내리고 그녀를 막사 안으로 데려갔다.

겉으로는 허술한 듯 보이던 막사 안은 의외로 단단해 보였다. 두목이 쓰는 거처는 양털과 담요로 알록달록, 아늑하게 치장돼 있었다.

"자신이 일본의 밀정 사다코라고 우기는 여자가 두목을 만나고 싶다고 해서 데려왔습니다."

긴 담뱃대에 담뱃잎을 쟁이고 있던 두목은 손을 멈추고 사다코를 쳐다보았다.

"당신이 두목이오?"

사다코가 한 발 두목에게 다가가려는데 옆에 있던 사내가 다시 총을 들어 그녀의 앞을 가로막았다.

"무슨 일이더냐?"

샛눈으로 사다코를 바라보며 묻는 두목의 음성이 괄괄했다.

"나를 마적단의 일원으로 받아주시오."

그 말에 두목은 잠시 사다코를 훑어보더니 천천히 입을 뗐다.

"그대가 진정 흑치마 사다코인가?"

이리저리 사다코를 살피는 두목의 눈빛이 아무래도 믿기지 않는다는 눈빛이었다.

"맞소. 내가 바로 그 흑치마 사다코요."

"헌데 그 흑치마가 이곳은 어인 일이며, 또 마적단의 일원이 되겠다는 말은 또 무슨 말인가?"

"살다 보면 뜻하지 않는 일도 생기게 마련. 지금이 딱 그 경우일진대, 사정을 이야기하자면 복잡하오."

"흑치마라……."

두목은 흥미롭다는 듯 사다코를 바라보았다.

"흑치마는 얼마 전에 다른 마적단에게 잡혔다는 이야기를 들었다. 헌데 너 또한 흑치마라 하니 재미있지 않은가?"

"내가 그 흑치마이오. 헌데 구하러 올 줄 알았던 일본은 나를 구하러 오지 않았소. 일본은 나를 버렸소. 그곳에서 나를 감시하던 보초 하나 죽이고 구사일생 도망쳐 나왔는데, 막상 나와 보니 갈 곳이 없었소. 어디가 어디인지 길도 찾을 수 없었소. 허허벌판을 헤매다 겨우 이곳을 발견하고 살았다, 기뻤소. 이래 죽으나 저래 죽으나 죽기는 매한가지. 그래도 굶어 죽는 것만은 싫으니 나를 받아주시오."

사다코의 말이 거침이 없었다. 어느 결에선가는 사뭇 간청 조이기도 했다.

두목의 의심이 깊었다. 사다코가 말을 할 때 그의 미우가 움찔거렸다.

"이토 히로부미는 내 양아버지였소. 그만큼 일본에 대해서는 잘 알고 있소. 그러니 나를 이용한다면 일본의 사정과 그들의 군 전략을 캐낼 수 있을 거요."

"네 말을 어찌 믿어야 하느냐?"

"믿지 않는다면 당장에 나로서도 도리가 없소. 하지만 분명 후회할 게요. 두목에게 쥐여준 천재일우의 기회를 저버리는 셈이 될 테니 말이오."

"후회한다……."

두목은 한동안 말없이 사다코를 노려보았다. 사다코는 곧장 자신에게로 날아오는 두목의 시선을 피하지 않고 받아냈다. 그 흔들림 없는 사다코의 시선에 마음을 굳혔는지 두목이 입을 뗐다.

"저년을 풀어줘라."

"두목, 이년을 어찌 믿으십니까? 일본이 일부러 심어놓은 밀정인지 어떻게 압니까?"

옆에 있던 부하가 미심쩍다는 표정으로 두목을 제지했다.

"두고 보자. 이년이 밀정인지 아니면 이년 말이 사실인지. 시간이 가르쳐주겠지."

두목의 표정 역시 확신에 차 있지는 않았다. 하지만 두목의 말에 사다코의 얼굴에는 희미한 미소가 깃들다 사라졌다.

"그래도 믿지 못하겠다면 내가 일본군이 있는 장소와 인원, 그리고 병기고 위치와 금을 숨겨놓은 장소를 일러주겠소."

그 말에 두목의 표정이 밝아졌다.

사다코는 일본군의 위치를 알려주었다. 보다 더 큰 것을 잡기 위해서는 작은 희생은 불가피한 법. 사다코가 일러준 곳은 자신이 입을 맞추고 떠나온 일본군의 진영이었다. 두목의 신임을 얻기 위해서는 하는 수 없었다. 인생은 그런 것이다. 늘 물고 물리는 게 인생인 것이다.

두목은 당장에 부하들을 보내 사다코의 말을 확인했다. 부하들의 만류와 반대가 있었지만 두목은 배포와 뚝심으로 무기와 금과 식량을 찾아 부하들을 내보냈다.

두두두두. 그들은 꽁무니에 구름 같은 먼지를 일으키며 달려 나갔다.

사다코는 느긋하게 기다렸다. 이제 두목은 제 손안에 든 사내였다. 지금은 저리 의심 많은 늙은이처럼 굴지만 얼마 가지 않아 이 치마폭 안에서 낑낑댈 것이다.

얼마 가지 않았다. 과연 사다코의 계산대로 그들은 상당한 무기와 식량과 금을 탈취해 왔다. 두목은 그 양에 만족해했고, 사다코의 말이 사실인 것에 대해 흥분했다. 껄껄껄껄. 두목은 호탕하게 웃었다. 웃음을 따라 두목의 목울대가 따라 춤을 추었다.

"과연 네 말이 사실이로구나. 그래, 내 너를 오해해서 미안하구나. 내가 사과를 하마."

"나를 믿지 못한 두목의 조심성이 서운한 게 아니라 오히려 그 조심성이 마음에 들고, 더 믿음이 가오. 이제 나를 받아주시겠소?"

사다코가 의기양양한 표정으로 물었다.

"그렇다마다. 여봐라, 이년에게 한 상 그득하게 차려주어라."

일종의 포상이었다. 온갖 산해진미가 고명이나 웃기로 치장되지 않은 채 푸짐하게 차려져 나왔다. 사다코는 걸신들린 듯 음식을 입에 욱여넣었다. 그녀의 입이 기름기로 번들거렸다.

그 일로 두목은 사다코를 믿었다. 하지만 경계심까지 버린 것은 아니었다. 측근 몇 명만이 공격 대상과 시간과 작전에 함께하는 독립군을 알았을 뿐, 사다코는 어디로 가는지 모르게 그렇게 매번 겉묻어 공격에 나섰다 돌아왔다. 이러다간 자칫 일본군 쪽에서 변절자로 낙인 찍힐 판이었다.

무언가 새로운 묘안을 생각해내지 않으면 안 되었다.

어느 날 사다코는 작정을 하고 두목의 침실로 갔다. 곱게 빗질을 하고 오랜만에 목욕까지 해둔 참이었다. 비록 꽃잎 띄우고, 뿌옇게 올라오는 수증기에 볼이 발개지도록 물속에 몸을 담그지는 못했지만 그래도 땀 냄새를 지우고 벌판의 거친 모래들을 씻어내기에는 충분했다. 오랜만에 따듯한 물속에 몸을 담근 뒤라 그런지 부드럽고 매끈한 살성이 되살아났다.

"멈춰라. 여긴 웬일이냐?"

두목의 침실로 다가가는 그녀를 부하가 막았다. 사다코의 가슴을 가로지르는 창날이 달빛을 받아 푸르스름하게 빛났다. 그 작은 소란에 막사 안에서 두목의 걸걸한 음성이 날아왔다.

"무슨 일이냐?"

"흑치마가 두목의 막 안으로 들어가려고 해서 막았습니다."

"흑치마가? 몸수색하고 들여보내라."

사다코는 막 안으로 들어갔다. 두목은 그때까지도 침상 대신 탁자에 앉아 무언가를 골똘히 들여다보고 있다가 들어서는 사다코를 핏발 선 눈으로 바라보았다.

사다코는 서두르지 않았다. 그냥 천천히 막사 안을 걸으며 부드러운 어조로 이야기했다.

"두목이나 나나 피차 외로운 몸. 그러니 그 외로움을 말로하지 말고 몸으로 이야기해보지요."

불빛이 사다코의 얼굴에 그늘을 만들며 일렁였다. 두목은 아직 저를 뼛속까지 믿지 못하고 있었다. 그 서름하고, 서먹한 기운을 상쇄시키기에는 말의 언어보다 몸의 언어가 더 효과적이었다. 몸의 언어는 말의 언어보다 더 많은 친밀감을 주지 않던가. 그러다 어느 순간 사다코는 제 몸으로 두목을 유혹했다. 두목은 안 된다, 무엄하다, 저리가라, 물리치지 않았다.

사다코는 저를 물리치지 않는 두목을 안았다. 한 사내를 안는데, 몸이 먼저 알고 간지러웠다.

막사 안에 밝혀둔 촛불이 출렁였다. 사다코의 얼굴에 촛불의 그림자가 일렁였다. 촛불에 그녀의 이목구비가 그림자를 만들며 더욱 또렷하게 살아났다.

사다코는 단추를 풀었다. 하나하나 풀 때마다 두목의 시선이 사다코의 손을 따라 움직였다. 마지막 단추까지 다 풀고 저고리를 벗자 사다코의 민틋한 어깨가 속살로 드러났다. 꿀꺽. 두목의 침 삼키는 소리가 사다코의 귀에까지 또렷하게 잡혔다.

그녀의 움푹 꺼진 쇄골에 불빛이 고였다. 벌판의 사납고 모진 바람도 사다코의 속살만큼은 건들지를 못했다. 그녀의 속살은 그대로 흰 목련이었다. 살내음도 그대로 목련의 그것이었다.

마지막 옷 하나까지 다 벗어 던진 사다코는 두목을 진득한 표정으로 쳐다보았다.

"이리 가까이 오너라."

두목의 눈빛은 정욕으로 흐려져 있었다. 거친 바람과 함께 척박한 땅에서 질기게 살아온 두목은 저 역시 하나의 결 사나운 바람이었고, 난폭한 짐승이었다. 그 짐승이 밤새 사다코를 물고 할퀴고 헤집었다. 숨결에 술 냄새와 담배 냄새와 사내 냄새가 뒤섞여 있었다. 그 짐승이 밤새 괴성을 질러댔다. 때로는 아이가 되었고, 때로는 사내가 되었으며, 때로는 두목이 되기도 했다.

사다코는 나긋나긋하게 굴다가도 어느 순간에는 앙탈을 부리며 두목을 밀쳐내기도 했다.

하지만 두목은 사다코보다 더 노회했다. 어떤 순간에도 사다코에게 말을 하지 않았다. 하루가 가고, 이틀이 가고, 달이 가도 두목은 작전에 대해서는 무겁게 함구했다. 그 함구가 무겁고도 완강했다.

조바심이 인 쪽은 사다코였다.

"두목은 아직 저를 믿지 못하십니다. 그러니 저도 오늘부터는 두목의 방에 들지 않겠습니다."

저녁 식사를 마치고 차 한 잔으로 하루를 마감할 때 새침한 표정으로 사다코는 은근슬쩍 넘어오는 두목의 손을 뿌리쳤다.

"그게 무슨 소리냐?"

"제가 움직일 때마다 저를 감시하는 그림자를 보았습니다. 우리가 살을 섞은 지도 벌써 일 년이 넘어갑니다. 헌데 어디로 가는지 저한테는 여전히 비밀로 합니다. 회의를 할 때도 행여 내가 들을까 봐 나를 내보냅니다. 그게 나를 믿지 못한다는 증거가 아니겠습니까?"

"그게 왜 서운하더냐? 그리고 그게 왜 궁금하느냐?"

사다코를 바라보며 묻는 두목의 눈빛에서 안광이 번득였다.

"저라고 왜 두목이 걱정되지 않겠습니까? 어디를 공격하는 줄 알아야 내가 알고 있는 정보를 나눌 수가 있을 것입니다. 만약에 하나 예기치 못하게 생길 수 있는 불상사를 미연에 막을 수도 있단 말입니다. 헌데 두목은 그러지 않습니다. 오히려 나를 믿지 못하고 나를 감시하는 사람을 따로 붙여두었습니다. 그게 왜 서운하지 않겠습니까?"

"진정 그 마음이냐?"

눈길을 거두지 않고 사다코를 쳐다보는 두목의 눈에서 핏발 선 흰자위가 섬뜩하게 드러났다.

"그럼 그 마음 외에 다른 마음이 뭐 있겠습니까?"

그 말에 두목은 잠시 말이 없었다.

"그래, 그럴 수도 있겠구나. 하긴 너도 이제 우리 일원이니 알아야겠지. 알았다. 알았으니, 오늘은 푹 자두어라."

사다코는 이때다 싶었다.

"조금 전 부두목하고 이야기하는 걸 보았습니다. 이번에는 어디로 나가는지요?"

"조만간 독립군 서상렬 휘하의 부대와 연합해 일본 영사관을 습격하기로 했다. 그러니 오늘은 일찍 잠자리에 들어두어라."

사다코는 두목의 손에 들린 찻잔을 뺏어 내려놓고 저가 두목의 옷을 벗겼다. 그리고 저 역시 알몸으로 두목에게 파고들었다. 맨살에 닿은 두목의 몸이 거친 결로 까끌까끌했다.

말발굽 소리는 죽은 자들을 깨우고 허공을 울리는 총소리는 산 자들을 죽음으로 이끌었다. 선지피가 만주 벌판을 붉게 물들였다. 그 원혼들에 만주 벌판이 잉잉, 울었다. 그 원혼들의 울음에 산 자들이 깨어나 피울음을 울었다.

선지가 검붉게 엉겨 붙는 그 죽음의 땅으로 한국의 독립투사들이 핏발 선 눈으로 찾아들었다. 방금 전까지 살아 펄쩍펄쩍 뛰던 생때 같은 목숨들이 피가 낭자한 주검으로 버려져도 독립군의 수는 줄어들지 않았다. 시간이 가면 갈수록 그 숫자는 늘어났다. 기개도 드높았다. 대한제국에서 온 싸움꾼들과 물고 물리는 싸움에 세월이 어찌 가는지도 몰랐다.

그 세월이 오 년이었다.

하지만 언제부턴가 번번이 두목의 작전이 실패로 끝나면서 그는 사다코를 의심하기 시작했다. 급습인데도 어찌 된 게 일본군은 미리 알고 함정을 파놓고 기다리거나 아예 역습을 당하기 일쑤였다. 그 때문에 잃은 손실이 지난날 승리로 얻은 전리품보다도 더 컸다. 다시 재기하기 어려울 만큼 세력도 약화되었다.

사다코를 의심하는 두목의 태도는 싸늘했고, 부르는 이름도 차가웠다. 예전처럼 사다코를 안지도 않았다. 그의 눈초리가 사박스럽고도 매정했다. 사다코는 금방이라도 두목이 던지는 칼침이 목을 향해 날아올 것만 같았다.

그 밤, 사다코는 일본군 진영으로 도망쳤다.

16. 보민회 성부인

돌아온 사다코는 영웅 대접을 받았다. 일본군 사이에서 사다코를 모르는 사람은 없었다. 밀정 사다코는 이름만으로도 일본군의 사기를 북돋았다. 그녀가 있는 한, 흑치마라 불리는 그녀가 있는 한, 요화 사다코가 있는 한, 승리는 자신들의 것이라 믿었다.

적들의 허점을 찌르는 것, 방심을 틈타 미리 불을 놓는 것, 그것만큼 확실하게 승리로 이끄는 것은 없었다. 일본은 그 비책과 방책과 계략을 사다코가 있었기에 세울 수 있었다.

사다코는 여전히 외무부 촉탁이라는 신분으로 봉천 영사관에 근무하게 되었다.

사다코에게 주어진 임무는 남만주 일대에서 암약하고 있는 독립군들과 한국인들의 움직임을 감시하고 보고하며 그들을 잡아들이는 일이었다.

사다코에게 그들은 같은 피를 나눈 동족이라는 생각은 없었다. 그들은 제거되어야 할 불량한 신민이었고, 일본의 위대한 행보에 걸림돌이 되는 장애물일 따름이었다. 그 장애물을 없애야만 이토 히로부미의 꿈이 실현될 수 있었다.

사다코의 감시망에 걸려든 불령선인들은 줄줄이 날개가 꺾여 두름으로 엮인 채 대한제국으로 송환되었다. 만주에 남은 한국인들에게는 서로 이간질을 시키고, 서로를 믿지 못하게 만들었다. 귀가 얇은 이들은 회유하고 협박해 일본의 밀정으로 만들었다.

그녀는 희열을 느꼈다. 그들의 생사여탈권을 자신이 쥐고 있다는 것, 다른 이의 목숨의 속살을 만지는 것. 그 사실만으로도 짜릿한 생의 전율을 느꼈다. 그것은 이토 히로부미가 준 선물이었다.

하지만 독립군의 저항 역시 만만치 않았다. 피는 피를 불러오는 법. 피의 응징은 더 거센 저항을 불러왔다. 한국에서 3 1 만세 사건이 터지고 주동자들이 일본의 검거를 피해 속속 만주로 숨어들었다.

그 어수선한 시기에 사다코에게 새로운 임무가 주어졌다. 보민회라는 첩보 단체를 만들어 만주로 들어오는 한국의 독립군들을 감시하고 회유, 협박하며, 농민들이 가진 건땅을 일본인들에게 넘기기 위해 한국의 농민들을 그곳으로 이주시키는 작업이었다.

보민회를 제우교로 위장하고 성부인이라는 가명을 사용한 만주에서의 보민회 활동은 꽤나 폭력적이었다. 독립군과 독립군들의 은거지가 사다코가 이끄는 보민회의 습격을 받고 와해되거나 큰 타격을 입었다. 독립군들 사이에서 사다코는 가장 먼저 제거되어야 할 이름으로 올라 있었다.

반역자, 배신자, 민족의 수치. 사다코에게 따라붙는 이름이었다.

사다코는 더 이상 만주에 머무를 수 없었다.

사다코는 다시 한국으로 들어왔다.

"그동안 수고 많았어."

대한제국 총독부는 임무를 마치고 돌아온 그녀를 위해 성대하게 만찬을 베풀어주었다. 만찬이 벌어지는 총독부 주변에는 평소보다 두 배 가까운 헌병이 배치되었다. 행여 있을지 모를 테러에서 그녀를 보호하기 위해서였다.

연회장의 샹들리에 불빛이 주황빛으로 내려와 있는 그녀의 얼굴에도 어느덧 세월의 흔적이 희미한 주름으로 앉아 있었다. 여전히 머리는 파마를 하고 얼굴에 육화돼 내려앉은 시간들을 고운 분가루로 감추었지만 그래도 언뜻언뜻 무너진 선으로 떠오르는 지나온 세월들은 그녀도 어쩌지 못했다.

"그대가 수고해준 덕분으로 만주의 독립군 조직도 상당히 타격을 입었소. 헌데 사방팔방으로 흩어진 그 불령선인들을 어떻게 잡아들여야 하는지 그게 문제요. 하지만 이렇게 돌아왔으니 이곳에서 남은 임무를 다해주기 바라오."

경무국장의 말에 사다코는 술잔을 입으로 가져다 대며 충성을 다할 것을 맹세했다.

경무국장의 흐뭇한 미소 뒤로 사다코는 자신이 헤쳐 나온 지난 날들이 가뭇하게 떠올랐다. 어찌 그 일들을 감당할 수 있었을까. 몇 번이나 죽을 고비를 넘기고는 이렇듯 살아서는 아득히 술기운에 젖어드는 것이 자신이 생각하기에도 신기한 일이 아닐 수 없었다.

참으로 지난한 시간들이었다. 참으로 신산한 나날들이었다. 참으로 숨 가쁜 세월이었다.

총독부 경무국장 마루야마의 주선으로 촉탁이 된 사다코는 일본에 맞서는 불령선인들을 잡아들이는 데 누구보다 앞장섰다. 대한제국의 독립군들은 그녀를 제거하려 저격수들을 보냈지만 번번이 실패를 했다. 변장술과 뛰어난 사격술로 무장된 그녀는 언제나 자신의 목숨을 앗으러 온 저격수들보다 윗길이었다.

사다코는 부족한 게 없었다. 독립군을 잡아들일 때마다 손에 들어오는 포상금은 쓰고도 남았다. 토지도 넉넉했다. 토지 정리를 하면서 한국 농민에게 뺏은 토지 가운데 건땅들을 골라 사다코에게 주었던 것이다.

하지만 사다코는 곳간이 쌓이면 쌓일수록, 일본에 대한 공이 쌓이면 쌓일수록 무언가 허전했다. 허수했다. 무언가 단단하게 제 중심을 지키고 있던 것들이 빠르게 물러져가는 듯, 내부의 결핍이 저를 더 괴롭혔다.

나이가 들수록 불안했다. 목숨이 위태로워서가 아니라, 나이가 든다는 것이, 늙어간다는 것이 두려웠다. 저를 잡으러 오는 죽음의 사자는 두렵지 않았으나 늙음은 무서웠다. 호호백발, 이가 빠진 채로 가죽만 남아서는, 굽은 허리에 진 눈곱 낀 눈으로 흐릿하게 세상을 쳐다보고 있을 자신의 모습은 상상만으로도 끔찍했다.

아직 제 몸 안에 불은 남아 있는데 가끔씩 몸은 그 불을 놓쳤다. 그 괴리가 아득했다.

어느 날 사다코는 잠에서 깨어났다. 흉몽이었다. 소스라쳐 놀라 비명을 지르며 일어났는데, 마치 현실인 듯 생생했다.

"왜 그래요?"

사다코를 따라 잠에서 빠져나온 가와지리가 물었다. 일본인 순사인 그는 스물다섯 살이었고, 사다코와는 무려 스물일곱 살이나 차이가 났다.

"꿈을 꾸었어."

"무슨 꿈인데요?"

"무서운 꿈, 아주 무서운 꿈."

그녀의 음성이 한겨울 사시나무처럼 떨렸다.

"말해봐요. 무슨 꿈인지."

"싫어. 생각만 해도 싫어."

그녀는 진저리를 쳤다. 무서웠다. 그 꿈속에 창자를 쏟아놓은 채 부릅뜬 눈으로 죽어가고 있는 자신이 들어 있었다. 도와달라고 애원했지만 아무도 손 내밀어 죽어가는 자신을 보듬어주지 않았다.

그저 자신의 손에 죽어간 많은 한국의 독립군들이 빙 둘러서서는 독기 어린 시선으로 죽어가는 자신을 지켜보고 있었다.

"물 좀 마셔봐요. 그럼 진정될 거예요."

가와지리가 자리끼로 떠다 놓은 물을 사다코의 입에 가져다 대 주었다. 몇 모금 입안에 들였지만 불안한 마음은 좀처럼 가라앉지 않았다. 사다코는 무언가 부스럭거리는 소리만 들려도 화들짝 놀라 소리 나는 쪽으로 고개를 돌렸다.

"괜찮아요. 경비가 잘 지키고 있으니, 아무 염려 말아요. 그리고 내가 있잖아요. 이렇게 당신 곁에 내가 있는데 뭐가 무서워요?"

젊은 순사는 아이를 달래듯 사다코의 등을 쓰다듬으며 위로했다. 그녀의 등이 뒤발한 땀으로 흥건했다.

"내가 그만두면 나를 떠날 거지? 그렇지?"

사다코는 남자의 품속으로 파고들었다. 그리고는 자신의 생 안에 들어 있던 남자들을 떠올렸다. 그 머릿속으로 숱한 얼굴들이 스치고 지나갔다. 안경수, 이토 히로부미, 오하시와 전재식, 현영운, 박영철과 고종, 은행원 최 씨, 대한제국의 내로라하는 갑부들, 스무 살 연하의 청년 부호 정 씨, 그리고 마적단 두목…….

한시도 남자가 없었던 적이 없었다. 사다코는 수집하듯 남자들을 사귀었다. 몇몇을 빼고, 그 남자들에 미련은 없었다. 그들이 자신을 이용했듯 저 역시 그들에게서 얻고자 했던 것들을 취했을 뿐이었다. 늘 죽음을 목전에 두고서 살아온 터라, 살아 있음을, 아직 목숨이 붙어 있다는 그 사실을 살 떨리게 느끼고 싶었을 뿐이다.

"내가 가진 권력과 재물이 좋은 거지, 그렇지? 나를 사랑해서가 아니라 내가 가진 것들이 탐이 나서 나한테 있는 거지, 그렇지?"

"그렇지 않아요."

"아니야, 아니야. 내가 그만두면 나를 떠날 거야."

사다코는 세차게 고개를 흔들었다.

"진정해요."

"오, 난 무서워. 당신이 떠날까 봐. 그리고 저들이 언제 내 숨통을 끊어놓으러 올지 몰라. 무서워."

사다코는 비 맞은 새처럼 몸을 떨었다.

환갑을 3년 앞둔 어느 날이었다. 사다코는 물끄러미 거울 속에 들어 있는 자신의 얼굴을 바라보았다. 웬 낯선 노인 하나가 자신을 바라보고 있었다.

거기, 거울 속에 들어 있는 얼굴이 생소했다. 파마를 한 머리는 하얗게 세어 있었고, 파뿌리처럼 억세 보였다. 깊은 주름은 어쩔 수 없이 이마를 가로질러 나 있거나 움푹 팬 고랑으로 입가를 감싸고 있었다. 늙음을 감추기 위해 찍어 바른 화장은 골 깊은 주름 사이에서 겉돌았고, 붉은 입술은 끔찍했다.

사다코는 자신을 바라보는 그 시선이, 그 노인의 얼굴이 불쾌했다. 아직도 제 안에는 생의 열정으로 넘쳐나는데 저리 축 처진 눈매로 자신을 바라보는 노인은 추레하고도 궁상맞았다.

쉰일곱 살. 어디로 다 이 많은 나이를 먹었을까.

사다코는 결심한 듯 옷을 차려입었다.

"어디 가게요?"

사다코를 지켜보고 있던 가와지리가 그녀에게 물었다. 스물일곱 살의 나이 차이는 그녀에게 문제가 되지 않았다. 그저 마음이 시키는 대로만 따랐을 뿐. 바뀌는 남자에 단심은 없었다. 붉은 마음. 그것은 엽렵하게 살아가는 데 거추장스러운 감상일 뿐이었다.

순사답게 사다코를 바라보는 사내의 눈빛이 날카로웠다. 그 물음에 그녀는 낮았지만 또렷하게 대답했다.

"총독부, 이제 은퇴해야겠어."

"은퇴라니요?"

사다코의 표정을 훑는 가와지리의 눈이 동그랗게 벌어졌다.

"그만둔단 말이야. 참 오래도 했지."

"정말, 그만두겠다는 말이에요?"

믿기지 않는다는 듯 순사는 재차 확인했다.

"그래. 이제 나도 나이를 먹었지. 몸이 예전 같지 않아."

"하긴…… 당신 나이가…… 같이 가줘요?"

"그래 주면 고맙겠어."

사다코는 젊은 사내를 대동하고 총독부를 찾았다.

총독부 국장은 의외라는 표정을 지었다. 그러나 이내 고개를 끄덕였다.

"아쉽지만 할 수 있겠소? 그대의 촉탁 신분은 그대로 유지하고 봉급은 계속 줄 테니 혹시 마음이 바뀌면 다시 찾아오시오. 그대 같은 열정적이고 충성스러운 신민이 많이 나오면 좋을 텐데, 어쩌겠소? 어쨌든 그동안 수고 많았소."

저 역시 아쉬웠지만 어쩔 수 없었다. 일본은 오랜 경험과 실전으로 다져진 사다코의 약빠른 경험이 그 어느 때보다도 절실했지만 이제 여자 밀정, 사다코도 늙은 것이다.

"고마워요. 언제든지 내가 필요하다고 생각되면 그때는 지체 없이 달려 나와 돕도록 하겠어요."

사다코는 저도 모르게 날숨을 내쉬었다. 그 한숨이 깊었다. 말갈기를 휘날리며 만주 벌판을 누비고 다니던 때가 어제인 양 선명하게 되살아났다. 하지만 오래전 일이었다. 기억의 갈피에서 불쑥 빠져나와 저를 설레게 만드는 일이 어디 만주뿐이겠는가? 어미랑 거지꼴로 김해 일대를 누비고 다니던 일이며, 관기로 저를 버리고, 승려로 저를 묻어야 했던 시절이며, 양산을 받쳐 든 채 오사카 시내를 거닐던 시절하며 그 지난 세월들이 다투어 기억 속에서 살아났다 스러져갔다. 어떤 일은 오늘인 듯 선명한 색채로 떠올랐고 어떤 일은 박락돼 기억조차 희미했다.

참으로 한순간이었다. 그 세월 동안 많은 일들을 겪었다.

약속대로 외무부에서 내주는 봉급으로 생활은 윤택했다. 무엇 하나 부족한 게 없었다. 암살에 대한 위험만 없었다면 사다코는 느긋하게 인생의 황혼기를 즐겼을 것이다. 여유 있는 살림으로 아랫

사람을 부리고 호기를 부리며 그렇게, 그렇게 늙어갔을 것이다.

하지만 늘 신경은 날카로웠다. 문소리 하나에도, 바람 소리도 자객인가 싶어 머리카락이 곤두섰고 피톨들이 아우성을 쳐대며 급하게 흘렀다.

하지만 하 수상한 세월은 사다코를 그대로 늙어가도록 두지 않았다.

17. 다시 남양군도로

　사다코가 일흔 살일 때, 그녀는 긴 휴식에서 빠져나왔다. 태평양 전쟁이 발발한 것이다. 진주만을 공격함과 동시에 홍콩, 미얀마, 방콕 일부를 점령한 일본군은 이에 멈추지 않고 필리핀의 마닐라를 점령하고 싱가포르를 제외한 말레이 반도를 장악하는 데 성공했다. 이어 일본군은 동남아시아와 인도네시아와 태평양의 많은 섬들은 점령해갔다. 이 과정에서 일본은 부족하던 주석과 고무, 석유 자원은 물론 값싼 노동력까지 얻을 수 있었다.

　하지만 일본의 승리는 여기까지였다.

　뉴기니 점령에 실패하고, 미드웨이를 점령하기 위해 벌였던 해전에서 일본군이 패배함으로써 전쟁의 주도권이 연합군으로 넘어가게 되었고, 미얀마에서 일본군이 대패하면서 필리핀까지 잃고,

해상권을 잃었다.

이어 중국 전선마저 밀리기 시작하면서 곳곳에서 반일 저항운동이 일어났다.

자신의 아들 같은 일본의 장병들이 남양군도에서 허망하게 쓰러진다는 소식에 사다코는 탄식을 하며 눈물을 훔쳐냈다.

"이럴 수는 없어. 이럴 수는 없어. 생때같은 목숨들을 그리 허망하게 보낼 수 없어. 세상에, 부모를 떠나 그렇게 죽어갈 때 얼마나 두렵고 무서울까. 그들을 그렇게 가게 내버려둘 수는 없어."

사다코는 그길로 총독부로 달려갔다.

"결혼하지 않은 처녀들을 모아주십시오. 우선 백 명이면 됩니다. 그들을 데리고 우리 위대한 일본의 아들들을 위로하러 가겠습니다. 고향을 떠나고 부모를 떠나 더 무서울 텐데, 내가 기꺼이 그들에게 달려가 어미가 돼주고 누이가 돼주고 그들의 지친 심신을 위로해주겠습니다."

이제 일흔 살. 늙은 사다코의 표정이 결기로 넘쳤다. 밑도 끝도 없는 사다코의 말에 총독은 의아한 표정으로 물었다.

"여자들을 데리고 전장으로 가겠다고?"

"그렇지요. 젊은 몸의 사기를 위해서도 처녀들이 필요합니다. 여자를 보면 죽음의 두려움도 얼마간 위로받을 수 있겠지요. 전쟁터를 집처럼 꾸며주면 그들도 안정이 돼 보다 더 잘 싸울 수 있을 것입니다. 결혼하지 않은 풋풋한 처녀들로만 모아주십시오. 그러면 사지에서 돌아오는 병사들을 위로하겠습니다."

"누가 간다 하겠소? 부모들이 순순히 딸을 내놓겠소?"

총독은 자신 없는 표정을 지었다.

"사실 그대로 말할 작정이셨어요? 그리고 그들이 순순히 내놓지 않겠다면요? 저들이 내놓지 않겠다면 어찌할 건데요?"

사다코는 한심하다는 듯 총독을 쳐다보았다. 옆으로 죽 찢어진 총독의 눈은 뱀의 그것처럼 사박스러워 보였다.

"그럼?"

"돈을 준다 하세요. 일당을 준다 하세요. 그리고 전장이 아닌, 후방의 공장으로 데려간다고 하세요. 성전에 사용할 무기와 화약을 만드는 공장으로 간다 하세요. 비행기를 만드는 공장에 간다고 하세요. 그럼 지원자가 생길 거예요."

사다코의 말에 총독은 음흉한 미소를 지었다.

"돈은, 돈은 어떻게 지급한단 말이냐? 네 말대로라면 일당을 지급해야 할 텐데, 전쟁터에서 그게 어디 쉬운 일이더냐?"

"답답하십니다. 참으로 답답하십니다. 당분간은 그냥 표로 끊어주세요. 그 표를 가지고 오면 나중에 돈으로 환전해준다 하세요. 전쟁터에서 그들이 살아남을지 죽을지도 모르는데 어찌 그걸 일일이 돈으로 줄 수 있습니까? 그리고 막상 안 줘도 되지 않겠어요? 그들이 죽지 않는다는 보장도 없고, 또 조국이 전쟁을 벌이고 있는데, 오빠 같은 이들이, 동생 같은 이들이 전쟁터에서 피 흘리며 죽어가는데, 나 몰라라 하고 있는 것도 도리가 아니지 않습니까? 동네에서 운동회를 해도, 학교에서 운동회를 해도 가족들이 나가 응원하는 판인데, 하물며 나라가 전쟁 중인데 어찌 모른 체 있을 수 있겠습니까?"

"그렇지! 그렇지!"

총독의 얼굴에 희색이 돌았다. 총독의 명은 금방 전국으로 퍼졌다.

사다코의 제안에 한국에서는 때아닌 조혼 바람이 불었다. 어떤 집에서는 딸자식을 서둘러 혼인시키고, 어떤 집의 처녀는 일본 헌병들의 우악스러운 검거를 피해 은거지에 숨었으며, 그마저도 피하지 못한 처녀들은 강제로 남국의 전쟁터로 실려 갔다.

무명 치마저고리 차림의 처녀들은 다들 앳된 얼굴이었다. 두려운 얼굴로 그녀들은 옷고름에 눈물을 묻히고, 퉁퉁 부은 눈으로 제 혈육을 찾았다. 어떤 처녀들은 그래도 돈을 번다는 순진한 희망에 우는 다른 처녀들을 달랬고, 어떤 처녀는 그렇게 번 돈으로 공부를 하겠노라 다기지게 제 꿈을 입에 담았다. 하나같이 깃과 치맛자락 아래로 드러난 가는 목과 종아리가 슬퍼 보였다.

사다코는 그들을 향해 목청 높여 말했다. 일흔 살의 몸이었지만 목청만큼은 여전히 카랑카랑했다.

"그대들은 위대한 여성들이오. 나라가 위험에 처해 있는데 어찌 나 몰라라 있을 수 있겠소? 나라와 나는 절대 별개가 아니오. 나라는 곧 나와 같소. 우리의 장한 아들들이 전장에서 속절없이 죽어가고 있는데 우리는 그저 집 안에서 밥이나 축내고 있어야겠소? 우리들의 미래는 그 아들들의 어깨에 있는 법. 그들이 살아 돌아와야 우리들도 살 수 있소. 그러니 위대한 일본의 딸들이여, 그들을 위해, 우리의 위대한 아들들을 위해, 우리가 나서야 할 때가 왔소. 가서 그들을 도웁시다. 그들의 지친 몸과 영혼을 우리가 위로해줍시다. 그대들은 위대한 일본의 딸이며 일본의 신민임을 잊지 마시오."

군인위문대. 그들의 정식 명칭이었다. 하지만 총독부 내에서는 위안부라 불렀다.

사다코는 그 처녀들을 이끌고 남양군도로 향했다.

또 다른 일단의 처녀들은 일급을 지불한다는 약속을 다짐받고 군수 물자를 만드는 공장으로 보내졌다.

바다 물빛이 대한제국에서 보던 물빛과 달랐다. 끝을 알 수 없는 짙푸른 초록색에 문득 들어앉은 육지가 울짱 없는 감옥처럼 여겨졌다. 남국의 해는 그악스럽고도 사박스러웠다. 이글거리는 태양에 눈이 부셔 제대로 뜰 수조차 없었고, 살갗은 발갛게 익어갔다. 그 햇빛에 모든 것이 물크러졌다.

처녀들은 울었다. 아침에도 울었고, 낮에도 울었고, 밤에도 울었다. 운다고 맞고 또 울었다. 그녀들이 할 수 있는 것은 우는 것뿐이었다. 울어도, 울어도 눈물은 나왔다. 그 몸 안, 어디에 그 많은 눈물들이 있었는지 그저 놀라울 뿐이었다.

기다란 가설 막사에 칸칸이 방을 만들고 처녀들을 한 명씩 그 방 안에 들어앉혔다. 그녀들은 배정받은 방에 가 기진하듯 누웠다. 관 속처럼 겨우 한 명이 누우면 딱 맞을 공간이었다.

여자들을 찾는 줄은 늘 꼬리가 길었다. 그녀들은 하루에도 수십 명의 일본군을 받았다. 저항하면 가차 없이 목이 베이거나 뭇매를 맞았다. 아무런 대책도 없이, 무방비로 여자들은 군인들에게 몸을 내주어야 했다. 흥건하게 내질러놓고 간 정액에서 꿈틀꿈틀, 사람의 숨을 탄 생명이 들어앉아도 도리가 없었다. 배가 불러 아기가 나오는데도 여자에 굶주린 군인들은 야차처럼 덤벼들어 여자들의 사타구니 속으로 자신들의 남근을 밀어 넣었다. 하루에도 수십 명의 군인을 받아내는 여자들의 밑은 헐고 쓰라렸지만 약을 바를 사이도 없이 남자들은 우악스럽게 덤벼들어 자신들의 남근을 욱여넣었다. 참다못해 헐떡이는 남자를 숨겨놓은 칼로 찌르고 도망치는 여자들은 몇 걸음 도망가지도 못하고 그들의 칼에 숨이 잘렸다. 그 죽음을 보면서 여자들은 부르르, 진저리를 쳐가며 남자들을 받아야만 했다. 죽지 못해 살았고, 살 수 없어 늘 죽고만 싶었다.

밥을 먹을 틈도 주지 않았다. 씻을 시간도 주지 않았다.

여자들은 사람이 아니었다. 사람이면 안 됐다. 산목숨이 아니었다. 다만 휴지처럼 쓰고 버려질 폐기물들이었다. 여자들은 체념했다. 깊은 체념이 여자들의 얼굴에서 표정을 지워냈다. 무정물처럼 여자들에게서 점차 감정이 사라졌다.

사다코는 얼굴이 누렇게 바래가는 여자들을 감시하고 독려했다.

"성전을 치르는 위대한 일본의 아들들을 위해 아낌없이 내놓아야 할 게야. 죽으면 썩어 없어질 몸, 위대하게 사용함으로써 스스로를 자랑스럽게 만들어야 할 게야. 그러니 더 기쁘게 해주란 말이야.

전장에 나갔다 돌아온 전사들이 살아 있음을 즐길 수 있도록 기쁘게, 더 기쁘게, 해주란 말이야."

사다코 역시 남자를 받았다. 젊은 여자들에게 스스로가 본보기가 되려고 남자들을 받았다. 남자를 아는 몸은 젊은 남자의 시큼한 체취만으로도 아득하게 정신이 무너졌다. 비록 탄력이 없는, 칠십 노인의 몸이었지만 전쟁을 수행하고 있는 그들의 노고를 위로하고, 그들이 즐거워할 수만 있다면 몸 사리지 않았다. 부끄러워하지 않았다. 아니, 오히려, 자랑스러워했다. 일본을 위해 몸을 내놓는다는 것, 일본의 승리를 위해 아직 바칠 수 있는 몸이 있다는 것, 그것만으로도 사다코는 뿌듯했다.

하지만 돌아오는 일본군의 숫자는 날이 갈수록 적었다. 들려오는 소식도 암울했다.

여자들을 찾는 병사들의 눈에는 죽음이 깃들어 있었다. 이미 죽음의 기운이 그들을 점령하고 있었다. 그들은 여자들의 몸 위에서 몸부림을 쳤다. 살고 싶어, 살고 싶어, 살고 싶다고. 여자들의 몸 위에서 헐떡거리는 그들은 살고 싶다고 몸부림쳤다.

일본이 연거푸 패전을 거듭하면서 사다코는 지친 몸을 이끌고 다시 집으로 돌아왔다. 사다코는 집으로 돌아왔지만 처녀들은 집으로 돌아가지 못했다. 만신창이 몸을 이끌고 뿔뿔이 흩어져 유령처럼 살았다. 사무치게 부모가 그립고, 고향이 그립고, 동무들이 그리워도 망가진 몸으로 선뜻 그들 앞에 나설 수가 없었다. 하여, 그들은 생목숨을 끊거나 죽지 못해 살았다.

사다코는 초조했다. 무언가 돌아가는 조짐이 심상치 않았다. 자신의 조국 일본이, 이대로 허망하게 무너질 수는 없었다. 자신이 본 오사카와 도쿄가 얼마나 휘황한데 이렇듯 맥을 못 추며 무너질 수는 없었다.

사다코는 현실을 부정했다. 자신에게 들려오는 불온한 소식들을 도리질로 물리치고 손사래로 부인했다. 하지만 전장에서 돌아온 사다코가 피로를 풀기도 전에 들려온 소식은 사다코에게 충격을 안겨주었다.

"뭐라 그랬느냐?"

사다코는 믿지 못하겠다는 표정으로 손자에게 물었다.

"정오에 옥음 방송이 있다고 합니다. 들으시랍니다."

사다코는 황급히 라디오를 틀었다. 지지지직. 잡음에 살아 있는 신, 천황의 옥음이 묻혔다.

"제국 신민으로서…… 지지직…… 비명에 간 군인과 그 유족들에 ……지지직."

그 뒤는 더 이상 들리지 않았다. 하지만 이어 커다란 함성이 담 너머에서 들려왔다. 만세 소리였다.

"일본이, 일본이 항복했답니다."

담 너머 소리에 귀를 기울이던 가정부가 환한 표정으로 사다코에게 사정을 알렸다.

"아니야, 아니야. 무언가 잘못됐어. 대일본제국이 무너질 리 없어."

사다코는 낮게 소리쳤다. 일본이 패망하다니. 있을 수 없는 일이었다. 사다코는 저도 모르게 이토를 찾았다.

"이토, 이토! 전 어떻게 하면 좋아요?"

하지만 이토 히로부미는 어디에도 없었다. 늘 인자한 웃음을 짓던 이토. 자신에게 한없이 자애롭던 이토. 그 이토 히로부미에게서는 대답이 없었다. 손을 내밀어 기댈 데도 없었다.

더위가 포악을 떨던 날이었다.

분노한 한국인들을 피해 일본 사람들은 밤을 틈타 빈 몸으로 빠져나가고, 채 조국으로 돌아가지 못한 일본인들은 한국인들에게 무참히 끌려 나와 뭇매를 맞았다. 벌겋게 핏발 선 눈으로 사람들은 지난날의 울분을 일본인들에게 태질하듯 쏟아놓았다.

믿었던 일본 정부는 사다코를 버려둔 채 서둘러 저희들끼리 떠나버렸다. 창졸간에 사다코는 천애의 고아가 된 셈이었다. 늘 든든하게 버팀목이 되어주던 일본이 제 앞가림에 급급해 황망히 떠나버리고 나자 사다코는 무서웠다. 사람들이 무서웠고, 자신의 밀고로 죽어간 넋들이 두려웠다. 금방이라도 돌멩이, 곡괭이를 들고 사람들이 들이닥칠 것만 같았다. 당장에 옷이 찢겨지고 발가벗겨져서는 저잣거리에 내걸릴 것만 같았다.

그러고도 남을 것이다. 그러고도 남을 사람들이었다. 그러고도 남을 분노들이었다.

사다코는 집 안의 창문을 모조리 닫아걸었다. 한여름에, 들숨에 뜨거운 대지의 기운이 빨려 들어오는 날에 사다코의 집 대문과 방문과 창문이 모두 단단히 잠겼다. 잠그고 나서도 행여나 싶어 확인하고, 확인하고, 또 확인했다.

문소리가 나면 다락방으로 숨었다. 팔월의 날씨는 장하게도 더웠다. 가만있어도 땀이 송송 맺히고 주르륵 흘러내렸다. 하지만 덥다, 습하다, 계정을 부릴 수 없었다. 목숨을 부지하기 위해서는 더 위쯤은 참아내야 했다.

사다코는 언제나 그랬던 것처럼 일본이 다시 올 거라 믿었다. 번번이 자신을 구해준 건 일본이었으므로. 이번에도 다시 저를 구해주리라 믿었다. 일본은 다시 일어설 거라 확신했다. 하지만 하루가 지나고, 이틀이 지나고, 사흘이 지나도, 일본은 저를 찾지 않았다. 일본은 저 살기도 바빴다.

시간이 지나면서 집 안에 양식이 바닥나기 시작했다. 하지만 사다코는 나갈 수 없었다. 나가 양식을 구해올 수 없었다.

천하의 사다코가, 이토 히로부미의 수양딸 사다코가 한갓 저 무지렁이들이 무서워 이리 숨어 지내야 하다니, 울화가 치밀었지만 어디에 하소연할 데도 없었다. 기가 막혔다. 어쩌다가 이렇게 됐을까? 천하의 사다코가 왜 이리 되었을까? 자위가 실망으로 바뀌면서 사다코는 말을 잃고, 잠을 잃었다.

그 잠 없는 밤에 나타난 건 제 손에 죽은 사람들의 푸른 원혼들이었다.

우려는 현실로 되어 나타났다. 사다코는 지난날 아비의 모양새로 끌려 나왔다. 단단히 결박된 오라가 쇠줄처럼 파고들었다. 미처 엽렵하게 챙겨 입지도 못한 맨살에 지워진 오랏줄로 살갗이 쓰라리고 괴었다. 반역자의 죄명으로 끌려가던 아비의 모습도 이랬다.

대문을 나서자 일단의 사람들이 몰려들어 사다코를 향해 돌멩이를 던지고 욕설을 퍼부었다. 다행히, 돌멩이는 아슬아슬하게 사다코의 눈 옆을 스쳐 지나갔다. 누군가는 잇새로 침을 쏘았고, 발등에 피 섞인 가래침이 떨어졌다.

쌓이고 쌓인 원한은 깊고도 깊었다. 하나같이 날아오는 비난과 욕설들이 맵고도 날카로웠다.

사다코는 그들의 시선을 피해 제 발등을 보고 걸었다. 그러고 보니 신발도 제대로 신지 못했다.

겨울로 넘어가는 산하가 붉고도 을씨년스러웠다. 삭풍에 저 붉은 기운도 스러지겠지. 스러지는 것이 어디 저 붉은 기운뿐일까. 조만간 제 목도 저리 떨어질 것이다. 저 길 위를 뒹구는 나뭇잎처럼.

세월이 참으로 덧없다.

왜 그리 아등바등하며 살아왔을까. 다 바람 같은 것을.

반민특위에 끌려온 것은 사다코만이 아니었다. 그날, 최린, 이종형, 박중양, 방의석, 노덕술, 임창화, 최남선,이광수의 모습도 보였다. 한때 권력의 정점에서 세월을 흔전만전 살았던 사람들이었다. 더러는 청화정에서 호방하게 웃음을 섞기도 했고, 어느 밀실에선가는 누구의 목숨을 두고 거래를 하기도 한 사람들이었다.

그러다 박중양과 사다코의 눈이 마주쳤다. 저도 모르게 사다코는 목례로 인사를 했다. 말끔히 깎인 수염은 푸른 기운으로만 남아 있었다. 그 틈에도 수염을 깎은 모양이었다. 그 여유가, 그 배포가 부러웠다. 저는 제대로 신발도 챙겨 신지 못하고 왔는데, 저이는 수염까지 깎고 오다니.

박중양. 그는 이토 히로부미의 양자였다. 사다코가 이토의 총애를 받아 한 세월 누리를 누렸듯 그 역시 귀족원 의원에 중추원 참의를 지냈고, 충남지사와 황해지사, 충북지사 등을 지낸 인물이기도 했다.

하지만 그는 사다코의 목례에 고개를 외로 틀어 외면했다. 당장 목전에 다가온 죽음에 그는 억울한 표정을 지었다. 한때 날아가는 새도 떨어뜨릴 만큼 창창하던 권세는 아직 그에게 가시지 않은 빳빳한 풀기처럼 남아 있었다.

하지만 저이도 어쩔 수 없이 무서운 건 죽음일 터였다.

차가운 감옥에 갇힌 사다코는 추레한 한 늙은이일 뿐이었다. 눈에는 진 눈곱이 흐르고, 하얗게 센 머리카락은 볼품없이 주름 깊은 얼굴을 덮고 있었다. 낮은 웅크린 채 그런 대로 지낼 수 있었으나 밤은 참을 수 없었다. 초 한 자루 밝힐 수 없는 밤은 길고도 길었다. 그 밤에 죽은 자들의 얼굴이 떠올랐다 사라졌다. 그 어두운 감방에서 푸른 불티로 떠돌며 사다코를 괴롭혔다.

"저리 가! 저리 가!"

늙은 사다코의 소리가 긴 공명음을 품고 복도로 빠져나갔다. 그 소리가 괴이했다. 울음 같기도 신음 같기도 한 그 소리가 기이했다.

깡깡. 간수가 봉으로 쇠창살을 두드렸다. 조용히 하라는 신호였다. 하지만 푸른 불티들은 질기게도 사다코의 주변을 돌며 그녀의 생기를 빨아들였다. 이는 빠지고, 눈도 보이지 않았다. 노안에 보이는 것은 원한 서린 죽은 얼굴들뿐이었다.

사다코는 핏발 선 눈으로 그것들을 향해 소리 질렀다. 제 몸에 가까이 오지 못하도록 활갯짓으로 쫓아냈지만 그것들은 집요하게 사다코의 주변을 맴돌았다.

하지만 감옥 생활도 오래가지 않았다. 친일 경찰들의 교묘한 방해와 친일 정부의 탄압으로 반민특위는 와해되고 갇힌 자들은 슬그머니 풀려나서는 지난날의 영광을 되찾았다.

반민특위의 해산으로 사다코는 집으로 돌아올 수 있었다. 집은 그사이 사람들의 공격을 받아 여기저기 흠집이 가고 깨져 있었다.

그 안에 사다코는 귀신처럼 깃들었다. 그 안에서 숨을 참고 말을 참고 하루하루를 살았다. 사방을 둘러봐도 적막했다. 적묵했다.

그저 꿈이런가 했다. 그 모든 것이 춘몽 중에 꾼 꿈이런가 했다. 여든 살, 옹골지게 먹은 나이만이 뼈와 살을 물크러지게 했다. 그 나이에 홀로 있는 시간들은 끔찍한 형벌이었다.

사다코는 이토가 쓰던 장갑을 꺼내 자신의 손에 끼어보았다. 주인은 갔어도 장갑은 이전 그대로였다. 사다코의 눈에 진 눈곱 같은 눈물이 맺혔다.

"이토 상……."

회한이 밀려들어왔다.

사다코는 자신 안으로 꽁꽁 숨어들어갔다. 이제 귀도 들리지 않고 눈도 잘 보이지 않았다. 사물은 그저 세세한 윤곽을 잃은 채 희뿌연 덩어리로만 밟혔고, 소리는 뭉개져 웅웅거렸다. 아직 마음은 만주 벌판을 내달리고 오사카를 거닐던 청춘 그대로인데, 거울을 볼라치면 어느 쭈글쭈글한 노인이 축 처진 눈으로 자신을 바라보고 있었다. 웃지 않아도 화사하던 표정은 간데없이 자꾸만 괴는 진눈곱에 표정은 음울하기 짝이 없었다. 세월이, 시간이, 야속했다. 그 환함은 다 어디로 갔는지. 시나브로 꺼지는 그 젊음을 눈치채지 못했었다.

이부자리에 눕는데, 주르륵, 눈물이 흘렀다.

이때까지 자신이 헌신한 것은 무엇이었을까…….

조선은 자신에게 어떤 나라였으며 일본은 또 어떤 나라였을까. 아비와 남편과 이토 히로부미를 빼앗고 천한 계집으로 살도록 만든 것은 조선이었다. 팔천의 목숨. 천한 것의 목숨은 제 목숨이 아니었다. 언젠가는 빼앗기고 말 목숨이었다. 하지만 일본은 그 천한 계집에게 권력과 부를 쥐어주었지. 하지만 왜 이리 허수할까…… 왜 이리 허전할까…….

그때 아버지의 모습이 떠올랐다. 오라진 몸으로 끌려가는 아버지의 등이 처연했다. 때로는 시대에 복무하고 때로는 시대에 저항했으나 돌아온 것은 역적의 오명이었다. 그 오명을 짊어진 저 등은 얼마나 힘이 들고 마음은 쓰라릴까. 하지만 아버지의 걸음은 당당했다. 그 아버지의 등이 말하는 듯했다. 나는 마땅히 해야 할 일을 했을 뿐이라고. 그런 탓에 담대히 죽음을 맞이할 수 있었노라고. 신념을 따른 자신의 행동이 역적의 행위였다면 벌을 받아 마땅할 터이며, 자신 역시 후회 없이 생을 마감했노라고.

그 아버지의 등이 참으로 올곧았다. 헌데 자신은 무엇을 위해 자신의 목숨을 바쳤던가. 그 아버지가 목숨을 바쳐 지키고자 했던 나라를 앞장서 일본에 넘기는 일을 해오지 않았던가…….

사다코는 눈을 감았다. 감은 눈에서 눈물 한 점, 비죽이 새 나왔다. 아슴아슴 그 감은 눈 안으로, 아버지의 모습과, 김해의 그 푸른 들과, 통도사의 웅숭깊은 그늘과, 오사카의 번화가가 떠올랐다. 곳곳이 삶의 터전이었고, 사지였다. 하지만 진정, 저 죽을 자리는 여기였다. 이제 정말 죽는구나. 희망과 좌절, 환희와 절망, 증오와 사랑, 권력과 부, 그 모든 것들이 죽음 앞에서 다 허망하고 의미가 없었다.

여든한 살, 더 살아 무얼 할까. 무슨 영화를 볼까. 이제 죽어도 여한이 없다. 한때 세상을 다 가졌으나 이제 놓을 때가 되었다. 일장춘몽. 여든한 살의 나이에 뒤돌아보니 아슴푸레하게 지나온 날들이 다 잡히는 듯했다.

다시 살고 싶은가? 그 물음에 사다코의 눈이 흡, 뜨이는가 싶더니 이내 그녀의 주먹 쥔 손에서 스르르 힘이 풀려나갔다.

그녀는 다시는 돌아오지 못할 길을 떠났다.

그 길이, 홀로 가는 그 길이, 살아 치도곤을 당하던 것보다 더 험난하고 지난했다.

자음과모음의 문학

차랑, 왕을 움직인 소녀 | 이수광 장편소설

미처 예상치 못한 사기극 속에 숨겨진 음모와 계략, 사건의 한가운데 자리한 소녀 '차랑'과 그녀 주변의 다양한 인물들을 통해 조선 시대의 유교적 윤리에 억압되어 있던 사대부들의 욕망과 그 욕망이 표출되는 모습을 농밀하게 그려낸다.

케이든 선 | 태상호 정명섭 장편소설

미 국무성 종군기자 태상호 본격 첩보 스릴러. '강릉 대간첩 작전'과 '황장엽 비서 망명'을 모티브로 한 소설로, 실제 전장(戰場)의 리얼한 분위기와 어둠 속에 가려진 특수 요원들의 삶의 모습, 그들의 의식 등을 생생하게 재현하고 있다.

비하인드 | 심오 장편소설

5년 차 광고회사 카피라이터 김준희를 중심으로 직장에서

인정받기, 동료와의 치열한 경쟁에서 살아남기, 조직의 불합리에 맞서기 등 무한경쟁시대를 관통하는 이 시대 젊은이들의 치열한 삶과 고민에 관한 이야기를 맛깔스럽게 그려낸 장편소설이다.

브로콜리 평원의 혈투 | 듀나 소설집

흡입력 있는 소설을 쓰는 작가, 듀나의 소설집. 판타스틱하면서도 괴기스럽고, 때로는 당혹스럽기까지 한 거대 우주 프로젝트들, 시공간을 초월한 음모와 비밀들이 거침없이 펼쳐진다.

종이달 | 박주영 장편소설

오늘날 젊은이들의 불안한 심정을 나직하고 담담한 목소리로 그려낸 스물일곱 청년 백수의 자아 찾기에 관한 이야기. 절망의 시기를 살아내는 청년들의 아슬아슬한 처지와 그 삶을 버텨내는 그들의 내면을 치밀한 묘사로 펼쳐내고 있다.

이상은 왜? (전 2권) | 임종욱 장편소설

역사의 굵직굵직한 사건들로 흥미진진한 이야기보따리를 풀어내온 작가 임종욱. 불운한 시대의 초상 '이상'을 지금 이 땅에 다시 불러내다. 역사적 실존 인물로서의 이상, 작가로서의 이상, 그리고 식민지 조선인으로서의 이상을 탄탄한 문체와 철저한 고증을 바탕으로 추리소설이라는 그릇에 담아낸 역작!

그녀의 집은 어디인가 | 장은진 장편소설

온몸에 전기가 흐르는 여자 제이와 상처를 간직한 채 살아가는 불우한 두 남자 와이와 케이가 제이의 집을 찾아다니는 두 달간의 여정을 보여준다. '고립'과 '소통'에 대한 고민을 따뜻한 어조로 깊고 풍부하게 담아냈다.

옷의 시간들 | 김희진 장편소설

시대에 소외받고 상처받은 현대들이 모여 시름을 나누는 곳, 빨래방. 그곳에서 지금 막 이별한 여자와 이별을 준비하는 남자가 만났다. 누구나 겪을 수밖에 없는 '관계'의 문제를 톡톡 튀는 문장과 무겁지 않은 서사로 경쾌하게 그려냈다.

흑치마 사다코

ⓒ 은미희, 2011

초판 1쇄 인쇄 2011년 8월 8일
초판 1쇄 발행 2011년 8월 22일

지은이   은미희
펴낸이   강병철
주간   정은영
책임편집 장지희
편집   이수경
디자인   송민재 배현정
제작   장성준 박이수
영업   조광진 안재임 강승덕
마케팅   박제연 정지운 전소연
웹홍보   정의범 한설희 이혜미 김성아

펴낸곳   자음과모음
출판등록 2001년 5월 8일 제20-222호
주소   121-753 서울시 마포구 동교동 165-1 미래프라자빌딩 7층
전화   편집부 02) 324-2347, 총무부 02) 325-6047
팩스   편집부 02) 324-2348, 총무부 02) 2648-1311
이메일   neofiction@jamobook.com
홈페이지 www.jamo21.net

ISBN 978-89-5707-579-1 (03810)

잘못된 책은 교환해드립니다.
저자와의 협의하에 인지는 붙이지 않습니다.